河出文庫

贋作

P・ハイスミス

上田公子 訳

河出書房新社

目次

主な登場人物

トム・リプリー　本編の主人公。パリ近郊の村ヴィルペルスの屋敷ベロンブルに住む
エロイーズ・プリッソン　トムの妻。フランスの大富豪の娘
マダム・アネット　ベロンブルの家政婦
ジェフ・コンスタント　カメラマン。バックマスター画廊の経営者
エド・バンバリー　ジャーナリスト。バックマスター画廊の経営者
バーナード・タフツ　画家。天才画家ダーワットの贋作者
シンシア・グラッドナー　バーナードの元彼女
トーマス・マーチソン　絵画収集家
リーヴズ・マイノット　盗品故買人
クリス・グリーンリーフ　故ディッキー・グリーンリーフの従弟
ウェブスター　ロンドン警視庁の警部補

贋作

フランス77県の友人、
わたしの隣人であるポーランド人の
アニエスとジョルジュ・バリルスキー夫妻に

ぼくなら、真実のためよりも自分の信じていないもののために
死ぬほうがいい。そのほうが喜んで死ねると思う……
芸術家の生涯は一種の長くて美しい自殺だと思うことがある。
ぼくはそれを悔(くや)んではいない。

オスカー・ワイルドの私信より

1

電話が鳴ったとき、トムは庭にいた。電話に出るのは、家政婦のマダム・アネットにまかせておいて、トムは、石段の両脇にこびりついている湿った苔をけずりつづけた。それはじめじめした十月のことだった。

「ムッシュー・トム!」マダム・アネットのソプラノが響いた。「ロンドンからですよ!」

「いま行く」とトムは叫んで、移植ごてを放り出し、石段を上がった。

階下用の電話はリビングルームにある。トムは汚れたリーバイスを穿いていたので、いつもの黄色いサテンのソファには座らなかった。

「ハロー、トム。ジェフ・コンスタントだ。きみは……」ガーガー。

「もう少し大声でしゃべってくれよ。接続が悪いんだ」

「これでいいかい?　こっちはよく聞こえるぜ」

ロンドン側はいつもよく聞こえるのだ。「ああ、少しよくなった」

「おれの手紙着いたか?」

「いや」とトムは言った。

「そうか。じつは困ってるんだ。それできみに警告しとこうと思って。というのは……」

ガチャガチャ、ブー、カチリ、そして電話は切れてしまった。

「くそっ」とトムは呟いた。警告する？　画廊で何かよくないことがあったのか？　ダーワット商会に何か？　ぼくに警告だって？　ぼくに関係あるはずないじゃないか。そりゃたしかに、ダーワット商会というアイディアを考えついたのはぼくだし、そこからわずかな収入を得てもいる、しかし——トムは、いまにも電話がまた鳴り出すんじゃないかと、そっちに目をやった。それとも、こっちからジェフにかけるべきか？　いやだめだ、ジェフがいまスタジオにいるのか、画廊にいるのかそれさえわからない。ジェフ・コンスタントはカメラマンだった。

トムは、裏庭に面しているフランス窓のほうへ歩いていった。もう少し苔をけずることにしよう。トムの庭仕事ぶりは行きあたりばったりだったが、毎日一時間は庭の手入れをして過ごすのが好きだった。手押し式の芝刈り機で芝を刈ったり、小枝をかき集めて燃やしたり、雑草を抜いたり。いい運動になるし、それにぼんやりと空想に耽っていられる。トムが移植ごての作業に戻ろうとしたとたんに、また電話が鳴った。

マダム・アネットが雑巾を持ったままリビングに入ってきた。歳は六十ぐらい、背が低くてがっしりしていて、どっちかというと陽気なほうだ。英語はひとことも知らなかったし、「グッド・モーニング」という言葉さえ覚えられないようだったが、これはトムにはきわめて好都合だった。

「ぼくが出るよ、マダム」とトムは言って、受話器をとった。

「ハロー」ジェフの声だ。「ねえトム、きみこっちへ来られないかな。ロンドンへ。そのことは……」

「え？　なんだって？」また雑音が入ったが、今度は前ほどひどくない。

「こう言ったんだよ――そのことは手紙に書いといた。ここじゃ言えないんだ。が、とにかく、重大なことなんだよ、トム」

「誰かがとちったのかい？――バーナードか？」

「まあね。ある男がニューヨークからやってくるんだ、たぶん明日だろう」

「誰が？」

「それも手紙に書いてある。ダーワットの個展が火曜日に始まるのは知ってるだろう。それまでその男を遠ざけとくよ。エドもおれも忙しいってことにしてね」ジェフは不安そうに、「きみ、身体はあいてるのか、トム？」

「ううむ――ああ」だが、トムはロンドンに行きたくなかった。

「奥さんには内緒にしといてくれよ、きみがロンドンに来るってこと」

「エロイーズはいまギリシャに行ってる」

「そうか、そりゃよかった」ジェフの声に、はじめてほっとしたような響きがあった。

　ジェフの手紙は、その日の午後五時に、書留速達で届いた。

チャールズ・プレイス一〇四
N・W・八

トム様
ダーワットの二年ぶりの新作個展が、十五日の火曜日に始まる。バーナードが新作を十九点持っているし、ほかの作品は持ち主から借りることになっている。さて、次は悪いニュースだ。
トーマス・マーチソンというアメリカ人がいる。画商じゃなく収集家で、金をしこたま持って隠退生活を送っている男だ。そのマーチソンは、三年前にわれわれのところからダーワットの絵を一点買っていったんだが、最近アメリカで見た初期のダーワットの作品とその絵を比べてみて、自分の持っているものは贋作(がんさく)だと言い出した。もちろんそのとおりなんだ、その絵はバーナードが描いたものなんだから。マーチソンは、バックマスター画廊(ギャラリー)(つまり、ぼくのところ)に手紙をよこして、自分が持っている油絵の色やテクニックは、ダーワットの作品のなかでも、五、六年前の一時期に属するものだ、だからこれは本物ではないと思う、と言ってきた。ぼくにははっきり感じられるんだが、どうもマーチソンはこのことで一騒動起こすつもりらしい。とすれば、どう対処したらいいだろう？　トム、きみは、いつもいいアイディアを出してくれるね。

こっちへ来て、相談にのってくれないか？　費用は全部バックマスター画廊でもつから。いまわれわれに一番必要なのは、自信ってやつを一発ぐっと注射してもらうことなんだ。バーナードも、今度の新作ではヘマをやらかしていないと思うが、奴さんは目下興奮状態なので、たとえオープニングのときでも、いやオープニングにはなおさら、会場をうろうろしてもらいたくないんだよ。

できればすぐに来てくれ、頼む！

ジェフ

追伸　マーチソンの手紙は丁重なものだったが、もし彼が、自説を立証するためにメキシコまでダーワットを捜しにいくとか、その類いのことを言い出すタイプの人間だったらどうしよう？

この、最後の文句が問題だ、とトムは思った。なぜなら、ダーワットはもうこの世に存在していないからだ。バックマスター画廊と、ダーワットに心酔する友人たちの小グループがでっち上げた話（もとはといえばトムが思いついたものだが）というのは、こうだった。ダーワットは、メキシコの小さな村に行ってしまい、そこで生活している、誰にも会わず、電話もなく、バックマスター画廊もその住所を誰にも教えるなと本人から止められている、と。だから、もしマーチソンがメキシコへ行ったら、一生かけて捜しても、無駄な骨折りになることは明らかだ。

トムには、マーチソンが——彼はおそらく、問題のダーワットの作品をロンドンまで持ってくることだろう——ほかの画商や新聞記者連中に話しているところが目に見えるようだった。その結果、世間の疑惑を招き、ダーワットが何もかも駄目になってしまいかねない。一味はトムを巻きこむ気だろうか？（トムは、ダーワットの古い友人たちである画廊の連中のことを、いつも「一味」という言葉で考えていた。この言葉が頭に浮かぶたびに、いやな言葉だと思いはしたけれども）それにひょっとすると、とトムは思った、バーナードが、悪意からではなく、彼独特の気違いじみた——まるでキリストのような——正直さから、トム・リプリーの名を口に出すかもしれない。

それまでトムはずっと、自分の名前と評判を努めてきれいに保ってきていた。トムが過去にやったことを考えれば、このきれいさは驚くべきものだった。ヴィルペルス・スュル・セーヌのトーマス・リプリー。プリッソン製薬社長の大富豪ジャック・プリッソン氏令嬢エロイーズ・プリッソンの夫であるトーマス・リプリーが、ダーワット商会という金めあての詐欺(さぎ)を思いつき、長年その分け前にあずかっていたということが、もしフランスの新聞に出でもしたら、たとえトムの分け前がわずか十パーセントだったにせよ、それはとても困ることだった。そんなことにでもなれば、トムの立場はこのうえなく惨(みじ)めなものになってしまう。妻のエロイーズはトムに言わせれば道徳(モラル)なんてないに等しい女だが、そのエロイーズでさえ、なんらかの反応を示すだろうし、父親が娘を離婚させようと圧力をかけてくる（たとえば娘への仕送りを中止するとかして）ことは確かだ。

ダーワット商会はいまや大きな組織だから、一カ所が崩れればその影響はいろんなところに及ぶだろう。「ダーワット」という商標の画材、これは非常に儲かっていて、一味とトムはその商標使用料ももらっているのだが、この画材の供給ラインも駄目になってしまう。またイタリアのペルージャにはダーワット美術学校がある。おもに老婦人連や休暇でやってきたアメリカ娘たちのためのものだが、それでもこれもいい収入源になっていた。この美術学校は、絵を教えたり、「ダーワット」の画材を売ることよりも、貸間周旋業をやることによって金を儲けているのだ。金のたっぷりある旅行者の生徒たちのために、高価な貸家や家具付きアパートメントを見つけてやり、その上前をはねるというわけだ。経営者は、イギリスの名流婦人ふたりだが、このふたりはダーワット詐欺の一味には加わっていない。

トムは、ロンドンに行ったものかどうか、心を決めかねていた。ジェフたちに何を言えばいいのか？　それにトムにはまだ問題がよくわかっていなかった。画家が、ある一枚の絵でたまたま初期の技法を使う、それがそんなにあり得ないことだろうか？

「ムッシュー は今夜ラムチョップとコールドハムとどちらがよろしいでしょう？」とマダム・アネットがトムに訊いた。

「ラムチョップのほうがいいな。ありがとう。それから歯の具合はどうだい？」その日の朝、マダム・アネットは一晩じゅう彼女を苦しめた歯を診てもらいに、彼女が絶大な信用を置いている村の歯医者のところへ行ったのだ。

「もう痛みません。いい先生ですよ、グルニエ先生は！　ただの腫れものだっておっしゃいました。でも歯を切開してくださって、そのうち神経が落ちるだろうって」

トムはうなずいたが、神経がどうやって落ちるんだろうと考えていた。たぶん引力のせいだろう。彼はいつか歯医者で、神経を抜くといってひどくほじくり返されたことがあった。それも上の歯だった。

「ロンドンから何かいいお知らせでしたか？」

「いや、ただ——友達がちょっとかけてきただけだ」

「奥様からは何か？」

「今日はまだだ」

「ああ、あちらは太陽がいっぱいでしょうね。ギリシャは！」マダム・アネットは、暖炉のそばの大きな樫の箪笥の、もうすでにピカピカ光っている表面をこすりながら言った。「ごらんなさいませ！　ヴィルペルスには太陽がありません。もう冬が来たんですよ」

「ああ」マダム・アネットはこのところ毎日同じことばかり言っている。

トムは、エロイーズがクリスマス間際まで帰ってこないだろうと思っていた。でもひょっとすると不意に帰ってくるかもしれない——友達とほんのちょっとした、あとですぐ仲直りできる程度の喧嘩をしたとか、急に気が変わって船に長いあいだ乗っているのはいやになったとかいう理由で。エロイーズは衝動的なのだ。

トムは元気づけにビートルズのレコードをかけ、手をポケットに突っこんで、広いリビングルームのなかを歩きまわった。彼はこの家が気に入っていた。灰色の石造りの、四角い二階建ての家で、二階の四隅にある四つの円(まる)い部屋の上に四本の小さな塔がそびえ、それがこの家を小さな城のように見せている。庭は広々としていて、アメリカ人の標準からいっても、一財産に価するものだ。この家は、エロイーズの父親が、三年前に結婚祝いとしてふたりにくれたのだった。結婚前の一時期、トムは余分の金が必要だった。贅沢(ぜいたく)好きになっていたためグリーンリーフの金だけでは充分でなかったのだ。それでダーワット関係から入る分け前に心を動かされたのだが、いまとなってはそのことを後悔していた。トムが最初十パーセント受けとったころは、十パーセントといえばごく少額だった。ダーワットがこれほど有名になろうとは、彼でさえ思ってもいなかったのだ。

その晩、トムはいつものようにひとりで静かに過ごしたが、心は静かではなかった。食事の間、ステレオを低くかけ、それからフランスの作家セルヴァン＝シュレベールの作品を原語で読んだ。わからない単語がふたつあったので、今夜寝る前に、ベッドの脇に置いてあるハラップ仏英辞典で調べようと思った。トムはあとで調べるために単語を覚えておくのが得意だった。

食事のあと、雨は降っていなかったが、レインコートをひっかけて、四、五百メートル離れた小さなバー・カフェまで歩いていった。ときどき夕食後にこの店へ来ては、カウンターでコーヒーの立ち飲みをするのだ。主人のジョルジュは、必ずマダム・エロイーズのことを尋ね、トムがこんなに長い間ひとりで暮らさなければならないことに同情の意を表する。今夜、トムは快活に言った。

「いやあ、あいつがこれから先また二カ月もあのヨットで過ごすかどうか。きっと退屈するさ」

「なんて贅沢な（ケル・リュクス）」丸顔で太鼓腹（たいこばら）のジョルジュはうっとりと呟いた。

トムは、この男の穏やかな、いつも変わらない愛想のよさをあまり信用していなかった。女房のマリーは、真っ赤な口紅をつけたエネルギッシュなブルネットの大女で、がさつさまる出しだったが、いかにも楽しそうに大声をあげて笑う笑い方で救われていた。ここは労働者用のバーで、トムはそれをべつに嫌がってはいなかったものの、彼のお気に入りの店というわけでもなかった。ただ、たまたまこの店が一番近いというだけのことだ。それに、少なくとも、ジョルジュとマリー夫婦は、いままでただの一度も、ディッキー・グリーンリーフの話に触れたことがない。パリにいるトムやエロイーズの知人の何人かはそのことを口に出したし、ヴィルペルス村のただひとつの旅館であるホテル・サン・ピエールの主人もそうだった。ホテルの主人はいつかトムにこう訊（き）いたものだ。「あなた、グレーンリーフというアメリカ人のお友達だったムッシュー・リプリーじゃありませんか？」トムはそうだと言った。だがそう訊かれたのはもう三年も前のことだし、こういう質問は——もしそれ以上発展しなければ——トムをびくつかせることはなかったものの、なるべくならこの話題を避けたかった。事件後、各新聞は、トムがかなりの額の金を受けとったことを報じ、またなかには、ディッキーの遺言によって毎月定収入を得ることになったと書いた新聞もあった。これは事実だった。だが、トムがその遺言を自分で書いたことを——事実はそうだった——におわせるような記事は、ただのひとつもなかった。フランス人は、金銭的なことになると詳細までよく覚えているものだ。

コーヒーを飲み終えると、トムは歩いて家へ帰った。途中、道ですれちがった村人のひとりふたりに「今晩は（ボンソワール）」と声をかけたり、道端に散らばっている腐った落ち葉にときどき足を滑らせたりしながら。この道には歩道というものがない。それに、街灯もひどくとびとびなので、トムは懐中電灯を持ってきていた。道端の家々のキッチンには、テレビを見たり、油布をかけたテーブルを囲んだりしてくつろいでいる家族の姿がチラチラ見える。二、三の家の中庭では、鎖（くさり）につながれた犬が鳴いている。やがてトムは、自分の家の、高さ三メートルもある鉄の門を開けた。トムの靴が、砂利（じゃり）をザクザクと踏んでいく。マダム・アネットの部屋には、脇の小部屋のほうに明かりがついているのが見えた。彼女は自分のテレビを持っているのだ。夜、トムはよく絵を描いて過ごす。自分の楽しみだけのために描くので、絵はけっしてうまくない。ディッキーより下手（へた）だとトム自身も認めていた。だが今夜は、絵を描く気分じゃない。そのかわりに、ハンブルクにいるリーヴズ・マイノットというアメリカ人の友達にあてて手紙を書いた。今度ぼくの力を借りたいのはいつか、という問い合わせの手紙だ。リーヴズは、マイクロフィルム——かなにか——を、イタリアの伯爵（はくしゃく）ベルトロッツィなる人物の荷物に、本人には知らせずこっそりしのばせることになっている。それから伯爵がトムを訪れてヴィルペルスに一、二日滞在する。その間にトムが、客のスーツケースかどこか、リーヴズが前もって知らせてくる隠し場所から目的物を取り出して、トムの全然知らないパリの男宛てに郵送する、という手はずだった。トムはこういう盗品密輸の手助けのような仕事をちょいちょいやっていた。ものが盗んだ宝石類だったりすることもよくある。知らずに運んでくる人間をパリのホテルに泊めて、本人が外出した隙に目的物を取り出すよりは、トムの家に客として泊めたほうが仕事がずっとやりやすい。トムはベルトロッツィ伯爵とは、ハンブルクに住むリーヴズもミラノへ来ていたと知り合っただけの仲だった。そのとき、最近ミラノへ旅行したときにほんのちょっとのだ。トムは伯爵と絵の話をした。暇のある人間に向かって、いつかぼくの家に二、三日滞在して、ぼくの持ってる絵をごらんになりませんか、と持ちかけて承諾させてしまうのは、トムにとってはいともたやすいことだった——トムはダーワットの作品のほかにも、とくに気に入っている画家スーティンのものを一枚、ゴッホを一枚、マグリットを二枚に、コクトーとピカソのデッサン、それに有名な画家と同じぐらい、またはそれ以上の価値を認めている無名画家たちのデッサンを多数持っていた。ここヴィルペルス村はパリの近くだし、パリへ行く前に田舎の生活を楽しむのもお客にとってはいいことだ。事実、トムはよく空港まで自分の車でこうした客を迎えにいって家へ連れてくる。ヴィルペルスはオルリー空港から南に六十五キロほどだ。いままで失敗したのはたった一度だけで、そのときの客はアメリカ人だったが、到着前に食べた何かにあたったらしく、トムの家に着いたとたんに病気になってしまい、ベッドに寝たきりで、おまけにずっと目を覚ましていたので、トムも客のスーツケースに手を出すわけにはいかなかった。ものは——ある種のマイクロフィルムだったが——その後リーヴズの手下がパリのホテルでやっとのことで回収したのだった。トムには、そういう類いのものの値打ちが理解できなかった。スパイ小説を読んでいるときでさえいつもそうだった。それにリーヴズ自身だって、盗品故買人として手数料をもらっているにすぎない。ものを郵送するのに、トムはいつもわざわざほかの町まで行き、でたらめの差出人の名前と住所で送るのだった。

その夜、なかなか寝つかれないトムは、ベッドを出て、紫色のウールのガウンをはおり——エロイーズからの誕生祝いのプレゼントで、まだ新しく、厚手の布地に軍隊風の胸飾りや房がゴテゴテついていた——キッチンへ下りていった。スーパー・ヴァルスター・ビールを一本とって部屋へ戻るつもりだったが、気が変わって紅茶をいれることにした。普段は紅茶をほとんど飲まなかったので、今夜のようにいつもと違う感じのする夜には紅茶がふさわしいともいえよう。マダム・アネットを起こさないように、トムはしのび足でキッチンを歩きまわった。できあがった紅茶はうんと濃かった。紅茶の葉をポットにたくさん入れすぎたのだ。トレイを持ってリビングルームへ行くと、紅茶をカップに注ぎ、フェルトの部屋履きを履いた足で音をたてないように歩きまわりながら考えた。変装してダーワットになりすましたらどうだろう。そうだ、それがいい！　これこそ解決法だ、完全な、そして唯一の解決法だ。

ダーワットはトムとほぼ同じ年ごろだったから変装するのには都合がいい——トムは三

十一歳、ダーワットは生きていれば三十五ぐらいになっているはずだ。目は青みがかった灰色、シンシア（バーナードのガールフレンド）かバーナードかが不滅の天才ダーワットの容貌について情熱的にしゃべりまくったとき、たしかにそう言っていたのをトムは思い出した。ダーワットは短い顎ひげを生やしていたが、これはトムにとってはもっけの幸いだった。

ジェフ・コンスタントはこの思いつきを喜ぶにちがいない。記者会見。そこで訊かれるかもしれない質問の答えや、話さなきゃならないことの筋書きをうまくつくり上げておかなければいけないな。ダーワットは同じぐらいの背丈だったろうか？　まあいいさ、記者連中だってきっと知らないだろう。ダーワットの髪の色はもっと黒かったはずだ、とトムは思った。でもそれぐらいはどうにでもなる。トムはもう一杯紅茶を飲み、また部屋のなかを歩きつづけた。ダーワットは突然現れたことにすべきだ、ジェフとエドでさえ――もちろんバーナードも――彼が来ることを知らなかったというふうに思わせなければ。連中が記者団にそう言えばいいんだ。

トムはトーマス・マーチソン氏との対面を想像してみた。冷静沈着、それが肝心だ。もしダーワット自身が、その絵はたしかに自分が描いたものだ、自作だ、と言えば、いくらマーチソンでも否定するわけにはいかないだろう。

興奮の絶頂で、トムは電話のほうへ行った。この時間にはよく交換手が寝ていて――午前二時を少しまわっていた――十分ぐらい待たされる。トムは黄色いソファの端に腰かけて辛抱づよく待った。ジェフか誰かにいいメーキャップ道具を揃えといてもらわなくちゃいけないな、と思いながら。本当はそういうことは女の子、たとえばシンシアにまかせたいところだが、シンシアとバーナードの仲は二、三年前に壊れていた。ダーワットとバーナードの贋作の真相を知ったシンシアが、そんな詐欺に加担してたとえ一ペニーでも利益を得るのをいやがった、ということをトムは思い出した。

「もしもし、どうぞ」女性交換手が迷惑そうな声で言った。まるでトムの用事でベッドから叩き起こされたといわんばかりに。トムは、電話の脇の住所録に控えてあったジェフのスタジオの番号を告げた。運よく、電話は五分後につながった。トムは三杯目のまずい紅茶のカップを電話のそばに引き寄せた。

「ハロー、ジェフ。トムだ。その後どうだい？」

「全然好転していない。エドもここにいる。おれたちもいまきみに電話しようかと思ってたとこなんだ。来てくれるのかい？」

「ああ、それにもっといい考えがあるんだ。ぼくが、ほんの二、三時間、ぼくたちの行方不明の友人の役を演じるってのはどうだろう？」

ジェフはすぐその意味を悟った。「ああ、トム、すばらしいよ！　じゃ火曜にはこっちに来られるんだな？」

「ああ行ける」

「月曜にならないかな？　あさってに？」

「それは無理だ。火曜ならオーケーだが。それからいいかい、ジェフ、メーキャップ、これがよくなくちゃだめだ」

「心配するな！　ちょっと待ってくれ！」ジェフはエドと話しにいって、また戻ってきた。

「エドが心あたりあるって言ってる」

「世間に公表するんじゃないぜ」とトムは冷静な声で釘をさした。ジェフの声には、喜びでいまにも躍り出しそうな響きがあったからだ。「それにもうひとつ、もしこれがうまくいかなかったら、もしぼくが失敗したら――そのときは、きみの友達――つまりぼくが思いついたジョークだって言わなきゃだめだぜ。あれと――わかるだろ――これとはなんの関係もないことにしなくちゃ」トムは、マーチソンの贋作問題をさして言ったのだが、ジェフもすぐに察したようだ。

「エドがひとこと話したいって言ってる」

「やあ、トム」とエドの太い声が言った。「きみが来てくれるっていうんで助かったよ。すばらしいアイディアだ。それにね――バーナードが彼の服や身のまわりのものをいくつか持ってるんだ」

「それはきみにまかせるよ」トムはふいに怯えを感じた。「服は末梢的なことだ。問題は顔だよ。ちゃんと揃えといてくれ、いいな？」

「まかせとけ。じゃ」

ふたりは電話を切った。トムはドサッとソファにひっくり返り、手足をながながと伸ばしてほっとひと息入れた。ロンドンに行くのが早すぎてはいけない。ギリギリの瞬間にパッと勢いよく舞台に登場することだ。打ち合わせやリハーサルのやりすぎはかえってよくない。

　トムは冷えた紅茶のカップを持って立ち上がった。もしうまくやりおおせられたらさぞ痛快だろうな、と暖炉の上にかかっているダーワットの作品を見ながら考えた。それは椅子に座っている男を描いたピンクっぽい色調の絵で、男の輪郭が数本の線で描かれているため、ちょうど度の合わない他人の眼鏡を通して見ているような感じだった。ダーワットの絵を見ると目が変になると言う人もあった。だが、三メートルほど離れたところから見ると、その感じはない。じつはこの絵は本物のダーワットではなく、バーナード・タフツの初期の贋作だった。反対側の壁にはダーワットの真作『赤い椅子』がかかっている。小さな女の子がふたり、まるではじめて学校にあがった日か、でなければ教会で恐ろしい話を聞いているときのように、ぴったり身体を寄せ合って座っている。『赤い椅子』は八、九年前の作品だった。少女たちのいる場所がどこかはわからないが、とにかくふたりの後ろはすべて火に包まれている。黄と赤の炎が画面いっぱいに躍動しているが、白のタッチでぼかしてあるので、火は、最初は見る人の注意をひかない。しかしいったん注意をひいたら最後、恐ろしいほどの心理的効果を与えるのだ。トムはこの二枚の絵が両方とも大好きだった。いまでは、それらを見ているときでも、一方が本物でもう一方が偽物だということをほとんど忘れているほどだった。

トムは、現在のダーワット商会がまだはっきりした形をとっていなかった初期の日々のことを思い返していた。ダーワットがギリシャで溺死した――自殺と推定されていた――直後に、トムはロンドンでジェフ・コンスタントとバーナード・タフツに会ったのだ。そのときトム自身もちょうどギリシャから戻ったところだった。ディッキー・グリーンリーフの死から間もないころだ。ダーワットの死体はついに発見されなかったが、村の漁師たちが、「ある朝ダーワットが泳ぎにいくのを見たが、戻ってくるのは誰も見ていない」と証言していた。ダーワットの友人たちは――トムは同じころロンドンでシンシア・グラッドナーにも会っていた――ひどいショックを受けた。ひとりの人間の死が、たとえその家族にだろうと、これほどの影響を与えるのをトムはまだ見たことがなかった。ジェフ、エド、シンシア、バーナードの四人は茫然自失の状態だった。彼らはうっとりと、情熱的に、芸術家としてだけではなく友人として、人間としてのダーワットのことをしゃべりつづけた。ダーワットはロンドン北部のイズリングトンで質素な生活をしていて、ときには食べものにも事欠くほどだったのに他人にはいつも寛大だった。近所の子供たちは彼を尊敬していて、金なんかあてにせずに快くモデルになっていたが、ダーワットはいつもポケットをさぐっては、最後の一ペニーでも子供たちに与えようとするのだった。その後、ギリシャへ行く直前に、彼は、政府の仕事でイギリス北部のある町の郵便局の壁画を描いた。スケッチの段階ではオーケーが出たが、完成してから、その絵のなかの人物が裸体だからとか露わすぎるとかいう理由で、不合格になってしまった。ダーワットは描き直しを拒否した（「もちろん彼のやったことは正しいんだ」とダーワットの忠実な友人たちは自信をもってトムにそう言った）。しかしそのためにダーワットは、あてにしていた千ポンドをフイにしてしまった。その仕事は失意続きの彼にとって最後の頼みの綱だったらしい。友人たちは彼の絶望の深さに気づかず、あとになってそれを悔（くや）んでいた。たしか女のことも話に出てきたっけ、とトムはぼんやり思い出した。その女もダーワットの失意の原因のひとつではあったけれど、それは彼にとって仕事上の失意ほど決定的なものではなかったらしい。ダーワットの友人たちもみなそれぞれの道でのプロだったが、たいていはフリーランサーで、とても忙しく、ダーワットが最後の日々に彼らを訪ねてまわったとき――金の無心ではなく、何日か付き合ってほしかっただけだったが――みな会う暇はないと言って断わったのだ。友人たちの知らぬ間に、ダーワットは彼のスタジオにあった家具と名のつくものを全部売り払ってギリシャに行ってしまい、そこからバーナードにあてて意気消沈した長い手紙を書いてよこした（トムはその手紙をまだ一度も見ていない）。そして、次に来たのが彼の行方不明もしくは死の知らせだった。

ダーワットの友人たちが――シンシアも含めて――最初にやったことは、彼の油絵やデッサンを集めて売りに出すことだった。彼らは、ダーワットの名を生かしつづけ、全世界に彼の業績を知らせてその真価を認めさせたかったのだ。ダーワットにはまったく係累がなかった。トムの記憶では、たしか両親を知らぬ捨て子だということだった。彼の悲劇的な死についての風説は、マイナスになるどころか大いにプラスになった。ふつう、画廊というものは、死んでしまった若い無名の画家の作品には興味を示さないものだ。しかし、フリーのジャーナリストであるエドマンド・バンバリーはコネと才能を駆使して、新聞や、雑誌の色刷り付録や美術誌にダーワットに関する記事を書きまくり、ジェフリー・コンスタントが撮ったダーワットの絵の写真をそれに添えて発表した。こうしてダーワットの死後何カ月も経たぬうちに、彼の作品を喜んで扱おうという画廊が見つかった。それがバックマスター画廊で、しかも場所はボンド街だ。やがてダーワットの絵は六百ポンドから八百ポンドで売れはじめた。

そして当然の結果がやってきた。絵が全部、あるいはほとんど、売りつくされてしまったのだ。ちょうどそのころトムはロンドンに住んでいて（彼はイートン・スクエアの近くのアパートメントに二年間住んでいた）ある夜、ソルズベリーの酒場でジェフ、エド、バーナードの三人組にばったり出会った。ダーワットの絵が底をついたので、三人はまた悲嘆にくれていた。そこでトムはこう言った。「せっかくうまくいってるものを、こんなふうに終わらせちまうなんて残念だな。バーナードがダーワット・スタイルの絵を二、三枚描きとばすってわけにはいかないのかい？」まるっきり冗談か、まあ少なくとも半分は冗談のつもりで言ったのだ。トムは、バーナードが絵描きだということ以外、この三人組についてほとんど知らなかった。だが、エド・バンバリー同様実際的なタイプの人間であるジェフは（バーナードだけが全然違うタイプだった）、バーナードのほうを向いて言った。「じつはぼくもそれを考えてたんだ。どう思う、バーナード？」そのときバーナードがどう答えたか、トムは正確には覚えていないが、彼ががっくりと頭を垂れたことはよく覚えている。それはまるで自分の崇拝するダーワットの贋作を描くという思いつきを恥じるか、または明らかな恐怖を感じているかのようだった。その何カ月か後に、トムがまた偶然ロンドンの街でエドに会ったとき、エドは上機嫌で、バーナードがすばらしい〝ダーワット〟を二枚描き上げ、その一枚がバックマスター画廊で本物として売れた、と話した。

それからまたしばらくして、トムがエロイーズと結婚した直後、そのときもうトムはロンドンには住んでいなかったのだが、たまたまあるパーティでトム夫妻とジェフが同席したことがあった。招かれた客が主催者と顔を合わせることもないという類いの大カクテルパーティだったが、ジェフはトムを部屋の隅へ呼んで言った。

「あとでどこかで会えないかな？　おれの住所はここなんだが」とトムに名刺を渡して「今夜十一時ごろに来てくれないか？」

そこでトムはひとりでジェフを訪ねた。ひとりになるのは簡単だった。そのころまだ英語がよくしゃべれなかったエロイーズが、カクテルパーティのあとげんなりしてしまって、早くホテルに戻りたがったからだ。エロイーズはロンドンが大好きだった――英国製のセーターや、カーナビー街や、ユニオンジャックの屑籠（くずかご）を売っている店や、「とっとと失せろ（ピス・オフ）」というような、トムに翻訳してもらわなければわからないことを書いた看板などが気に入っていたのだが、苦労して一時間も英語をしゃべったあとは頭がガンガンすると言うのだった。

「問題はこうなんだ」とその夜ジェフはトムに言った。「ダーワットの絵をどこかで見つけたっていうふりをしつづけるのは、これ以上無理だ。バーナードはいい仕事をしてるんだが――どうだろう？　こうはできないかな？　ダーワットがしばらく滞在して絵を描いてた場所、たとえばアイルランドかどこかでおれたちが多数の作品を発見したってことにする、そしてそれを売りつくしたら万事終わりにする、と。バーナードはもっと続けることに乗り気じゃないんだ。なんていうか、自分がダーワットを裏切ってるように感じてるんだよ」

トムはちょっと考えてから言った。「ダーワットがまだどこかで生きてるってことにしちゃいけないのかい？　どこかに身をひそめて作品をロンドンに送ってくるってことにしては？　もちろん、バーナードが描きつづけられればの話だが」

「ふーむ、なるほどな。ギリシャがいいかもしれん。すばらしいアイディアじゃないか、トム！　これだったら永久に続けられるぞ」

「メキシコはどうだろう？　そのほうがギリシャより安全だと思う。たとえばダーワットはどこかの小さな村に住んでいて、その村の名前は誰にも教えようとしない――きみとエドとシンシアのほかには――」

「シンシアはだめだ。彼女はもう――つまりバーナードがもう彼女とはあまり付き合ってないんだよ。だからおれもエドも最近シンシアに会ってないんだ。それに彼女はこのことを深くは知らないしね」

ジェフはこのアイディアをエドに知らせようと、あの晩早速電話したんだったな、とトムは追想していた。

「ほんの思いつきなんだ」とそのときトムは言ったものだ。「うまくいくかどうかは知らないぜ」

だがそれがうまくいったのだ。ダーワットの作品がメキシコから（表向きは）送られてきはじめ、エド・バンバリーとジェフ・コンスタントによるダーワット「復活」の劇的な記事が多くの雑誌に掲載されてこれが大いに助けになった。その記事には、ダーワットと彼の（じつはバーナードの）最近の作品の写真が添えられていたけれど、ダーワットがインタビューも写真撮影も許可しないという理由で、メキシコでのダーワット自身の写真はもちろん一枚もなかった。作品はすべてメキシコのベラクルス州から送られてくるが、彼の住んでいる村の名はジェフやエドでさえ知らない。ダーワットがこんな世捨て人になってしまったのは精神を病んでいるからかもしれぬと言う人もあった。彼の作品は病的で陰(いん)鬱(うつ)であると評した批評家もいたが、いまやイギリスや全ヨーロッパ、あるいはアメリカに現存する画家の作品のなかで最も高価なクラスにランクされていた。エド・バンバリーはフランスにいるトムに手紙をよこして、例の忠実な小グループ（いまではバーナード、ジェフ、エドの三人だけになっていた）がダーワットの作品売却の単独受益者なので、トムにも利益の十パーセントを払いたいと申し入れてきた。トムは承知したが、そのおもな理由は、金を受けとれば自分が贋作の事実をほかに洩らさない保証になると考えたからだった。だが、その後もバーナードはまるで悪魔が乗り移ったように描きつづけた。

ジェフとエドはやがてバックマスター画廊を買い取った。バーナードがそれに一枚嚙んでいたかどうかトムはよく知らない。ダーワットの作品数点がこの画廊の永久所蔵品で、もちろんほかの画家の作品も展示していた。画廊経営はどちらかというとエドよりもジェフの仕事であり、ジェフは助手をひとり雇って画廊の支配人のようなことをさせていた。だがこの、画廊を買い取るという段階の前にじつはもうひとつ段階があったのだ。ジョージ・ジャノポロスとかいう画材製造業者がジェフとエドに近づき、消しゴムから油絵の具のセットまですべてを含む一連の画材を「ダーワット」の商標で売り出したい、そしてその利益の一パーセントを名前の使用料としてダーワットに払う、と申し入れてきた。エドとジェフはダーワットの代理人として(表向きはダーワットの許可を得たということで)この申し入れを承諾することに決めた。そしてダーワット商会という会社がつくられたのだった。

こうしたことすべてを、トムは朝の四時に思い返していた。豪華なガウンを着ているにもかかわらず少し震えながら。マダム・アネットは倹約していつも夜にはセントラル・ヒーティングを止めてしまうのだ。トムは冷えた甘い紅茶のカップを両手ではさむように持って、エロイーズの写真を見るともなく眺め――細い顔の両脇に金髪を長く垂らしたその写真は、いまのトムにとっては顔というよりむしろ目を楽しませるだけの無意味なひとつのデザインにすぎなかった――頭のなかではバーナードがワンルーム・アパートメントの閉めきって鍵までかけた一室で秘かにダーワットの贋作を描きつづけている姿を思い描いていた。その仕事場は、いつものように、みすぼらしい。バーナードが彼の傑作を描いている聖域をトムはまだ一度も見たことがない。バーナードの傑作とはつまり、何千ポンドもの金をもたらす〝ダーワット〟のことだ。もし画家が自分自身の作品よりも贋作のほうを多く描いたとしたら、その画家にとっては贋作が自作よりもずっと自然な、ずっとリアルな、ずっと本当のものになるのではなかろうか？　贋作を描こうとする努力が最後には努力の域を脱し、その作品が第二の本性になるのではないだろうか？

そのうちとうとう、トムはスリッパを脱いで足をガウンのなかに縮め、黄色いソファの上に丸くなって眠ってしまった。ほんの少し眠ったところでマダム・アネットがやってきて、驚きの悲鳴とも鋭い息ともつかぬ声を発したので、その声でトムは目を覚ました。

「本を読んでるうちに眠ってしまったらしいな」トムは微笑して座り直しながら言った。

マダム・アネットは急いでトムのためにコーヒーをわかしにいった。

2

トムは火曜日の正午発のロンドン行きの便を予約した。それで発つと向こうへ着いてメーキャップをし、打ち合わせをする時間がほんの二時間ぐらいしかない。時間がありすぎるといらいらしてかえってよくないのだ。トムは銀行で現金――フラン――をいくらかおろしてこようと車でムランへ向かった。

銀行へ着いたのは十一時四十分、銀行は十二時に閉まる。トムは現金を受けとる窓口の列の三人目に並んだが、あいにくその窓口には給料用の金かなにかを受けとりに来たらしい女が待っていた。硬貨の入った袋を積み上げ、足では床に置いた袋をしっかり押さえつけている。柵の奥では銀行員が濡らした親指でいくつもの札束をできる限りのスピードで数えては、その金額を二枚の紙にいちいち書きとめていた。いつまでこれが続くことやら、とトムは思った。時計の針は刻々と十二時に近づいていく。トムは列が崩れるのをおもしろがって眺めていた。三人の男とふたりの女が柵にぴったりと身体を押しつけて、獲物に惹きつけられた蛇のようなキラキラ光る目で、多額の現金をじっと見つめている。まるでその金が、一生稼ぎ貯めて死んだ親戚から自分に贈られた遺産でもあるかのように。トムは諦めて銀行を出た。現金がなくてもなんとかなる。事実、フランがとくに必要だったわけではなく、フランスにやってくるかもしれないイギリスの友人たちにくれてやるか売るかしようと思っていただけだったのだ。

火曜日の朝、トムが鞄に荷物を詰めていると、マダム・アネットが寝室のドアをノックした。「ちょっとミュンヘンに行ってくる」とトムは陽気に言った。「あそこでコンサートがあるんだ」

「ああ、ミュンヘン！　バイエルンの！　じゃ暖かい服を持っていらっしゃらなければ」

マダム・アネットは、トムの急な旅立ちには慣れていた。「どのくらい行ってらっしゃるんです、ムッシュー・トム？」

「二日か、せいぜい三日だな。よそから何か言ってきたら用事を聞いといてくれるだけでいいよ。ぼくが向こうからここへ電話して問い合わせるから」

それからトムは役に立ちそうなものを思いついた。装飾品入れのなかにたしかメキシコの指輪があったはずだ。思ったとおり、カフスボタンやほかのボタン類に混じって指輪はちゃんとあった。二匹の蛇がからみ合っているデザインの重い銀の指輪だ。トムはその指輪が嫌いで、どうして手に入れたかも覚えていないが、とにかく少なくともメキシコ製だ。トムは指輪に息を吐きかけてズボンでこすり、ポケットにしまった。

午前十時半の郵便で手紙が三通来た。一通は電話料の請求書で、ヴィルペルス村以外の通話は一通話ずつべつの紙に書いてあるので封筒がはち切れそうだ。それにエロイーズからの手紙と、トムの知らない筆跡で宛名の書かれたアメリカからのエアメール。トムはその封筒を裏返して、サンフランシスコの住所のクリストファー・グリーンリーフという名前を見てぎょっとした。クリストファーとは誰だろう？　彼はまずエロイーズの手紙を開けた。

一九××年十月十一日

いとしい人（シエリ）
いま私幸せで、とてもそうなの。大へんおいしい食事。私たち船から魚とります。

ゼッポが愛を送ります［ゼッポはヨットの持ち主である色の黒いギリシャ人だ。愛なんか送ってくれなくても結構だ、とトムは思った］。

私自てん車乗り上手なりました。私たち乾いた土地に何度も航海しました。ゼッポ写真とります。ベロンブル［この家の名だ］では様子どうですか？　あなたがいなくてさみしい。あなた幸せですか？　たくさんの招待ですか？［招待客のことか、それとも招待されるということか？］絵は描いていますか？　パパからは何も便りありません。

マダム・アネットによろしく。愛をこめてあなたへ。

一九××年十月十二日

そのあとはフランス語で書いてあった。自分のバスルームの小さな箪笥（コモード）のなかに赤い水着があるから送ってほしい。ぜひ航空便で頼む。ヨットには温水プールがあるから、と。トムはすぐ二階へ行って、まだ彼の部屋で働いているマダム・アネットに水着を送る仕事をまかせ、送料として百フラン渡した。マダム・アネットが航空便の小包料金の高さに憤慨して普通便で送りかねないと思ったからだ。

それから階下（した）へ下りてくると、オルリー空港へ出かける時間が迫っているので急いでグリーンリーフの手紙を開けた。

リプリー様
　ぼくはディッキーの従弟ですが、来週ヨーロッパへ行く予定です。最初にパリへ行こうかどうしようかとまだ迷っている状態ですが、たぶんまずロンドンへ行くことになるでしょう。とにかく、お目にかかれれば嬉しいと思います。ハーバート伯父があなたの住所を教えてくれて、パリからそう遠くないところだと言っていました。お宅の電話番号は知りませんが、調べればわかるでしょう。

　ぼくのことを少し申し上げると、年は二十歳でスタンフォード大学の学生です。一年間休学して、兵役に就いていました。工学の学位をとるためにまた大学に戻るつもりですが、それまで一年ほどヨーロッパへ行ってのんびりしてこようと思っています。そうやっている人は最近大勢いるんです。どこもかしこもひどく抑圧された状態ですから。でもこれはアメリカのことなので、長くヨーロッパにいらっしゃるあなたにはぼくの言っている意味がおわかりにならないかもしれませんね。

　伯父があなたのことをいろいろ話してくれました。ディッキーのいい友人でいらっしゃったそうですね。ぼくがディッキーに会ったのは、ぼくが十一で彼が二十一のときでした。背の高いブロンドの人だったと記憶しています。ディッキーがカリフォルニアのぼくの家族を訪問したときだったと思います。

　十月の末か十一月の初めにヴィルペルスにいらっしゃるかどうかお知らせください。ではお目にかかるのを楽しみにしています。

敬具

クリス・グリーンリーフ

丁重に断わってしまおう、とトムは思った。グリーンリーフ一族とあまり接触をもつのはよくない。ごくたまに、ハーバート・グリーンリーフ氏がトムに手紙をよこし、トムはいつもそれに丁重な返事を出していた。

「マダム・アネット、家のことはよろしく頼むよ」トムは出がけに言った。

「なんですって?」

トムはできるだけうまくフランス語に翻訳してやった。

「いってらっしゃいませ(オー・ルヴォアール)、ムッシュー・トム! どうぞご無事で(ボン・ヴォワイヤージュ)!」マダム・アネットは玄関からトムに手を振った。

トムはガレージにある二台の車のうちの一台、赤いアルファロメオで出かけた。オルリー空港では、二、三日間といって屋内ガレージに車を預け、ターミナルで一味への土産(みやげ)にウイスキーを一本買った。トムのスーツケースのなかにはすでにペルノーの大壜(おおびん)がしのばせてあった(ロンドンへの持ち込みはひと壜しか許可されていないのだが)。トムはいままでの経験で、税関を通るとき堂々とひと壜を見せれば税関吏は鞄を開けろとはけっして言わないことを知っていたのだ。飛行機のなかでトムは、いつもロンドンで喜ばれるフィルターなしのフランス煙草(たばこ)ゴロワーズを買った。

イギリスでは小雨が降っていた。バスは道の左側をノロノロ進み、住宅街を通りすぎていく。家々の名前はいまはあたりが薄暗いのでよく見えなかったが、いつもトムを楽しませる。「ちょっと住み」。信じられない名前だ。「避難所」。「さまよう城」。みな小さな看板に書かれている。「炉ばた」。「おすわり」。いやはや。それからヴィクトリア朝時代の家がぎっしり建ち並ぶ一画に来た。いまはみな小さなホテルになっていてドーリス式の門柱の間にご大層な名前がネオンサインで掲げられている。マンチェスター・アームズ、キング・アルフレッド、チェシャー・ハウス。その狭いロビーの優雅な容貌の陰に、現代のベストクラスの殺人者の何人かが、同じように優雅な外見を保ちながら一夜の隠れ家を求めて潜んでいることを、トムは知っていた。イギリスはイギリスなのだ、神の恵みあれ！

その次にトムの注意をひいたのは道の左側の電柱に貼ってあるポスターだった。「ダーワット」という字が、少し下に傾いた筆記体――ダーワットの自筆――で黒々と書かれている。カラーで複製した絵は薄暗い光のなかで濃紫か黒に見え、グランドピアノの持ち上げた蓋にどこか似ていた。バーナード・タフツの新しい贋作にちがいない。二、三メートル先にも同じようなポスターがあった。ロンドンじゅうにこれほど「宣伝」されている人間がこれほどこっそり到着するなんて変な感じだな、とトムはウェスト・ケンジントン駅で誰の注意もひかずにバスを降りながら思った。

駅からトムはジェフ・コンスタントのスタジオに電話した。電話に出たのはエド・バンバリーだった。

「タクシーに跳び乗ってまっすぐここへ来いよ！」エドの声はひどく幸せそうだった。ジェフのスタジオはセント・ジョンズ・ウッドにある。左側の二階（セカンド・フロア）――イギリス流にいえば一階（ファースト・フロア）――だ。仰々しくもみすぼらしくもない小ぢんまりした手ごろの建物だった。

エドが勢いよく戸を開けた。「やあやあトム！ ほんとによく来てくれたよ！」ふたりは堅く握手した。エドはトムより背が高く、癖（くせ）のないブロンドの髪が耳にかぶさりそうに垂れているのでしょっちゅう手で脇（わき）へかき上げていた。年は三十五ぐらいだ。

「で、ジェフはどこだい？」トムはまずゴロワーズとウイスキーを赤い網の袋から出し、それからこっそり持ち込んだペルノーをスーツケースから取り出した。「お土産だ」

「うわぁすごいな！ ジェフは画廊に行ってる。おいトム、ほんとにやるのかい？ やるんなら材料はここにあるし時間もあまりないんでね」

「やってみる」とトムは言った。

「バーナードがもう来るはずなんだがな。あいつがいろいろ指示してくれることになってるんだ」エドはそわそわと腕時計を見た。

トムはもうコートと上着を脱いでいた。「ダーワットの到着が少し遅れちゃだめかな？ オープニングは五時なんだろう？」

「ああ、もちろんかまわんさ。六時までは行く必要ないよ。でもメーキャップを早く試してみたいんだ。ジェフがきみに念を押しといてくれって言ってたが、きみはダーワットよりわずかに背が低いくらいだ——それに身長だの体重だのの数字を覚えてる人はいやしないさ。もしおれが何かの記事に書いたことがあるにしてもだ。それからダーワットの目は青みがかった灰色だったが、きみのでうまくいくよ」エドは笑った。「紅茶でも飲むか？」

「いや結構」トムはジェフの長椅子の上にあるダークブルーのスーツを眺めていた。見たところ幅が広すぎるようだし、アイロンもかけてない。長椅子のそばの床にみっともない黒い靴が一足置いてある。「一杯やろうじゃないか？」エドがまるで猫みたいに落ち着かないのでトムは言った。いつも他人がそわそわしだすとトムはかえって落ち着くのだった。

ドアのベルが鳴った。

エドがバーナード・タフツをなかに入れた。

トムは手を差しのべて「バーナード、元気かい？」

「ああ、ありがとう」バーナードは元気のない声で言った。痩せていて肌はオリーブ色、髪はまっすぐで黒く、穏やかな黒い目をしている。

いまはバーナードには話しかけないで、ただ必要なことだけを手際よくやったほうがいい、とトムは思った。

ジェフの小さいけれどモダンな浴室で、エドが洗面器に水を汲み、トムは髪の色をもっと濃くするためのヘアリンスをおとなしくやってもらった。バーナードはやっとしゃべり出したが、それはエドがはじめは遠まわしに、それからややしつこく催促したからだった。

「ダーワットは歩くときちょっと猫背だった」とバーナードは言った。「声は——彼は公衆の前に出ると少しテレてた。しゃべり方は一本調子と言ったらいいかな。具体的に言うとこういう調子だ」バーナードは一本調子に言った。「ときどき笑うんだ」

「誰だってそうじゃないか！」トムは自分も神経質に笑いながら言った。トムはもう固い椅子に座り、エドに髪をとかしてもらっていた。トムの右手にある皿には一見床屋の床に落ちている髪の毛くずを掃き集めたようなものが載っていたが、エドがつまんで振り広げると、目の細かな肌色のガーゼに植えつけられた顎ひげだった。「やれやれ、照明が暗きゃいいんだが」とトムは呟いた。

「手配しとくよ」とエド。

エドが口ひげにとりかかっている間に、トムはいままではめていた指輪をふたつともはずしてポケットに入れた。ひとつは結婚指輪で、もうひとつはディッキー・グリーンリーフのものだ。それからバーナードに、ズボンの左ポケットに入っている指輪をとってくれと頼み、バーナードから指輪を受けとった。バーナードの細い指は冷たくて震えていた。トムは彼に、シンシアはどうしてると訊きたかったが、バーナードがもう彼女と付き合ってないことを思い出した。ふたりは結婚するはずだったのに、とトムは思った。エドはトムの髪を鋏で切って前髪をボサボサにしようとしていた。

「それからダーワットは——」急に声がかすれてバーナードは言葉を切った。

「もう黙ってろよ、バーナード！」エドがヒステリックに笑いながら言った。

バーナードも笑った。「すまない。ほんとに悪かった」彼はまるで本気で心から悔い改めているような調子で言った。

つけひげに着々と膠(にかわ)が塗られていく。

エドが言った。「トム、きみにここで少し歩きまわってもらいたいんだ。慣れとかなきゃいけないからね。画廊に着いたら——客たちと一緒に入らなくてもいい。それはヤバイってことになったんだ。裏口へまわれば、ジェフがおれたちをなかへ入れてくれる。記者連中を何人か事務所に入れるが、照明は部屋の隅のフロアスタンドをひとつだけつけておく。小さなスタンドと天井の電球ははずしてあるから心配ない」

膠のついたつけひげは顔につけるとひんやりした。洗面所の鏡に顔をうつしてみて、D・H・ローレンスにちょっと似てるな、とトムは思った。いまや彼の口はひげに囲まれている。その感覚はトムにはいやだった。鏡の下の小さい棚の上に、ダーワットのスナップ写真が三枚立てかけてあった——デッキチェアで本を読んでいるワイシャツ姿のダーワット、トムの知らない男とふたりでカメラのほうを向いて立っているダーワット。どの写真でもダーワットは眼鏡をかけていた。

「眼鏡」とエドが、トムの心を読みとったように言った。

トムはエドが渡してくれた丸縁の眼鏡をとってかけてみた。このほうがいい。トムはまだ乾ききってないつけひげをだめにしないようにほんのちょっと微笑した。レンズは明らかに素通しのガラスだった。トムは背中を少し丸めてスタジオに入っていき、ダーワットを真似たつもりの声で言った。「さあ、今度はそのマーチソンって奴のことを話してくれよ——」

「もっと低く！」バーナードが痩せた手を激しく下向きに振り動かしながら言った。

「マーチソンのことを話してくれ」トムはくり返した。

バーナードは言った。「マ、マーチソンは、ジェフに言わせると、あの『時計』って絵でダーワットがまた昔のテクニックに戻ったと思ってるんだ。でもじつを言うとぼくには、マーチソンが具体的に何をさして言ってるのかわからない」バーナードは落ち着きなく首を振り、どこからかハンカチを出して鼻をかんだ。「ぼくはさっきジェフが写した『時計』の写真を見てたんだ。ぼく自身あの絵はもう三年も見てないからね」バーナードはまるで壁に耳ありとでもいうように低い声でしゃべっていた。

「マーチソンはエキスパートなのか？」トムは内心、エキスパートっていったいなんだろうと思いながら、尋ねた。

「いや、ただのアメリカのビジネスマンさ」とエドが言った。「収集家でね。変人だよ」

それだけじゃなさそうだな、とトムは思った、でなきゃみんながこれほど大騒ぎするはずはない。「何かとくにぼくが準備しとかなきゃいけないことがあるかい？」

「いや」とエドが言った。「何かあるかな、バーナード？」

バーナードはまるで息が止まりそうになり、それから無理に笑おうとした。その瞬間の彼は、何年も前のように若くナイーヴに見えた。トムは、いまのバーナードが、三、四年前に最後に会ったときよりなおいっそう痩せているのをはっきり認めた。

「それがわかりゃ問題ないんだが」とバーナードは言った。「きみはただ――あの『時計』がダーワットの真作だという立場だけをあくまで貫いてくれ」

「まかせとけ」とトム。彼は猫背を練習しながら、ダーワットはきっとこうだったろうと思われるゆるやかなリズムで歩きつづけていた。

「でも」とバーナードは続けた。「もしもマーチソンが自分の主張を、それがどんなことだろうとにかくその話を続けようとしたら――トム、きみが持ってる『椅子の男』は――」

あれも贋作だ。「あれをマーチソンが見る気づかいはないよ」とトムは言った。「ぼくはあの絵が気に入ってるんだ」

「『桶(おけ)』が」とバーナードはつけ加えた。「あれが今度の個展に出ている」

「それを心配してるのか」とトム。

「あれも同じテクニックなんだよ」とバーナードが言った。「たぶんね」

「じゃあきみはマーチソンが何をさして言ってるのか知ってるんじゃないか。そんなに心配なら『桶』を出品作からはずしちまえばいいのに」

エドが言った。「もうプログラムに出てしまってるんだよ。いまさらはずしたらマーチソンは余計それを見たがったり、誰が買ってったのか知りたがったりするかもしれない」

いくら話を続けてもなんにもならなかった。第一、トムには、エドやバーナードあるいはマーチソンがそれらの作品のテクニックの何をさして言っているのか、はっきりしたことは全然わからなかったのだから。

「きみはマーチソンに会うことはないんだから、心配するのはやめろよ」エドがバーナードに言った。

「きみは会ったことがあるのか？」トムはエドに訊いた。

「いや、ジェフが会っただけだ。今朝」

「で、どんな男だって？」

「ジェフによると歳は五十ぐらいで、いかにもアメリカ人らしい大男だそうだ。礼儀正しいが頑固ってやつさ。おい、そのズボンにベルトはついてなかったかい？」

　トムはズボンのベルトを締めた。上着の袖を嗅いでみると、かすかにナフタリン臭かったが、煙草の煙がもうもうとした中ではおそらく誰も気がつかないだろう。それにダーワットがこの二、三年ずっとメキシコの服を着て暮らしていたということもあり得るのだから、その間じゅうスーツがしまってあったとしてもべつに不思議じゃない。エドがジェフの撮影用の非常に明るいスポットライトをつけてくれたので、トムはその下で長い鏡に自分の姿をうつしてみていたが、急に身体を折り曲げて笑い出した。トムは振り向いて言った。「失礼、ただダーワットはすごく稼いでるくせに、まだこんな古い服を後生大事に着て、と思ったもんだから」

「それはかまわん、彼は世捨て人なんだからな」とエドが言った。

電話が鳴った。エドが応え、トムは彼が誰かに（きっとジェフにちがいない）トムが着いてもう出かける用意ができたことを伝えているのを聞いた。

トムはまだ出かける気分にはなっていなかった。神経がたかぶって、身体じゅうが汗っぽい感じだ。彼はつとめて陽気な声でバーナードに言った。「シンシアはどうしてる？きみ、まだ付き合ってるのか？」

「彼女にはもう会ってない。とにかく、前みたいにたびたびはね」バーナードは、ちらっとトムを見て、また目を床に落とした。

「ダーワットが二、三日ロンドンに戻ってきたと知ったら彼女どう言うだろうな？」とトムは訊いた。

「何も言わないだろうよ」バーナードはのろのろと答えた。「彼女は——事をだめにするような女じゃない、それは確かだ」

エドが電話を終えて「シンシアは何も言わんよ、トム。そういう女だ。きみも彼女を覚えてるだろう？」

「ああ、ほんの少し」とトム。

「いままでに何も言ってないんだったらこれからも言いっこないさ」とエドが言った。その口ぶりはこう言っているようだった。「彼女は人の楽しみを台なしにするような人間でもおしゃべりでもない」と。

「ほんとにすばらしい女だ」とバーナードが誰にともなく、うっとりと呟いた。そして突然立ち上がるとすごい勢いでトイレットに駆けこんでしまった。おそらくそこへ行く必要があったのだろうが、もしかすると吐きにいったのかもしれない。

「シンシアのことは心配するなよ、トム」とエドが低い声で言った。「われわれは彼女と一緒に暮らしてる。いや、同じロンドンに住んでるって意味だがね。この三年余り彼女は黙っててくれてる。つまり——バーナードと別れてからもずっとだ。それともバーナードのほうが彼女と別れたのかな」

「いま幸せなのか、彼女？　誰かほかの男を見つけたのかい？」

「ああ、たしかボーイフレンドがいるとか」

バーナードが戻ってきた。

トムはスコッチを飲んだ。バーナードはペルノーを、エドはさっき鎮静剤を呑んだから酒は用心しておくと言って何も飲まなかった。五時までに、トムはいくつかのことを指示され、念を押された。たとえば、ダーワットが六年前に公的には最後に姿を見せたギリシャの町のこと。トムは、もし尋ねられたら、偽名を使ってギリシャのタンカーに乗りこみ、給油係と船のペンキ塗りをやりながらギリシャからベラクルスへ向かったのだ、と言うことになっていた。

トムとエドはバーナードのコートを借りた。それはトムのよりも、ジェフのクローゼットに入っているどのコートよりも古びて見えたからだ。そしてふたりは、バーナードをスタジオに残し、あとでまたそこで落ち合うことにして、出発した。

「奴さんひどいふさぎこみようじゃないか」とトムが舗道で言った。自分も沈んだ足どりで歩きながら、「あいつにこういうことがいつまで続けられると思う？」

「今日の様子だけで判断しちゃだめだ。大丈夫ずっと続けるよ。彼は展覧会があるときはいつもああなんだ」

バーナードはつまり労働馬だな、とトムは思った。エドとジェフは余分な金や、おいしい食事や、いい生活を与えられてどんどん育っていく。バーナードはそれを可能にするためにただ絵を描きつづけているだけなんだ。

トムはタクシーにぶつかりそうになって慌てて身をよけた。タクシーが道の左側を突っ走ってくるとは思いもかけなかったのだ。

エドは笑った。「すごいぞ。その調子でいけ」

ふたりはタクシー乗り場に来て車に乗った。

「それから――画廊の管理人だかマネージャーだか知らないが」とトムは言った。「名前はなんて言うんだ？」

「レナード・ヘイワードだ。歳は二十六。キングス・ロードのブティックがお似合いなゲイだが、あいつは心配ない。ジェフとぼくがわれわれの仲間に入れてやったんだ。仕方なくね。画廊の管理をやるという正式の契約書にサインしてれば、彼もわれわれをゆするわけにはいかないから、そのほうが安全だ。金はたっぷり払ってやってるんで向こうも喜んでるよ。それにときどきいい買い手を見つけてきてくれる」エドはトムを見てにっこりした。「きみ、労働階級のアクセントをちょいと混ぜるのを忘れるんじゃねえぜ。ぼくの覚えてる限りじゃ、きみはそういうことがうまかったはずだ」

3

エド・バンバリーは、ある建物の裏についている暗赤色のドアのベルを鳴らした。トムの耳に鍵の回る音が聞こえ、ドアが開いて、ジェフがにっこり笑って立っていた。

「トム！　すごいぞ！」ジェフは囁き声で言った。

三人は短い廊下を通って、居心地のよさそうな事務所に入った。デスクがひとつとタイプライターや本が置いてあり、クリーム色の絨毯が敷きつめてある。壁にはキャンバスやデッサンを入れた紙ばさみが立てかけてあった。

「まさにそのものズバリだよ——ダーワット！」ジェフはトムの肩をぴしゃりと叩いた。

「いまので、ひげが落っこったりしないだろうな」

「暴風が吹いたって大丈夫さ」とエドが口をはさんだ。

ジェフ・コンスタントは前より肉がついて、顔も血色がよかった——紫外線ランプで肌を焼いたのかもしれない。ワイシャツのカフスには四角い金のカフスボタンが光っているし、青と黒の縞のスーツは仕立ておろしらしい。ジェフの頭のてっぺんは今ではかなり禿げているにちがいないのだが、その部分がかもじ——いわゆるヘアピース——で隠されているのをトムは見てとった。画廊に通じる閉まったドア越しに大勢の声ががやがやと響いてくる。まるで波立った海だ、そしてひときわ高く響く女の笑い声はその海面から跳び上がるイルカだ、とトムは思った。いまの彼はちっとも詩的な気分ではなかったのだが。

「六時だ」とジェフが宣言した。彼が腕時計を見たときカフスボタンがいっそう光った。「ダーワットが来てるってことをおれが記者団の何人かにこっそり耳打ちしてくる。ここはイギリスだから、まさか――」

「ハハ！　まさかなんだい？」とエドがさえぎった。

「――まさかがむしゃらに突進してはこないだろう」ジェフはきっぱりと言った。「おれにまかせとけ」

「きみはそこに悠然と座っていたまえ。それとも立ってるか、まあ好きなように」エドが部屋の隅のデスクとその奥にある椅子を指さして言った。

「例のマーチソンって男も来てるのか？」トムはダーワットの声色で訊いた。

ジェフのいつもにこやかな顔がいっそうにこやかになったが、その笑いは少し不安げだった。「来てるよ。もちろんきみも会わなきゃいかん。だが記者会見のあとでだ」ジェフはもっと何か話したそうにも見えたが、そわそわして早く出ていきたげだった。そして彼は出ていった。ドアの鍵がまた閉められた。

「どこかに水はないか？」トムが訊いた。

　エドは回転式の本棚を動かしてその後ろに隠されている小さな浴室をトムに示した。トムが大急ぎで水をひと口飲み、浴室から出ると、ちょうど記者がふたりジェフと一緒に部屋へ入ってくるところだった。ふたりとも驚きと好奇心で茫然とした顔をしていた。ひとりは五十過ぎで、もうひとりはまだ二十代だったが、ふたりの表情はまったくそっくりだった。

「ご紹介します、こちらは『テレグラフ』のガーディナーさん」とジェフが言った。「ダーワットです。それからこちらは——」

「パーキンズです」と若いほうの記者が言った。「『サンデー』の……」

三人がまだ挨拶を交わさないうちにまたドアにノックの音が聞こえた。トムはまるでリューマチにでもかかったように猫背になってデスクのほうへ歩いていった。部屋にただひとつの明かりは画廊に通じるドアの近くにあって、トムの場所からはたっぷり三メートル離れている。だがトムはパーキンズ記者がフラッシュ付きのカメラを持ってきていることに気づいていた。

あと四人の男と女がひとり、入室を許されて入ってきた。トムがこのような状況のもとで何よりも恐れるのは女性の目だ。その女性記者は「マンチェスターなんとか」誌のミス・エレノアなんとかだと紹介された。

それから矢つぎ早の質問が始まった。ジェフが、ひとりずつ順に質問してくれと注文をつけたのだが、どの記者も自分の質問に早く答えてもらいたいと夢中になっていたので、これは無駄な注文だった。

「ずっとメキシコで暮らすつもりなんですか、ミスター・ダーワット?」

「ミスター・ダーワット、あなたとここでお会いしてみんな驚いてるんです。なぜロンドンに来る決心をしたんですか?」

「ミスターはやめてください」とトムは気難しそうに言った。「ダーワットで結構です」

「あなたは自分の——一連の最新作が気に入ってますか? あれがベストだと思いますか?」

「ダーワット——あなたはひとりでメキシコに住んでらっしゃるの?」とエレノアなんとかが訊いた。

「ええ」

「その村の名前を教えてくださいませんか?」

さらに三人の男が入ってきた。トムは、ジェフがそのなかのひとりを外で待てと追い出したのを見た。

「ぼくが住んでいる村の名前だけは言えません」トムはゆっくり言った。「村の人たちに悪いですから」

「ダーワット、あのう——」

「ダーワット、ある批評家がですね——」

誰かがこぶしでドアを叩いている。

ジェフが叩き返してどなった、「いまはだめです、待ってください!」

「ある批評家がですね――」

今度はドアが割れるような音がした。ジェフが肩を押しつけて支えている。ドアが壊れそうにないのを見て、トムは落ち着いた目をドアから質問者のほうへ向けた。

「――批評家がこう言ってるんです、あなたの作品はピカソのキュビスム時代につながる一時期、つまり彼が顔とフォルムを分けはじめた時期の作品に似てるって」

「ぼくには時期はありません」トムは言った。「ピカソにはいろんな時期があります。だからこそ誰もピカソには手出しできないんです――もしそうしたいと思ってる人がいたとしてもね。誰も『私はピカソが好きだ』と言うことはできません。ある一時期だけを思い浮かべることができないからです。ピカソは遊びをやります。それはかまいません。しかしそうすることによって彼は本当であるかもしれないもの、本当の完成された個性というものを破壊しているのです。ピカソの個性とはいったいなんでしょう？」

記者たちは一生懸命メモをとっていた。

「この個展のなかであなたが一番気に入っている絵はどれですか？　自分ではどれが一番好きだと思いますか？」

「ぼくにはべつに――いや、このなかに好きな作品があるとは言えませんね。ああ、ありがとう」ダーワットは煙草(たばこ)を吸ったんだろうか？　まあいいさ。トムはジェフのクレイヴンAに手を伸ばし、ふたりの記者があわててライターを差し出す前に自分で卓上ライターをとって火をつけた。そして記者たちのライターの火からつけひげを守るために少し身を退（ひ）いた。「ぼくが自分で気に入ってるのはたぶん古い作品じゃないかな――『赤い椅子』とか『倒れる女』あたり。でもみんな売れてしまった」『倒れる女』という題はトムがどこからともなく急に思い出したものだったが、それは現に存在していた。

「その絵はどこにあるんです？　名前は聞いたことがあるが作品は知りませんね」と誰かが言った。

いかにも世捨て人らしく恥ずかしそうに、トムはジェフのデスクの上にある革張りの帳簿を見つめたままで言った。「忘れました。『倒れる女』は、たしかアメリカ人に売れたんだと思いますが」

記者たちはまた突っこんできた。「ダーワット、あなたは自分の絵が売れるのが嬉（うれ）しいですか？」

（嬉しくない奴がいるもんか）

「メキシコは制作欲を刺激しますか？　この個展にはメキシコを描いたものがないようですが」

（ほらきたぞ。だがトムはうまく切り抜けた。ぼくはいつも想像（イマジネーション）をもとにして描いてきたのです）

「メキシコであなたがどんな家に住んでるのか、そのくらいは話してくださってもいいでしょう、ダーワット？」とエレノアが言った。

（これはお安いご用だ。部屋が四つある平家。家の前にバナナの木が一本。手伝いの村娘が毎朝十時に掃除に来てくれ、十二時に買い物に行って焼きたてのトルティーヤを買ってきてくれるので、昼食にはそれと赤い豆――フリホーレス――を食べます。ええ、肉はほとんどありません。ときどき山羊(やぎ)の肉を食べるぐらい。村娘の名前ですか？　フワナです)

「村ではみんなあなたのことをダーワットと呼んでるんですか？」

「以前はそうでした、でもかなり違ったふうに発音してましたね。いまじゃフィリポです。ドン・フィリポ以外の名前はまったく必要ありません」

「彼らはあなたが有名なダーワットだとは全然知らないんですか？」

トムはまた少し声をたてて笑った。「村の人たちは『タイムズ』や『アーツ・レヴュー』に興味を持っていませんから」

「ロンドンが恋しくありませんでしたか？　今度来てみてどう思います？」

「戻ってくる気になったのは気まぐれからですか？」と若いパーキンズ記者が訊いた。

「ええ、ほんの気まぐれです」トムは、何年もたったひとりでメキシコの山を見つめてきた男にふさわしい疲れた哲学的な微笑を浮かべた。

「ヨーロッパにもお忍びで行くんですか？　あなたは孤独が好きだそうですが――」

「ダーワット、明日十分間でも暇をさいていただけたらありがたいんですが。どこにお泊まりかそれだけでも――」

「悪いけどどこに泊まるかまだ決めてないんです」とトムは言った。

ジェフがもう部屋を出ていくようにと記者たちを穏やかに促し、カメラのフラッシュがたかれはじめた。トムは下を向いていたが、一、二度だけ求めに応じて顔をあげた。ジェフの許可で、白い上着を着たウェイターが飲みもののトレイを持って入ってきた。トレイはたちまち空になった。

「もう終わりですから」とジェフがドアのところで言っている。

トムは手をあげて、丁寧なはにかんだ別れのゼスチュアをした。「みなさんありがとう」

「でも私は――」

「ああマーチソンさん。どうぞお入りください」ジェフはそう言ってトムのほうを振り向き「ダーワット、こちらはマーチソンさんだ。アメリカからいらした」

マーチソンは大きな男で、愛想のいい顔をしていた。「はじめまして、ダーワットさん」彼はにっこり笑って言った。「あなたにロンドンでお目にかかれるとは望外の幸せですよ！」

ふたりは握手した。

「はじめまして」とトムも言った。

「それからこれはエドマンド・バンバリーです」とジェフは言って「マーチソンさんだ」

エドとマーチソンは挨拶を交わした。

「私はあなたの絵を一枚持っておるんですよ――『時計』を。じつをいうと、それをここに持ってきとるんですがね」マーチソンはますますにこにこしながら、尊敬のまなざしでうっとりとトムを見つめていた。そしてトムのほうは、ダーワットその人に会えたという驚きでマーチソンの目が狂ってくれればいいと願っていた。

「なるほど」とトムは言った。

ジェフがまた静かにドアに鍵をかけた。「おかけになりませんか、マーチソンさん」

「はあどうも」マーチソンは背のまっすぐな椅子に腰をおろした。

ジェフは、本棚の縁やデスクの上の空のグラスを静かに集めはじめた。

「さて、本題に入りますとですな、ダーワットさん、じつは——私はあなたの『時計』に見られるあるテクニックの変化に興味を持っておるんです。もちろんあなたは私のいま言った絵をご存じでしょうな?」とマーチソンが訊いた。

底意のないただの質問なのか、それとも何かを狙っているのか、トムはいぶかったが、「もちろん」と答えた。

「ではあの絵を説明していただけますかな?」

トムはまだ立ったままだった。かすかな戦慄が全身を走った。だがトムは微笑して「ぼくは自分の作品を説明できません。もしあの絵のなかに時計がなかったとしてもぼくは驚きませんね。ご存じなかったんですか、マーチソンさん、いつもぼくが自分で題をつけるとは限らないんですよ。誰かがぼくのあるキャンバスから、たとえば『日曜の正午』を感じとってそういう題をつける。なぜそうなったのかはぼくの理解の範囲外です」(トムはさっきから画廊のプログラムをチラチラ見ていた。そのプログラムには展覧中のダーワットの二十八作品のことが書いてあり、ジェフか誰かが気をきかしてデスクの帳簿の上に広げておいたものだった）「この題はきみがつけたのかね、ジェフ?」

ジェフは笑った。「いや、エドだと思うよ。何かお飲みになりませんか、マーチソンさん。バーからとりよせますが」

「いや結構、おかまいなく」そしてマーチソンはトムに話しかけた。「青みがかった黒色の時計で、それを持っているのは――覚えておられますか?」彼はまるで罪のない謎々でもやっているように、にこにこして訊いた。

「小さな女の子だったと思います――こっちに顔を向けている女の子、とでも言いましょうか」

「フム、そのとおり」とマーチソンは言って「それにしてもあなたは男の子はお描きにならんですな、そうでしょう?」

トムは自分の答えがあたったのでほっとして声をたてて笑った。「ぼくはきっと女の子が好きなんでしょうね」

マーチソンはチェスターフィールドに火をつけた。茶色の目、薄茶色の縮れた髪、ほんの少し肉づきのよすぎる顎、それは身体のほかの部分も同じだった。「あなたに私の持っている絵を見ていただきたいんです。理由がありましてね。ではちょっと失礼。その絵をコートと一緒に預けてきたので」

ジェフは彼をドアの外へ出してやると、また鍵をかけた。

ジェフとトムは顔を見合わせた。エドは黙って本棚によりかかっている。トムは低い声で言った。

「だめじゃないか、あのいまいましい絵がいままでずっとコート置場に置いてあったんだったら、きみたちのどっちかがこっそり持ち出して焼いちまえばよかったのに」

「ハハ」エドが神経質な笑い声をたてた。

ジェフは、マーチソンがまだ部屋のなかにいるかのように努めて平静を保っていたが、その福々しいにこやかな顔はひきつっていた。

「とにかくあいつの言うことを最後まで聞こうじゃないか」とトムがダーワットの声音で言った。

ゆっくりと落ち着いて言った。彼はカフスボタンをはずそうとしたがはずれなかった。

マーチソンが茶色の紙にくるんだ絵を脇にかかえて戻ってきた。それはおそらく三十号サイズの、中型のダーワットだった。「私はこの絵に一万ドル払ったんですよ」とマーチソンはにこやかに言った。「それをクロークルームに置きっ放しにするなんて不注意だとお思いかもしれませんが、私は人を信用する性質でしてな」彼はペンナイフの助けを借りて包みをほどきながら、トムに訊いた。「あなたはこの絵をご存じですかな?」

トムは絵を見て微笑した。「もちろん知ってますとも」

「これを描いたことを覚えておられますか?」

「これはぼくの作品です」とトムは言った。

「私の興味をひいたのはこの絵の紫色です。この紫色。これはコバルトバイオレットの単色だ――おそらくあなたのほうが私よりよくおわかりでしょうが」マーチソンは一瞬まるで謝罪するような微笑を浮かべた。「この絵は少なくとも三年前のものです、私が買ったのが三年前ですからな。しかしもし私が間違ってなければ、あなたは、五、六年前にコバルトバイオレットを捨ててそのかわりにカドミウム・レッドとウルトラマリンの混色のラベンダー色を使いはじめておられる。その正確な日付はわかりませんがね」

トムは黙っていた。マーチソンが持っている絵のなかの時計は黒と紫で描かれていた。そのタッチと色はトムの家にある『椅子の男』（バーナード作の）によく似ている。その紫のなかのどこをマーチソンが攻撃しているのか、トムにははっきりとはわからなかった。ピンクと青リンゴのような色のドレスを着たひとりの少女が時計を手に持っている、というよりむしろテーブルの上に立っている大きな時計の上に手を載せている。「正直なところ、ぼくはもう忘れましたね」とトムは言った。「たぶんぼくはその絵には単色のコバルトバイオレットを使ったんでしょう」

「外にある『桶（おけ）』という絵でもそうですな」とマーチソンは画廊のほうに顎をしゃくって言った。「しかしほかの作品ではそうじゃない。珍しいことですな。画家はふつう、自分がいったん捨て去った色には戻らんものです。私の意見では――カドミウム・レッドとウルトラマリンの混色のほうがずっとおもしろい。あなたが新しく選んだ色のほうがね」

トムは平静だった。もう少し心配しなきゃいけないかな？　彼はちょっと肩をすくめた。

ジェフは浴室に入ってグラスや灰皿をガチャガチャいわせている。

「あなたがこの『時計』を描かれたのは何年前ですか?」とマーチソンが訊いた。

「それはぼくにもちょっと言えませんね」トムは率直な態度で言った。彼にはマーチソンの言わんとしていることが、少なくとも時間的な問題に関しては、すでにわかっていたので、こうつけ加えた。「四、五年前だったかもしれませんよ。これは古い作品なんです」

「私が買ったときは誰も古い作品だとは言ってませんでしたがね。それにあの『桶』。あれはつい昨年の作だとされているのに、あれにも同じコバルトバイオレットが使われていますな」

陰影をつける目的で使われたコバルト色は、『時計』ではそう目立っていなかった。マーチソンは鷹のような目をしているにちがいない。トムは、ダーワットの初期の真作である『赤い椅子』にも同じコバルト色が使われているのを思い出した。あの絵の制作日時ははっきりわかっているのだろうか? もし彼が、『赤い椅子』も三年前の作品だと言うことができれば、そしてそれをなんらかの方法で証明できれば、マーチソンなんかくそくらえなんだが。あとでジェフとエドに確かめてみよう、とトムは思った。

「この『時計』を描いたことははっきり覚えておられるんですな?」とマーチソンが訊いた。

「間違いなくぼくの作品です」とトムは言った。「これを描いたのはぼくがギリシャにいたときか、それともアイルランドにいたときかもしれません。というのは自分で日付を覚えていないし、それにもしこの画廊に日付が控えてあったとしても、ぼくが実際に制作した日時とは違っていることがありますからね」

「私はこの『時計』があなたの作品だとは思いませんな」マーチソンは好人物のアメリカ人らしく確信をもって言いきった。

「驚いたなあ、どうしてです？」トムもマーチソンに負けぬ好人物ぶりを発揮した。

「こんなふうにとやかく穿鑿するのはわれながら厚かましいとは思うんですが、私はフィラデルフィアの美術館であなたの初期の作品をいくつか拝見しましてな。こう言うのを許していただければ、ダーワットさん、あなたは――」

「ダーワットと呼んでください。ぼくはそのほうが好きなんです」

「ダーワット。あなたは非常に多作だ、だから自分の作品を忘れて――というよりいちいち覚えてはおられんだろうと思うんです。かりにこの『時計』があなたのスタイルで描かれており、そのテーマがあなたの典型的なものであるとしても――」

ジェフもエドも一心に聞き耳をたてていたが、マーチソンが言葉を切った隙にジェフがすかさず言った、「しかしこの絵はダーワットのほかの二、三の作品と一緒にメキシコから送られてきたんですよ。彼はいつも二、三点ずつ送ってくるんです」

「そのようですな。この『時計』には裏に日付が入ってます。三年前の日付で、ダーワットのサインと同じ黒の絵の具で書いてあります」とマーチソンは言って、みなに見えるように絵を裏返した。「私はこのサインと日付をアメリカで鑑定させました。この問題に首を突っこむからには、私もそのくらい慎重にやったんですよ」マーチソンは相変わらず微笑しながら言った。

「何が問題なのかぼくにはどうもよくわかりませんね」とトムは言った。「三年前の日付がぼくの自筆で書いてあるのなら、その絵はメキシコで描いたものです」

　マーチソンはジェフを見た。「コンスタントさん、あなたはこの『時計』をほかの二作品、でしたかな、と同じ便で受けとったと言われましたな?」

「ええ。いま思い出しましたが――ほかの二点というのは、ロンドンの持ち主から借りてきていまこの個展に出品中のものだったと思います――『オレンジ色の納屋』とそれから――もうひとつはなんだったっけ、エド?」

「『鳥の妖怪』じゃなかったかな。そうだろう?」

　ジェフのうなずき方から、トムはそれが事実だということを見てとった。でなければジェフが非常にうまく芝居したかだ。

「そうそう」とジェフは言った。

「その二枚にはこのテクニックが使われておりませんな。紫色は使ってあるが、それは色を混ぜてつくったものだ。いま言われたふたつの作品は本物ですよ――どこから見ても本物の最近の作です」

　マーチソンは少しだけ間違っていた。その二枚もやはり贋作だったのだ。トムは顎ひげを掻いた、ただしそうっと。彼は相変わらず静かな、いくらか面白がっているような態度を保っていた。

マーチソンは目をジェフからトムに移した。「失礼な奴だとお思いでしょうが、あえて申し上げます、ダーワット、私はあなたの絵が偽造されていると思っとるんです。私は今後も徹底的に追及するつもりです。『時計』があなたの作じゃないということに命を賭けてもいい」

「しかしマーチソンさん」とジェフが言った、「その問題はすぐに――」

「私にその年の何点かの絵の受取証を見せればすぐ解決すると言われるんですか？　しかしメキシコから送られてきた絵には題すらついてなかったかもしれんのでしょう？　ダーワットが題をつけていなかったらどうなるんです？」

「このバックマスター画廊はダーワットから作品の売買を許可されている唯一の画商です。あなたはその絵をわれわれからお買いになったんですよ」

「それはわかってますよ」とマーチソンは言った。「私は何もあなた方や、ダーワットを責めとるんじゃない。ただ、これがダーワットの作品だとは思えん、と言っとるだけです。どんなことがあったのかは知りませんがね」マーチソンは三人の顔を順々に見た。思わず大声を出してしまったのをわれながらきまり悪がっているようだったが、しかし信念だけは頑として変えずに、「私の持論はこうです、画家は、かつて自分が使っていたひとつの色、もしくは色の組み合わせをいったんほかの色に変えたら最後、またそれに戻ることは絶対にない、とくにダーワットの絵に見られるラベンダーのように微妙なしかも重要な色の場合はなおさらです。あなたも同意見ですか、ダーワット？」

間。

トムはため息をついて人さし指で口ひげをさわった。「なんとも言えませんね。どうもぼくはあなたほど理論家じゃないらしい」

「で、マーチソンさん、われわれにその『時計』をどうしてほしいんです？　金を返せとおっしゃるんなら」とジェフが言った。「われわれは喜んでそうしますよ、なぜなら——ダーワット自身が現に本物だと言ってるんだし、率直にいって今じゃもう一万ドル以上の値打ちがありますからね」

マーチソンが承知してくれればいい、とトムは願ったが、どっこい彼はそんな人間ではなかった。

マーチソンはゆっくり時間をとって、手をズボンのポケットに突っこみ、ジェフを見て言った。「ありがたいが、私は金よりも自分の理論——自分の意見のほうに興味がありますんでな。それに私は今こうやってロンドンに来ておる、幸いロンドンは世界でも第一級の、おそらく最高の美術鑑定家がいる町ですから、この『時計』を専門家に見せて比べてもらおうと思っとるんですよ——まぎれもなく本物のダーワットとね」

「結構ですな」とトムは愛想よく言った。

「会ってくださってありがとうございました、ダーワット。お目にかかれて嬉しかったですよ」マーチソンは手を差し出した。

トムはその手をしっかり握って、「こちらこそ、マーチソンさん」

エドはマーチソンが絵を包むのを手伝い、いままでの紐だけでは結びにくいので新しく紐を足してやっと結び上げた。

「この画廊に言えばあなたにご連絡できますかな？」とマーチソンがトムに言った。「たとえば明日でも？」

「ええ」とトムは言って「ぼくの居場所はここに訊けばわかります」

マーチソンが部屋から出ていってしまうと、ジェフとエドは大きなため息をついた。

「さて――事はどのくらい重大なんだ？」とトムは訊いた。

絵のことはジェフのほうが詳しい。ジェフが真っ先に、言いにくそうに口を切った。

「あいつが専門家を引きずりこんだら事は重大だ。あいつのことだからきっとやるよ。あいつの紫理論にも一理ありそうだ。あれが決め手になってもっとひどいことになるかもしれんぞ」

トムは言った、「そろそろきみのスタジオへ戻ろうじゃないか、ジェフ。またぼくを裏口からこっそり出してくれないか――シンデレラみたいに」

「ああ、だがおれはちょっとレナードと話したいんだ」ジェフはにやりと笑い、「あの男をここに引っぱってきてきみに会わせるよ」と言って部屋を出ていった。

画廊からの人声はかなり少なくなっていた。トムはエドを見た。エドの顔は少し青ざめている。ぼくは消えられるがきみはだめだなとトムは思い、背中をしゃんと伸ばすと、指をVの字にして言った。「元気出せよ、バンバリー。こんなことは苦もなく片づけられるさ」

「それともわれわれが片づけられちまうかだ」エドは荒っぽいゼスチュアをして言った。

ジェフがレナードを連れて戻ってきた。レナードは身ぎれいにした小柄な青年で、ボタンのたくさんついたビロード襟のエドワード風のスーツを着ていた。彼はダーワット姿のトムを見たとたんにげらげら笑い出した。しいっとジェフが止めた。

「すごいや、こいつぁすごい！」とレナードは感心しきってトムをじろじろ眺めまわした。

「ぼくの見た写真にそっくりだ！　こんなすばらしい変装を見たのは、ぼくが自分の足を縛ってロートレックをやって以来はじめてですよ！　去年やったんです」とトムを見つめて「でも誰なんです、あんた？」

「それは」とジェフが言った。「きみは知らないほうがいい。ただこれだけ言っとこう――」

「これだけ言っとこう」とエドがひきとって「ダーワットはいま記者団相手にすばらしいインタビューをやってのけたところだ」

「そして明日は、ダーワットはもういない。メキシコへ帰る」とジェフがひそひそ声で言った。「さあ仕事に戻りたまえ、レナード」

「チャオ」トムは手をあげて言った。

「さらばわが殿」とレナードはお辞儀して、ドアのところまで後ずさり、こうつけ加えた、「客はもうほとんど帰りました。宴会もおひらきです」そして出ていった。

トムは陽気な気分になれなかった。何よりもまず早く変装をとってしまいたかったし、事態は依然として困難で、まだ何も解決していないのだ。

ジェフのスタジオに戻ってみると、バーナード・タフツの姿が消えていた。エドとジェフは驚いたようだ。そしてトムは少し不安になった。目下の情勢をバーナードにも知らせなければならないのに。

「もちろんバーナードには連絡がつくんだろうな？」とトムは言った。

「ああもちろん」とエド。彼はスタジオのキッチンで自分の飲む紅茶をわかしていた。「バーナードは自分の家にいるに決まってるよ。電話もあるんだ」

ここしばらくは電話も安全ではないんじゃないか、という考えがトムの心をかすめた。

「マーチソン氏がたぶんまたきみに会いたいと言ってくるよ」とジェフが言った。「専門家を連れてね。だからきみは早く消えなきゃいかん。明日メキシコへ発つことにしよう――表向きはね。今夜でもいい」ジェフはペルノーをちびちびやっていた。彼は前より落ち着いて見えた。きっと記者会見とマーチソンとの会見が比較的うまくいったからだろう、とトムは思った。

「メキシコだなんてとんでもない」紅茶のカップを持って入ってきたエドが言った。「ダーワットはイギリスのどこかの友達の家に滞在している、だがぼくたちはその場所を知らない。そういうことにして二、三日様子をみよう。それからダーワットはメキシコへ帰る。どうやって帰ったか？　そこまでは知るもんか」

トムはだぶだぶの上着を脱いだ。「『赤い椅子』の制作日時はわかってるのか?」

「ああ」とジェフが言った。「六年前だ」

「それはもうあちこちに発表されてるんだろうな?」とトムは訊いた。「じつはその日付をもっと最近のものにしようと思ってたんだよ——この紫問題を片づけちまうためにね」

エドとジェフは顔を見合わせていたが、エドが急いで言った、「だめだよ、いろんなカタログに出ちまってるから」

「とすると道はひとつしかない。バーナードに何枚か——とりあえず二枚でいいな——単色のコバルトバイオレットを使った絵を描かせるんだ。つまりダーワットがいまでも二種類の紫を使いわけてるってことを証明するのさ」だがトムはそう言ったとたんにもうこれはだめだと感じ、その理由もわかっていた。肝心のバーナードがもうこれ以上あてにはならないかもしれないからだ。トムはジェフとエドから目を離した。ふたりとも迷っていた。トムは自分のダーワットの変装に自信をもって、努めてしゃんと立ち上がった。「きみたちにぼくのハネムーンのこと話したかな?」トムはダーワットの一本調子な声で言った。

「いや、やってくれよ、きみのハネムーンの話!」ジェフが笑う用意はできてるぜといわんばかりにもうにやにやしながら言った。

トムはまたダーワットの猫背の姿勢をとって、「それが——ムードぶちこわしなんだよ——まわりの雰囲気がさ。スペインでのことなんだ。ぼくたちホテルの続き部屋をとってね、ぼくとエロイーズはそこにいたんだけど、下の中庭(パティオ)ではおうむがカルメンを歌ってるんだ——ひどい声でね。ぼくたちがなにしようとすると——そのたびに聞こえてくる。『アー、ハ、ハ、ハ、ハ、ハ、ハ、ハ——！　アー、ハ、ハ、ハ、ハ、ハ、ハ、ハ、ハ、ハ、ハ——！』ってね。客たちは窓から首突き出してスペイン語でどなり立てる。『やめろ！　そのいまいましい嘴（くちばし）を閉めちまえ！　誰がその——汚（けが）らわしい動物にカルメンを歌うことを教えたんだ？　殺しちまえ！　スープにぶち込んでぐつぐつ煮ちまえ！』笑いながら愛の行為をやるなんてどだい不可能だよ。ためしてみたことあるかい？　とにかく——人間と動物との違いは笑うことだ、っていうからね。そして——もひとつのあれのほうは人間も動物も同じだってわけさ。エド、もうこのもじゃもじゃをとってくれよ」

エドは大笑いしていた。ジェフもいままでの緊張から解放されて——それがほんの束の間のものだということはトムにはわかっていた——ソファの上で笑いころげていた。

「洗面所へ来いよ」エドが洗面器に湯を注ぎながら言った。

トムは自分のズボンとシャツに着替えた。

マーチソンは専門家に会うと言っていたが、その前になんとかして彼を誘いこみ、ヴィルペルス村の自宅に連れていくことができれば、いまの状況に何か——それが何かはトムにもまだわからなかったが——手が打てるかもしれない。「マーチソンはロンドンのどこに泊まってるんだ？」

「ホテルだろう」とジェフが言った。「どのホテルとは言ってなかったが」

「ロンドンのホテルを二、三カ所電話であたってみて、彼がいるかどうか調べてくれないか」

ジェフが受話器をとろうとしたとき、電話が鳴った。トムは、ジェフが誰かに、ダーワットは北行きの列車に乗ってしまった、彼がどこへ行くつもりか自分も知らない、と言っているのを聞いた。「あいつはすごい人間嫌いですよ」と。「記者連中のひとりだ」とジェフは電話を切ってから言った。「単独インタビューしたいんだとさ」それから電話帳を開いて、「まずドーチェスター・ホテルにかけてみよう。マーチソンはドーチェスター・タイプみたいだからな」

「でなきゃウェストベリー・タイプだ」とエド。

つけひげの植わったガーゼを剝がすのにはたくさんの湯を使って用心深くやらねばならなかった。それから髪を洗って染めた色を落とす。やがて、ジェフが元気のいい声で言うのが聞こえた。「いや結構です。あとでまたかけますから」

それからジェフは言った。「ホテル・マンデヴィルだったよ。ウィグモア街の外れの」

トムはヴェネツィアで買ったピンクのシャツを着てから、電話のところへ行ってトーマス・リプリーの名でマンデヴィルの部屋を予約した。午後八時ごろに行くから、と言って。

「何をやるつもりなんだ?」エドが訊いた。

トムはちょっと笑って「まだわからんさ」と言った。それは事実だった。

4

ホテル・マンデヴィルは豪華だが、ドーチェスターほど値段は高くない。トムは八時十五分ごろに着き、ヴィルペルス・スュル・セーヌの住所を宿帳に記入した。もしかするとマーチソンとの間にトラブルが起きて、トム・リプリーがすぐ消えなければならないことになるかもしれない、そのときのために偽名とどこかイギリスの田舎の住所を書いておこうかと思わないわけでもなかったが、また同時に、トム・リプリーがマーチソンをフランスへ招待する可能性もあり、その場合には本名が必要になるわけだ。トムはボーイにスーツケースを部屋に持っていくように頼み、マーチソンがいるかもしれないと思ってバーのなかを見た。マーチソンはいなかったが、トムはビールを飲みながらしばらく待つことにした。

ビールを飲み「イヴニング・スタンダード」紙を読んで十分ほど待っても、マーチソンは現れない。この辺にレストランがたくさんあることは知っていたが、もしそこにマーチソンがいたとしても、そのテーブルに近づいて、今日ダーワット展でマーチソンを見かけたというただそれだけの理由でだしぬけに話しかけることはとうてい不可能だ。それとも——マーチソンがダーワットに会いに奥の部屋へ入っていくのを見たと言えばどうだろう？　それがいい。トムが思いきって近所のレストランを探険しに出ていこうとしたとき、マーチソンが、誰かについてくるように合図しながらバーに入ってくるのが見えた。

そしてトムが驚いたことには——ぎょっとしたといったほうがいいかもしれない——そのもうひとりの男はバーナード・タフツだった。トムはあわてて反対側のドアから抜け出した。そのドアは直接バーから舗道に面していたのだ。バーナードがトムの姿を見なかったことはまず確かだ。トムは、どこかに公衆電話のボックスか、電話のかけられるほかのホテルはないかと見まわしたが、どこにもないのでまた正面玄関からホテル・マンデヴィルに戻り、自分の部屋、四一一号室の鍵を受けとった。

部屋に入るとトムはジェフのスタジオに電話をかけた。ベルが三回、四回、五回鳴り、それからやっとジェフが出てトムをほっとさせた。

「ハロー、トム！ いまエドと階下へ下りようとしたとこへ電話が鳴ったんだ。何かあったのか？」

「バーナードがいまどこにいるか、きみ知ってるか？」

「あいつは今夜そっとしといてやろうよ。興奮してるから」

「バーナードはいまマーチソンとマンデヴィルのバーで飲んでるんだぜ」

「なんだって？」

「ぼくはホテルの部屋からかけてるんだ。ジェフ、きみはどんなことがあっても絶対に——聞いてるのか？」

「ああ——ああ」

「ぼくが彼を見たってことをバーナードに言うなよ。ぼくがマンデヴィルにいるってことも言っちゃだめだ。それからやたらにうろたえるんじゃないぜ。もっともこれはバーナードがまだバラしてないとしての話だがね。どうなんだかぼくにはわからないが」

「なんてこった」とジェフは唸った。「だ、大丈夫さ。バーナードはバラしゃしないよ。バラすとは思えん」

「きみ、今夜遅くにはそこに帰ってるか？」

「ああ、たぶん――いずれにせよ、十二時前には帰ってるよ」

「じゃまたこっちから電話する。でももしぼくがかけなくても心配するなよ。そっちからはかけないでくれ――ぼくが部屋に誰か連れてきてるかもしれないからね」トムは急に笑い出しながら言った。

ジェフも笑ったがちょっと病的な笑いだった。「オーケー、トム」

トムは電話を切った。

なんとしてでも今夜マーチソンに会いたい。マーチソンとバーナードは一緒に食事するんだろうか？　だとすればずっと待っているのは退屈だな。トムはスーツをハンガーにかけ、シャツを二枚引き出しにしまった。それから顔にまた水をざぶざぶかけて、膠がほんの少しでも残っていないか鏡を見て確かめた。

落ち着かないので、コートを腕にかけて部屋を出た。ソーホー界隈でも散歩して、食事する場所を見つけるつもりだった。ロビーでトムはガラスのドア越しにホテルのバーを覗いてみた。

運がよかった。マーチソンはひとりで座って勘定書にサインしており、道路に面したほうのドアがちょうど閉まるところだった。バーナードが出ていったのかもしれない。それでもなお、バーナードが手洗いに立ってまたすぐ戻ってくるかもしれぬ場合に備えてロビーを見まわした。バーナードの姿が見えなかったので、トムはマーチソンがバーを出ようとして実際に立ち上がるまで待ってから、バーに入っていった。トムの顔は憂鬱(ゆううつ)そうで考え深げだった。事実そんな気分だったのだ。トムは、マーチソンを記憶のどこかから思い出そうとでもするように、彼を二度見た。一度はマーチソンの目がトムの目と合った。

それからトムは相手に近づいて「失礼ですが、今日ダーワット展であなたをお見かけしたと思うんです」わざとアメリカの中西部訛(なま)りでダーワットをダールワットというふうに発音した。

「たしかに、私はあそこへ行きましたが」とマーチソンは言った。

「お見うけしたところアメリカの方のようですね。ぼくもそうなんです。ダーワットはお好きですか?」トムは馬鹿だと思われない程度にできるだけ無邪気で率直な態度をとっていた。

「ええ、大好きですとも」

「ぼくは彼の絵を二枚持ってるんですよ」トムは誇らしげに「今日の個展の作品も一枚買うかもしれません——もし残ってればね。まだ決めてはないんですが。『桶(おけ)』を」

「ほう？　私も一枚持っとるんです」マーチソンもトムと同じくらい率直に言った。「そうですか。なんという題のです？」

「おかけになりませんか？」マーチソンは立ったままで、向かい側の椅子をさし、「一杯いかがです？」

「ありがとう、じゃ、お言葉に甘えて」

マーチソンは座った。「私の持っとるのは『時計』というんですよ。ダーワットを持っとられる方に会えるとは——それも二枚もね——まったく感激だ！」

ウェイターが来た。

「私はスコッチ。そちらは？」彼はトムに訊いた。

「ジン・トニック」とトムは言って、つけ加えた。「ぼくはこのマンデヴィルに泊まってるんです、だからこれはぼくにおごらせてください」

「まあそれはあとにして。あなたの持っとられる絵のことを話してください」

「『赤い椅子』と、それから——」

「ほんとですか！　あれは名作だ！　『赤い椅子』は。あなた、ロンドンにお住まいですか？」

「いいえ、フランスです」

「ああ」とがっかりした声。「で、もう一枚はなんです？」

「『椅子の男』です」

「知りませんな、それは」とマーチソンは言った。

ふたりは数分間ダーワットの奇妙な個性を論じ、それからトムは、今日画廊でダーワットがいると聞いた奥の部屋にマーチソンが入っていくのを見た、と言った。

「記者団だけが入るのを許されたんですが、私は門を破って入ったんですよ」とマーチソンは話し出した。「じつは、私はある特別の理由があってこっちへ来とるわけでしてな、だから今日の午後画廊にダーワットが来ると聞いて、このチャンスを逃がすまいと思ったんです」

「ほう？　なんです、その理由とは？」トムは訊いた。

マーチソンは説明した。ダーワットが贋作されていると思う理由を彼が説明するのを、トムは耳をそばだてて聞き入った。問題は、ダーワットがウルトラマリンとカドミウム・レッドの混合色を五年かそこら前からずっと使っていること（五年前というと彼が死ぬ前だ、とトムは思った。するとその色を使いはじめたのはバーナードではなく、ダーワット自身なんだな）、それなのに『時計』と『桶』でまたもとの単色のコバルトバイオレットに戻ったということだった。マーチソンは、自分も趣味で絵を描いている、とトムに言った。

「私はけっして専門家じゃありません。だが画家や絵についての本なら、世に出とるものはほとんど全部読みましたよ。単色と混合色を見分けるには専門家も顕微鏡も必要ありません。だが私の言っとるのはそれだけじゃない、画家は意識的にせよ無意識的にせよ自分が一度捨てた色には絶対に戻らんということなんです。無意識的と言ったのは、画家が新しい色を選ぶときはふつう無意識に決めるものだからですよ。ダーワットはどの絵にもラベンダーを使っておるというわけじゃない、それは事実だ。だが私の結論はですな、私の持っとる『時計』とそれからおそらくほかのいくつかの作品、あなたが興味を持っとられる例の『桶』も含めてですが、それらはダーワットの作ではないということです」

「おもしろいですね、非常に。というのは私の『椅子の男』もあなたのおっしゃってることにあてはまりそうなんですよ。たぶんね。その『椅子の男』は四年ほど前の作品なんです。あなたにもお見せしたいな。ところで、その『時計』をどうなさるおつもりなんですか？」

マーチソンはチェスターフィールドに火をつけた。「私の話はまだ終わりじゃないんですよ。たったいまバーナード・タフツというイギリス人と一杯やりましてな、やはり画家なんだが、この男もダーワットに関して同じ疑いを持っとるらしいんです」

トムは激しく眉（まゆ）をひそめた。「ほんとですか？　誰かがダーワットを贋作してるとしたらこれは大問題だ。その男はなんて言ったんです？」

「私の感じだと、彼は口に出して言った以上のことを知ってるんだと思いますな。彼自身がそれに手を貸しとるとは思わんが。悪いことをやるようなタイプじゃないし、それに金まわりがいいようには見えなかった。だがロンドンの美術界には詳しいようでした。彼はただ私にこう警告したんですよ、『マーチソンさん、もうこれ以上ダーワットを買っちゃいけません』とね。どう思います、このこ、、、とを？」

「ふーむ。でもその男はいったい何を握ってるんでしょう？ 彼から何も引き出すことができなくてね。しかしわざわざ私を捜しにここへ来たんだし、それに私を見つける前にロンドンのホテルに八軒も電話したと言ってましたからな。どうして私の名前を知ったのかと訊いたらこう言いましたよ、『噂が広まってますから』。おかしいじゃありませんか、私はまだバックマスター画廊の人たちとしか話しとらんのですよ。そう思いませんか？ 明日テイト画廊の人に会うことになっとるんだが、その人でさえ私の用件がダーワットに関することだとは知らんのです」マーチソンはスコッチを飲んで、また続けた。「メキシコから絵が送られてきはじめたとき――ああそうだ、明日私がテイト画廊のリーマーさんに『時計』を見せる以外に何をしようと思っておるかわかりますか？ 私はですな、メキシコから送られたダーワットの絵に関するバックマスター画廊の受取書か帳簿を見る権利が、私かもしくはリーマーさんにあるかどうか、それを訊いてみようと思っとるんです。私が興味を持っとるのは作品の題じゃない、いつも自分で題をつけるとは限らんとダーワット自身も言っておったことだし、題よりも作品の数ですよ。当然税関かなにかを通しとるはずだから、もしも記録に残っとらん絵があれば、理由はひとつしかない。もしダーワット自身もごまかされていて、作品がいくつか――そう、たとえば四、五年前の何点かが――このロンドンで描かれていたとしたら、これは驚くべきことじゃありませんか？」

そのとおり、とトムは思った。驚くべきことだ。「でもあなたはダーワットと話したとおっしゃったでしょう。彼にあなたの持っている絵のことを話したんですか?」

「その絵を彼に見せたんです！　ダーワットは自分の作だと言ったが、私の見たところ絶対に確実だというふうじゃなかった。『誓って私の作品だ！』とは言わずに、二、三分じっと見てからこう言ったんです、『もちろん私のです』とね。少し厚かましかったかもしれんが、私はダーワットに、何年も前に描いた無題の作品のひとつやふたつは忘れるということもあり得るでしょう、と言ってやったんですよ」

トムは、それは疑問だというように眉をひそめた。事実そう思ったのだ。たとえ自分で作品に題をつけない画家でも、自分の絵は覚えているはずだ、デッサンならいざ知らず。だが彼はマーチソンに続けさせた。

「それにもうひとつですな、私はどうもバックマスター画廊の連中を好かんのです。ジェフリー・コンスタント。ジャーナリストのエドマンド・バンバリー、この男がコンスタントの親友だってことも知っています。ふたりがダーワットの昔からの友人だということははっきりしておる。私はロングアイランドの自宅で『ザ・リスナー』と『アーツ・レヴュー』と『サンデー・タイムズ』をとっておりましてな。バンバリーが書いた記事をよく見るんだが、ダーワットに関する記事じゃない場合でもたいていダーワットの宣伝がどこかに入っておる。で、私の心にどんなことが浮かんだと思います?」

「どんなことです?」とトムは訊いた。

「つまり——ダーワット本人が制作できる数以上の作品を売るために、コンスタントとバンバリーが贋作を黙認しとるのかもしれんということです。ダーワット自身がそれに加担しとるとまでは言いませんがね。だが、もしダーワットが自分の描いた絵の数さえ覚えられんほどのぼんやり者だとしたら、これは滑稽な話じゃありませんか？」マーチソンは笑った。

滑稽だろうな、とトムは思った。だが楽しい話じゃない。事実はもっと滑稽なんですよ、マーチソンさん。トムは微笑した。「それであなたはご自分の絵を明日専門家に見せようとしてるんですね？」

「まあ階上へ来て見てください！」

トムは勘定書をとろうとしたが、マーチソンは自分がサインすると言ってきかなかった。トムはマーチソンと一緒にエレベーターに乗った。マーチソンは問題の絵を、その日の午後エドが包んだままの状態で、部屋のクローゼットの隅に入れていた。トムは興味をもってその絵を眺めた。

「いい絵ですね」とトムは言った。

「ああ、それは誰も否定できませんよ！」

「これは——」トムは絵を書き物机の上に立てかけて、部屋じゅうの明かりをつけ、遠く離れてじっと見ながら「これにはぼくの『椅子の男』と似た点がある。そうだ、ぼくの家へ来てその絵をごらんになりませんか？　ぼくはパリの近くに住んでるんです。もしあなたがぼくの絵も贋作かもしれないとお思いになったら、お貸ししますからロンドンへ持ち帰って専門家に見せてくださって結構ですよ」

「ふむ」とマーチソンは考えながら言った。「できないこともないが……」

「あなたが贋作事件に巻きこまれたんだとしたら、ぼくも同じ立場ですからね、たぶん」マーチソンの飛行機代を払うと申し出るのは相手を侮辱するだけだろうな、と考えてそれは口にしなかった。「ぼくの家はかなり広いし、それにいまはぼくひとりなんです、家政婦はいますが」

「よろしい、行きましょう」とマーチソンは、一度も腰をおろさないままで言った。

「ぼくは明日の午後発つ予定なんです」

「じゃ私もテイト画廊との約束を延ばしますよ」

「家にはほかにもたくさん絵があるんです。といってもぼくは収集家じゃありませんが」トムは部屋のなかで一番大きな椅子に腰かけた。「それもあなたに見ていただきたいな。スーティンが一枚に、マグリットが二枚」

「ほんとですか？」マーチソンの目がうっとりとした光を帯びはじめた。「お宅はパリからどのくらい離れとるんです？」

それから十分後、トムは一階下の自分の部屋にいた。マーチソンは一緒に食事をしようと言ったのだが、トムは断わるのに越したことはないと思い、十時にベルグレーヴィア地区で人と会う約束があるので時間がないから、と断わったのだった。マーチソンはふたりの飛行機の切符——マーチソンの分は往復切符——の予約をトムにまかせていたので、トムは電話をとって、明日の水曜日の午後二時発オルリー空港行きの座席をふたり分予約した。トムは自分の帰りの切符を持っていた。飛行機の時間をマーチソンに伝えてくれるようフロントに頼んでから、トムはサンドイッチとメドック・ワインのハーフボトルを注文した。それがすむと、十一時まで眠り、それからハンブルクのリーヴズ・マイノットへの電話を申し込んだ。電話が通じるまで三十分近くかかった。

リーヴズはいない、とドイツ訛り(なま)の男の声が言った。トムはリーヴズにいささかうんざりしていたので、なるようになれと思い、その男に言った、「ぼくはトム・リプリーだが、リーヴズからぼくに言伝(ことづて)はないかね？」

「あります。仕事は水曜日。伯爵(はくしゃく)は明日ミラノに着く、と。あなた明日ミラノに行けますか？」

「いや、明日ミラノへは行けないよ、残念だが(エス・トゥート・ミア・ライト)」たとえこの男が誰だろうと、トムはいまはまだこの男に、伯爵が今度フランスに来るときにはトムの家を訪ねる約束になっていることを話したくなかった。リーヴズめ、ぼくがいつでも自分の用事をかなぐり捨てて——トムはいままでの二回はそうしたのだった——ハンブルクとかローマへ飛んでいき(トムは小旅行が好きだったけれども)、偶然その町へ来合わせたようなふりをして、「宿主」を(トムは運び屋のことを寄生虫の宿主だと考えていた)ヴィルペルス村の家に招待すると思ったら大間違いだぞ。「ぼくが行けなくてもたいした支障はないと思う」トムは言った。「伯爵のミラノの住所を教えてくれないか」

「グランドホテル」とぶっきらぼうな声。

「リーヴズにあとでぼくが連絡すると伝えてくれ、たぶん明日にでも。リーヴズはどこに連絡すればつかまるかな？」

「明日の朝ミラノのグランドホテルに。今夜の列車でミラノへ発ったんです。あの人の飛行機嫌いは知ってるでしょう」

トムは知らなかった。リーヴズのような男が飛行機嫌いだなんておかしなこともあるもんだ。「じゃそこへ電話するよ。それからぼくはいまミュンヘンじゃないんだ。パリにいるんだよ」

「パリに？」驚きの声。「リーヴズさんはミュンヘンのフィアヤーレスツァイテン・ホテルに電話してあんたをつかまえようとしてましたよ」

それはお気の毒に。トムは丁重に電話を切った。

トムの腕時計は十二時に近づこうとしていた。今夜ジェフ・コンスタントにどう言おうか、バーナードをどうすべきか思い迷ううち、バーナードを安心させる台詞（せりふ）が突然パッと頭に浮かんだ。明日の午後ロンドンを発つ前にバーナードに会う時間は充分ある。だがもし誰かがバーナードを安心させようと見えすいた努力をしたら、バーナードはかえってもっと動揺し、悪い結果になるかもしれない。トムはそれを恐れた。バーナードがマーチソンに「これ以上ダーワットを買うな」と言ったとすれば、それはバーナードがもうこれ以上ダーワットの贋作を描かないという意味にもとれる。そうなれば、もちろん、事業にとっては非常に悪いことだ。もっと悪い可能性もある。これはバーナードが今にもやらかしそうなことだが、警察かあるいは偽のダーワットを買った人たちかに彼がすべてを告白するという可能性だ。

いまのバーナードの精神状態はどうなんだろう？　彼は何をしようとしているのか？

トムはバーナードには何も言うべきではないと決心した。バーナードは、彼に贋作させろと言い出したのはトムだということを知っているのだ。トムはシャワーを浴び、歌を歌いはじめた。

　パパは反対（バッボ・ノン・ヴオーレ）、ママも駄目（マンマ・ネンメーノ）、
　どうやって愛を交わそうか？（コメ・ファレーモ・ア・ファール・アッラモール）

ホテルの壁は、防音になっているという感じを——錯覚かもしれないが——与えた。トムはそう長くは歌っていなかった。憂鬱な気分なのにこんな楽しい歌が口に出てきたことで満足し、これはいい前兆だと思った。

彼はパジャマを着てジェフのスタジオに電話した。

ジェフはすぐ出た。「ハロー、どうだった？」

「今夜M氏と話したんだ。うまくいったよ。彼は明日ぼくと一緒にフランスに行く。だか

ら時が稼げるってわけだ」

「で——きみは彼を説得かなにかするつもりなんだな」

「ああ、まあそういうことだ」

「いまからきみのホテルへ行こうか、トム？　きみはきっと疲れてて こっちへ来られないだろう、どうだい？」

「いや、でもその必要はないよ。それにもしきみがこっちへ来たら、M氏とばったり鉢合わせする恐れがある。それはまずいだろう」

「ああ」

「バーナードから連絡あったか？」とトムは訊いた。

「いや」

「バーナードにはこう言っといてくれ——」トムは適当な言葉を見つけようと努めた。「きみが——ぼくじゃなくてきみがだよ、たまたま知ったんだが、M氏はあの絵のことで行動を起こすのを二、三日延期したそうだ、とね。ぼくのいまの一番の心配は、バーナードがまいってしまわないかということなんだ。きみ、気をつけといてくれないか？」

「なぜきみが自分でバーナードに話さない？」

「かえって悪い結果になりそうだからさ」トムはすこし不機嫌に言った。心理学をまったく解さない奴もいるんだから、いやになる！

「トム、今日のきみはすばらしかったよ」とジェフが言った。「ありがとう」

トムはジェフのうっとりした声に満足して微笑んだ。「バーナードのことは頼んだぜ。出発前にまた電話するよ」

「おれは明日の午前中はずっとスタジオにいるはずだ」

ふたりはおやすみを言った。

マーチソンがメキシコから送られてきた絵の受取書や記録を要求するつもりでいるということをもしぼくがジェフに話していたら、彼はさぞ動顛したろうな、とトムは思った。そのことは明日の朝、道端の公衆電話ボックスか郵便局からジェフに電話して、警告しといてやらなきゃ。トムはホテルの交換台で聞き耳をたてている人たちを用心していたのだ。もちろん、彼はマーチソンを説得して意見を変えさせるつもりでいたが、もし失敗した場合、バックマスター画廊に本物らしい記録があればそれに越したことはない。

5

あくる朝、ベッドで朝食をとりながら——イギリスでは何シリングか余分に払うとこの特権にあずかれる——トムはマダム・アネットに電話をかけた。まだ八時だったが、彼女がいつももう一時間近く前から起きていることをトムは知っていた。マダム・アネットはいつもまず歌いながらヒーターのスイッチを入れにいき（キッチンに小さな機械があった）、おいしい煎じ薬（紅茶）をいれる。朝からコーヒーを飲むと心臓がドキドキするというのがその理由だった。それから自分の部屋のあちこちの窓敷居に置いてある鉢植えの位置を直して、陽(ひ)がよく当たるようにしてやるのだ。ロンドンからトムが電話したら、彼女はさぞ喜ぶことだろう。

「アロー！――アロー――アロー！」狂ったような交換手の声。

「アロー？」すっとぼけた声。

「アロー！」

フランスの交換手が三人同時に電話に出て、それにホテルの交換手の声も混じっている。やっとマダム・アネットが出た。「こちらは今朝とてもいいお天気ですよ。お日さまが照って！」とマダム・アネットは言った。

トムは微笑(ほほえ)んだ。いまは元気のいい声が何よりも必要だった。「マダム・アネット……ああ、ぼくは元気だよ、ありがとう。歯はどうだい？……そりゃよかった！　電話したのはね、今日の午後四時ごろにアメリカ人の男のお客をひとり連れて帰るってことを伝えようと思って」

「ああ！」マダム・アネットは喜んで言った。

「お客様は今夜お泊まりだ、ふた晩になるかもしれない、それはまだわからないんだ。客間をちゃんと準備しといてくれたまえ、花でも飾って。それから夕食はマダムのお得意のおいしいベアルネーズソースをかけた肉料理(トゥルヌド)がいいな」

マダム・アネットは、トムがお客を連れてくることと自分のはっきりした仕事ができたことが嬉(うれ)しくて、浮き浮きしているようだった。

それからトムはマーチソンに電話して、十二時ごろにホテルのロビーで落ち合って一緒にタクシーでヒースロー空港へ行くことにした。

トムはバークレー・スクエアへ行こうとホテルを出た。バークレー・スクエアの近くに、トムがロンドンへ来るたびにまるでお定(き)まりの儀式のように絹のパジャマを買う紳士用品店がある。そこまでぶらぶら歩くつもりだったが、ここで地下鉄に乗らなかったら今度の旅行ではもうロンドンの地下鉄に乗るチャンスはないかもしれない。地下鉄はロンドン生活の雰囲気の一部だ。それにトムは地下鉄の落書きの大ファンでもあった。雨は降っていないが、太陽は湿った靄(もや)越しに光を送ろうとむなしい戦いを続けている。おそらく朝のラッシュアワーに遅れをとった最後の何人かと一緒に、トムは地下鉄のボンド街駅にもぐった。ロンドンの落書き作家たちに感心するのは、動いているエスカレーターの上から落書きする彼らの才能だ。エスカレーターの両側には下着の広告がベタベタ貼(は)られていた。どれもガードルとパンティーを着けた女ばかりだが、それには猥褻(わいせつ)な男や女の局部の絵が描き加えられていた。なかにはこんな文句まで書いたものもある。「ふたなりであるってことはすばらしい!」いったいどうやって書いたんだろう? エスカレーターの動きとは逆の方向に走りながら書くんだろうか? 「出ていけ有色人種(ワッグス・アウト)」が彼らのお気に入りの文句らしく至るところに書かれていた。「いますぐ出ていけ有色人種(ワッグス・アウト・ナウ)」というのもある。プラットフォームでトムはゼフィレッリ監督の『ロミオとジュリエット』のポスターを見つけた。裸のロミオが仰向けに寝ており、その上に腹這(はらば)いになったジュリエットの口のところにショッキングなプロポーズの言葉が落書きされている。ロミオの返事は、彼の口から出ている風船形の囲みのなかにこう書かれていた、「オーケー、やろうじゃん」

　十時半にはもうパジャマを手に入れていた。彼が買ったのは黄色のパジャマだった。紫色のを一枚も持っていないので紫がほしかったのだが、このところ紫の話を聞かされつづけてもううんざりという気分だった。それからタクシーでカーナビー街へ行ったが、ひらひらした袖口(そでぐち)のシャツは気に食わないので、自分用には細身のサテン風のパンツだけを買い、エロイーズのためにウェスト六十六センチの黒のウールのパンツを買った。トムが自分用のパンツを穿(は)いてみようとした試着室はとても狭くて、丈がちょうどいいかどうか後ろへさがって鏡を見ることもできないくらいだった。だがトムやエロイーズの服のちょっとした手直しはマダム・アネットがいつも喜んでやってくれる。おまけにイタリア人がふたり「最高にすばらしい(ベリッシモ)！」を連発しながら、早くなかへ入って自分たちの選んだ服を着てみようと二、三秒ごとにカーテンを開けてなかを覗(のぞ)くのでトムはおちおちできなかった。金を払っているとき、ギリシャ人がふたり入ってきて、値段をドラクマに換算して大声で高いの安いのと言いはじめた。店は間口二メートル奥行き四メートルもなく、店員がたったひとりしかいないのもうなずけた。とてもふたり分の余地はないのだ。

　買った品物を大きなバリバリした紙袋に入れてぶらさげ、トムは道端の電話ボックスまで歩いていってジェフ・コンスタントに電話した。

「バーナードと話したよ」とジェフは言った。「彼はマーチソンをひどく怖がっている。おれはバーナードに、マーチソンにどんなことをしゃべったのかって訊いてみた、いや、それもバーナードのほうから、マーチソンと話をしたって言い出したからさ。そしたらバーナードは、マーチソンにもうこれ以上絵を買うなと言っただけだ、と言うんだが、それだけでも大いにまずい」

「ああ」とトムは言った。「で、それから？」

「それで――おれはバーナードに、そのくらいならまだいいがそれ以上のことを言うべきじゃないし言ってはいけないんだ、と一生懸命言ったんだ。きみはバーナードをよく知らないから説明するのは難しいんだが、つまり彼はダーワットの天才を冒瀆したという罪の意識に悩まされてるんだよ。だからおれはこう言って彼を納得させようと努めたんだ、きみはマーチソンにしゃべったことによってきみ自身の良心を楽にしたんだから、もうそれだけでいいじゃないか、ってね」

「そしたらバーナードはなんて言った？」

「あいつすごくがっくりきてるからな、まとまったことは何も言わなかったよ。ああそれから個展は大成功だ、一枚だけ残して全部売れたぜ。すごいだろう！　だのにバーナードはそれをやましく思ってるんだからな」ジェフは笑って「残ったのは『桶』だけだ。マーチソンが疑ってるなかの一枚だよ」

「もしいまバーナードがこれ以上描きたくないっていうんだったら、強制しないほうがいい」

「おれもまったく同意見だ。きみの言うとおりだよ、トム。だがおれの考えだと、あと二週間もすれば、奴さんまた元気になって描き出すさ。個展の緊張と、ダーワットになったきみを見たのが原因だよ。あいつは世の中の人間がイエス・キリストのことを思う以上にダーワットのことを思ってるんだから」

そんなことは言われなくてもわかっている。「もうひとつちょっとしたことがあるんだがね、ジェフ。マーチソンはダーワットの絵に関する画廊の帳簿を見たがるかもしれない。メキシコからの分のね。何か記録が残ってるか？」

「い、いや、メキシコからのはない」

「何かでっち上げられないか？　万一ぼくがマーチソンを説得できなかった場合の用心に」

「やってみるよ、トム」ジェフの声は少し平静さを失っていた。

トムはいらいらしてきた。「なんでもいいからでっち上げるんだ。古くさいやつを。M氏とは関係なくても、証拠書類が揃（そろ）ってるってのはいいことじゃないか――」トムは急に言葉を切った。事業の運営法をまるっきり知らない奴もいるもんだ、ダーワット商会のように成功している事業でさえこれなんだから。

「わかったよ、トム」

トムは回り道してバーリントン・アーケードへ行き、宝石店へ寄ってエロイーズのために金のピン——小さな猿がうずくまった形の——を買って、アメリカのトラベラーズチェックで代金を払った。エロイーズの誕生日は来月なのだ。それからオックスフォード街を通ってホテルのほうへ歩きだした。オックスフォード街は、かさ高い袋や箱をかかえて子供たちを引き連れた買い物の女たちで相変わらず混雑していた。サンドイッチマンが「迅速安価」のパスポート用写真屋を宣伝している。その老サンドイッチマンは古ぼけたオーバーによれよれの帽子、そして口には火の消えた煙草（たばこ）の吸いさしを力なくくわえていた。「パスポートをとってギリシャの島めぐりへ」か、だがこの老人自身は一生どこへも行けないんだな、とトムは思った。彼は老人の口から吸いさしをとってゴロワーズを一本くわえさせた。

「吸いたまえよ」とトムは言って「さあ火を」と手早くマッチで火をつけてやった。

「どうも」老人はひげのなかでもごもご言った。

トムは残りのゴロワーズを箱ごと、ついでにマッチも一緒に老人のオーバーのポケットに押しこむと、誰にも見られないように頭を垂れて急いでその場を離れた。

トムがホテルの部屋からマーチソンに電話し、ふたりは荷物を持って階下（した）で落ち合った。

「午前中は家内のために買い物をしとったんですよ」マーチソンはタクシーのなかで言った。

「ほう？　ぼくもですよ。カーナビー街のパンツを一着」

「うちのハリエットには、マークス・アンド・スペンサーのセーターです。それにリバティのスカーフ類。毛糸を買うこともあるんですよ。家内は編み物をやるんでね、自分の編んでる毛糸が伝統あるイギリス製だと思うだけで気分がいいんでしょうな」

「今朝の約束はキャンセルなさったんですか？」

「ええ。金曜の朝にしましたよ。相手の家で会うことに」

　空港で、ふたりは赤ワインを一本頼んでかなり贅沢な昼食をとった。金はマーチソンが払うと言ってきかなかった。食事をしながらマーチソンはトムに、カリフォルニアのある研究所で発明をやっている息子の話をした。息子夫妻にははじめての赤ん坊が生まれたばかりだった。マーチソンはトムにその女の子の写真を見せ、しようがない甘いおじいちゃんだと自分のことを笑ったが、母方の祖母の名前をとってキャサリンと名づけられたその赤ん坊は、マーチソンにとっては初孫になるわけだから無理もなかった。マーチソンの質問に答えて、トムは、三年前にフランス娘と結婚したのでフランスに住むことにしたのだと話した。マーチソンはトムにどうやって生活費を稼いでいるのかと訊くようなぶしつけな真似はしなかったが、それでも毎日何をして過ごしているのかと訊いた。

「歴史書を読むんです」とトムはざっくばらんに言った。「ドイツ語も勉強してるんですよ。もちろんぼくのフランス語だってまだまだ勉強が必要ですしね。それに庭仕事。ヴィルペルス村の家にはかなり広い庭があるんです。それから絵も描きます」と言ってからつけ加えて、「自分の楽しみのためだけにね」

　ふたりは午後三時前にオルリー空港に着き、まずトムだけ小型バスに乗って、ガレージに預けてある自分の車をとりにいき、タクシー乗り場の近くでマーチソンとふたりの荷物を車に乗せた。太陽は輝き、イギリスほど寒くはなかった。トムはフォンテーヌブローに車を走らせ、マーチソンに見せるために宮殿の前を通った。マーチソンはこの宮殿を見るのは十五年ぶりだと言った。ふたりは四時半ごろヴィルペルス村に着いた。

「日常の食料品はほとんどここで買うんですよ」トムは村の本道の左側にある店をさして言った。

「いいところですな。毒されておらん」とマーチソンは言った。そしてトムの家に着くと「これはすばらしい！　じつにきれいだ！」

「夏にはもっといいんですがね」トムは謙虚に言った。

車の音を聞きつけたマダム・アネットがふたりを迎えに出てきて荷物を持とうとしたが、女性が重いものを運ぶのを見るにしのびないマーチソンは、煙草と酒類の入った小さなバッグしか彼女に持たせなかった。

「留守中変わりはなかったろうね、マダム・アネット？」とトムが訊いた。

「ございませんとも。水道屋もトイレを直しに来てくれました」

そういえばトイレのひとつが水洩れしてたんだったな、とトムは思い出した。

トムとマダム・アネットはマーチソンを二階のバス付きの客間へ案内した。その浴室は本当はエロイーズ用のもので、彼女の部屋は浴室の反対側にあった。トムは、妻はいま友人たちとギリシャへ行っている、と説明し、マーチソンが顔を洗ったり着替えしたりできるように彼を部屋に残して、自分は下のリビングにいるからと言って部屋を出た。マーチソンは、壁にかかっている何枚かの絵を早くも興味のまなざしで見つめていた。

トムは階下(した)へ下りていってマダム・アネットにお茶をわかすように頼んだ。そして、ヒースロー空港で買ったイギリス製のオーデコロン「湖の霧(レイク・ミスト)」をひと壜(びん)彼女にプレゼントした。

「まあ、ムッシュー・トム、なんてご親切なんでしょう(コム・ヴゼット・ジャンティ)！」

トムは微笑んだ。マダム・アネットの感謝の気持ちをトムはいつもありがたく思うのだった。「今夜のおいしい肉料理(トゥルヌド)はできたかい？」

「ああ、ウィ！　それにデザートはチョコレート・ムース(ムス・オー・ショコラ)ですよ」

トムはリビングルームに入っていった。花がいけてあり、マダム・アネットは暖房のスイッチをちゃんと入れておいてくれていた。リビングには暖炉がひとつあり、トムは火の燃えるのが好きだったが、火をたくとしょっちゅうそれを見ていなければいけないような気分になるのだった。それとも火を眺めるのが楽しくて目が離せなくなるのかもしれない。とにかくそういうわけでいまは火をたかないことに決めた。彼は暖炉の上の壁にかかっている『椅子(いす)の男』を眺め、満足げに身体(からだ)を前後にゆすった。その絵の親近感、そのすばらしさに満足したのだ。バーナードはなかなかよくやってる。ただ作風の時期というやつでちょっとミスをやらかしただけだ。だが時期なんてくそくらえじゃないか。本来なら暖炉の上という光栄な場所は、ダーワットの真作である『赤い椅子』が占めるべきだった。一番いい場所に偽物を置くなんていかにもぼくらしいな、とトムは思った。エロイーズは『椅子の男』が偽物であることを知らないし、一連のダーワットの贋作について何ひとつ知らない。絵に対する彼女の興味は気まぐれなものだった。彼女に情熱というものがあるとすれば、それはもっぱら旅行や異国料理の食べ歩きや衣装を買うことに向けられていた。彼女の部屋にあるふたつのクローゼットの中身は、まるでマネキン人形なしの国際衣装美術館だ。チュニジアのヴェスト、メキシコの房つき袖なしジャケット、それを着ると彼女がとてもチャーミングに見えるギリシャの兵隊用のだぶだぶズボン、どういうわけかロンドンで買った中国製の刺繍入りコート。

やがてトムは突如としてベルトロッツィ伯爵のことを思い出し、電話のところへ行った。マーチソンに伯爵の名前をとくに聞かせたいわけではなかったけれど、その一方、自分はべつに伯爵に危害を加えようとしているのではないのだから、ざっくばらんな態度を保っていたほうがいい結果になるかもしれないとも考えたのだ。案内係を呼び出してミラノのホテルの番号を訊き、それをフランスの交換手に告げた。交換手は三十分ほどかかるかもしれないと言った。

マーチソンが下りてきた。グレイのフラノのズボンと緑と黒のツイードの上着に着替えている。「まさに田園生活ですな!」と彼は顔を輝かせて言った。「ああ!」部屋の奥の自分のほうに向いている壁にかかった『赤い椅子』を見つけたマーチソンは、もっとよく見ようと近づいていった。「あれは傑作だ。正真正銘の逸品ですよ!」

それは確かだ、とトムは思った。全身が誇りでゾクゾクし、われながらちょっと馬鹿げているとさえ感じたほどだ。「ええ、ぼくも気に入ってるんです」

「この絵の話はたしかどこかで聞いたことがある。だから題名も記憶しとるんです。あんたは幸運ですなあ、トム君」

「それからあれが『椅子の男』です」トムは暖炉のほうへ顎をしゃくって言った。

「ああ」マーチソンは前とは違う調子で言って、そっちへ近づいていった。一心に絵を見ようとして彼のがっしりした長身が緊張するのをトムは見た。「これはどのくらい前の作です？」

「四年ほど前のですよ」トムは誠実そうに言った。

「失礼だがいくら払われました？」

「四千ポンドです。平価切下げ以前のね。ドルにすれば約一万一千二百ドルかな」トムは一ポンド二ドル八十セントとして計算しながら言った。

「いいものを見せていただきましたよ」とマーチソンはうなずきながら言った。「この絵にも同じ紫が使われておる。ここに、ほんの少しだが、ごらんなさい」マーチソンは椅子の下端を指さした。絵のかかっている位置が高くて暖炉の幅が広いために、マーチソンの指はキャンバスから何センチも離れていたが、トムには彼の言っているひと筋の紫がすぐわかった。「単色のコバルトバイオレットです」マーチソンは部屋を横切ってまた『赤い椅子』を、今度は三十センチも離れていないところからじっと見つめた。「こっちは古い時期の作品ですな。これにも単色のコバルトバイオレットが使われておる」

「じゃ、この『椅子の男』も贋作だとお思いなんですか？」

「思いますな。私の『時計』同様。だいいち質が違いますよ。『赤い椅子』に劣っておる。質は顕微鏡を使って測れるものじゃあないが、私にははっきりわかります。それに――単色のコバルトバイオレットが使われとることも確かですしな」

「じゃあ」とトムは落ち着いた態度で言った、「ダーワットは単色のコバルトバイオレットと、前にあなたがおっしゃってた混合色とを両方使ってるのかもしれませんよ――交互に」

マーチソンは顔をしかめて首を振った。「私はそうは思いませんな」

マダム・アネットがワゴンにお茶を載せて運んできた。ワゴンの車輪のひとつがかすかに軋(きし)んだ音をたてた。「お茶がはいりましたよ(ヴォアラ・ル・テ)、ムッシュー・トム」

マダム・アネット手作りの、縁が茶色に焦げた平たいクッキーが、温かいバニラのおいしそうな香りを漂わせている。トムは紅茶をついだ。

マーチソンはソファに腰をおろした。マダム・アネットが入ってきてまた出ていったのも彼の目には入らなかったかもしれない。目でもくらんだか魂でも奪われたかのようにぼうっと『赤い椅子』を眺めつづけていた。それからトムのほうを見て目をしばたたき、やっと微笑んだ。すると顔がまたもとのにこやかなものに戻った。「あんたは私を信じておられんらしい。だがもちろんあんたにはその権利があるわけですからな」

「なんて言ったらいいかわからないんですが。ぼくには質が違うとは思えないんですよ。鈍感なのかもしれないな。もし、あなたが言ってたように、あなたの絵を専門家に見せるんだったら、ぼくはその専門家の意見に従いますよ。ああそれから、お望みならどうぞ『椅子の男』もロンドンに持ってらしてください」

「そうさせてもらえれば何よりだ。ちゃんと預り書も書くし保険にも入れますよ」マーチソンはくすくす笑った。

「保険にはもう入ってますから、ご心配なく」

紅茶を二杯飲む間に、マーチソンはエロイーズのことをトムに尋ね、彼女は何をしているのかと訊いた。お子さんはおありかな？　いいえ。エロイーズは二十五なんです。いいえ、フランスの女がほかの国の女より扱いにくいとは思いませんね。でもフランスの女は自分たちが敬意をもって扱われるべきだという独特の信念を持ってるようです。この話題はあまり発展しなかった。敬意をもって扱われたいと思っているのは多かれ少なかれどの女にもあることだし、それにトムはエロイーズの性格をよく知ってはいたけれど、それを言葉でうまく言い表すことは到底できなかったからだ。

電話が鳴った。トムは「ちょっと失礼、ぼくの部屋で電話をとるので」と言って、階段を駆け上がった。マーチソンはきっと、エロイーズからの電話で、トムが彼女とふたりきりで話したがっているのだ、と思うことだろう。

「ハロー？」とトムは言った。「エドゥアルド！　お元気ですか？　あなたがつかまるなんてぼくはついてるなあ……人伝に聞きましてね。パリにいるぼくとあなたの共通の知人が今日電話してきて、あなたがミラノにいるって教えてくれたんです……ぼくの家に来てくれますね？　そういう約束だったでしょう」

輸出入という忙しい事業をやっていて、いつも仕事の息抜きをしたがっている好人物のエドゥアルド・ベルトロッツィ伯爵は、パリでの予定を変更するのをほんの少しためらっているようだったが、やがてトムの家を訪ねることを大喜びで承諾した。「でも今夜はだめだな。明日。それでもいいかね？」

それでもトムには早すぎるくらいだった。マーチソンがこれからどんな難問を持ち出してくるか見当がつかないからだ。「ええ、なんなら、あさっての金曜でも――」

「木曜」と伯爵はトムの気も知らずにきっぱりと言った。

「いいでしょう。じゃオルリー空港まで迎えにいきます。何時にしますか？」

「私の飛行機は――ちょっと待ってくれ」伯爵は時間を見るのにかなり時をかけてから、電話に戻ってきて言った。「五時十五分に着く。アリタリア航空の三〇六便だ」

トムはそれを書きとめて、「必ず迎えに出ます。来られるようになってよかった、エドゥアルド！」

それからトムは階下のトーマス・マーチソンのところへ戻った。このころまでにふたりはおたがいにトムと呼び合うほど打ちとけてきていた。もっともマーチソンによれば、彼の妻は彼をトミーと呼ぶそうだったが。マーチソンは、自分は水力技師で、ニューヨークに本社があるパイプ設置会社の仕事をしている、と言った。彼は重役のひとりだった。

ふたりはトムの家の裏庭を散歩した。庭の向こうには処女林が続いている。トムはマーチソンがだんだん好きになってきていた。大丈夫、きっと彼を説得して意見を変えてみせる。だがそのためには何をなすべきか？

夕食中、マーチソンは、彼の会社の最新システム、どんなものでもスープの缶詰ぐらいのサイズのコンテナに入れてパイプで輸送する装置かなにかの話をしていたが、その間トムはしきりと考えていた。ジェフとエドに電話して、どこかの運輸会社からメキシコの住所と社名入りの便箋（びんせん）を手に入れてそれにダーワットの絵のリストを書け、とわざわざ教えてやるべきだろうか？　もしやったとしたら何日ぐらいでできるだろう？　エドはジャーナリストだから、こういう書類をつくるような仕事がこなせるんじゃないだろうか？　その書類を床に置いてジェフと画廊の支配人のレナードにその上を靴で歩かせたら、五、六年前の古い書類に見えないだろうか？　食事はすばらしく、マーチソンはまずまず通用する程度のフランス語でマダム・アネットをほめ、デザートのムースや、ついでにチーズまでほめた。

「コーヒーはリビングで飲むよ」とトムはマダム・アネットに言った。「ブランデーも持ってきてくれないか？」

マダム・アネットがリビングの暖炉に火をたいておいてくれていた。トムとマーチソンは大きな黄色のソファにゆったり座った。

「妙なもんですね」とトムは話しはじめた、「ぼくは『椅子の男』が『赤い椅子』と同じぐらい好きなんだ。それが偽物だとしたら、滑稽(こっけい)じゃありませんか？」トムはまだ中西部のアクセントで話していた。「あのとおりこの家のなかで一番いい場所にかけてあるのに」

「そりゃ、偽物だってことをきみが知らなかったからだよ！」マーチソンは少し声をたてて笑った。「誰が贋作しているのかそれを知るのは非常に――非常に興味がある」

トムは両脚を前に伸ばして葉巻をふかした。「もしこうだとしたらすごく滑稽だろうな」トムはいよいよ最後の、そして最上の切り札を切り出した。「もしも、いまバックマスター画廊にあるダーワット作品、つまりぼくたちが昨日見た作品が全部贋作者の描いたものだったとしたらね。言いかえると、その男はダーワットと同じぐらいすばらしい画家だってことになる」

マーチソンは微笑んだ。「ならダーワットは何をしとるんだ？　自分は絵も描かずにのんびり座って贋作を傍観しとるとでも？　馬鹿を言っちゃいかんよ。ダーワットは私が想像しておったとおりの人だった。控え目でいわば昔気質(かたぎ)でね」

「あなた、贋作ばかり集めようって考えたことはありませんか？　ぼくはイタリアでそれをやってる男を知ってるんですよ。最初は道楽でやってたんだが、いまじゃほかの収集家にかなり高い値段で売りつけてるんです」

「ああ、私も聞いたことがある。ああ。だが私はもし贋作を買うんなら贋作だと承知の上で買いたいな」

トムはいまや自分が身動きのとれない不愉快な場所に来てしまったのを感じた。彼はもう一度切り出した。「ぼくは空想が好きでね――そういう馬鹿馬鹿しいことをよく空想するんです。ある意味じゃあ、こんないい仕事をしている贋作者の邪魔をする必要はないんじゃないかな？　ぼくはずっと『椅子の男』を大事にするつもりです」

マーチソンはトムの言葉を聞いていなかったのかもしれない。「それに」とマーチソンは、トムの言った絵をまだじっと見つめながら「問題はたんにこのラベンダー色だけのことじゃない、この絵の魂だ。いやどうも、お宅のおいしい食事と酒でいい気分になっていなかったら、こんなふうには言わんのだが」

ふたりは、トムの家の酒倉のなかでも最高級のマルゴーをひと壜飲み干したところだった。

「バックマスター画廊の連中がいかさま師かもしれんと思わないかね？」とマーチソンは訊いた。「絶対そうにちがいない。でなきゃなぜ贋作者を黙認しとるんだ？　なぜ本物のなかに偽物をまぎれこませたりする？」

マーチソンは、あの個展に出品されたダーワットの新作が、『桶』のほかはみな本物だと思っているらしい、それがトムにははっきりわかった。「でもそれはそういう作品――つまりあなたの『時計』や何かが本当に贋作だった場合の話でしょう？　ぼくはまだそれを確信してないんで」

マーチソンは機嫌よく微笑んで「そりゃきみが『椅子の男』を気に入っとるからだよ。

きみの持ってるのが四年前の作品で私のが少なくとも三年前のものだとしたら、かなりの期間贋作が続けられていたことになる。あの個展に借りてこられなかった作品がロンドンじゅうにはもっとあるかもしれん。率直に言うと、私はダーワットのことも疑っとるんだ。ひょっとするとダーワットも余分の金を稼ぐためにバックマスターの連中と共謀しとるかもしれんとね。それにもうひとつ——ここ何年かダーワットの描いたデッサンは一枚もない。これは奇妙だ」

「ほんとですか？」トムは驚いたふりをして言った。トムもそのことを知っていた。そしてマーチソンが何を言おうとしているかもわかっていたのだ。

「デッサンには画家の個性がはっきり表れる」とマーチソンは言った。「私は自分でもそう悟(さと)ったし、どこかで読んだこともある——こりゃちょっと我田引水じみてるが」と笑って、「私がパイプ製造業だっていうただそれだけの理由で、誰も私の感受性を信用してくれんのだよ！　だがデッサンは画家にとっちゃあサインのようなものでね、いわば非常に複雑なサインだ。デッサンを偽造するのに比べりゃサインや油絵の偽造ははるかに簡単だといえるかもしれん」

「それは考えたこともなかったな」とトムは言って、葉巻を灰皿でもみ消した。「あなた、土曜日にテイト画廊の人に会うって言ってましたね？」

「ああ。きみも知っとるかもしれんがテイト画廊にもダーワットの古い作品が二点ほどあるんでね。もしあそこのリーマーさんが私の説を裏付けしてくれたら——私はなんの警告も与えずにバックマスターの連中と話してみようと思っとるんだよ」

　トムの心は痛いほど動揺しはじめた。土曜といえばあさってだ。リーマーは『時計』と『椅子の男』をテイト画廊にあるダーワットや個展の作品と比べてみようとするかもしれない。バーナード・タフツの絵がはたしてそれを乗り切ることができるだろうか？　もしできなかったら？　トムはマーチソンにブランデーを注いでやり、自分は全然飲みたくなかったのだが自分にもほんの少し注いだ。そして胸のところで両手を組み合わせ、「もし贋作が行なわれていたとしても、ぼくは告訴したり——そういうことをするつもりはないな」

「ハ！　私はもう少し常識的だな。昔風なのかもしれん。私の態度はね。きみは、ダーワットが実際に加担しとると思うかね？」

「ダーワットは聖人だって噂だけど」

「それは伝説だよ。もっと若くて貧乏だったころはたしかに彼も聖人のようだったかもしれん。彼はずっと世の中を離れて暮らしておる。その彼を有名にしたのはロンドンにいる友人たちだ。貧乏な人間が急に金持ちになると、得てしていろんなことが起こりがちなんだよ」

　その晩のトムの成果はここまでだった。マーチソンが疲れたから早く寝たいと言い出したからだ。

「帰りの飛行機の手配は明日の朝やろう。ロンドンで予約してくれればよかったんだが、どうもうっかりしておって」

「まさか朝の飛行機じゃないでしょうね」とトムは言った。

「午前中に予約して、発つのは午後にするよ、お宅さえ迷惑じゃなければ」

トムはマーチソンを部屋へ送っていって、客に必要なものが全部揃っているのを確認した。

ジェフとエドに電話しようかという考えがふと心をかすめた。だがいま電話してもどんなニュースがあるというのだ？　マーチソンをテイト画廊の男に会わせまいとする説得がまだ成功してない、としか言いようがないじゃないか。それにトムの家の電話料請求書にジェフの電話番号があまりひんぱんに登場するのも、望ましいことではなかった。

6

翌朝トムの心はすっかり楽観的になっていた。ベッドのなかで、マダム・アネットのおいしいコーヒーを一杯、目覚ましにブラックで飲んでから、古い着心地のよい服を着て、マーチソンがもう起きているかどうかを見に階下へ下りていった。時間は九時十五分前だ。

「お客様はお部屋で朝ごはんを召し上がってます」とマダム・アネットが言った。

マダム・アネットが彼の部屋を片づけている間に、トムは浴室でひげを剃った。「マーチソンさんは午後お発ちらしいよ」トムは、今夜の夕食は何にしましょうというマダム・

アネットの質問に答えて言った。「でも今日は木曜だね。昼食用に上等の舌平目(ソウル)を二枚――」トムはごくりと唾(つば)をのみ、靴底(ソウル)の連想で「靴、スケート」というような言葉を英語で思い出しながら「――魚屋で手に入れられるかな？」魚屋の車が週に二度、村にやってくるのだ。ヴィルペルス村はとても小さいので魚屋の店はなかった。

マダム・アネットはトムの提案にすっかり乗り気になって「果物屋さんにすばらしいぶどうが出てるんですよ」と言った。「信じられないほど……」

「買いたまえ」トムは彼女の言葉をほとんど聞いていなかった。

午前十一時、トムとマーチソンはトムの所有地の裏にある森のなかを散歩していた。トムの気分、というか精神状態は妙なものだった。押しつけがましい友情、率直さ、とにかくそういったものを突然剝(む)き出しにして、トムはさっき、いつも絵を描いている部屋で自分の作品をマーチソンに見せたのだ。彼はマティスを手本にして単純化を試みているのだが、あまり成功してないと自分でも思っていた。たぶんトムの十二作目にあたる、エロイーズの肖像画はまあまあの出来で、マーチソンもそれをほめた。『いやはや』とトムは考えた、『ぼくは自分の心をさらけ出してもいい、ぼくがエロイーズにあてて書いた詩をこいつに見せてもいいし、裸で剣(つるぎ)の舞(まい)を舞ったっていい、もしこいつがただ――ぼくの意見に同意さえしてくれたら！』だがそれが無駄なことはわかっていた。

マーチソンの乗る飛行機は午後四時にロンドンへ向けて出発する。オルリー空港までは都合よく行けば車で一時間ほどだから、家でちゃんとした昼食をとる時間は充分ある。マーチソンがこの散歩のために靴を履きかえている間に、トムは『椅子の男』を段ボール紙で三重に包んで紐をかけ、さらに茶色の紙でくるんで紐で縛っておいたのだ。マーチソンは、飛行機のなかでもこの絵は絶対に手元から離さぬ、とトムに言っていた。またマーチソンは、その晩の宿はマンデヴィルに予約してある、とも言った。

「くれぐれも言っとくけど、ぼくのほうに責任を押っつけないでくださいよ」とトムは言った。「あの『椅子の男』のことで」

「それはきみがあの絵が偽物だってことを否定するって意味じゃないだろうね」マーチソンは微笑んで言った。「あれが本物だと主張するつもりじゃないだろう？」

「ええ」とトム。「一本あり！　ぼくは専門家の意見に従いますよ」

微妙な一点まで絞っていかなければならない会話を続けるのには、こんな誰でも入ってこられる森は適当な場所じゃないな、とトムは感じた。それとも話題を広げて巨大な灰色の雲のようにぼかしたほうがいいか？　とにかく、マーチソンと森のなかでしゃべるのは楽しいことじゃない。

マーチソンの出発時間があるので、トムはマダム・アネットに早めに昼食の準備をするように頼み、ふたりは一時十五分前に食事を始めた。

トムは、まだ望みを全部捨ててしまいたくなかったので、話題を例の問題だけに絞ることにした。彼は、マーチソンもその経歴をよく知っているファン・メーヘレンの話を持ち出した。ファン・メーヘレンが描いたフェルメールの偽作は最後にはその作品自体としての価値を認められたのだ。もともとはファン・メーヘレン自身が虚勢を張って自己弁護のために言い出したことかもしれないが、とにかくファン・メーヘレンが発明した「新しい」フェルメールがそれを買った人々に喜びを与えていたことは、美学的にみても疑いのないことだった。

「ものごとの真理を無視しとるきみの態度はどうも理解できんな」とマーチソンは言った。「画家の作風(スタイル)というものは彼の真理であり、彼の真実なんだ。他人のサインを偽造するのと同じやり方で、画家の作風(スタイル)を偽造する権利がほかの人にあるだろうか？　他人の預金をあてにするのと同じ目的で、他人の名声に依存してもいいものだろうか？　他人の才能によってすでに築き上げられている名声に」

　ふたりはもう皿の上の舌平目(したびらめ)のバタ焼きの最後のひと口と、じゃがいもの最後のひと口にかかっていた。舌平目はすばらしかったし、いま飲んでいる白ワインもすばらしい。こんな場合でさえなければ満足と幸福感を与えること請(う)けあいの昼食だ。恋人たちならこういう食事に刺激されて――おそらくコーヒーのあとで――ベッドに行き、愛を交わしあってからひと眠りすることだろう。だがその食事のすばらしさも今日のトムには無益だった。

「ぼくは自分の意見を述べてるだけなんですよ」とトムは言った。「ぼくはいつもそうなんだ。あなたに影響を与えようなんて思っちゃいません。そんなことはぼくにできるわけがないしね。ただ――ええと誰だっけ、そう、コンスタントさんに、ぼくがあの贋作に満足していてずっと持っていたいと思ってることをあなたが伝えたきゃ伝えてもかまいませているとしたら——」

「伝えとこう。だがきみは将来のことを考えておらんのかね？　もし何者かがこれを続けているとしたら——」

んよ」

デザートのレモン・スフレが出た。トムは焦った。彼にははっきりわかっていることがあった。なぜそれをうまく言葉に表して、マーチソンにも納得させることができないんだろう？　それは、マ、ー、チ、ソ、ン、は芸術的じゃない、ということだ。芸術的だったらとてもあんなしゃべり方はできない。マーチソンにはバーナードの絵のよさがわからないんだ。バーナードが彼の仕事場でやっていることは、まぎれもなく、すぐれた画家の仕事なのだ、それに比べればマーチソンのやっていることはいったいなんだ？　真実だのサインだの、そしていまにおそらく警察までも引っぱり出してきて！　たしかファン・メーヘレンの言葉にいい文句があったっけ（それともぼくが自分の言葉に直して手帳に書きつけたのだったかな）？『芸術家は自然に、努力しないで制作する。何かの力が彼の手を導くのだ。贋作者は苦闘する、だが成功すれば、それは正真正銘の偉業なのだ』。やはりこれはぼくが自分流に書き直した文句だった、とトムは思い出した。だがそんなことはどうでもいい、自信家のマーチソンめ、くそくらえだ！　やたら殊勝ぶりやがって！　少なくともバーナードには才能がある。バーナードの絵の才能は、マーチソンがパイプ設計や、配管や、カナダの若い技師の発明だとか言ってた例の小型コンテナのパイプ輸送に示す才能よりもずっと大きいんだ。

コーヒーが来た。ブランデーの壜もすぐそこにあったが、ふたりとも飲もうとしなかった。

トーマス・マーチソンの、肉づきのよいやや赤みを帯びた顔――その顔がトムには石のように固く冷たいものに見えた。マーチソンの目は明るく、知性的で、トムをしっかり見すえていた。

一時半になった。あと一時間以内にふたりはオルリー空港へ出発しなければならない。トムは迷った、ぼくも伯爵がここを出たらすぐにロンドンへ戻るべきだろうか？　だがロンドンで何ができるというのだ？　くそ、いまいましい伯爵め、とトムは思った。伯爵が運んでくるくだらない品物よりもダーワット商会のほうがはるかに大事だ。トムは、リーヴズから、伯爵の鞄かブリーフケースか、とにかくそのなかのどこを捜せばいいのかまだ聞いていないことを思い出した。リーヴズはきっと今日の夕方にでも電話してくるだろう。トムは惨めな気分になり、なんでもいいから早く椅子から離れたかった。その椅子の上で彼はこの十分ばかりもじもじしていたのだ。

「うちの酒倉のワインを一本差し上げたいんだが」とトムは言った。「一緒に下へ行って見てみますか？」

マーチソンのにこやかな顔がなおにこやかになった。「すばらしい考えだ！　ありがとう、トム」

地下の酒倉には外から石の階段を二、三段下りて緑色のドアを開けて入るか、屋内から、客のコートをかける小さなホールの隣にある予備用の洗面所のドアを通って入るか、どちらかだ。屋内の階段は、トムとエロイーズが、天気の悪いときにわざわざ外へ出なくてすむようにつけさせたものだった。

「そのワインはアメリカまで持って帰ることにしよう。私ひとりでロンドンで開けるのはもったいないからな」とマーチソンは言った。

トムは酒倉の明かりをつけた。酒倉は広くて灰色で、冷蔵庫のようにひんやりしていた。セントラル・ヒーティングのきいた屋内と比べてよけいそう感じられたのかもしれない。大きな樽が五つ六つ、どれもがワインでいっぱいというわけではなかったが、みな台の上に置かれており、四方の壁際には酒壜の棚がたくさん並んでいる。ひとつの隅に、大きな暖房用の燃料貯蔵タンクと、もうひとつ熱湯用のタンクがあった。

「こっちは赤ワイン」とトムは、埃をかぶった黒い壜で半分以上いっぱいになっている棚をさして言った。

マーチソンは感心したように口笛を吹いた。

もし何かをやるんなら、とトムは思った、ここでやるべきだ。といっても、計画は充分どころかまだ何ひとつ立っていなかった。止まらずに動け、と自分に言い聞かせたが、彼にできたことといったらただワインの壜にざっと目を通したり、赤い錫箔で巻いた壜の首のひとつふたつに手を触れたりしながらそこらをゆっくり歩きまわることだけだった。彼は一本抜き出して「マルゴーです。これがお好きだったようだから」

「これはこれは」とマーチソンは言った。「どうもありがとう、トム。くにの人たちにこのワインを生んだ酒倉の話をしてやるよ」マーチソンは墁をうやうやしく受けとった。

トムは言った。「あなたはどんなことがあっても――たとえスポーツマンシップのためにでも――もう自分の意見は変えないんでしょうね、ロンドンの専門家に話すってこと。贋作のことを」

マーチソンは少し笑った。「トム、そりゃだめだよ。スポーツマンシップだって！　きみがなぜ贋作をかばいたがるのか私にはまったくわからんね、もしきみが――」

マーチソンはあることを思いついたらしい。トムにはそれがどんなことかわかった。トム・リプリーが贋作の件に一枚嚙んでいて、そこからなんらかの恩恵か利益を得ているということだ。「ああ、ぼくもたしかにあれに関係がある」トムは急いで言った。「じつはぼくは、先日ホテルであなたに話しかけた若い男を知ってるんだ。彼のことは全部知ってる。あの男が贋作者だ」

「なんだって？　あの――あの――」

「ああ、あのおどおどした男、バーナードが。彼はダーワットを知ってたんだ。そもそもの起こりはごく理想主義的なことだった、つまり――」

「というと、ダーワットもこのことを知って
い、い、いると？」

「ダーワットはもう死んでいる。別人がダーワットになりすましてたんだ」トムは、もうここまで来れば自分には失うものは何もない、それより何か少しでも得になれば、と居直

った気持ちで、ついしゃべってしまった。マーチソンも命を失わずにすむ。だがその考えはまだトムの頭のなかではっきりした形をとっていたわけではなかった。

「ダーワットは死んでいたのか——もうどのくらいになる？」

「五、六年だ。本当にギリシャで死んだんだ」

「なら、あの作品は全部——」

「バーナード・タフツのだ——彼がどういう男かあんたも見て知ってるだろう。自分が死んだ友人の絵を偽造していたことがバレたら自殺でもしかねない。彼はあんたに、もうこれ以上買うな、と言った。それだけで充分じゃないか。あの画廊がバーナードに、ダーワットの作風で二、三枚描いてくれと頼んだんだ、だから——」トムは、その案を言い出したのは自分だったな、と思った。だが、そんなことは知るもんか。自分がむなしい議論を続けていることもわかっていた。マーチソンの意志が固いからだけではなく、トム自身の論理のなかに、自分でも先刻ご承知の分裂があるからだ。彼は自分のなかに正と邪の両面を見た。だがどちらも同じように本心なのだ。バーナードを救え、贋作を救え、ダーワットまでも救え、トムはそう論じているのだが、マーチソンはけっして理解しないだろう。

「バーナードは手を引きたがってる、ほんとなんだ。あなたのせいでひとりの男が恥辱から自殺してしまうかもしれない、そうまでしてわずかひとつのことを証明したくはないだろう？」

「恥辱なら贋作を始めたときに感じていそうなもんだ！」マーチソンはトムの手を、顔を、そしてまた手を見た。「ダーワットになりすましていたのはきみだったんだな？　間違いない。私はダーワットの手をよく見ておったんだ」マーチソンは苦々しげに笑って「だのにみんなは私が細かいことに気づかん男だと思っとるんだからな！」

「あなたの目は鋭いよ」とトムは急いで言った。彼はふいに怒りを感じた。

「私が昨日そのことを口に出しとりゃよかったよ。昨日から気づかんわけじゃなかったんだ。その手。手にはつけひげをつけるわけにはいかんからな」

　トムは言った。「頼むから見逃してやってくれ。何もあの連中がひどい危害を与えてるわけじゃなし。バーナードの絵はすばらしい、それはあなたも否定できないはずだ」

「私は絶対に口をつぐんだりはせんぞ！　せんとも！　たとえきみか誰かが私を黙らせようとして、とほうもない大金を積み上げてもな！」マーチソンの顔はますます赤くなり、下顎(したあご)は震えていた。彼はワインの壜を手荒く床に置いたが、壜は割れなかった。

　ワインを突っ返されたのはいささか侮辱だった。少なくともトムはそう感じた。ほんのわずかの侮辱だがこれがトムに拍車をかけた。彼はほとんど同時に壜を取り上げてマーチソンめがけて振り上げるや、頭の横に一撃を食わせた。今度は壜は割れ、ワインが飛び散り、壜の底が床に落ちた。マーチソンはよろめいてワインの棚に倒れかかり、棚全体が揺れたが何も落ちなかった。ただマーチソンだけが床にどさりと倒れた。倒れるとき彼の身体(からだ)が棚に並んでいる壜の口にぶつかったが棚は無事だった。トムは最初に手に触れたものを掴(つか)み——それはたまたま空(から)の石炭入れだった——マーチソンの頭めがけて振りおろした。そしてもう一度。石炭入れの底は重かった。マーチソンは血を流して、少しねじれた格好で石の床に横向きにのびている。全然動かない。

血をどうしよう？　どこかに古いぼろ切れはないか、新聞紙でもいい、とトムはぐるぐる歩きまわった。燃料タンクのほうへ行くと、タンクの下に古さと汚れのために固くなった大きな布があった。それを持ってきて拭きとろうとしたが、無駄だと気づいてすぐにやめ、またそこらを見まわした。死体を樽の下に押しこもう、と考えて、マーチソンのくるぶしを摑んだが、すぐ手を放してマーチソンの首をさわってみた。脈はないようだ。トムは大きく息をつくと、両手でマーチソンの脇の下をかかえた。そして重い死体を樽のほうへ引きずっていった。樽の陰になっている隅は暗かった。マーチソンの足がほんの少し樽の下からはみ出した。トムは足が隠れるようにマーチソンの膝を折り曲げた。だが台に載っている樽の底と床の間は四十センチほどあるので、もし誰かが酒倉の真ん中に立ってこの隅をのぞきこめばマーチソンの身体が多少見えてしまう。もしもしゃがみでもしたら、身体全部が見えるのだ。よりによってこんなときに、とトムは思った、古シーツでも防水布でも古新聞でも、とにかくあれにかぶせるものが一枚も見つからないなんて！　マダム・アネットの整頓好きのせいだ！　トムが血で汚れた布切れを放り投げると、マーチソンの足の上に落ちた。彼は割れた壜のかけらを蹴とばし――ワインはもう血と混ざり合っていた――それから手早く壜の首を拾い上げて、天井から垂れたコードの先にぶらさがっている電球を叩いた。電球は割れて床に飛び散った。

それから、呼吸を正常に戻そうとして少し息をはずませながら、暗いなかを階段のほうへ行き、そこを上がった。彼は酒倉の戸を閉めた。予備のトイレットには流しがあるので、トムはそこで急いで手を洗った。水をかけると水は血でピンク色になった。最初マーチソンの血かと思ったが、よく見ると血はあとからあとから出てくるので、親指のつけ根に切り傷のあることがわかった。でもそんなにひどい傷じゃない、もっとひどく怪我していたかもしれないのだからこのくらいですんで幸運だった。彼は壁のトイレット・ペーパーを引きちぎって親指に巻きつけた。

　マダム・アネットはキッチンで忙しく働いていた。これもついている。もし彼女が出てきたら、マーチソンはもう車のなかだと言おう――マダム・アネットがお客様はどこだと訊くかもしれないからな。もう出発の時間が来ていた。

　トムはマーチソンの部屋に駆け上がった。マーチソンの荷物はもうすっかり用意されていて、あとはコートと、浴室に洗面道具が残っているだけだった。洗面道具をマーチソンのスーツケースのポケットに押しこんで蓋を閉め、スーツケースとコートを持って階段を下り、玄関から外へ出た。そしてそれをアルファロメオのなかに投げこんでから、また二階へ駆け上がってマーチソンの『時計』をとりにいった。『時計』はまだ紙に包んだままだった。マーチソンは自分の意見を確信していたのでわざわざ『時計』の包みをほどいて『椅子の男』と比べてみるようなことはしなかったのだ。高ぶりは滅びにさきだつ、とトムは思った。やはり紙で包んである自分の『椅子の男』をマーチソンの部屋から自分の部屋に持ってきてクローゼットの隅に突っこみ、『時計』だけを持って階下に下りると、予備のトイレットの外にあるコート掛けから自分のレインコートをとり、外へ出て車に乗った。そしてオルリー空港へ向かった。

マーチソンのパスポートと飛行機の切符が彼の上着のポケットに入っているかもしれない。それはあとで処分しよう、明日の朝マダム・アネットがいつもののんびりした買い物に出かけている留守に焼いてしまうのがいいだろう。そうだ、伯爵が来ることをまだマダム・アネットに話してなかった。どこかから彼女に電話することにしよう、だがオルリー空港からではないほうがいい。空港でうろうろしたくなかった。

まるでマーチソンが本当にその飛行機で発つとでもいうように、空港へはちょうどいい時間に着いた。

トムは搭乗者用の入口のほうへ向かった。そこはタクシーなら短い時間停まって荷物や客を降ろしたり拾ったりしてもいいことになっていた。トムは車を停め、マーチソンのスーツケースを持ち出して舗道に置き、それに『時計』を立てかけて、一番上にマーチソンのコートを置いた。そして車でその場を離れた。舗道にはほかにも荷物の小さな山がいくつか置かれているのが目に入った。彼はフォンテーヌブローの方角に車を走らせ、道端のバー・カフェで車を停めた。オルリー空港から南高速道路の入口までの道にいくつもある中ぐらいの大きさの店のひとつだ。

ビールを注文し、電話用の代用硬貨を頼んだが、それは必要ないと言われたので、レジスターの近くのカウンターに置いてある電話で自宅の番号を回した。

「ハロー、ぼくだ」とトムは言った。「マーチソンさんは急いでうちを出てきてしまったので、マダムにお別れとお礼の言葉を伝えといてくれと言ってたよ」

「ああ、そうだったんですか」

「それから――今夜はまたお客様だ、ベルトロッツィ伯爵というイタリア人だがね。ぼくがオルリーで出迎えて、六時までには家に帰るよ。夕食は、そうだなあ――仔牛のレバーは今からでも買えるかい？」

「今日はお肉屋さんにすばらしい羊のもも肉があるんですよ！」

トムはどういうわけか今日は骨つきの肉は避けたい気分だった。「もし面倒じゃなかったら、ぼくは仔牛のレバーのほうがいいんだけどな」

「ワインはマルゴーですか？　ムルソーですか？」

「それはぼくにまかせといてくれ」

トムは店に金を払い――電話代は、ヴィルペルス村よりずっと遠いサンの町にかけたと言って払った――外へ出て車に乗った。そしてゆっくりしたスピードでまたオルリー空港に引き返し、搭乗者用入口の前を通って、マーチソンの荷物がまださっき彼が置いたままになっているのに目をとめた。まず最初にコートがなくなるだろうな、とトムは思った、抜け目のない若者か誰かがこっそり頂戴していくにちがいない。そしてもしマーチソンのパスポートがコートのポケットに入っていたとしたら、盗んだ奴が何かに利用するかもしれない。トムはかすかに微笑んで、一時間だけ車を預かるP－4駐車場へ車を入れた。

　トムはすぐ目の前に開いているガラスのドアをゆっくり歩いて通り抜け、新聞売場で「チューリッヒ新報」を買ってから伯爵の飛行機の到着時間を確かめた。飛行機は時間どおりに着く予定で、そうするとあと数分しかなかった。トムは混雑したバーに行き――そこはいつも混雑しているのだ――やっと人をかきわけてコーヒーを注文した。コーヒーを飲み終えると、切符を買って出迎え用の場所に行った。

　伯爵はグレイのフェルトの中折れをかぶっていた。長くてまばらな黒い口ひげを生やし、ボタンをかけていないコートの下でもはっきりわかるほど腹が出っぱっている。伯爵の顔に突然微笑みが、イタリア人特有の無意識の微笑みが広がり、彼は大きく手を振ってトムに挨拶(あいさつ)した。伯爵はパスポートを係官に見せているところだった。

　それからふたりは握手し、ちょっと抱き合った。トムは伯爵の荷物や大きな袋を持ってやった。伯爵はアタッシェケースも持ってきていた。いったい伯爵は何を、どこに入れて運んできたのか？　フランス人の税関吏は彼のスーツケースを開けて見もせず、よしという身ぶりをしただけで通してしまったのだ。

「ちょっとここで待っててください、車をとってきます」ふたりで舗道に出たときトムは言った。「すぐそこですから」トムは小走りに走っていき、五分後に車で戻ってきた。

　車はまた搭乗者用入口の前を通らねばならなかった。そのとき見ると、マーチソンのスーツケースと絵の包みはまだそのままだったがコートはなくなっていた。一ちょう上がり、あとふたつだ。

家へ向かう車のなかで、ふたりは現在のイタリアの政治やフランスの政治についてさほど深刻にではなく論じ合い、それから伯爵はエロイーズのことをいろいろ尋ねた。トムは伯爵のことをほとんど知らないといってもよかった。会ったのはこれでまだ二度目だが、ミラノでふたりは絵の話をしていて、伯爵は絵に情熱的ともいえる興味をもっていた。

「ちょうどいまロンドンでダーワットの展覧会(エスポジツィオーネ)をやってるな。来週行ってみようと楽しみにしてるんだよ。ダーワットがロンドンに現れたってこと、きみどう思うかね？　わしはもうびっくり仰天したよ！　何年ぶりかで彼の写真が新聞に出たんだからな！」

トムはロンドンの新聞を買って読むまではしていなかった。「じつに驚いたよ。ダーワットはあまり変わってないと書いてあった」トムは、最近ロンドンへ行ってその個展を見てきたことは口に出すまいと思った。

「きみが持ってるダーワットの絵を早く見たいもんだ。なんだったかね？　女の子を描いたものだとか言ってたな？」

「『赤い椅子』です」トムは伯爵がよく覚えているのに驚いた。彼は微笑んでハンドルをぎゅっと握りしめた。地下室の死体にもかかわらず、そして重苦しい一日、とくに神経にこたえるような午後を過ごしたにもかかわらず、いまは非常に楽しい気分で家へ帰ろうとしていた――いわゆる犯罪の現場へ。だが、あれが犯罪だとはどうしても感じられない。それともぼくは反応が鈍いんで明日か今夜にでも遅ればせながら何か反応が表れるのかな？　そうは願いたくないもんだ。

「イタリアのエスプレッソは最近まずくなってね。どこのカフェでも」と伯爵は荘重なバリトンで言った。「わしは確信してるんだが、おそらく裏でマフィアが何かやってるにちがいない」伯爵はちょっとのあいだ気難しげに窓の外を眺めてから、また話しつづけた、「それにイタリアの美容師どもときたら、まったく！　わしにはだんだん、自分が自分の国を知らんのじゃないかとさえ思えてきたよ。今じゃヴェネト通りの古くから行きつけの床屋に行っても、若い男が出てきおってどんなシャンプーにいたしましょうかなどと聞きおる。そこでわしは、『どんなもクソもない、黙って髪を洗え──わしの頭にわずかに残っとるこの髪の毛を！』『でもオイルシャンプーでしょうか、ドライシャンプーでしょうか、シニョール。シャンプーには三通りありますんで。フケはおありですか？』『ない！』とわしは言ってやるんだ。『人間が普通の髪をしてちゃいかんご時世にでもなったのかね？　それとも普通のシャンプーはもうこの世に存在しておらんのかね？』ってな」

マーチソン同様、伯爵もベロンブル屋敷のがっしりした均整美をほめた。庭には、夏の名残り（なごり）の薔薇（ばら）の花がもうほとんど残っていなかったが、うっそうと茂った松林にとりかこまれた三角形の芝生が美しかった。今度もまたマダム・アネットが玄関でふたりを出迎え、昨日トーマス・マーチソンが着いたときと同じようにまめまめしく手を貸して客を歓迎した。そしてトムもまた、マダム・アネットが整えておいてくれた部屋に客を案内した。お茶にするには時間がもう遅かったので、トムは伯爵に、ぼくは階下（した）に行っているからよろしかったらあなたもどうぞと言って部屋を出た。夕食は八時の予定だった。

それからトムは自分の部屋で『椅子の男』の包みをほどき、階下へ持って下りていつもの場所にかけた。この絵が何時間かなくなっていたことにマダム・アネットが気づいているかもしれない、だがもし彼女がそのことで何か質問したら、トムは、マーチソンさんがこの絵を違う照明の下で見たいと言ったのでぼくの部屋に持っていったのだ、と言うつもりだった。

トムはフランス窓のどっしりした赤いカーテンを開けて、裏庭を見た。夕闇が迫るにつれてダークグリーンの影がだんだん黒くなっていく。トムはいま自分が地下室のマーチソンのちょうど真上に立っていることに気がついて、少し脇へよけた。たとえ今夜遅くなっても地下室へ下りていってなんとかワインと血をきれいにしてしまわなければ。マダム・アネットが何かの用事で地下室へ行くかもしれない。彼女はいつも燃料の供給に気を配っていることだし。でも、それからどうやって死体を家の外へ運び出そう？　道具小屋に手押しの一輪車がある。マーチソンを手押し車に載せて――その上をやはり道具小屋にある防水布で覆い――屋敷の裏手の森へ運んで埋めることができるだろうか？　いかにも原始的な方法だし、家の近くというのも愉快なことじゃないが、それが一番いい解決法だと思われた。

伯爵が、その太った身体にも似合わずまるでとびはねているように元気よく二階から下りてきた。背も高いほうだ。

「アハァ！　アハァ！」マーチソン同様、伯爵も部屋の奥の壁にかかっている『赤い椅子』を見て感動した。だが彼はすぐ振り向き、暖炉のほうを見て、『椅子の男』にもっと感動したようだった。「すばらしい！　見事だ！」と二枚の絵をかわるがわる見つめて「まさにわしの期待どおりだ。どちらもすばらしい。きみの家全部がそうだよ。わしの部屋にかかっていた絵もじつによかった」

マダム・アネットがアイスペールとグラスをワゴンに載せて入ってきた。

イタリア産ヴェルモット、プンテメスを見た伯爵は、それを所望した。

「ロンドンの画廊から個展のためにこの二枚を借りたいと言ってこなかったのかね？」

二十四時間前にもマーチソンがこれと同じ質問をしたのだ。マーチソンの場合は『椅子の男』だけをさしていたのだが、画廊の人たちがおそらく贋作と知りつつその絵に対してどんな態度をとっているかそれが知りたくて訊いたのだった。トムはまるで気絶する直前のようにかすかなめまいを感じた。それまでワゴンの上にかがめていた身体を急にしゃんと伸ばして、「言ってきましたよ。でも輸送だの保険だのいろいろと面倒ですからね。ぼくは『赤い椅子』を二年前にも展覧会に貸したんですよ」

「わしもダーワットをひとつ買おうかと思っとるんだ」と伯爵は考え深げに言った。「もし懐(ふところ)が許せばの話だがね。あの値段じゃ小品でなきゃ買えんな」

トムは自分のグラスの氷の上にストレートのスコッチを注いだ。

電話が鳴った。

「失礼」と言ってトムは電話に出た。

伯爵は壁にかかっているほかの絵を見ながらそこらを歩いている。

電話はリーヴズ・マイノットからだった。彼はまず伯爵が着いたかと訊き、それから今そこにはきみひとりか、と訊いた。

「いや、そうじゃない」

「ものは――」

「よく聞こえないんだが」

「練り歯磨きのなかだ」とリーヴズは言った。

「あ、ああ」トムはうめくような声を出した。疲れ、軽蔑（けいべつ）、倦怠（けんたい）のうめき声だ。これは子供のゲームなのか？　それともくだらない映画のひとこまか？　「わかった。住所は？　この前と同じでいいのか？」トムはあるパリの住所を教えられていた。これまでにリーヴズのものを送りつけた住所は三つか四つある。

「それでいい。この前ので。万事うまくいってるか？」

「ああ、いってると思う、ありがとう」トムは愛想よく言った。愛想よくなりついでにもう少しでリーヴズに、伯爵とひとこと話すか、と言うところだったが、リーヴズが電話してきたことを伯爵には知らせないほうがいいだろうと思ってやめた。ぼくはだいぶバランスを崩してるぞ、へまをやりそうだとトムは思った。「電話してくれてありがとう」

「万事異常なければこっちに電話しなくてもいいからな」リーヴズはそう言って電話を切

った。

「ちょっと失礼しますよ、エドゥアルド」とトムは言って二階に駆け上がった。

彼は伯爵の部屋に入った。客やマダム・アネットがいつも鞄を置く時代がかった木の箱の上に、伯爵のスーツケースのひとつが蓋を開けたまま置かれていたが、トムはまず浴室のなかを見た。伯爵はまだ洗面道具を出していない。トムはスーツケースのところへ行ってジッパー付きの不透明なビニールのバッグを見つけた。それを開けてみるとなんと中味はパイプ煙草(たばこ)だった。もうひとつビニールのバッグがあり、そのなかにひげ剃り道具と歯ブラシと練り歯磨きが入っていた。トムは練り歯磨きを手にとってみた。チューブの端は少しでこぼこだがいちおう封がしてあった。おそらくリーヴズの手下が何か留め金のようなものでまたチューブの金属を封じ合わせたのだろう。慎重にチューブを押してみると、端のほうで固い塊(かたまり)が手に触れた。トムは愛想をつかしたように首を振り、練り歯磨きをポケットに入れてビニールの洗面袋をもとに戻した。それから自分の部屋へ行って、装飾品入れの箱や糊(のり)のついたカラーが入っている引き出しの奥に練り歯磨きをしまった。

トムは階下(した)の伯爵のところへ戻った。

夕食の間、ふたりはダーワットの突然の帰国や、伯爵が新聞で読んだ彼の記者会見のことを話した。

「メキシコに住んでるそうですね?」とトムは訊いた。

「ああ。だが場所は教えんと言ってる。B・トレイヴン(メキシコへ移住した正体不明のアメリカ作家)のようにな。

ハハ！」

伯爵は料理をほめ盛んに食べた。彼は口いっぱい食べものをほおばって、なおかつしゃべることができるというヨーロッパ人特有の才能をもっていた。アメリカ人がやれば非常にだらしなく見えるし自分でもそう感じてしまうのだが。

食後、伯爵はトムのレコード・プレーヤーを見て音楽を聴きたいと言い出し、ドビュッシーの歌劇『ペレアスとメリザンド』を選んだ。伯爵はとくに第三幕のソプラノと低音の男声のいささか狂乱じみたデュエットを聴きたがった。伯爵は音楽を聴きながら、またときにはそれに合わせて歌いさえしながらしゃべることができるのだ。

トムはなるべく伯爵のほうに注意を向けて、音楽を聴くまいと努めた。だが音楽を聴かずにすますのはとても難しいことだ。トムは『ペレアスとメリザンド』を聴く気分ではなかった（『ペレアスとメリザンド』の三幕には、妻のメリザンドを愛している弟のペレアスに殺意をいだいたゴローが彼を穴倉に案内する場面がある）。いまのトムに必要なのはメンデルスゾーンの『夏の夜の夢』の非現実的な序曲だった。だのに今かけているのは重苦しいドラマのある音楽だ。トムの心の耳のなかでは、メンデルスゾーンの序曲が躍り狂う——神経質でコミックで独創性に満ちあふれた曲。自分も独創性に満ちあふれたい、いまのトムは必死でそう願っているのだった。

ふたりはしばらく黙ってヴェルモットを飲んでいた。トムは、明日の朝ドライブに出かけてモレ・スュル・ロワンで昼食をとろうと提案した。伯爵が明日の午後のパリ行きの列車に乗りたいと言っていたからだ。だが伯爵は、それよりもまず、トムの所蔵の美術品を残らず見たがったので、トムは家じゅう彼を案内してまわり、マリー・ローランサンが一枚かけてあるエロイーズの部屋まで見せた。

それからふたりはおやすみの挨拶を交わし、伯爵はトムから借りた美術の本を二、三冊かかえて部屋へ引きさがった。

自分の部屋に入ったトムは、伯爵の旅行用歯磨きのチューブを引き出しから取り出して、親指の爪(つめ)で底の部分を開けようとしたが、うまくいかなかった。そこでいつも絵を描く部屋へ行って、仕事台からペンチをとって自分の部屋へ戻り、ペンチでチューブを切って開いてみると、なかから黒い円筒形のケースが出てきた。もちろんマイクロフィルムだ。水で洗ってもいいだろうか、とちょっと考えたが、洗うのはやめてクリネックスで拭くだけにした。まだペパミントのにおいがしている。トムは封筒に宛名を書いた。

パリ第九区ティゾン通り一六

ジャン゠マルク・カーニエ様

そして円筒形のケースを便箋(びんせん)二枚で包んで封筒のなかに押しこんだ。トムはこのくだらない仕事からもう足を洗おうと心に誓った。こんなことは品位を下げるだけだ。リーヴズを怒らせないようにうまく言えばいい。リーヴズはものが大勢の人間の手を経れば経るほど安全さが増す、という奇妙な考えをもっている。リーヴズは用心深い男だ。だが彼が、たとえひとり当たりわずかずつにもせよ、関係者全員への支払いで金を損していることは間違いない。それともリーヴズに頼まれて好意でやってやっている人間もいるんだろうか？

トムはパジャマに着替えてガウンをはおり、廊下を覗(のぞ)いて伯爵の部屋のドアから明かりが洩れてないのを確かめてから、静かにキッチンへ下りていった。キッチンの奥には使用人用の入口のついた小さなホールがあるので、キッチンとマダム・アネットの部屋の間にはドアがふたつあることになる。だからマダム・アネットにはトムのたてる物音も聞こえないし、キッチンの明かりもまず見える心配はない。トムは灰色の厚手の雑巾(ぞうきん)と洗剤の容器をとり、戸棚から電球をひとつ取り出してポケットに入れた。そして地下室へと下りていった。身体がかすかに震える。懐中電灯と踏み台にする椅子が必要だと気づいて、またキッチンへ引き返すと、キッチンのテーブルに付属している木製のスツールをひとつ持ち、ホールのテーブルの引き出しから懐中電灯を出した。

懐中電灯を脇にはさみ、割れた電球をはずして新しいのとつけかえる。地下室は明るくなった。マーチソンの靴がまだ見えている。その脚が死後硬直で突っぱっているのを見てトムはぞっとした。でも本当にもう死んでいるんだろうか？　どうしてもそれを確かめてみなければ今夜はとうてい眠れそうにない。トムは手の甲をマーチソンの手にあててみた。それで充分だった。マーチソンの手は冷たくて硬直していた。トムは灰色の布切れをマーチソンの靴の上にかけた。

地下室の隅に水の出る流しがある。トムは雑巾を濡らして仕事を始めた。色が少し落ちて雑巾についたので、それを洗い流したが、床のほうの色はたいして薄くなったようにも見えない。もっともいまは濡れているために色が濃く見えるのかもしれないが、まあいいだろう、もしマダム・アネットが何か質問したら、ワインの壜を落っことして割ってしまったと言えばいい。トムは床の上の割れた電球とワインの壜の最後のかけらを拾い上げ、雑巾を流しでよく洗ってから、流しの排水口に残ったガラスのかけらをつまみ上げてガウンのポケットに入れた。そしてまた雑巾で床を擦りつづけた。それから上へあがっていって、雑巾に薄赤い色がほとんど残っていないのをキッチンの明るい光でよく確かめ、雑巾を流しの排水管にかけた。

だがまだいまいましい死体がある。トムはため息をつき、明日伯爵を駅へ送ってここへ戻ってくるまで地下室に鍵をかけておこうかと考えた。だがもしマダム・アネットが地下室に入りたがったときに鍵がかかっていたとしたら変に思うんじゃないだろうか？　それに彼女は自分専用の鍵を持っているのだ。戸外から地下室に出入りするドアにはべつの錠前がついているがそっちのほうの鍵だってマダムはちゃんと持っている。トムは用心のためにロゼひと壜とマルゴーをふた壜持って上がって、キッチンのテーブルの上に置いておいた。使用人の存在がわずらわしいときもあるものだ。

トムは前の晩以上に疲れてベッドに入ったが、そのとき、マーチソンを樽のなかに入れることを思いついた。だが死体をなかに入れてから樽の箍をちゃんともと通りに締めておくのには桶屋(おけや)の手を借りなければならない。それに樽には何か液体が入っていなければマーチソンの死体がなかでガタガタすることだろう。その上、重い死体の入った樽を自分ひとりの力でどうやれば処理できるだろうか？　不可能だ。

　トムはオルリー空港に置いてきたマーチソンのスーツケースと『時計』のことを思い出した。もういまごろはきっと誰かが持っていってしまったにちがいない。おそらくマーチソンはスーツケースのなかに住所録や古い手紙類を入れていたことだろう。明日かあさってにはマーチソンは「行方(ゆくえ)不明」と公表されるだろう。テイト画廊の専門家は明日の朝マーチソンと会う約束で待っているのだ。マーチソンは、トム・リプリーの家へ行くことを誰かにしゃべっただろうか？　そうではないことをトムは願った。

7

　金曜日は晴天で、すがすがしいというほどではなかったがとにかく涼しかった。トムと伯爵(はくしゃく)はリビングの、陽(ひ)の射しこむフランス窓のそばで朝食をとった。伯爵はパジャマの上にガウンをはおり、もしこの家にレディーがいたらこんな格好はしないんだがきみだけだからこれで失礼する、と言った。

　午前十時を少し過ぎたころ、伯爵は服を着替えに二階へ行き、昼食前のドライブにいつでも出発できるようにスーツケースを持って下りてきた。「練り歯磨きを貸してもらえんかね」と伯爵は言った。「ミラノのホテルに忘れてきたらしい。われながらうっかりしとるよ」

トムは伯爵がいつそれを言い出すかと待ちかねていたので、とうとう口に出してくれたことをむしろ喜んで、キッチンにいるマダム・アネットに練り歯磨きを言いつけにいった。伯爵は洗面道具をスーツケースに入れて持って下りてきているにちがいないから、流しのある予備の洗面所に案内するのが一番よさそうだ。マダム・アネットが練り歯磨きを伯爵のところへ持っていった。

郵便が来たので、トムは伯爵にちょっと失礼すると言って見にいった。エロイーズからの絵葉書、これにはたいしたことは書いてない。それにクリストファー・グリーンリーフからの二通目の手紙。トムはすぐ破って開けてみた。それにはこう書いてあった。

一九××年十月十五日

リプリー様

パリまでのチャーター便に乗れることがいまわかったので、予定よりも早くそちらへ行くことになりました。いまあなたがお宅にいらっしゃることを願っています。パリまでは、ぼくと同じ年ごろの友人、ジェラルド・ヘイマンと一緒に行きますが、あなたにお目にかかるときは連れていきません。いい奴なんですけれどお邪魔になるといけませんから。パリへは十月十九日の土曜日に着きますのでそこからお宅へ電話してみます。飛行機が着くのはフランス時間の午後七時ですから、もちろんその夜はパリのどこかのホテルに泊まるつもりです。

ではそれまでどうぞお元気で。

クリス・グリーンリーフ

土曜日といえば明日だ。少なくともクリスは明日じゅうはこの家にやってこないのだ。やれやれ、とトムは思った、あとはバーナードが来ないことを望むだけだ。トムはマダム・アネットに、ここ二日間は電話が鳴っても出るなと言おうかと考えた。だがそれも変なものだし、そのうえマダム・アネットも迷惑するだろう。彼女のところには少なくとも一日に一回、友達の誰かから、たいていは同じ村の家政婦仲間のマダム・イヴォンヌから電話がかかってくるのだった。

「悪い知らせかね？」と伯爵が訊(き)いた。

「いや、全然」とトムは答えた。マーチソンの死体を運び出さなければならない。それもなるべくなら今夜じゅうに。もちろんクリスのほうは、火曜日までは忙しいからとかなんとか言って遠ざけておくこともできる。トムの頭には、フランスの警察が明日マーチソンを捜しにここへ踏みこんできて、いちばん考えつきそうな場所、つまり地下室で、あっという間に死体を見つけてしまう光景が浮かんだ。

トムは、出かけることをマダム・アネットに知らせにキッチンへ行った。彼女は大きな銀製のスープ入れとたくさんのスープ用スプーンを磨いている。どれも、P・F・Pというエロイーズの実家のイニシャル入りだ。「ちょっと出かけてくる。伯爵がお発ちなんだ。帰りに何か買ってこようか？」

「もしとても新鮮なパセリがありましたら――」

「よし、覚えとくよ。パセリだね。五時前には帰ってこられると思う。今夜の晩飯はぼくひとりだから何か簡単なものでいいよ」

「お客様のお荷物をお運びしましょうか」マダム・アネットは立ち上がって「ほんとに今日は私としたことが気がきかなくて」

トムはその必要はないと言ったのだが、マダム・アネットは伯爵に挨拶しにわざわざ出てきた。伯爵は丁寧にお辞儀して、フランス語で彼女の料理をほめ上げた。

トムと伯爵はまずヌムールにドライブして、噴水のある市場を見てから、ロワン川沿いに北へ走ってモレへ行った。トムはモレの町の一方通行の道路をよく心得ていて要領よく進んでいった。ロワン川にかかった橋の両側に、昔はこの町の門だったすばらしい灰色の石塔がある。伯爵はもううっとりとしていた。

「イタリアのように埃っぽくないな」と伯爵は言った。

遅い昼食の間じゅう、トムは内心の不安を外に表すまいと一生懸命努め、何度も窓の外に目をやって河岸のしだれ柳を眺めては、そよ風になびく枝のゆるやかなリズムを自分も持ちたいと願うのだった。伯爵は、自分の娘がある貴族出の青年と再婚した話を延々としゃべりつづけていた。その青年は結婚の経験のある女と一緒になったためにボローニャに住む家族から勘当されているそうだ。トムはこの話にかろうじて耳を貸しているだけで、心ではマーチソンを始末することばかり考えていた。危険を冒してもマーチソンをどこかの川に投げこむべきだろうか？　おもしの石をつけて重くなったマーチソンの死体を橋の欄干(らんかん)の上まで持ち上げることができるだろうか？　それも人に見られずに？　橋の上からではなく、ただ河岸に死体を引きずっていったとしたら、たとえおもしをつけても死体を深く沈めることができるだろうか？　少し前からかすかに雨が降りだしている。これで土が掘りやすくなるな、とトムは思った。結局は屋敷の裏の森に埋めるのが一番いいかもしれない。

　ムランの駅では、伯爵の乗るパリ行きの列車が来るまで十分しか時間がなかった。伯爵とトムはいかにも愛情のこもった別れの挨拶を交わし、それからトムは近くの煙草屋(たばこや)で切手を多めに買ってリーヴズの手下に送る封筒に貼(は)った。たかだか五サンチームぐらいの不足のためにこの封筒がどこかの小さな郵便局の局員のところで止まってしまっては困るからだ。

　トムはマダム・アネットに頼まれたパセリを買った。パセリ、フランス語ではPersil(ペルシ)、ドイツ語ではPetersilie(ペタジーリエ)、イタリア語ではPrezzemolo(プレッツエモロ)。それからトムは家へ向かった。太陽は沈みかけている。森のなかで懐中電灯かなにかの明かりを使ったら、マダム・アネットが裏庭に面した自分の浴室から外を覗いた場合に彼女の注意をひきはしないだろうか？

マダムが森に明かりを見たとトムに知らせに彼の部屋へやってきて、彼がいないのを見つけはしないだろうか？　森にはトムの知っている限りではピクニックの人たちもきのこ狩りの人も来たことがないのだ。だがトムは森の奥深くへ入るつもりだった。そうすればマダム・アネットが明かりに気づくこともないだろう。

トムは家に着くとすぐに、どうしてもやらねばならぬという気持ちでリーバイスに着替えて物置から手押し車を引っぱり出し、裏のテラスに続いている石段のそばまで押していった。それから、いまはまだ外の明かりだけで充分なので、小走りに芝生を横切って物置へ戻った。もしマダム・アネットに見つかったら、森で堆肥の山をこしらえようと思ってるんだ、と言おう。

マダム・アネットの部屋には、磨り（す）ガラスの窓のある浴室のほうに明かりがついていた。いま風呂に入っているらしい。キッチンの用事があまり多くない日はいつもこの時間に風呂に入るのだ。トムは物置から四叉（よつまた）のフォークを出して森へ持っていった。ちょうどよさそうな場所を探しながら、早く穴を掘りはじめたいと思った。本当に掘るのは明日の早朝だが、いま少しでも掘っておけばそのときうんと気が楽になるだろう。やがて、二、三本の細い木の間に適当な場所が見つかった。ここなら掘るときに邪魔になる木の根があまりなさそうだ。そこは森の端、つまりトムの家の芝生が始まっている場所から七十メートルほどしか離れていなかったが、ここが最適だとトムは黄昏（たそがれ）の薄暗がりのなかで確信し、今日一日じゅう彼を悩ませていた不安なエネルギーを発散させて、夢中で掘った。

次はゴミか、とトムは思った。そして手をとめて、息をはずませ、深呼吸しようと顔を仰向けながら、つい大声で笑ってしまった。いまゴミ入れからじゃがいもの皮やリンゴの芯を集めてきて、マーチソンと一緒にみんなこの穴にぶちこんでしまおうか？　そして腐敗促進剤を多量に撒いたらどうだろう？　その薬ならキッチンに一袋あるのだ。

あたりはもうかなり暗くなっている。

トムはフォークを持って戻り、物置にしまってから、マダム・アネットの浴室の明かりがまだついているのを見て――時間はまだ七時だった――地下室へ下りていった。今度は前のときよりもマーチソン――それとも例の物体というべきか――に触る勇気があった。彼はたじろがずにマーチソンの上着の内ポケットをさぐってみた。飛行機の切符とパスポートのことが気になっていたのだが、見つかったのは札入れだけ。その札入れから名刺が二枚、床に落ちた。トムはちょっとためらってから、名刺をもと通りにしまって札入れをまたもとのポケットに押しこんだ。上着のサイドポケットにはリングについた鍵がひとつ入っていたが、それはそのままにしておいた。死体の下側になっているもう片方のサイドポケットは、マーチソンがまるで彫像のように硬直しているうえに重さも彫像ぐらいあるかと思われるほど重かったので、さぐるのがなかなか難しかった。この左ポケットからは何も出てこなかった。ズボンのポケットにはフランスのコインとイギリスのコインがいくつか混ざり合っているだけだったので、それもそのままに。またマーチソンが指にはめている指輪ふたつもそのままにしておいた。もしマーチソンがトムの地所内で発見されたらどうせすぐ身元が割れることはわかりきっている。マダム・アネットが彼に会っているからだ。トムは地下室を出て階段の上の電灯を消した。

それからひと風呂浴びたが、ちょうど風呂から出たときに電話が鳴った。きっとジェフからだ、トムはいいニュースを期待して電話に飛びついた——だが、どんないいニュースがあり得るんだ？

「アロー、トム！　ジャクリーヌよ。そちらはいかが？」

隣人のひとり、ジャクリーヌ・ベルトランだ。隣人といっても彼女と夫のヴァンサンが住んでいるのは数キロ離れた小さな町だ。ジャクリーヌは木曜日のディナーにトムを招びたいと言い、ムランに住んでいてトムもよく知っている中年のイギリス人夫婦、クレッグ夫妻も来るはずだと言った。

「せっかくだけどね、あいにく客が来るんだよ、アメリカの青年が」

「その人も連れてらっしゃいな。大歓迎よ」

トムはなんとかうまく逃げようとしたが完全には逃げきれなかった。そのアメリカの友人が何日泊まっていくかまだはっきりわからないので、二、三日のうちにまたお宅へ電話して都合を知らせる、と言って電話を切った。

そして部屋を出ようとしたときまた電話が鳴った。

今度こそジェフだった。ジェフはストランド・パレス・ホテルからかけていると言い、

「そっちの様子はどうだ？」と訊いた。

「ああ、うまくいってるよ」トムは微笑みながら言って指で髪を撫でつけた。その様子は、自分がダーワット商会のために殺してしまった男の死体が地下室にあることをまるっきり気にかけていないといったふうだ。「で、そっちはどうなんだい？」

「マーチソンはどこにいるんだ？　まだきみの家か？」

「昨日の午後ロンドンへ発ったよ。でも――ぼくの考えじゃあの男は例のテイト画廊の人にしゃべったりはしないと思う。それは確かだ」

「きみが説得したのか？」

「ああ」とトムは言った。

ジェフの安堵のため息が海を越えて伝わってきた。「最高だぞ、トム！　きみは天才だな」

「だからそっちのみんなに落ち着けと言っといてくれ。とくにバーナードに」

「ああ――問題はバーナードなんだよ。とにかく伝えるのは喜んで伝えとく。あいつはいま鬱状態なんだ。この個展が終わるまであいつをマルタ島でもどこでもいいからとにかくどっかへやっちまおうとしてるんだがね。展覧会のときはいつもああなるんだよ――とくに今度のはひどい、その理由は――わかるだろう？」

「奴さんいま何してる？」

「ただただふさぎこんでるよ、はっきり言うとね。おれたちはシンシアにも電話したんだぜ――彼女はまだ彼が好きなんじゃないかと思ってね。といっても、もちろんいまのあいつの恐怖のことは彼女にはしゃべってない」とジェフは急いでつけ加えた。「ただ、しばらくバーナードと一緒にいてやってくれないかと頼んだだけだ」

「ノーと言っただろう？」

「そうなんだ」

「きみがシンシアに電話したことをバーナードは知ってるのか？」

「エドが彼に話した。考えてみると話さなかったほうがよかったのかもしれない」

トムはいらいらしてきた。「とにかくバーナードを二、三日静かにさせといてくれ」

「いま鎮静剤を呑ませてるんだ、弱いやつをね。今日の午後お茶のなかにこっそり入れたんだよ」

「バーナードに伝えてくれるかい？　マーチソンが――鎮まったって」

ジェフは笑って「ああ。で、マーチソンはロンドンで何をするつもりなんだ？」

「用事が二、三あるって言ってたよ。それがすんだらアメリカへ帰るって。いいか、ジェフ、ここ二、三日こっちには電話しないでくれ。ぼくは家にいないかもしれないから」

もし警察に調べられても、いままでにトムがジェフにかけたりジェフからかかってきたりした電話のことはなんとか説明がつく。『桶』を買うつもりでバックマスター画廊と話し合ったのだといえばいい。

その夜、トムはまた物置へ行って、防水布とロープをとって家へ戻った。そしてマダム・アネットがキッチンを片づけている間に、マーチソンの死体を防水布でくるみ、持ち運びやすいようにロープで縛った。死体ってやつはまったく扱いにくい、形は木の幹みたいで重さはずっと重いんだからな、とトムは思った。彼は死体を地下室の階段の下まで引きずってきた。死体が防水布で包んであるという事実は気分をいくらか楽にしたが、いまはそれがドアや階段や玄関の近くにあるので神経がまたたかぶってきた。もしマダム・アネットに見つかったら、もし時なしにやってくる訪問者たち——ジプシーの籠売りや、ご用はないかと訊きにくる町の便利屋のミッシェルや、カトリックのパンフレット売りの少年などに出くわしたら、手押し車に載せようとしている奇妙な物体のことをどう説明すればいいのだろう？　もしかすると誰もそれは何かとは訊かないかもしれない。だがおそらくじっと見つめてフランス人特有のもってまわった言いまわしで訊くことだろう。

「あまり軽くはなさそうですね？」と。そしてそのことを後まで覚えているにちがいない。

その夜トムはよく眠れず、奇妙なことに自分のいびきに気づいていた。一度も深い眠りに落ちなかったので朝の五時に起きるのはたやすかった。

階下で、トムは玄関のドアの前にあるマットを脇に押しのけて、地下室へ下りていった。マーチソンを階段の半分まで引きずり上げるのはまあうまくいった。だが全然休まずにやったのでそれだけでエネルギーをかなり消耗してしまった。ロープで手が少し擦りむけたが、焦っていて庭仕事用の手袋をとりに物置まで走っていく暇も惜しかった。彼はもう一度ロープを摑むと階段のてっぺんまで一気に引っぱり上げた。大理石の床の上を引きずるのはかなり楽だった。死体はひとまずそこに置き、今度は手押し車を玄関まで押してきてそこで車を傾けた。最初はフランス窓から死体を外に運び出したかったのだが、絨毯を剝がさずに死体を引きずってリビングを横切るのは不可能だ。トムはこの細長い物体を引っぱって玄関の階段を四、五段下りてから、傾けた手押し車の上に死体の一部を載せようと苦心した。そうしておいて手押し車の片側を引き上げれば死体がうまく車の上におさまるにちがいない。だがいざやってみると、手押し車は今度はべつの方向に傾いてマーチソンの死体は地面に投げ出されてしまった。まったくふざけている。

死体をまたもとの地下室まで引きずりおろさなければならないだろうか、思っただけでもぞっとする。そんなことは考えられない。トムは、エネルギーを回復しようとして、ほんの三十秒ほど、地面に転がっているいまいましい物体を睨みつけた。それからまるで相手が生きている竜かなにかで、早く殺してしまわなければこっちが殺されてしまうとでもいわんばかりに、それに武者ぶりつき、直立している手押し車に投げこんだ。

手押し車の前輪が砂利にめりこんだ。この車を押して、昨日の雨でいくらか柔らかくなっている芝生を横切るのはまったく望み薄だ、とすぐに悟ったトムは、走っていって屋敷の大門を開けた。玄関の石段と門の間には不規則な敷石が並べてあるので門まではかなりうまくいった。それから手押し車は道の固い砂地に出る。向かって右側にある狭い小道が屋敷の裏をまわって直接森に通じている。やっと自動車が一台通れるぐらいの道幅だが、実際は自動車よりも人や荷車のための道なのだ。トムは小道の小さな穴や水たまりをうまくよけながら手押し車を押していって、とうとう彼の森に着いた——本当は彼の森ではないのだが、いまはむしろ自分のもののように感じていた。この森が提供してくれている隠し場所に着いたのがそれほど嬉しかったのだ。

トムはしばらく車を押していってから、立ち止まって昨夜掘りはじめた穴を探した。穴はすぐに見つかった。いままで気づかなかったが、森は小道から斜面を少し上がったところにあるので、死体をいったん小道に降ろしてから引きずり上げなければならなかった。それから、もし誰かが小道を通りかかっても見つからないように、手押し車を森のなかへ引っぱっていった。そうこうしているうちにあたりは少し明るんできた。トムは小走りに物置へフォークをとりに戻り、ついでにシャベルも取り出した——それは彼とエロイーズがこの家を買ったときから物置にあったもので、もう錆びていた。シャベルには穴があいていたがまだ役に立ちそうだ。トムは森に戻って穴を掘りつづけた。何度も木の根にぶつかる。十五分後には、その朝のうちに穴を掘り終えられないことがはっきりしてきた。八時半にはマダム・アネットがコーヒーを持ってトムの部屋へやってくるのだ。

色あせた青い仕事着を着た男が、薪を積んだ手製の木の手押し車を押して小道をこっちへやってくるのが見えたので、トムはあわてて身をかがめた。男はトムのほうをちらりとも見ずに、トムの屋敷の前を通っている道に向かって歩いている。どこから来たのだろう？　もしかすると公有林の木をちょっと失敬したので、トムが彼に見られなかったことを喜んでいるのと同じように、向こうもトムに見つからなくてほっとしていたのかもしれない。

トムは鋸でなければ切れない木の根に邪魔されながら、ともかくも深さ一メートル以上まで掘りつづけた。それから外へ這い上がって、死体をとりあえず隠しておく窪みがないかと斜面を見まわした。五メートルほど離れたところにひとつの窪みが見つかったので、そこまで死体をもう一度ロープで引きずっていき、地面に落ちていた木の枝や葉で防水布を覆って隠した。少なくともこれで小道を通る人の目にはつかないだろう。いまやまるで羽のように軽くなった手押し車を押して小道を戻り、手押し車をちゃんと物置へ戻しておいた。こうしておけばもしマダム・アネットがそれを見ても何も質問しないにちがいない。

屋敷のフランス窓にはなかから錠がおりていたので、トムは玄関から入らなければならなかった。彼の額は汗で濡れていた。

二階へ上がると、熱い濡れタオルで身体じゅうを拭き、またパジャマを着てベッドに入った。八時二十分前だった。ぼくはダーワット商会のためにやりすぎるぐらいやってしまった。こんなにしてやる価値がはたしてあの連中にあるだろうか？　妙な話だがバーナードにはそうしてやるだけの価値はある。これでバーナードがこの危機を乗り越えさえしてくれればいいんだが。

しかし実際はそれだけではないのだ。ただダーワット商会やバーナードを救うためだけだったらぼくは人を殺したりはしなかったろう、とトムは思った。マーチソンを殺したのは、マーチソンが地下室で、トムがダーワットに扮装していたことを悟ったからだった。

つまりトムは自分自身を救うためにマーチソンを殺したのだ。しかし、とトムは自問した、ぼくにはマーチソンと一緒に地下室へ下りていくときから彼を殺す意図があったのだろうか？　トムには答えられなかった。でもそれがそんなに重要なことだろうか？

バーナードは、例の三人組のなかでトムが完全には理解することのできない唯一の人物だったけれど、にもかかわらずトムはバーナードが一番好きだった。エドとジェフの動機は非常に単純、つまり金儲けだ。トムは、はたしてシンシアのほうからバーナードをふったのかどうか疑わしいと思っていた。もしバーナードが（彼が一時期シンシアを愛していたことは確かだ）自分のほうから手を切ったのだとしてもトムは驚かなかっただろう。なぜならバーナードは自分が贋作をしていることを恥じていたからだ。そうだ、そのことを一度バーナードにそれとなく訊いてしゃべらせてみるのもおもしろいな。たしかにバーナードのなかには謎（ミステリー）がある。そして人間を魅力的にするのも、人を恋におちいらせるのもすべてこの謎（ミステリー）というやつなんだ、とトムは思った。自分の家のすぐ裏の森に防水布に包んだ醜（みにく）い塊があるにもかかわらず、トムは彼自身の想念が自分を、まるで雲にでも乗っているように遠くへ運び去るのを感じた。バーナードの心の動き、恐れ、恥、考えられ得る愛情、そういったものについて夢想するのは、奇妙なことでもあったしまた非常に楽しいことだった。バーナードにもダーワット同様聖人じみたところがある。

蠅（はえ）が二匹、いつものことながら狂ったように飛びまわってじつにうるさい。トムは一匹を髪の毛のなかからつまみ出した。二匹がナイトテーブルのまわりをブンブン唸（うな）って飛びまわる。蝿が出るには遅い季節なのに。この夏いやというほど蝿に悩まされたからもうたくさんだ。フランスの田舎は蝿の種類が多いことで有名なのだ。フランスのチーズの種類よりも多いとたしか何かで読んだっけ、とトムは思い出していた。一匹がもう一匹の背中に乗った。人の見ている前で！　トムはマッチをすって恥知らずな蝿に突きつけた。羽が焦げる。ジジ……ジジ……。足が空中にピンと立ち、断末魔の痙攣（けいれん）。ああ、愛の死（リーベストート）、死んでもまだ一体になっているとは！

　これがポンペイで起こり得るなら、ベロンブルで起こってもべつに不思議はない、とトムは思った。

8

　土曜日の午前中、トムは、アテネのアメリカン・エキスプレス気付でエロイーズに手紙を書いたりして、なんとなくだらだらと過ごし、午後は二時半から、いつもよく聴くラジオのコミック番組を聴いた。土曜日の午後にトムが黄色いソファで笑いころげ、エロイーズがトムに、訳して聞かせてよとせがんでいるのを、マダム・アネットもときどき見て知っている。だがそのほとんどは、とうてい翻訳できない語呂合わせの洒落（しゃれ）だった。四時になると、トムは、昼に電話で誘われていたアントワーヌとアニエス・グレ夫妻のところへお茶に出かけた。夫妻はヴィルペルス村の反対側のはずれに住んでいて、トムの家から歩いていける距離だった。アントワーヌは、パリに仕事場を持つ建築家でいつも平日はそっちに行ったきりなのだ。アニエスは歳は二十八ぐらいのおとなしいブロンドの女で、ずっと村にとどまってふたりの子供を育てている。グレ家にはほかに客が四人来ていたが、みなパリっ子だった。

「毎日どうしてらっしゃるの、トム？」とアニエスが、お茶の最後に夫の大好物の強いオランダのジンの壜を出しながら訊いた。グレ家ではこのジンをいつも生のままですすめる。

「まあ絵を描いたり、片づけがてら庭をぶらついたりね」フランス人は草とりのことを片づけというのだ。

「さみしくはなくって、エロイーズはいつ帰ってくるの？」

「あと一カ月ぐらいかな」

　グレ家で過ごした一時間半はトムの心をなごませてくれた。夫妻はトムの家のふたりの客、マーチソンとベルトロッツィ伯爵のことには何ひとつ触れなかった。おそらくふたりの姿も見かけもしなかったし、食料品屋でなんでも気軽におしゃべりするマダム・アネットの口からも噂を聞かなかったのだろう。マーチソンを縛ったロープで擦りむいて血がにじまんばかりにピンクになっているトムの指にも、夫妻は気づかなかったようだ。

　その晩、トムは靴を脱いで黄色いソファに寝そべり、ハラップ辞典を拾い読みしていた。この辞典はとても重いので膝を曲げて太腿にもたせかけるかテーブルの上に置くかしなければならない。トムは、電話がかかってくるような予感がしていた。誰からとまではわからなかったが。はたして十時十五分に電話が鳴った。パリのクリス・グリーンリーフだった。

「あのう――トム・リプリーさんでしょうか?」

「ああ。今晩は、クリス。元気かい?」

「ええ、ありがとう。いま友達と一緒にこっちへ着いたとこなんです。ご在宅でよかった。あのあとお手紙をくださったのかもしれないけど、受けとる暇もなく発(た)ってきてしまったもんで。それで――あのう――」

「どこに泊まってるの?」

「ルイジアナ・ホテルです。発つ前に仲間にすごくすすめられたもんだから! 今夜はぼくのパリ第一夜です。まだスーツケースも開けてないんですよ。でもとにかくお宅に電話しようと思って」

「できみのプランは? こっちへいつ来るつもりなんだね?」

「いつでも伺(うかが)えます。もちろんあちこち見物もしたいんですけどね。たとえばまずルーヴル美術館とか」

「じゃ火曜日は?」

「ええ――いいですよ。でもほんとは、明日にでもと思ってたんです。明日は友達が一日じゅう忙しいから。彼はこっちに従兄(いとこ)がいるんですよ。年上でやはりアメリカ人だそうですけど。だからぼくとしては明日のほうが――」

どういうわけかトムは彼をはねつけることができなかったし、いい口実も思いつかなかった。「明日だね。よし。午後でいいかい？　午前中はちょっと忙しいんだ」トムはクリスに、リヨン駅からモレ・レ・サブロン行きの列車に乗ること、どの列車に乗るか決まったらもう一度電話すること、そうすれば迎えにいくから、などと話した。

明日の晩クリスが泊まっていくことは確かだ。とすれば、明日の午前中にマーチソンの墓を掘り終えて、死体を埋めてしまわなければならない。事実、だからこそトムはクリスに明日来ることを許したのかもしれなかった。つまり、それは自分自身をのっぴきならない立場まで追いこむ強制を加えるためだったのだ。

クリスは声を聞いた限りではとてもナイーヴな青年のようだった。でも、おそらくグリーンリーフ家の礼儀正しさを身につけていて図にのった長居はしないだろう。だがこう考えたときトムはたじろいだ。トム自身若いころ、といってもいまのクリスと同じ二十歳ではなく、もう二十五にもなっていたのに、モンジベロのディッキーの家で図にのって長居をしてしまったことがあるからだ。あのときトムはアメリカから出かけていき、というよりはむしろディッキーの父親のハーバート・グリーンリーフに派遣されて、息子を連れ戻しにいったのだ。それはよくあるシチュエーションだった。ディッキーはアメリカへ戻りたがらなかった。あのときの自分の世間知らずなナイーヴさがいま彼をたじろがせる。あのころは本当に何も知らなかった！　だがその後――トム・リプリーはヨーロッパに住み、いろんなことを学んだ。それに金もあったし――ディッキーの金だ――女の子にもかなりもてた、というより自分では追っかけられたと感じていた。エロイーズ・プリッソンも彼を好きになった大勢のなかのひとりだった。トムの目から見て、彼女はコチコチのオーソドックスな女でもなかったし、型やぶりの新しがり屋でも、人をうんざりさせる相手でもなかった。だがトムもエロイーズも正式のプロポーズをしたわけではない。短い間だったが、そのころはいわばトムの生涯における隠された一章ともいうべきものだった。ふたりが借りていたカンヌのバンガローでエロイーズは言った。「もうこうやって一緒に暮らしてるんだから、結婚したっていいんじゃない？……それに、これ以上一緒に暮らすのをパパが黙認するかどうか私も自信ないの（黙認ということを彼女はフランス語でどういうふうに言ったっけ？　あとで辞書を調べてみよう）、でももし私たちが正式に結婚してるんなら――既成事実（サ・スレ・アン・フエ・アコンプリ）ってことになるでしょ」ふたりの結婚式は一種の法廷のようなところで列席者なしに行なわれた形式だけのものだったが、それでもトムは式のとき真っ青になった。あとになってエロイーズは笑いながら「あなた真っ青だったわよ」と言ったが、まったくそのとおりだった。だがトムはとにかく終わりまでなんとか持ちこたえたのだ。彼はエロイーズがほめてくれるのを期待していた。男がそんなことを望むなんて馬鹿げているとは自分でも承知していたのだが。本来なら花婿（はなむこ）のほうが「ダーリン、きみはすばらしかったよ！」とか「きみの頰（ほお）は美しさと幸福に輝いていたよ！」とか、そういうたわ言を言うべきなのに、トムときたらただ青くなっただけなのだから。でも少なくとも式場の通路を進んでいくとき――通路といっても、南仏の治安判事室の空（から）の椅子（いす）が二、三脚並んでいる間を通り抜けるだけのみすぼらしいものだったが――へたへたとくずおれたりはしなかったのだ。結婚は秘密であるべきだ、とトムは思っていた。初夜のように、秘めやかに。結婚式といったって、どうせみんな頭のなかでは初夜のことを考えているに決まっているのに、なぜその式自体をあんなに騒々しいほど公然とやるんだろう？　それは不作法というものだ。なぜ人は「でもぼくたち結婚してもう三カ月にもなるんだぜ！」と言って友達をびっくりさせることができないんだろう？　そりゃあ、過去の時代に結婚を公（おおやけ）にしなければいけない理由があったのはわかる――この娘はもうわれわれの手を離れたんだからな、お前さんはうまく逃げようたって逃げられないんだぜ、花婿さん、そんなことでもしようもんならここに集まってる五十人の親戚がよってたかってお前さんを油のなかでぐつぐつ煮てやるから覚悟しとけよ、という意味だったのだ――だがなぜいまの世の中で公にしなきゃならないんだ？

　トムはベッドに入った。

日曜日の朝、トムはまた五時に起きて、リーバイスを穿（は）き、静かに階段を下りていった。今度はマダム・アネットとばったり出くわしてしまった。トムが外へ出ようと玄関のドアを開けかけたとき、マダム・アネットがキッチンのドアを開けてホールに入ってきたのだ。マダム・アネットは頬に白い布をあてて――そのなかに熱く焼いた粗塩が入っていることは疑いない――痛そうに顔をしかめていた。

「マダム・アネット――いつもの歯だね」とトムはいたわるように言った。

「ゆうべは一晩じゅう眠れませんでした。今朝は随分お早いんですね、ムッシュー・トム」

「あのヤブ医者め」とトムは英語で呟いてからフランス語で続けた、「神経が落ちるだろうなんて！　あいつは自分のやってることがわからないんだ。そうだ、マダム・アネット、いま思い出したんだけど、二階に黄色の薬がある。パリで買ってきたんだ。歯の痛みにはとくに効くんだ。ちょっと待っていたまえ」トムは二階へ駆け戻った。

マダム・アネットはカプセルをひとつとると、まばたきしながらぐっと呑みこんだ。彼女の目は薄いブルーで、目じりで少し垂れさがっている薄い上まぶたが北欧人のようだ。彼女は父方からブルターニュ人の血を受けているのだ。

「よかったら今日フォンテーヌブローへ連れてってやるよ」トムは言った。フォンテーヌブローにはトムとエロイーズのかかりつけの歯医者がいて、そこなら日曜でもマダム・アネットを診てくれるだろうと思ったからだ。

「どうして今朝はこんなにお早いんですか？」マダム・アネットの好奇心は歯の痛みよりも強いらしい。

「ちょっと庭仕事をしてからまた一時間ばかり寝ようと思ったのさ。ぼくもゆうべはあまり眠れなかったんでね」

トムはマダム・アネットに、部屋へ戻って休んでいるようにやさしくすすめ、カプセルの壜を渡して、二十四時間内に四錠までは呑んでも大丈夫だ、と言った。「ぼくの朝飯も昼飯も心配いらないからね、今日はゆっくり休んでいたまえ」

それからトムは仕事にとりかかり、適当な速度、というより自分が適当だと思う速度で仕事を進めていった。穴の深さは一メートル半はなければならない、失敗は許されないのだ。彼は物置から、錆びてはいるがまだ役に立つ鋸をとってきて、湿った土が鋸の刃に詰まるのもかまわず、十文字にからみ合っている根に挑みかかった。仕事ははかどった。セーターの胸を泥だらけにして――あいにくそれはベージュ色のカシミヤだった――穴を掘り終えて外に這い出たとき、太陽はまだちらとも姿を見せていないのにあたりはかなり明るくなっていた。そこらを見まわしても、森のなかを通っている小道に人影はない。ありがたい、とトムは思った、フランスの田舎で犬をつないでおくのはほんとにいいことだ。でなければ昨夜のうちに、犬が、マーチソンの死体を覆っている小枝を嗅ぎつけ、一キロ四方に響くような声で吠えたてていたかもしれない。トムはマーチソンを包んだ防水布にかかっているロープを、また思いっきり引っぱった。死体が穴に落ちるドサッという音が耳に快く響いた。シャベルで土をかけるのもまた楽しかった。土が余ってしまったので、墓の上を足で踏み固めてから残りの土は四方へばらまいておいた。それからゆっくりと、だが何かを成しとげたという満足感を味わいながら、芝生を横切って玄関へ戻った。

彼は汚れたセーターを、エロイーズの浴室にある上等の石鹼水で洗った。そして午前十時過ぎまでぐっすり眠った。

目が覚めると、キッチンでコーヒーをいれ、それから新聞屋へ「オブザーバー」と「サンデー・タイムズ」を買いに出かけた。いつもなら帰りにどこかの店へ寄ってコーヒーを飲みながら二種類の新聞を読むのだが――新聞は彼にとって貴重なものだった――今日は誰もいないところでダーワットの記事を読みたかった。トムはもう少しで、マダム・アネットが毎日読んでいる「ル・パリジャン」紙の地方版を買い忘れるところだった。「ル・パリジャン」の見出しはいつも赤く刷ってある。今日の見出しは「十二歳の子供絞殺される」とかなんとかいうものだった。新聞屋の外にあるいろいろな新聞の広告は、どれも悪趣味には変わりなかったが、その趣味の悪さはそれぞれどこか違っていた。

ジャンヌとピエールふたたびキス！

何者なんだ、こいつら？

マリー、クロードに激怒！

フランス人って奴はただ腹が立つだけということは絶対にない。いつも激怒するんだ。

オナシス、ジャッキーを奪（と）られるかと恐る！

フランス人はこんなことを心配して夜も眠れないんだろうか？

ニコールに赤ちゃん！

ニコール、誰なんだ、いったいぜんたい？　この人たちのほとんどをトムは全然知らなかった——おそらく映画スターやポップシンガーだろうが——だが明らかにこの連中のおかげで新聞は売れているのだ。イギリス王室のゴシップだってとても信じられない。エリザベス女王とフィリップ殿下は年に三度も離婚の危機と書かれるし、マーガレット王女と夫のトニーもしょっちゅうおたがいを馬鹿にし合っている。

トムは、マダム・アネットの新聞をキッチンのテーブルの上に置いて、自分の部屋へ上がっていった。「オブザーバー」にも「サンデー・タイムズ」にも、美術欄に、フィリップ・ダーワットになりすましたトムの写真が出ている。そのひとつは、質問に答えようとして、あのいやなつけひげのなかで口を開けているところだ。一言一句読みたいわけではなかったが、とにかく記事にざっと目を通してみた。

「オブザーバー」にはこう書かれていた。「……長い隠遁（いんとん）生活を破って水曜日の午後突然バックマスター画廊に現れたフィリップ・ダーワットは、敬称なしでただダーワットと呼ばれることを好み、メキシコでの彼の所在地については多くを語らなかったが、質問が彼と彼の同業者の作品のことに及ぶとかなり多弁になった。ピカソについては、『ピカソには時期がある。私には時期というものはありません』と語った」「サンデー・タイムズ」の写真では、彼がジェフのデスクの後ろに立って左こぶしをふり上げている。いつこんな動作をしたのか覚えていないが、ここに出ている以上はやったのだろう。「……明らかに何年もしまいこんであったらしい服を着て……十二人の記者たちの攻撃に対抗した。それは六年間の隠遁生活後の一試練だったにちがいない、とわれわれは臆測する」この「われわれは臆測する」というのは皮肉の意味か？ トムはそうは思わなかった。そのあとの文章が好意的だったからだ。「ダーワットの近作は彼の高水準を維持している——特異で、怪奇で、病的ともいえようか。ダーワットの作品には一気に描きなぐったものや未完成のものはない。そのテクニックはいかにも、早く、手間をかけずに容易に描かれたもののように見えるが、実際はすべて愛情をこめた労作である。これは作品の手際よさや外見と混同されるべきではない。ダーワット自身、ひとつの作品を二週間以内で描き上げたことはない、と語っている……」ぼくはそんなことを言ったんだろうか？「……また彼は毎日仕事をし、一日に七時間以上描きつづけることもしばしばある、とのことだ……男、少女、椅子、テーブル、燃えている奇妙な物体、題材としてはそういうものがいまだに多い……今回の個展はまたしても全作完売となるだろう」インタビューのあとでダーワットが消えたことについてはひとことも触れてなかった。

かわいそうに、とトムは思った。ここに出ている賛辞のたとえ一部でも、バーナード・タフツの墓に、その墓がどこにつくられるにせよ、刻まれることは不可能なのだ。トムは

「その名はかなく消えしもののここに眠る」という墓碑銘を思い出した。ローマのイギリス・プロテスタント墓地にあるその墓碑銘を三回見たことがあるが、三回とも目に涙があふれそうになった。ときにはそれを思い浮かべただけで泣くことさえできた。芸術家で努力家のバーナードは死ぬ前に自分自身の墓碑銘をつくりだすかもしれない。それとも一枚の〝ダーワット〟のために、彼がまだこのうえ描かねばならぬ一枚のすぐれた絵のために、匿名の有名人として終わるのだろうか？

それよりまずバーナードにはこの先ダーワットを描く気があるんだろうか？　トムにはそれすらわかっていないのだ。バーナードは、いまに〝タフツ〟として有名になるかもしれぬ自分自身の絵を描くつもりだろうか？

マダム・アネットの歯痛は昼前にかなりおさまった。トムの予想どおり鎮痛剤が効いたおかげで、彼女はフォンテーヌブローの歯医者へは行きたがらなかった。

「マダム――どうやらぼくはいま客ぜめにあってるらしいよ。マダム・エロイーズがいなくて残念だな。今夜もまた夕食にお客が来るんだ。ムッシュー・クリストフというアメリカの青年なんだがね。必要なものは全部ぼくが村で買ってきてやるよ。ノン、ノン、マダムは休んでなさい」

トムはすぐに買い物をすませ、二時前に家に帰ってきた。マダム・アネットが、アメリカの人から電話があったがおたがいに言葉が通じなかったのでもう一度かかってくるはずだ、と言った。

やがてクリスから電話があって、トムは六時半にモレへ迎えにいくことになった。

トムは古いフラノのズボンにタートルネックのセーター、それにデザートブーツを履いてアルファロメオで出かけた。今夜の献立はヴィアンド・アッシェ――生でも食べられるほど赤くておいしいフランス風ハンバーガーだ。トムは、アメリカ人たちがパリのドラッグストアで、アメリカを発ってまだわずか二十四時間しか経ってないのに、玉葱を載せてケチャップをかけたハンバーガーにかぶりついているのを何度も見ていたのだ。

思ったとおり、クリス・グリーンリーフは一目でわかった。トムの視線は何人かの人にさえぎられていたが、クリストファーのブロンドの頭だけがほかの人たちより少し上に飛び出ていた。目と眉にディッキーと同じちょっとしかめたような表情がある。トムは手をあげて合図したが、クリスは実際にふたりの目が合うまでためらっていた。目が合うとトムは微笑んだ。この青年の笑顔もディッキーに似ているが、違うとすれば唇だな、とトムは思った。クリストファーの唇のほうが厚い。そこはディッキーにまったく似ていないところをみると、きっとクリストファーの母方のものだろう。

ふたりは手を握り合った。

「ここは本当に田舎らしいですね」

「パリはどうだった？」

「大好きです。思ったよりずっと広くて」

クリストファーはあらゆるものに興味を示し、車の窓から首を突き出して道端のありふれたバー・カフェや、スズカケの木や、人家などを眺めていた。友達のジェラルドは二、三日ストラスブールへ行くかもしれない、とクリスはトムに話した。「ぼく、フランスの田舎を見たのははじめてです。本物なんですね、これ?」と、まるでこれは舞台装置じゃないかと疑っているような訊き方をした。

トムはクリスの熱狂ぶりを面白く思い、奇妙な興奮を感じた。六年前、走っている列車の窓からはじめてピサの斜塔を見たとき、またはじめてカンヌの海岸のカーブした港町の明かりを見たときの、彼自身の気違いじみた喜びを——そのときのトムにはそれをしゃべる相手がひとりもいなかったのだが——いま思い出したのだ。

ベロンブルはもう闇に包まれてさだかには見えなかったが、マダム・アネットが玄関の明かりをつけておいてくれていた。前面の左角にあるキッチンの明かりから屋敷の大きさが推察できる。クリスの有頂天な賛辞をトムは一笑に付したが、でも悪い気はしなかった。彼は、ときどき、ベロンブルとプリッソン家の人たちを、足で簡単に踏みつぶすことのできる砂の城のように、蹴とばしてめちゃめちゃにしてしまいたいと思うことがある。それは彼が、フランス人の残忍さや貪欲さや、正確には嘘とは呼べないかもしれないが巧妙に事実を隠す一種の嘘などに腹を立てているときだ。他人がベロンブルをほめてくれると、トムもなかなかいい家だと思うのだった。トムは車をガレージに入れ、ふたつあるクリスのスーツケースのひとつを持ってやった。クリスは荷物を全部こっちへ持ってきたんだと言った。

マダム・アネットが玄関のドアを開けた。

「うちの家政婦、忠実なる家臣ってわけさ。この人なしでは暮らしていけないんだ」とトムは言った。「マダム・アネット、ムッシュー・クリストフだよ」

「どうぞよろしく。今晩は」とクリス。

「ボンソワール、ムッシュー。お部屋の用意はできております」

トムはクリスを二階へ案内した。

「すごいなあ！」とクリスは言った。「まるで美術館だ！」

サテンや金箔がたっぷり使ってあるからだろう、とトムは思った。「妻の趣味なんだよ――この飾りつけは。いまは留守なんだけどね」

「あなたと一緒にうつってる写真を見ましたよ。いつかニューヨークでハーバート伯父さんが見せてくれたんです。ブロンドで、名前はエロイーズでしょう？」

クリスが手や顔を洗う間、トムは階下に行ってるから、と言って部屋を出た。

トムはまたマーチソンのことを考えはじめていた。飛行機の乗客名簿を調べればあの便に彼が乗っていないことはすぐわかる。警察はパリのホテルを調べてそのどこにもマーチソンが泊まらなかったことを発見するだろうし、入国関係の調査をやればマーチソンが十月十四日と十五日にホテル・マンデヴィルに泊まったことや、十七日には戻ると言ってホテルを出たことがわかってしまう。そして同じホテルの十月十五日の宿泊人名簿にはぼくの本名と住所がちゃんと載っているんだ。でもフランスの住人であのマンデヴィルに泊まったのはぼくひとりじゃないだろう。警察はぼくに質問しにここまでやってくるだろうか？　来ないだろうか？

クリストファーが階下に下りてきた。ウェーブしたブロンドの髪にはちゃんと櫛が入れてあるが、まだコール天のズボンと軍隊用の靴を履いたままだ。「夕食にはお客様はいらっしゃらないんでしょうね。もしいらっしゃるんなら着替えてきますけど」

「ぼくたちだけだよ。ここは田舎だから、自分の好きな格好をしてていいんだ」

クリストファーは部屋にかかっているいろいろな絵を見ていたが、油絵よりも、パスキンのピンクがかったヌードのスケッチのほうに惹きつけられていた。「一年じゅうここに住んでらっしゃるんですか？　さぞ楽しいだろうなあ」

クリスは喜んでスコッチのグラスを受けた。トムはまたここでも自分の日常について説明しなければならぬ羽目になり、庭仕事や気ままな語学の勉強のことを話した。といっても実際にはトムの勉強の日課は自分でも少しきびしすぎるんじゃないかと思うぐらいだったのだが。とにかくトムは、いまののんびりした生活を愛していた。それもアメリカ人だけができる愛し方でだ。アメリカ人だって余暇の使い方さえ心得ていれば、彼のような楽しみ方ができるのだが、あいにくそういうアメリカ人はほとんどいないときている。だがこのことを、トムは誰にも話したくなかった。ディッキー・グリーンリーフに会ったころ、余暇とささやかな贅沢に憧れていたのだが、それを手に入れたいまでも、その魅力は色あせていない。

食卓で、クリスはディッキーのことを話しはじめた。彼は、モンジベロで誰かが撮ったディッキーの写真を持っていて、そのなかの一枚にトムもうつっていると言った。ディッキーの死については——それは自殺だとみなに思われていた——クリスは少し言いにくそうにしゃべった。このクリスって奴、ただの礼儀作法以上の何かを持ってるな、とトムは思った、それは感受性だ。彼の青い瞳がキラキラ光るのがトムの心を惹(ひ)いた。ディッキーの目も、モンジベロでの夜更けやナポリの蠟燭(ろうそく)をともしたレストランで同じように光っていたからだ。

クリストファーは立ち上がると、フランス窓を眺めたり、クリーム色の格間(ごうま)で飾られた天井を見上げたりしながら言った。「こんな家に住むなんてまるで夢の世界のことみたいだな。そのうえ音楽も——絵もあるし！」

トムは二十歳(はたち)のころの自分のことをせつなく思い出していた。クリスの家庭がけっして貧乏でないことは確かだが、住んでいる家はこんな立派な屋敷ではないのだろう。ふたりでコーヒーを飲んでいる間じゅう、トムは『夏の夜の夢』をかけていた。

やがて電話が鳴った。午後十時ごろだ。

フランスの交換手がトムの電話番号を確かめてから、ロンドンが出るまで切らないようにと言った。

「もしもし、ぼくバーナード・タフツです」と緊張した声が聞こえ、そのあとにバリバリという雑音が続いた。

「もしもし？　ああ。トムだよ。聞こえるかい？」

「もっと大声で話してくれないか？　じつは電話したのは――」バーナードの声はまるで深い海にでも吸いこまれるように、しだいに薄れて消えていく。

　トムは、レコードのジャケットを読んでいるクリスのほうをちらりと見た。「これでいいかい？」トムが受話器に向かってがなり立てると、電話はまるで彼を馬鹿にするようにプーッと尾籠（びろう）な音をたて、それから雷に打たれて山がまっぷたつに裂けるようなものすごい音。その衝撃でトムの左耳は耳鳴りがしてきたので、受話器を右の耳に替えた。電話の向こうでバーナードが、ゆっくりと大声で何か言っているのは聞こえるが、残念なことにその内容はさっぱり聞きとれない。「マーチソン」という言葉だけがトムの耳に入った。

「あの男はロンドンだよ！」とトムはどなって、とにかくやっとはっきり伝えられる事柄ができたのを喜んだ。今度はマンデヴィルがどうしたとか言っているらしい。例のテイト画廊の男がマンデヴィルのマーチソンに連絡しようとしたがつかまらないので、バックマスター画廊に電話してきたとでもいうのだろうか？　「バーナード、この電話はどうしようもない！」トムはやけになってわめいた。「手紙に書いてくれないか？」バーナードが電話を切ったのかどうかわからなかったが、かすかな雑音の混じった沈黙が続いたので、ついにバーナードも諦（あきら）めたんだなと思って、トムは電話を切った。「この国じゃ、電話をひくだけで百二十ドルもとるってのに！」とトムは言った。「すまなかったね、大声をはりあげて」

「いいえ、フランスの電話はひどいって聞いてましたから」とクリス。「大事な電話だったんですか？　エロイーズさんから？」

「いやいや」

クリスは立ち上がった。「ぼくのガイドブックをお見せしたいんですけど。いいですか？」彼は二階へ駆け上がっていった。

フランスかイギリスの警察が――アメリカからさえ来るかもしれない――ぼくにマーチソンのことを訊きにくるのは時間の問題だ、とトムは思った。そのとき、クリスがここにいないでくれればいいが。

クリスが本を三冊かかえて下りてきた。旅行ガイドブック『ギド・ブルー』フランス編、フランスの城（シャトー）についての美術書、それからライン地方に関する大きな本だ。クリスは、友達のジェラルド・ヘイマンがストラスブールから戻ってきたら一緒にライン地方へ行くつもりなのだと言った。

クリスはシングルのブランデーを楽しそうに時間をかけてすすった。「ぼくはデモクラシーの価値にとても疑問をもってるんです。アメリカ人としちゃ危険思想でしょう？　デモクラシーはあらゆる人にある最低基準の教育を与えることを前提になり立つものであり、アメリカはそれをあらゆる人に与えようと努力しているんですが――まだ本当には実現されていません。それに必ずしもみんながそれを望んでいるのではないということもまた事実です……」

トムは上の空で聞いていた。だがクリスはトムがたまに口をはさむだけで満足しているようだった、少なくとも今夜は。

また電話が鳴った。電話台の上の小さな銀の置き時計は十一時五分前をさしている。男の声がフランス語で自分は警察の者だと言い、こんな時間に電話したことを詫びてから、ムッシュー・リプリーはいるかと尋ねた。「今晩は、ムッシュー。ところで、ひょっとしてトーマス・マーチソンというアメリカ人をご存じでしょうか？」

「ええ」とトムは言った。

「その人が最近たまたまお宅を訪ねたでしょうか？　水曜日か木曜日に？」

「ええ、来ましたよ」

「ああ、よかった！　まだお宅に滞在中ですか？」

「いいえ、木曜日にロンドンへ帰りました」

「それが帰っていないんですよ。スーツケースはオルリー空港で発見されたんですが。乗る予定だった十六時の飛行機にも乗っていません」

「ほう？」

「あなたはムッシュー・マーチソンのお友達ですね、ムッシュー・リプリー？」

「いいえ、友達というほどじゃありません。知り合ってまだ間もないんです」

「彼はお宅からオルリー空港までどうやって行ったんです？」

「私が車で送りました――木曜日の午後三時半ごろに」

「彼がいま滞在していそうなパリの友人かなにかはご存じありませんか？　パリのホテルにはどこにも泊まっていないものですから」

トムはちょっと考えてから「いえ、友人のことは何も言ってませんでした」

この答えは明らかに相手を失望させた。「ここしばらくお宅にいらっしゃいますか、ムッシュー・リプリー？　お話をうかがう必要ができるかもしれませんので……」

今度はクリストファーも好奇心を示した。「なんなんです、いったい？」

トムは微笑んで「ああ、誰かがぼくに友達の居場所を尋ねてきたんだ、よくわからないが」

マーチソンのことをいったい誰が騒ぎだしたんだろう？　テイト画廊の男か？　オルリー空港のフランスの警察があやしみだしたのか？　それともアメリカにいるマーチソンの妻か？

「エロイーズさんってどんな方なんです？」とクリストファーが訊いた。

9

翌朝トムが階下へ下りていくと、マダム・アネットが、ムッシュー・クリストフはお散歩です、と言った。裏の森へ行ったんじゃなければいいが、とトムは思った。クリスはきっと村を見物に行ったんだろう、そのほうが自然だ。トムは、昨日ちらりと見ただけの

「ロンドン・サンデーズ」を取り上げて、たとえどんなに小さくても、マーチソンのことかオルリー空港での蒸発事件についての記事が出ていないか、ニュース欄に目を通した。だが何も出ていない。

クリスがピンク色の頰をしてにこにこ笑いながら入ってきた。彼は、フランス人が卵を泡立てるのに使う針金製の泡立て器を買ってきていた。「姉へのお土産なんです」とクリスは言った。「これならスーツケースの目方も増えないし。あなたの村で買ったんだと言ってやりますよ」

トムはクリスに、ドライブしてどこかほかの町で昼食をとらないか、と訊いた。「きみの『ギド・ブルー』を持っていくといい。セーヌ川沿いに走ってみよう」トムは郵便が来るまで二、三分待つことにした。

郵便は、黒インキの縦長な角ばった筆跡で宛名を書いた手紙一通だけだった。バーナードの筆跡は知らなかったが、一目でバーナードからだなと感じた。封を開けてなかの署名を見ると、やはりそのとおりだった。

SE一　カッパーフィールド通り一二七

トム様
突然の便り許してください。ぜひ会いたいのです。お宅へ行ってもいいでしょうか？　泊めてもらう必要はありません。ほんのわずかな時間きみと話すだけでいいのです、もしそちらさえよければ。

では。

バーナード・T

追伸　この手紙が着く前に電話するかもしれません。

すぐバーナードに電報を打たなければ。でもなんと打てばいいのか？　断わればバーナードをもっとめいらせることになるだろう。しかしトムはどうしても彼に会いたくなかった、とくにいまは。電報なら今朝のうちにどこかの小さな町の郵便局から打つこともできる。フランスでは頼信紙の末尾に差出人の住所氏名を書かなければならないのだが、それにはいい加減な住所と名字を書いておけばいい。クリスのほうは、いやなことだが、できるだけ早く追っぱらわなければ。

「そろそろ出かけようか」

葉書を書いていたクリスはソファから立ち上がって「行きましょう」

トムが玄関のドアを開けるとそこに警官がふたり立っていて、まさにドアをノックしようとしているところだった。ふり上げられた白手袋のそのこぶしに、トムは思わず後じさりした。

「ボンジュール。ムッシュー・リプリーですね？」

「ええ。どうぞお入りください」ムランの警察にちがいない、とトムは思った。ヴィルペルスの警官ふたりはトムを知っているし、こっちも向こうの顔を知っているが、こんな顔ではなかった。

ふたりの警官はなかへ入ったが座ろうとはせず、帽子を脱いで脇にかかえていた。若いほうがポケットからメモ帳と鉛筆を取り出した。

「ムッシュー・マーチソンのことで昨夜お電話した者です」と年かさのほうが言った。こっちは警視だった。「ロンドン警察と話したりあちこちへ電話で問い合わせたりした結果、あなたとムッシュー・マーチソンが水曜日に同じ飛行機でオルリーに着いたこと、またその前にロンドンで同じホテル・マンデヴィルに泊まっていたことがわかったのです。それで――」警視は満足げに微笑んで「たしかゆうべ、木曜日の午後にムッシュー・マーチソンをオルリー空港まで送っていった、とおっしゃいましたな？」

「ええ」

「そのときムッシュー・マーチソンをターミナルのなかまで送っていかれたのですか？」

「いいえ、舗道が駐車禁止だったので、あの人だけ降ろしました」

「彼がターミナルのドアを入っていくのをごらんになりましたか？」

トムはちょっと考えて「いえ、そのまま振り返らずに車を出してしまいましたから」

「というのも、彼が舗道にスーツケースを残して消えてしまったからなんですよ。オルリーで誰かに会うと言っていたでしょうか？」

「そういうことは言ってませんでしたね」

クリストファー・グリーンリーフは、少し離れたところでふたりのやりとりを全部聞いていたが、フランス語なので彼にはほとんどわかるまい。

「ロンドンにいる友人を訪ねていくようなことは言っていましたか？」

「いいえ。ぼくの覚えてる限りでは」

「彼が戻るはずになっていたマンデヴィルに今朝も電話して、何か連絡はないかと訊いたんですがね。すると、本人からの連絡はないが、ただ、えーとムッシュー……」彼は部下のほうを見た。

「ムッシュー・リーマーです」と若い警官が答えた。

「ムッシュー・リーマーという人が、金曜日にムッシュー・マーチソンと会う約束があったとかで、ホテルに電話してきたそうです。またわれわれはロンドン警察から、ムッシュー・マーチソンが自分の持っている油絵の鑑定に興味を持っていたということを聞きました。ダーワットの作品だそうですがね。そのことで何かご存じですか？」

「もちろん」とトムは言った。「ムッシュー・マーチソンはその絵を持ってきてましてね、ダーワットの絵ならぼくも持ってると言ったら、ぜひ見たいと」トムは壁にかかっている絵を指さした。「それでロンドンからぼくと一緒に来たんですよ」

「ああ、なるほど。で、ムッシュー・マーチソンとはいつごろからのお知り合いです？」

「先週の火曜日からです。いまダーワットの個展が開かれている画廊であの人をまず見かけて、それからその晩ホテルで見かけたので、話をしはじめたってわけです」トムは振り向いて、「悪いねクリス、でも大事な用なんで」

「いえ、どうぞどうぞ、かまいませんよ」とクリスは言った。

「で、ムッシュー・マーチソンが持っていた絵はどこにあるんですか？」

「あの人がまた持って帰りました」

「スーツケースに入れてですか？　スーツケースのなかには入っていないんですが」警視は部下と顔を見合わせたが、ふたりの顔にはいくらか驚きの表情が見られた。

やはりオルリーで盗まれたんだな、助かったとトムは思った。「茶色の紙で包んで、ムッシュー・マーチソンが提げていきましたよ。まさか盗まれたんじゃないでしょうね」

「ああ、それが——どうも盗まれたようですな。題はなんというんですか？　大きさは？　詳しく言っていただけますか？」

トムは正確に説明してやった。

「どうも事情がこみ入っていてわれわれにはわからない点もあるし、こういうことはまあロンドン警察の仕事なんでしょうが、しかしわれわれとしてもできるだけ詳しく向こうへ報告しなければなりませんのでね。その絵——『時計（ロールロージュ）』でしたか——その真偽をマーチソンが疑っていたんですか？」

「ええ、最初は疑ってました。あの人はぼくなんかよりずっと玄人（くろうと）なんですよ。ぼくもダーワットを二枚持ってるもんですから、あの人の意見に興味を持ちましてね。それでぼくの絵を見にこないかと誘ったんです」

「そして――」警視はとまどったように眉をひそめて「あなたの絵を見て彼はなんと言いました？」これは単純な好奇心から出た質問かもしれない。

「もちろんあの人もぼくのは本物だと思ってますよ。ぼくもそう思ってます」とトムは答えた。「ぼくの考えでは、あの人は自分のも本物だと思いはじめたんじゃないかな。ムッシュー・リーマーと会う約束を取り消すかもしれないと言ってましたから」

「ははあ」警視は電話のほうを見た。ムランにかけることを考えていたのかもしれないが、使わせてほしいとは言わなかった。

「ワインを一杯いかがです？」とトムはふたりに向かって訊いた。

ふたりはワインは辞退したが、トムの持っている絵を見たがった。トムは喜んで案内した。ふたりは批評の言葉を呟きながら歩きまわった。その批評は、彼らが絵を見ているときのうっとりした顔やその身ぶりから判断すると、かなりうがったものだったかもしれない。きっと勤務の暇には画廊めぐりでもしているのだろう。

「イギリスの有名な画家ですね、ダーワットは」と若いほうが言った。

「ええ」とトム。

聞き取り調査は終わり、ふたりはトムに礼を言って引きあげていった。

マダム・アネットがいつもの朝の買い物に出かけている留守でよかった、とトムは思った。

トムがドアを閉めたとき、クリスが少し笑い声をたてた。「ねえ、なんだったんです、いまのは？　ぼくにわかったのは『オルリー』と『マーチソン』だけ」

「先週ここを訪ねてきたトーマス・マーチソンというアメリカ人が、オルリーからロンドン行きの飛行機に乗らなかったらしいんだ。消えてしまったみたいなんだよ。スーツケースだけが空港の舗道で見つかったんだそうだ——木曜にぼくと別れた場所でね」

「消えた？　うわぁ！——もう四日にもなるのに」

「ぼくもゆうべまで全然知らなかったんだ。ゆうべの電話はそのことだったんだよ。警察からだったんだ」

「へえ！　不思議な事件ですね」クリスがいくつか質問したので、トムは警察に答えたのと同じことを答えた。「荷物だけそんなふうに放ったらかしてどっかへ行っちゃうなんて、記憶喪失症みたいですね。その人素面だったんですか？」

　トムは笑って「もちろんさ。ぼくにはさっぱりわからないよ」

　ふたりはアルファロメオでセーヌ川沿いにドライブした。サモアの近くで、トムは、一九四四年にアメリカのパットン将軍が部下を率いてセーヌを渡った橋をクリスに見せた。クリスは車から降りて、灰色の小さな円柱に刻まれた碑文を読み、キーツの墓を見たときのトムと同じように涙ぐんで戻ってきた。昼食はサモアではなくフォンテーヌブローでとった。トムはサモアの下町のレストラン——シェ・ベルトランとかなんとかいう店——が嫌いだった。その店で彼とエロイーズが正確な勘定書を受けとったことは一度もなかったし、それに経営者の家族が、客の食事がまだすまぬうちからモップで床掃除をはじめたり、タイルの床の上で金属の脚のついた椅子を引きずって人間の耳にはとうてい耐えられぬ音をたてたりするからだ。食事のあと、トムはマダム・アネットのためにちょっとした買い物をしてやるのを忘れなかった——シャンピニオン・ア・ラ・グレック、セルリ・レムラードと、トムの好みではないのでどうしても名前を覚えられないソーセージ——みなヴィルペルスでは買えないものだ。トムはフォンテーヌブローでそれらを買い、ついでに自分のトランジスタ・ラジオ用の電池を買った。

帰りの車のなかで、クリスが急に吹き出して言った。「ぼく、今朝森のなかで真新しい墓のように見えるものを偶然見つけたんです。ほんとに掘りたてみたいだった。そこへ警察が来るなんて滑稽じゃありませんか。警察は、お宅を訪ねたあとで行方不明になった人を捜してるんでしょう？　もしあの人たちが森のなかの墓みたいなものを見たら——」クリスは笑いころげた。

ああ、滑稽だ、ひどく滑稽だよ。トムはこの気違いじみた危険を笑いとばして、それについてはひとことも触れなかった。

10

翌日、空は曇っていて、九時ごろから雨が降りだした。マダム・アネットはどこかでバタバタいっているシャッターを閉めに外へ出ていった。それまで彼女はラジオを聴いていて、嵐(オラージュ)が来るという恐ろしい予報があった、とトムに告げた。

風はトムを苛立(いらだ)たせた。その朝はトムもクリスも観光どころではなかった。昼までに嵐はますますひどくなり、背の高いポプラの木の頂が風で鞭(むち)か剣の先のようにしなった。ときどき、家の近くの木の小枝が——たぶん枯れていたのだろうが——風でもぎとられ、屋根に当たって地面に落ち、そのたびにひどい音をたてた。

「ほんとにこんなことははじめてだよ——ここでは」とトムは昼食を食べながら言った。

だがクリスは、ディッキーゆずりの、いやもしかするとグリーンリーフ家全体のものかもしれないが、冷静な態度で、微笑(ほほえ)みながら嵐を楽しんでいた。

三十分ほど停電があった。トムは、フランスの田舎では嵐がこれほどひどくないときでもこういうことがしょっちゅうあるのだ、と説明した。

昼食のあと、トムは絵を描く部屋へ上がっていった。気持ちが苛立つとき絵を描くと落ち着くことがある。彼は仕事台の前に立ち、重い万力と何冊かの美術や園芸の本にキャンバスを立てかけて絵を描いた。キャンバスの下には、もとは古いシーツの一部だった大きな布と新聞紙が敷いてある。トムは仕事に熱中し、何度も後ろにさがって自分の作品を眺めた。それはマダム・アネットの肖像画なのだが、どちらかというとデ・クーニングばりの表現主義的画風(スタイル)なので、マダム・アネットが見ても自分に似ているとは思わないだろう。意識的にデ・クーニングを模倣しているわけでも、またこの作品を描きはじめたときに彼のことが頭にあったわけでもなかったが、この絵がデ・クーニング・スタイルの肖像画に見えることは確かだ。マダム・アネットは青ざめた唇を少し開いてピンクの微笑を浮かべ、歯はオフ・ホワイトで不規則。衣装は首のまわりに白い襞（ひだ）飾りのついた紫色のドレス。みなかなり幅広の筆で、長い筆運びで描かれていた。トムはこの作品にかかる前に、リビングでマダム・アネットが気づかぬときを見ては膝（ひざ）に載せた画帖に急いで彼女を風刺画ふうに何枚かスケッチして、それを下絵にしたのだった。

稲妻がひらめいた。トムは背中をしゃんと伸ばして深呼吸した。緊張で胸が痛む。トムのトランジスタ・ラジオでは、フランス・キュルチュール（ラジオ・フランス運営の文化専門チャンネル）が相も変わらぬ不愉快な声の作家にインタビューしている。「ムッシュー・ウブロ（ウブランか？）、先生のご本は私には……（ガチャガチャ）……からの訣別と……何人かの批評家が言っているように……アンチ・サルトル主義の概念に対する先生の現在までの挑戦といえますね。しかしむしろいまはその逆で……」トムは手荒くスイッチを切った。

近くでメリメリと不吉な音がした。森の方角だ。トムは窓から外を見た。松とポプラの頂はまだ風にしなっている。もし森の木が倒れたとしても、ここからは灰緑色の暗い森のなかまでは見えないのだ。たとえ小さな木でもいい、森の木が一本倒れて、あのいまいましい墓を覆（おお）いかくしてくれればいいが、とトムは思い、それを願った。今日じゅうにこの絵を描き上げてしまいたいと思いながら、マダム・アネットの髪の毛を描くために赤みがかった茶色を混ぜ合わせていたとき、階下（した）で声がした。いや、したような気がしたのだ。男の声だった。

トムは廊下へ出てみた。

その声は英語をしゃべっていたが、内容までは聞きとれない。クリスと誰かだ。バーナードだ、とトムは思った。英国風のアクセントだ。間違いない！

トムはパレットナイフをテレビン油入れの上に注意深く置いてから、部屋のドアを閉め、急いで階下へ下りていった。

やはりバーナードだ。濡れしょびれ、裾を泥だらけにして玄関のマットの上に立っている。黒いまっすぐな眉の下で、いつもより深く落ちくぼんだように見えるバーナードの暗い目に、トムは心を打たれ、ひどく怯えているようだな、と思った。そして次の瞬間、彼にはバーナードが死そのもののように見えた。

「バーナード！」とトムは言った。「よく来てくれた！」

「やあ」とバーナード。彼の足元にはダッフルバッグが置いてある。

「こちらはクリストファー・グリーンリーフ君」とトムは言った。「バーナード・タフツ君だ。きみたちはもう自己紹介をすませたのかもしれないが」

「ええ、すませましたよ」とクリスが微笑んで言った。客が来たのが嬉しいらしい。

「こんなふうに突然やってきて迷惑じゃないだろうね」とバーナードが言った。

トムは迷惑ではないとはっきり言いきった。そのときマダム・アネットが入ってきたので、トムは彼女とバーナードをひきあわせた。

マダム・アネットはバーナードに、コートをお預りしましょうと言った。

トムは彼女にフランス語で「ムッシュー・バーナードのために小さな部屋を用意してあげてくれ」と言った。その部屋は、トムとエロイーズが「小さな寝室」と呼んでいる第二の客間で、シングルベッドが一台置いてあり、ほとんど使ったことがなかった。「今夜の夕食はムッシュー・バーナードも一緒だからね」それからバーナードに「どうやって来たんだい？　ムランからタクシーで？　それともモレから？」

「ああ。ムランから。ロンドンで地図を調べたんだ」彼の筆跡と同じように細くて骨ばったバーナードは、手をこすり合わせて暖めながら立っている。上着も濡れているようだ。

「セーターを貸してやろうか？　ブランデーでも一杯やって、身体（からだ）を暖めたら？」

「いや、いいんだ、ありがとう」

「リビングに入れよ！　お茶は？　マダムが下りてきたらお茶をいれさせるからね。さあ、座れよ、バーナード」

バーナードは、まるでクリスが先に座るかなにかするのを待っているように、彼のほうを不安そうに見ていた。だが次の瞬間、トムは、バーナードがクリスだけではなくあらゆるものを、コーヒーテーブルの上の灰皿をさえ、不安そうに見ていることに気づいた。言葉のやりとりもとてもぎごちなかったし、明らかにバーナードはクリスがここにいないことを望んでいるのだ。だがトムの見たところでは、クリスのほうではそれに気づいているどころか、その逆に、バーナードがどう見ても興奮状態なので自分がここにいることが役に立つかもしれない、と思っているらしかった。バーナードの声はどもり、手は震えている。

「ほんとにぼく、長居するつもりはないんだ」とバーナードは言った。

トムは笑った。「でも今日は帰るわけにはいかないぜ！　なにしろいまは、ぼくがここに住んだ三年間のうちで最悪の天気に見舞われてるんだから。飛行機の着陸も大変じゃなかったかい？」

バーナードは、覚えていないと言い、暖炉の上にかかっている彼自身の作品『椅子(いす)の男』のほうをぼんやり眺め、またそこから目を離した。

トムはその絵のなかのコバルトバイオレットのことを思い出した。いまやそれはトムにとって毒薬のようなものだった。バーナードにとってもきっとそうだろうな、とトムは思った。「きみは『赤い椅子』を長いあいだ見ていないだろう」トムは立ち上がりながら言った。その絵はバーナードの後ろ側にある。

バーナードは立ち上がって、両脚をソファに押しつけたまま身体をねじ曲げた。

バーナードの顔にかすかな、しかし純粋な微笑が浮かんだ。これでトムの努力も報われたというものだ。「ああ。きれいだな」バーナードは静かな声で言った。

「あなた、画家なんですか？」クリスが訊(き)いた。

「ええ」バーナードはまた腰をおろした。「でもそんなにうまくないんです――ダーワットほどは」

「マダム・アネット、お茶をわかしてくれないか」とトムは言った。

マダム・アネットは、二階からタオルかなにかを持って下りてきたところだった。「はい、只今すぐに」

「ひとつ訊きたいんですけど」とクリスがバーナードに向かってしゃべりはじめた、「画家の良し悪しっていったい何で決まるんですか？　たとえば、いまダーワット風の絵を描いてる画家は何人もいると思うんです。その人たちはあまり有名じゃないから、いまちょっと名前は思い出せないんですけど。ああそうだ、たとえばパーカー・ナナリーだとか。彼の作品をご存じですか？　でも現実にはダーワットだけがすばらしいと言われている。その原因はなんなんでしょう？」

この質問に対する正しい答えを、トムも見つけようとしてみた。「独創性」かな？　だが同時に「宣伝」という言葉もトムの頭にひらめいた。彼はバーナードが口を開くのを待った。

「個性です」とバーナードは慎重に言った。「まさにダーワットであるということ」

「本人をご存じなんですか？」とクリスが訊いた。

かすかな痛みがトムの身体を走った。バーナードへの同情の痛みだ。

バーナードはうなずいた。「ええ、知ってます」彼は骨ばった両手で片膝をぎゅっと摑んでいた。

「ダーワットに会うとその個性ってやつを感じますか？　つまり彼を見ると、っていう意味です」

「ええ」バーナードは前よりなおいっそうきっぱりと言いきった。だが彼はそう言いながら身をよじった。おそらく苦しんでいるのだろう。同時に、彼の黒い目は、この話題についてほかに何か言ってもいいことはないかと捜しているようだった。

「あまりいい質問じゃなかったな」とクリスが言った。「すぐれた芸術家ってものはたいてい、私生活では個性を剝き出しにしたり、自分の情熱を浪費したりはしないものなんでしょうね。表面はきっと普通の人間と同じなんだろうな」

お茶が運ばれた。

「スーツケースは持ってきてないんだね、バーナード？」とトムが訊いた。スーツケースを持ってきていないことはわかっていたので、バーナードの身のまわりの品のことを心配していたのだ。

「ああ、急に思いたって来たもんだから」とバーナードが言った。

「心配しなくていいよ。必要なものは全部うちに揃ってるから」トムは、クリスが自分とバーナードをじっと見つめているのを感じた。このふたりがどうやって知り合ったのか、どのくらい深い付き合いなのかを推測しようとしているらしい。「腹はすいてないか？」とトムはバーナードに訊いた。「うちの家政婦はサンドイッチをつくるのが大好きなんだよ」お茶うけにはクッキーが出ているだけだった。「名前はマダム・アネットだ。ほしいものがあったらなんでも彼女に言いつけてくれ」

「いや、いいんだ」バーナードがカップを置くとき、カップが受け皿にあたってカチカチカチとはっきり三度鳴った。

何もほしくないなんて、ジェフとエドは本当にバーナードの気を鎮めさせたんだろうか？　バーナードがお茶を飲み終わったので、トムは彼を二階の部屋へ連れていった。

「バスルームはクリスと共同で使ってもらわなきゃならないんだよ」とトムは言った。

「この廊下を横切って妻の部屋を通って行くんだ」トムは両方の部屋のドアを開けて見せて「いまエロイーズはいないんだ。ギリシャへ行ってるんでね。きみも気がねなくゆっくり休めると思うよ。きみ、どうしたんだ、ほんとに？　何が気になってるんだね？」

ふたりはバーナード用の「小さな寝室」に戻ってきて、部屋のドアを閉めた。

バーナードは首を振った。「ぼくはもうおしまいだって気がしてるんだ。それだけだよ。今度の個展が限度だった。ぼくが描ける最後の個展。最後の絵。『桶』。だのに連中はまた生き返らせようと——わかるだろう？——彼を生き返らせようとしてるんだ」

そしてぼくは成功した、とトムは言いたいところだった。だがトムの顔はバーナードと同じぐらい深刻な表情を浮かべたままだった。「まあ——とにかく彼はいままで五年間表面上は生きつづけてきたんだからな。もしきみがこれ以上描きたくないんだったら、連中だってきみを強制しやしないさ、それは確かだよ、バーナード」

「いや、強制しようとしてるんだよ、ジェフとエドは。でもぼくはもうたくさんだ。ほんとにたくさんなんだ」

「彼らだってそれは知ってると思う。だからもうそのことは心配するな。方法はあるさ

――いいかい、ダーワットがまた隠退生活に逃げこんじまえばいいんだ。これから先何年も絵は描きつづけるだろうが、ふたりに見せるのは拒否してるってことにすればいい」トムはしゃべりながら部屋を歩きまわった。「そして何年か過ぎる。ダーワットは死ぬ――そのときわれわれは、彼が最後の作品を全部焼いてしまったとかなんとか言うことにしよう、そうすりゃ彼の作品は永久に誰の目にも触れないってわけさ！」トムは微笑んだ。

バーナードは憂鬱（ゆううつ）な目でじっと床を見つめている。それを見てトムは、まるで自分が観客に理解してもらえない洒落（しゃれ）を言ったような、いやもっとひどく言えば、聖堂で悪い冗談を言って神を冒瀆（ぼうとく）したような気さえした。

「少し休まなくちゃいけないな、バーナード。睡眠薬を持ってきてやろうか？　あまり強くないのがあるんだよ、十ミリぐらいのが」

「いや、せっかくだけど」

「手や顔を洗ってさっぱりしたいだろう？　ぼくとクリスのことは気にしなくていい。ぼくたちはきみの邪魔はしないからね。もしぼくたちと一緒に食事したいんなら、夕食は八時だ。一杯やりたかったら早めに下りてきたまえ」

そのとき、風が「ウー」と唸（うな）り、大きな木がかしいだ――ふたりとも思わず窓のほうに目をやってそっちを見た、トムの裏庭の木だ――トムは家までかしいだような気がして本能的に足に力を入れた。こんな天気の日に誰が落ち着いていられようか。

「そこのカーテンを閉めようか」とトムは言った。

なんて言ってた？」

「どうでもいい」バーナードはトムを見た。「それよりマーチソンは『椅子の男』を見て

「贋作だと思うと言っていた——最初はね。だがぼくが説得して、そうじゃないと思わせ

てやったよ」

「どうやってそんなことができたんだ？　マーチソンはぼくに自分の意見——あのラベン

ダー色を自分がどう思ってるかってことを話してくれた。あの人の説は正しいよ。ぼくは

三度ミスをやったんだ。『椅子の男』『時計』、そして今度の『桶』。どうしてそんなことに

なったのか、なぜそうなったのか、自分でもわからない。何も考えずにやってしまったん

だ。マーチソンの言うことは正しいよ」

トムは黙っていた。それからやっと口を開いて、「もちろん、あれはぼくたちみんなに

とっての脅威だった。ダーワットさえ生きてりゃあんなことは無視したかもしれないがね。

危機——つまりダーワットが存在していないことが暴露される危機だった。でも、もうそ

の危機は乗り越えたんだよ、バーナード」

バーナードにはトムの言ったことが理解できなかったのかもしれない。彼は言った、

「きみは、あの『時計』を自分が買おう、とか、何かそういうことを言ったのかい？」

「いや。ただマーチソンを説得したんだよ、ダーワットが——ほんの一枚か、二、三枚だ

け——昔使っていたコバルトバイオレットに戻って描いたにちがいない、ってね」

「マーチソンはぼくに、絵の質についてしゃべりさえしたんだ。ああ、神様！」バーナー

ドはベッドに腰を落とし、ドサッと後ろへ倒れて、「マーチソンはいまロンドンで何をしてるんだ？」

「知らないよ。でも専門家に会いにいくとか、そういう類(たぐ)いのことはやらないだろう、それは確かだよ、バーナード――ぼくが説得してこっちの言い分を信じさせたんだから」トムはなだめるように言った。

「きみがほんとに彼を説得したんだとしたら、ぼくに考えられる方法はただひとつ、荒っぽい方法だ」

「どういう意味だ？」トムは微笑んで尋ねたが、内心少しギクリとした。

「バーナードを見逃してやってくれと説得したんだろう。あいつは哀(あわ)れな奴だ、憐(あわ)れむべき奴だからって。ぼくは憐れまれたくない」

「きみのことには触れなかったよ――もちろんさ」きみは気が狂っている、トムはそう言いたかった。バーナードは気が狂っている、でなければ少なくとも一時的に錯乱している。だがバーナードがさっき言った方法は、まさにトムがマーチソンを殺す前に地下室でやったことだった。バーナードはもうけっして〝ダーワット〟を描かないだろうから、彼を見逃してやってくれ、と説得しようとしたのだ。それどころか、理想の偶像ダーワットに対するバーナードの崇拝ぶりを、マーチソンに理解させせようとさえしたのだった。

「ぼくは、マーチソンが人に説得されるような人間だとは思わない」とバーナードは言った。「ぼくの気持ちを楽にさせるために嘘(うそ)をつこうとしてるんならやめたほうがいいぜ、トム。ぼくはもう嘘にはあきあきしてるんだ」
「いや」だがトムは現に嘘をついているので落ち着かなかった。トムが嘘をついて不安になることはきわめて稀だった。いつかはバーナードに、マーチソンが死んでいることを言わなければならなくなるだろう、とトムは予測していた。それが、少なくともこの贋作の件に関してバーナードを安心させる——たとえ部分的にもせよ、安心させる唯一の方法なのだ。だがいま、神経を苛立たせるこの嵐のときに、またバーナードがこんな状態でいるときに、それを言い出すことはできない。もしいま言い出せば、バーナードは本当に気が狂ってしまうだろう。「すぐ戻ってくる」とトムは言った。

バーナードはそのとたんにベッドから立ち上がって窓のほうへ歩いていった。ちょうどそのとき、風が横なぐりの雨を激しく窓ガラスに叩きつけた。

トムは少したじろいだが、バーナードは平気だった。トムは自分の部屋に行って、バーナードのためにパジャマとマドラス織のガウンとスリッパと、それからまだプラスチックの箱に入ったままの新しい歯ブラシを持った。歯ブラシは浴室に置き、ほかのものはバーナードの部屋へ持っていってやった。そしてバーナードに、もし用があるなら自分は階下にいる、邪魔しないからしばらく休むように、と言いおいて部屋を出た。

クリスはもう自分の部屋にひきさがっている。それは部屋の明かりでわかった。嵐のために家のなかはいつになく暗かった。トムはまた自分の部屋に入り、一番上の引き出しから伯爵の練り歯磨きを出した。チューブの底を上に巻き上げると、まだ使える。このまま捨ててしまって、ゴミのなかでマダム・アネットに見つかるかもしれぬという危険を冒すよりも、最後まで使ったほうがいい。まだ使えるものをなぜ捨てたか、その説明がつかないだろうから。トムは、自分の練り歯磨きを洗面台からとって、クリスとバーナードが使っている浴室へ持っていった。

バーナードをどうしたものか、とトムは考えた。それにもしまた警察がやってきたとき、前にクリスがその場に居合わせたように、バーナードが居合わせたらどうなるだろう？　バーナードはフランス語がかなりわかるはずだ。

トムは腰かけて、エロイーズに手紙を書いた。彼女に手紙を書くとトムはいつも落ち着くのだ。フランス語があやしいときも、トムはわざわざ辞書で調べたりはしなかった。エロイーズは彼の間違いをかえって面白がるからだ。

一九××年十月二十二日

愛するエロイーズへ

ディッキー・グリーンリーフの従弟（いとこ）のクリストファーという好青年が、うちへ二、三日泊まりがけで来ている。はじめてのパリ旅行のついでなんだ。二十歳（はたち）ではじめてパリを見るなんて想像できるかい？　パリは広いってとても驚いていたよ。彼はカリフォルニア出身なんだ。

今日はすごい嵐だ。みんな不安になっている。風と雨だ。

きみが恋しいよ。赤い水着は届いたかい？　マダム・アネットに航空便で送れと言って金も充分渡したんだから、もし航空便で送ってなかったらマダムをぶんなぐってやらなきゃな。奥さんはいつ帰るのかと誰からも訊かれる。こないだグレ夫妻のところでお茶を飲んだ。ぼくは、きみがいなくてとてもさみしいんだ。早く帰っておいで。そしたら抱き合って眠ろうよ。

きみの孤独な夫
トム

トムは手紙に切手を貼り、階下へ持って下りて、ホールのテーブルの上に置いた。

クリストファーはリビングルームのソファで本を読んでいたが、跳び上がるように立ち上がって「ねえ——」と低い声で言った。「あなたのお友達、あの人いったいどうしたんです？」

「ひどい目にあってきたんだよ、ロンドンで。仕事のことでもがっくりきてるし、それにこれはぼくの推測なんだが——ガールフレンドと手を切ったか、向こうにふられたかしたらしい。よくわからないんだがね」

「あの人のことはよく知ってらっしゃるんですか？」

「いや、それほどでもない」

「じつはぼく——あの人があんな状態だから——ぼくはもうお暇したほうがいいんじゃな

いかと思うんです。明日の朝か、今夜にでも」

「今夜なんてとんでもない。こんな天気に発つのかい？　きみがいたって、ぼくはちっともかまわないんだよ」

「でも向こうは迷惑がってるんじゃないかって気がするんです。バーナードさんは」クリスは階段のほうに顎をしゃくって言った。

「いや——もしバーナードがぼくとふたりきりで話したがってるとしても、この家には部屋がたくさんあることだし。心配はいらないよ」

「わかりました。そうおっしゃるんなら。明日までいることにします」クリスは両手をポケットに突っこんで、フランス窓のほうへ歩いていった。

いまにもマダム・アネットが入ってきてカーテンを閉めるかもしれない、とトムは思った、そうすれば少なくとも、この混乱のなかになんらかの静けさが生まれるだろう。

「あれを！」とクリスが芝生のほうを指さした。

「なんだ？」木が倒れているのか、とトムは思った。それならたいしたことはない、と。クリスの見たものがトムの目に入るまでしばらくかかった。外はそれほど暗かったのだ。トムの目に、ゆっくり芝生を横切って歩いていく人影がうつった。トムは最初、マーチソンの幽霊かと思って跳び上がった。幽霊なんて信じていなかったのに。

「バーナードだ！」とクリスが言った。

もちろん、バーナードだ。トムはフランス窓を開けて、雨のなかに飛び出した。雨はいまや冷たい吹きぶりとなって、四方八方に荒れ狂っている。「おい、バーナード！　何をしてるんだ？」バーナードはなんの反応も示さず、首をしゃんと伸ばしたままゆっくり歩きつづけている。それを見てトムは彼のほうに駆けだした。階段の一段目でつまずき、下まで足を滑らせてもう少しで転倒するところだったが、ちょっと足をくじいただけで、階段の下でやっと踏みとどまった。「おい、バーナード！　入れよ！」トムはびっこをひきひきバーナードに近寄りながら叫んだ。

クリスもトムのところまで走り出てきた。「びしょ濡れになっちゃうよ、きみ！」クリスは笑いながらそう言って、バーナードの腕を摑もうとしたが、実際に摑む勇気はないようだった。

トムはバーナードの手首をしっかり握って、「バーナード、人騒がせな風邪でもひきたいのか？」

バーナードはふたりのほうを向いて微笑んだ。額に貼りついた真っ黒な髪の毛からしずくがしたたっている。「ぼくはこれが好きなんだ。ほんとなんだよ！　こうしていたいんだ！」彼はトムの手をふりきって両腕を高くあげた。

「でも、もうなかに入るんだろう？　頼むよバーナード」

バーナードはトムに微笑みかけて「ああ、わかった」とまるでトムの機嫌をとるように言った。

三人は家のほうに戻りはじめた。だが、バーナードが雨を一滴残らず吸収したがっているようなのでゆっくりと。バーナードは上機嫌で、絨毯（じゅうたん）を汚さないようにフランス窓のところで靴を脱ぎながら、楽しそうな言葉を呟（つぶや）いたほどだった。彼はそこで上着も脱いだ。「すっかり着替えなくちゃいけないな、きみ」とトムは言った。「何か持ってきてやろう」トムも靴を脱いだ。

「ああわかった、着替えるよ」バーナードは前と同じ素直な口調で言うと、手に靴をぶらさげてゆっくりと階段をのぼっていった。

クリスはトムを見て、ディッキーそっくりに、激しく眉をひそめて、「あの人は狂ってますよ！」と囁（ささや）いた。「ほんとに気が狂ってる！」

トムは、奇妙なショックを受けてうなずいた――それは彼が、頭が本当に少し狂っている人の前に出たときにいつも感じるショック、何か自分が打ちのめされたような感じだった。その感じが早くも始まりつつあった。そしてたいてい二十四時間続くのだ。トムはくじいた足を用心しながら踏みしめてなんとか歩いた。そうひどくはならないだろう、この足は、とトムは思った。「きみの言うとおりかもしれない」と彼はクリスに言った。「階上（うえ）へ行ってあいつに何か着るものを見つけてやろう」

11

その夜十時ごろ、トムはバーナードの部屋のドアをノックした。「ぼくだよ、トムだ」

「ああ、入りたまえ」とバーナードの静かな声がした。彼はペンを手にして書き物机に向かって座っていた。「今夜ぼくが雨のなかを歩いたこと、びっくりしないでくれ。雨のなかでぼくは自分自身だった。今じゃそれはめったにないことになってしまった」

トムにはよくわかった。わかりすぎるぐらい。

「座れよ、トム！　ドアを閉めて、気楽にどうぞ」

トムはバーナードのベッドに腰かけた。彼は夕食のとき、クリスのいる前でバーナードにあとで部屋へ話しにいく、と約束したのだった。バーナードは夕食の間じゅう、前よりなおいっそう上機嫌だった。いまバーナードはマドラス織のガウンを着て座っている。机の上には、黒インキで何かぎっしり書きつけた紙が二、三枚置いてあるが、トムの感じではそれは手紙ではなさそうだ。「きみはきっと、自分をダーワットだと感じるときが多いんだろうね」とトムは言った。

「ときどきね。でも誰が本当に彼になることができるだろう？　ぼくだってロンドンの町を歩いているときは、ダーワットじゃない。ただ絵を描いているとき、それも一度にほんの何秒かの間だけ、自分がダーワットだと感じることがあった。そのことをいまのぼくはもうこうやって気楽にしゃべれるんだ。なんて楽しいことだろう。だってぼくはこれからすっかり足を洗うんだからね。いや、もう洗ったんだ」

書き物机の上にあるのはおそらく告白だろう、とトムは思った。でも誰に宛てての告白なのか？

バーナードは片腕を椅子の背に置いて、「ぼくの贋作、ぼくの模倣は、この四、五年間に進歩してきている。ダーワットが生きてたらこうなっていただろうっていう進歩のしかたと同じなんだ。滑稽だろ、そうじゃないかい？」

トムは、何か正しい意見、ちゃんとした意見を言おうと思ったが、どう言っていいのかわからなかった。「滑稽じゃないさ、たぶんね。きみはダーワットを理解しているんだ。それに批評家も同じことを言ってる、絵が進展してきたって」

「きみには想像もできないだろうな――バーナード・タフツらしい絵を描くのがどんなに困難かってことは。タフツのほうの絵はそれほど進歩していない。いまはまるで、ぼくがタフツを贋作してるようなものだ。なぜってぼくは五年前に描いたのと同じタフツの絵を描いてるんだからね！」バーナードはしんから笑った。「ある意味じゃ、ぼくにとってはダーワットになるよりも、ぼく自身になるほうがよけい努力を要するんだ。ぼくは努力した。その結果、気が狂いそうになってたんだ。わかるだろう。でも、もしまだぼくってものが少しでも残ってるんなら、ぼくはそのぼく自身にチャンスを与えてやりたいんだよ」

つまりバーナード・タフツにチャンスを与えたいということだ、トムにはそれがよくわかった。「大丈夫、絶対そうできると思う。きみは自分の思いどおりにやる人間になるべきだ」トムはポケットからゴロワーズを出してバーナードにすすめた。

「ぼくは過去をすっかり清算してきれいなスタートをしたいんだ。いままでに自分がやったことを全部告白して、そこから始めたいんだ――そう努力したいんだ」

「駄目だよ、バーナード！　そんな考えは捨てちまわなきゃ駄目だ。この件に関係してるのはきみひとりじゃない。それがジェフやエドにどんな影響を与えるか考えてみたまえ。いままでにきみの描いた絵がみんな――そうだよ、バーナード、どうしても告白したかったら教会に行ってやるんだな、新聞社にやっちゃ駄目だ。それにイギリスの警察にも」

「きみはぼくが狂ってると思ってるんだろう、わかってるよ。ああ、ぼくはときどき頭がおかしくなる。でもぼくの人生は一度しかない。ぼくはすでにそれをほとんど駄目にしてしまった。残りまで駄目にしたくないんだよ。ぼくの人生なんだからね、そうだろう？」

バーナードの声は震えていた。こいつは強い人間なのか、それとも弱い人間なのか？

「わかるよ」トムはやさしく言った。

「劇的(ドラマチック)に言うつもりはないんだけど、ぼくは、世間がぼくを受け入れてくれるかどうかをまず確かめなきゃいけないんだ――つまり、みんながぼくを許してくれるかどうか」

許してくれるもんか、とトムは思った。世の中ってやつはけっしてそんな甘いもんじゃない。もしいまぼくがそう言ったらバーナードは打撃を受けるだろうか？　おそらくそうだろう、バーナードは告白するかわりに自殺してしまうかもしれない。トムは咳(せき)ばらいして考えようとした。だがまったく何ひとつ頭に浮かんでこなかった。

「それにもうひとつ、もしぼくがすべてを告白したら、シンシアもきっと喜んでくれると思う。彼女はぼくを愛してるんだ。ぼくも彼女を愛してる。いまはぼくに会いたがってないってことはぼくも知ってる。ロンドンでね、エドがそう言ってた。でもぼくは彼女を責めない。ジェフとエドのせいだ、あいつらがまるでぼくを病人扱いして彼女にこう言ったんだよ、『バーナードに会いにきてやってくれ、彼にはきみが必要なんだ！』って」とバーナードはわざときざっぽく言った。「そんなことを言われてのこのこやってくる女がいるだろうか？」そしてトムを見ると、両腕を広げて微笑んだ。「ほら、雨がぼくにどんなにいい影響を与えたか、見ればわかるだろ、トム？　でも雨もぼくの罪を洗い流すことだけはできなかった」

彼はまた笑った。トムはその笑いの気楽さが羨ましかった。

「シンシアはぼくがいままでに愛したただひとりの女性だ。といっても——まあ、彼女のほうには、ぼくのあと、ひとつやふたつの恋愛はあったらしい、それは確かだ。ぼくと彼女のことを終わらせてしまったのは、多かれ少なかれ、ぼくのほうからなんだよ。ダーワットの贋作を始めたころ、ぼくはとても不安で、恐怖さえ感じてたからね」バーナードは唾をのみこんだ。「でもぼくにはわかってるんだ、彼女はいまでもぼくを愛してる——もし、ぼくがぼくでありさえしたら。わかってくれるかな、きみ？」

「わかるとも。もちろん。いまシンシアに手紙を書いてたのか？」

バーナードは紙のほうを見て微笑んで手を振った。「いや、ぼくが書いてた相手は——誰でもいいんだ。これはただの声明なんだよ。相手は新聞社でも誰でもいい」

それだけはやめさせなければならない。トムは静かに言った。「ねえバーナード、きみは二、三日かけていろんなことをよく考えたほうがいいよ」

「いままでぼくに考える時間がなかったとでも言うのかい？」

トムは、バーナードを引きとめることのできる、何かもっと強いはっきりしたことを言おうと努めた。だが彼の頭の半分は、マーチソンのこと、またやってくるかもしれない警察のことで占められていた。警察は手がかりを求めてここをどの程度きびしく捜査するだろう？　森のなかまで見るだろうか？　トム・リプリーの信用にはすでにほんの少し——ディッキー・グリーンリーフの件で汚点がついている。トムに対する疑いは晴れたとはいうものの、一時は疑われていたのだ。結局はハッピーエンドに終わったのだが、まるっきり何もなかったのとは違う。なぜぼくは、マーチソンの死体をステーションワゴンに積んで、何キロも離れたところ、たとえばフォンテーヌブローの森のどこかに運んで埋めるとかしなかったんだろう？　もしその必要があれば仕事が終わるまで森にキャンプすることだってできたのに。「この問題は明日話そうじゃないか」とトムは言った。「明日になれば、きみも違った見方ができるかもしれない」

「もちろん、この話はいつやったってかまわない。でもぼくの気持ちは明日になってもきっと変わらないだろうな。ぼくは誰よりもまずきみに話したかったんだ。あのアイディア——ダーワット復活のアイディアを思いついたのはきみなんだからね。ぼくは、まず最初にすべきことを最初にやりたい。つまり非常に論理的なんだよ」独断的にそう言いきったバーナードの言葉のなかには狂気の影があった。トムはまたもや深い不安を感じた。

電話が鳴った。トムの部屋にも電話機がある。ベルの音ははっきりと廊下の向こう側のその部屋から聞こえてくる。

トムはあわてて立ち上がり、「この件に関係してるほかの人たちのことも忘れないように――」

「きみを巻きこんだりはしないよ、トム」

「電話なんだ。じゃおやすみ、バーナード」トムは急いでそう言うと、廊下を横切って自分の部屋に飛びこんだ。クリスに階下の電話をとらせたくなかったのだ。

また警察からだった。こんなに遅くにかけて申し訳ありませんが――

トムは、「すみませんが、ムッシュー、五分後にかけ直していただけないでしょうか？　いまはちょっと――」

電話の声は丁重に、ではかけ直します、と言った。

トムは電話を切ってから、両手に顔をうずめた。ベッドの端に腰かけていたのだが、立ち上がってドアを閉めた。まわりの情勢のほうがぼくより少し先行している。あのいまいましい伯爵のせいで、マーチソンをあわてて森に埋めてしまったが、あれはなんという間違いだったろう！　セーヌ川も、その支流のロワン川も、この地域をあちこち曲がりくねって流れていて、静かな橋もある。とくに午前一時以後は人通りがないのだ。警察からの電話といえば悪いことに決まっている。マーチソン夫人――名前はハリエットとかマーチソンが言ってたっけ？――がアメリカかイギリスの探偵に夫の捜索を依頼したのかもしれない。彼女は、夫の用事がなんだったかということ、夫がある有名な画家の作品の真偽をさぐるためにロンドンへ行ったということを知っているはずだ。何か不正な行為があったのではないか、と夫人は疑っているのだろうか？　もし尋問されたら、マダム・アネットは、マーチソンが木曜の午後この家から出ていくのを自分は実際に見たわけではない、と言いはしないだろうか？

　もし警察が今夜トムに会いにここへ来たら、クリスは自分から進んで、森に墓のようなものがあるという情報を提供するかもしれない。トムはクリスが英語でこう言っているところが見えるような気がした。「ねえ、あのことを警察に話したら……？」そうなったら、トムも警官に何かべつのことをフランス語で言ってごまかすわけにはいかない。クリスはきっと、警官たちがそこを掘るのを見るまでは承知しないだろうから。

　また電話が鳴り、トムは落ち着いて電話に出た。

「もしもし、ムッシュー・リプリー。こちらはムラン警察です。じつはロンドンから電話がありましてね。マダム・マーチソンが、ムッシュー・マーチソンの件でロンドン警視庁に連絡してきたんだそうです。で、ロンドン警視庁からわれわれに、今夜じゅうに集められるだけの情報を集めておいてほしいと言ってきたんですよ。イギリスの警部補が明日こちらへ到着する予定です。それでお訊きしたいのですが、ムッシュー・マーチソンはお宅からどこかへ電話しなかったでしょうか？　その番号を突きとめたいので」

「覚えてませんね」とトムは言った。「どこへも一度も電話しなかったようですよ。もっともぼくはずっと家のなかにいたわけじゃありませんが」

うちの電話代の請求書を調べればいいのに、とトムは思った、だがまあそんなことは向こうにまかせておこう。

一瞬後に、トムも相手も電話を切った。

ロンドン警察が直接ぼくに電話をかけてきて質問しないのは、何か水臭いというか、あまりいい感じじゃないな、とトムは思った。ロンドン警察はすでにぼくを容疑者扱いしていて、そのため情報は正式のルートを経て手に入れたほうがいいと思っているのかもしれない。どうもそういう気がする。細かいことまで見逃さぬ点では、フランスの刑事に軍配をあげるが、でもなんとなくイギリスの刑事のほうが怖かった。

やらねばならぬことはふたつある。死体を森からよそへ移すことと、クリスをこの家から追っぱらうこと。バーナードはどうしよう？　それを考えただけでトムの頭は混乱しそうだった。

彼は階下へ下りていった。

クリスは本を読んでいたが、あくびをして立ち上がった。「そろそろ寝ようと思ってたとこなんです。バーナードはどうでした？　夕食のときはだいぶ具合がよさそうだと思ったけど」

「ああ、ぼくもそう思う」トムは言わなければならないこと、つまりバーナードの状態が悪くなっているということを、はっきり言うのもほのめかすのもいやだった。

「電話のそばに時刻表があったんで見てみたら、午前九時五十二分と十一時三十二分の列車があるんです。明日の朝、ここからタクシーで駅まで行きますよ」

トムはほっとした。もっと早い列車もあるのだが、それをクリスにすすめることはトムにはできなかった。「どっちでもきみのいいほうに乗りたまえ。駅まではぼくが送ってくよ。バーナードには何をしてやったらいいんだかぼくにもわからないんだが、たぶん彼はしばらくぼくとふたりきりでいたいんじゃないかと思うんだ」

「それで安全ならいいんですけど」とクリスは熱心に言った。「ぼくは最初、あなたに助けが必要になったらぼくが手を貸してあげよう、そのためだけにでも一日二日ここに滞在しよう、と思ってたんです」クリスは低い声でしゃべっていた。「兵隊でアラスカに行ってたとき、仲間がひとり発狂したんです。その男の行動がいまのバーナードによく似てたんですよ。そいつときたら急に狂暴になって誰かれの見境なくなぐりつけたりして」

「さあ、バーナードがそんなになるとは思えないな。きみと友達のジェラルド君はバーナードが帰ってからまた来ればいいよ。でなければきみたちがライン地方から戻ってきてからでも」

クリスはそれを聞いて顔を輝かせた。

クリスが二階へ上がっていってから（彼は九時五十二分発で発ちたがっていた）トムはリビングを行ったり来たりした。もう十二時五分前だ。今夜のうちにマーチソンの死体をどうにかしなければならない。とにかくひとりでやるには大変な仕事だ、暗いなかで死体を掘り出して、ステーションワゴンに乗せて、どこかへ捨てるんだからな——でもどこに？　どこかの小さな橋の上からでも捨てるか。バーナードに事実を知らせたら、彼は発狂するだろうか？　それとも協力してくれるか？　トムは自分だけの力ではとてもバーナードに告白をやめさせることはできないと感じていた。それより事実を突きつけたほうがいい。死体でショックを与えれば、バーナードも事態の深刻さに気づくのではないだろうか？

　これは大変な問題だ。

　バーナードはキェルケゴールのいわゆる「信仰への跳びこみ」をやるだろうか？　この言葉が心に浮かんだとき、トムは思わず微笑んだ。彼自身も、ダーワットに扮装するためにロンドンへ駆けつけたとき、跳びこんだのだ。その跳びこみは成功した。そしてマーチソンを殺したのが二度目の跳びこみだった。なるようになれ。虎穴に入らずんば虎児を得ず、だ。

　トムは階段のほうへ行ったが、足首が痛むのでゆっくり歩かなければならなかった。事実、彼は、階段の一段目に痛む足をかけ、手は手すりの一番下の柱になっている金めっきの天使像の上に置いて、しばらく休みさえした。その前からトムの頭には、もしバーナードが今夜しりごみしたら、バーナードも片づけてしまわなければならないという考えが浮かんでいた。殺すのだ。これは考えるのもいやなことだった。バーナードを殺したくはない。おそらく殺ろうとしても殺れないだろう。でも、もしバーナードがぼくを手伝うのを断わって、告白のなかにマーチソンのことも書き加えた場合は、どうなるんだ——

トムは階段をのぼっていった。

二階の廊下は暗く、トムの部屋からかすかに明かりが洩れているだけだった。バーナードの部屋の明かりは消えていたし、クリスの部屋にもついていないようだ。しかし、だからといってクリスが眠っているとは限らない。いざ実際に手を上げてバーナードのドアをノックするのはとても難しいことだった。クリスの部屋とはほんの二メートル半しか離れていないし、クリスのことだから、もしトムがバーナードに襲われたら守ってやろうと聞き耳を立てているかもしれない。トムは静かにノックした。

12

バーナードの答えがなかったので、トムはドアを開けてなかに入り、後ろ手にドアを閉めた。

「バーナード?」

「う、う? トムか?」

「ああ。ちょっと失礼するよ。電気をつけてもいいか?」

「もちろん」とバーナードは落ち着いた声で言うと、ベッド脇(わき)の明かりを自分でつけた。

「どうしたんだ?」

「いや、なんでもない。ただちょっと、きみに話さなきゃならないことがあるんだ。クリスに聞かれるとまずいんで静かにね」トムは背のまっすぐな椅子をバーナードのベッドのそばに引き寄せて、それに腰をおろした。「バーナード――ぼくはいま困ってるんだ、で、よかったらきみに手を貸してもらいたいんだが」

バーナードは一心に聞こうとして眉をひそめ、キャプスタン・フル・ストレングスの箱をとり、一本出して火をつけた。「困ってるってなんなんだい？」

「マーチソンは死んでるんだ」とトムは低い声で言った。「だからもうきみは彼のことを心配しなくてもいいんだよ」

「死んでる？」バーナードはなお眉をひそめた。「なぜそれをいままで言わなかった？」

「それは――ぼくが殺したからだ。ここの地下室で」

バーナードはハッと息をのんで、「きみが？　本気で言ってるんじゃないだろう、トム！」

「シーッ」おかしなことに、トムはその瞬間、自分よりもバーナードのほうがずっと正気だという気がした。彼はバーナードがもっと奇矯な反応を示すかと予想していたので、こうまともに出られるとかえってまごついた。「殺さなけりゃならなかったんだよ――この家で。いまは裏の森に埋めてあるんだ。で問題は、今夜じゅうに彼をそこから移さなきゃいけないってことなんだよ。もう警察が電話してきてるし、たぶん明日ここへやってきてあちこち見まわるだろうからね」

「殺したって？」とバーナードはまだ信じられないというふうに言った。「でも、なぜなんだ?」

トムは身震いしてため息をついた。「第一に、これは言わなくてもわかるだろう、彼がダーワットを、ダーワット商会をめちゃめちゃにしようとしていたからだ。第二に、もっと悪いことに、彼が地下室でぼくのことを見破ったからだ。あいつはぼくの手を覚えていたんだよ。そしてこう言った、『ロンドンでダーワットになりすましていたのはおまえだったんだな』って。すべて突発的に起こっちまったことなんだ。ここへ連れてきたときには、殺すつもりは全然なかったんだよ」

「死んだ」とバーナードは呆然とくり返した。

時が刻々と経っていく。トムは焦った。「信じてくれ、ぼくは彼に手を引かせようとしてできるだけのことはやった。きみが贋作者だってことをしゃべりさえした。あんたとマンデヴィルのバーで話していたあの男が贋作者だ、ってね。ああ、ぼくはきみをあそこで見たんだよ」トムはバーナードが口を開かないうちにあわてて言った、「ぼくはね、きみがもうこれ以上ダーワットを描かないだろう、とあいつに言ったんだ、だからきみを見逃してやってくれ、と。だがマーチソンは断わった。それで――きみ、あいつの死体をうちの地所から運び出すのを手伝ってくれないか?」トムはドアをちらりと見た。ドアは閉まったままだ。廊下からもなんの物音も聞こえてこない。

バーナードはゆっくりとベッドから立ち上がった。「で、ぼくにどういうことをしてもらいたい?」

トムも立ち上がった。「二十分後に手を貸してくれたら恩に着る。ステーションワゴンで運びたいんだ。ふたりでやればずっと簡単だと思う。ぼくひとりで全部やるのはとても無理だ。重いからね」自分がいつも頭で考えるのと同じ調子でしゃべっているので、トムはだいぶ気が楽になった。「もし手伝いたくないんならいいんだよ、ぼくひとりでやってみる。しかし――」

「わかった、手伝うよ」

バーナードは諦めたように言った。本気で言っているようだったが、トムはまだ信頼できなかった。いまはこう言っていても、あとで、三十分後には、何か思いがけない反応を示すんじゃないだろうか？　バーナードの口調は、まるで聖人が――そう、聖人が、彼自身よりもずっと偉大なものに向かって、「あなたのお導きどおりにどこへでもついて行きます」と言っているようだった。

「じゃその上に何か着たらどうだ？　今日ぼくが貸してやったズボンでも。音をたてないようにしてくれよ。クリスに聞こえるとまずいからね」

「ああ」

「階下に――玄関の石段の外まで十五分後に下りてこられるか？」トムは自分の腕時計を見て言った、「いまは十二時二十七分過ぎだ」

「ああ」

トムは階下へ行って、マダム・アネットがかけておいた玄関のドアの鍵を開けた。そしてびっこをひきひき二階の自室へ戻ると、スリッパを脱いで靴に履きかえ、上着を着た。それからまた階下へ下りて、ホールのテーブルから車のキーを出し、リビングの明かりを、ひとつだけ残してあとは全部消した。普段でも、よく電灯をひとつだけ夜通しつけておくことがあるのだ。それからレインコートを持ち、予備用の洗面所の床に置いてあるゴム長靴を靴の上から履いた。さらにホールのテーブルの引き出しから懐中電灯を出して、やはり予備用洗面所に置いてあるカンテラを持った。カンテラは地面に立てることができるからだ。

トムはルノーのステーションワゴンを運転して、森へ通じる小道に入った。パーキングライトだけをたよりに、例の場所だと思われるところまで行き、そこでライトを消した。そして懐中電灯を持って森に入り、墓を見つけ、懐中電灯の光ができるだけ人目にふれないように用心しながら、物置へ行ってシャベルとフォークを取り出し、マーチソンの墓である泥だらけの例の場所へ運んだ。それから、力をセーブするために静かに小道を歩いて、また家のほうへと引き返した。バーナードはきっと時間に遅れるだろう。いやまったく現れない場合も覚悟しておかなければ。

バーナードはもうちゃんと来ていた。自分のスーツを着て暗いホールにまるで彫像のように立っている。そのスーツはつい二、三時間前にはびしょ濡れだったのを、バーナードが自分の部屋の長いラジエーターの上にかけて乾かしたのだった。

トムが身ぶりで合図すると、バーナードは彼についてきた。

小道から見ると、クリスの部屋の窓はまだ暗いままだ。バーナードの部屋の明かりだけがついている。「家からあまり離れてないんだ。それが問題なんだよ！」とトムは、ふいに奇妙な楽しさを感じながら言った。彼はバーナードにフォークを渡し、シャベルは自分が使うことにした。シャベルで掘るほうが辛いと思ったからだ。「悪いけどかなり深いんだよ」

バーナードは彼独特の奇妙な諦めで作業を続けたが、彼のフォークのひと掻きは力強く効果的だった。最初は土を掻き出していたが、やがて土を崩すだけになり、穴のなかに立ったトムがその土をできるだけ早くシャベルで外にすくい出した。

「ぼくは少し休むよ」トムがとうとう言ったが、休むというのは、大きな石をふたつ、車の後部座席へ運ぶことだった。石はどちらも十キロ以上はありそうだ。トムは前もって開けておいた後部のドアから石をなかに入れた。

バーナードはもう死体のところまで掘っていた。トムは穴のなかに下りてシャベルで死体をこじ上げようとしたが、穴の幅が狭すぎてうまくいかない。そこでふたりは、両足を死体の両側に踏んばり、ロープを摑んで引っぱり上げた。トムのほうのロープが切れたかほどけたかしたので、トムは呪いの言葉を吐きながら、もう一度縛り直した。その間バーナードは懐中電灯を持っていた。何かがマーチソンの身体を土のなかに吸い寄せようとしているのかもしれない。まるで何かの力がふたりに敵対して働いているようだった。トムの手は泥にまみれ、すりむけて、血さえにじんでいた。

「重いな」とバーナードが言った。

「ああ。一、二、三で思いっきり引っぱろう」

「ああ」

「一、二――」ふたりは満身の力をこめた。「――三！　よいしょっ！」

マーチソンはやっと地面まで上がった。重いほう、つまり肩の部分を持っていたのはバーナードだった。

「このあとは楽だよ」トムはただ何かを言わなければいけないような気がして言った。

ふたりは死体を車に積んだ。防水布からはまだ泥水が垂れていて、トムのレインコートの前面は泥だらけになっている。

「土をもと通りにしておかなきゃ」トムの声は疲れのためにしわがれていた。

今度の作業は楽だった。トムは、吹きとばされて落ちた木の枝を二本引きずってきて、穴を埋めた上にかぶせさえした。バーナードがフォークを投げやりに地面に放り出したので、トムは言った、「道具を車に戻しておこう」

そこでふたりは道具を車に積み、自分たちも車に乗りこんだ。トムはエンジンの唸りを気にしながら車を本道までバックさせた。小道ではターンするところがなかったのだ。トムがバックで本道に入って車を前進させようとしたちょうどそのとき、ぎょっとしたことに、クリスの部屋に明かりがつくのが見えた。トムはただ何げなくクリスの部屋の暗い窓のほうをちらりと見上げたのだが、そのとたんに明かりが、まるで「今晩は」とでもいうようにパッとついたのだ。トムはバーナードには何も言わなかった。ここには街灯がないので、クリスには車の色（ダークグリーンだった）まで見分けられないだろう。といっても、車のパーキングライトだけはやむを得ずつけてあったのだが。

「これからどこへ？」とバーナードが訊いた。

「八キロほど離れたところにいい場所がある。そこには橋が――」

いま本道にはほかの車の影は全然なかった。この時間、つまり夜中の一時五十分としては、べつに不思議なことではない。トムは、よく遅いディナーパーティの帰りにこの時間にここを通ったことがあるので知っていた。

「ありがとう、バーナード。おかげで万事うまくいったよ」とトムは言った。

バーナードは黙っていた。

ふたりはトムが考えていた場所に着いた。ヴォアジと呼ばれている村のそばだ。その村の名前にトムはいままで注意を払ったこともなかったのだが、彼の覚えている橋に行くためにはその村の標識のそばを通って村を突き抜けなければならなかったので、今夜はじめて名前を知ったのだった。この川はロワン川、たしかセーヌに流れこんでいるはずだったな、とトムは思った。といっても石のおもしをつけたマーチソンの死体はセーヌまでは流れていかないだろうが。橋のこちら側には、電気を節約した薄暗い街灯がともっているが、向こう側には街灯はなく、真っ暗だ。トムは橋の向こう側まで車を走らせ、橋を数メートル通りすぎたところで停まった。闇のなかでトムの懐中電灯だけをたよりに、ふたりは石を防水布のなかに入れてロープを縛り直した。

「さあ落とそう!」トムは低い声で言った。

バーナードは落ち着いててきぱきと動き、自分が何をなすべきかちゃんと心得ているように見えた。死体は石で重くなってはいたが、ふたりがかりで運べばかなり楽だった。その橋の木製の欄干は高々百二十センチぐらいだ。トムは後ろ向きに歩きながらあたりを見まわし、彼の後方にある暗い村のほうを見た。村には街灯がふたつともっているだけだ。そしてその手前で橋が闇のなかに消えている。

「ちょっと危険だが橋の真ん中まで行こう」とトムは言った。

そこでふたりは橋の中央まで行き、死体をしばらく下に降ろしてひと息入れた。それからかがみこんで死体を引き上げ、力を合わせて思いきり高くあげると、手を放した。

大きな水音——それは静寂のなかで響き渡り、まるで村全体をゆさぶり起こす大砲の音のように思われた——それからばちゃばちゃと水のはねかえる音。ふたりは車のほうへ歩きだした。

「走るなよ」とトムは言ったがこれは必要なかったようだ。ふたりにそんなエネルギーが残っていただろうか?

やがてふたりは車に乗りこみ、トムはすぐに車をただただ前方へ走らせた。どこへ向かっているのかトムにはわからなかったが、そんなことはどうでもよかった。

「終わった!」とトムは言った。「いまいましいものがやっとわれわれの手を離れたんだ！」彼はいますばらしく幸せで、浮き浮きした自由な気分だった。「バーナード、きみにはまだ話してなかったと思うけど」とトムははしゃいだ声で言った。彼の喉はもう渇いてさえいなかった。「ぼくは警察に、木曜日にマーチソンをオルリー空港まで送っていって車から降ろした、って言ったんだ。たしかにぼくはあいつの荷物をあそこで降ろしたんだよ。だからもしマーチソンが飛行機に乗らなかったとしても、それはぼくの責任じゃないってわけさ、そうだろう？　ハ！」トムは笑った。恐ろしい瞬間のあとでいまと同じような安堵を感じたとき、いつもこうやってひとり笑いしたものだ。「ああそれから『時計』はオルリーで盗まれたよ。マーチソンはあの絵をスーツケースと一緒に持ってたんだ。ぼくの想像じゃあ、ダーワットのサインを見たら誰だってあの絵を手放すのが惜しくなって、他人にはひとことも言わずにしまいこんじまうだろうよ！」

だがバーナードはトムとまったく同じ考えなのだろうか？　バーナードは何も言わなかった。

また雨が降りだしてきた！　トムは万歳を叫びたかった。この雨で、屋敷のそばの小道に残ったタイヤの跡が消えるかもしれない、いやきっと消えるだろう。そして今ではからっぽになっている墓跡の外見も雨のおかげできっとわからなくなるだろう。

「降ろしてくれ」バーナードがドアのハンドルのほうに手を伸ばしながら言った。

「なんだって？」

「気分が悪いんだ」

トムはできるだけ急いで車を道端へ寄せて停めた。バーナードは降りた。

「ぼくも一緒に行ってやろうか?」とトムはあわてて訊いた。

「いや、大丈夫」バーナードは、二メートルほど右手の、高さ一メートルの土手が切り立っているところへ行って、かがみこんだ。

トムは彼が気の毒になった。自分はいまこんなに陽気でこんなにいい気分なのに、バーナードは胸をむかつかせているのだ。バーナードはまだじっとしている、二分たった、いや三分、四分、とトムは思った。

車が一台、ゆるいスピードで後ろから近づいてきた。トムはライトを消したい衝動に駆られたが、いままでのままヘッドライトを普通の明るさにしておいた。道のカーブのせいで、向こうの車のヘッドライトが一瞬バーナードの姿をさっと照らし出した。警察の車だ、おお神さま! 車の屋根に青いライトがついている。警察の車はトムの車をよけて通りすぎ、相変わらずのゆるいスピードでそのまま行ってしまった。トムはほっとした。ああよかった。彼らはバーナードが立ち小便でもしていると思ったにちがいない。フランスでは田舎の道端でなら、たとえ真っ昼間に人によく見えるところで立ち小便しても法に触れないのだ。バーナードはやっと戻ってきて車に乗ったが、さっきの車のことはひとことも言わなかった。トムも黙っていた。

家に着くとトムは静かに車をガレージに入れた。それからシャベルとフォークを車から出して壁に立てかけ、車の後部をぼろ切れで拭(ふ)いた。車のドアを閉めるときバタンという音をたてたくなかったので、そうっと半ドア程度に閉めておいた。バーナードはじっと待っていた。トムは身ぶりで彼に合図し、ふたりはガレージを出た。トムはガレージのドアを閉めて静かに南京錠をかけた。

ふたりは玄関のドアのところで靴を脱いでなかに持って入った。クリスの部屋の明かりがついていないのを、トムは、車が家に近づいたときに見て知っていた。いま、ふたりは懐中電灯の光をたよりに階段を上がる。トムはバーナードに、自分の部屋へ行ってろ、ぼくもすぐ行くから、と身ぶりで伝えた。

トムはレインコートのポケットのものを全部出して、コートを浴槽のなかに投げこんだ。それから蛇口の下でブーツをよく洗ってからクローゼットに突っこんだ。レインコートはあとで洗ってクローゼットのなかに吊るしておけばいい、そうすれば明日の朝マダム・アネットに見つからずにすむ。

それからパジャマに部屋履きという姿で、音をたてないように注意しながらバーナードの部屋へ行った。

バーナードはまだスリッパも履かずに、煙草をふかしながら立っていた。汚れた上着は椅子の背にかけてある。

「そのスーツもご苦労さまだったね」とトムは言った。「後始末はまかせてくれ」

バーナードはゆっくりと、だがとにかく動いて、ズボンを脱ぐとトムに渡した。トムはそのズボンと上着を自分の部屋へ持っていった。あとで泥を拭きとって仕上げの早い洗濯屋へ出そう。あまり上等のスーツではなかった。まさにバーナード的だ。ジェフとエドの話では、バーナードは、彼らが渡そうとする金を全部は受けとらないということだった。トムはまたバーナードの部屋へ戻った。この家の寄木細工の床の固さをトムはいまはじめてありがたく思った。ミシミシ鳴らないからだ。

「何か酒でも持ってきてやろうか、バーナード? 一杯やりたいところじゃないかい?」いまならもう階下でマダム・アネットやクリスに見つかったってかまうもんか、とトムは思った。急に思いたってバーナードとふたりでドライブに出かけて、いま帰ってきたところだとでも言えばいい。

「いや、結構だ」とバーナードは言った。

バーナードがはたして眠れるかどうか、トムは危ぶんだが、いま何かほかのもの、たとえば鎮静剤やホットチョコレートなどをすすめるのもためらわれた。バーナードにまた「結構だ」と言われそうな気がしたからだ。トムは囁くような声で言った、「きみを引きずりこんですまなかった。眠りたかったら午前中ずっと寝てていいんだよ。クリスは今朝発ってしまうから」

「わかった」バーナードの顔は青ざめたオリーブ色をしていた。彼はトムのほうを見なかった。固く一文字に結ばれた唇、それは笑うこともしゃべることもめったにしない唇のように見えた——そして口全体が失望を表しているようだった。

いまのバーナードは見るからに裏切られた人間といったところだな、とトムは思った。

「靴もぼくがちゃんとしといてやるよ」トムは靴を取りあげた。

トムは自室で——クリスを用心して部屋のドアも浴室のドアも閉めきって——自分のレインコートを洗い、バーナードのズボンをスポンジで擦（こす）った。それからバーナードのデザートブーツを水で洗い、浴室のラジエーターのそばに新聞紙を広げて、その上に置いた。マダム・アネットは毎日トムにコーヒーを持ってきたりベッドを直しにきたりするけれど、浴室にはたぶん週に一度ぐらい、ざっと片づけに入るだけだった。几帳面な掃除婦のマダム・クルソーが週に一度大掃除に来るのだが、それはちょうど今日の午後のはずだった。

最後にトムは自分の手の処置をした。手は痛みのわりにはひどくなっていなかったので、ニベアクリームをすりこんでおいた。奇妙なことに、彼はこの一時間ばかり夢を見ていたような気がしていた——どこかで何かをやって、その結果手がすりむけた——だがそれは実際に起こったことではない、というような。

電話が、リン、と呼び出し音をたてた。トムはあわてて電話のほうへ駆け寄り、リリーンと長く鳴り出す途中で受話器を摑んだ。その音はぎょっとするほど大きく思われた。

もう朝の三時近くだ。

ビービー……ブルルルー……ダプダプダプ……ビー？

潜水艦のような音だ。いったいどこからの電話だろう？

「そちらは（ヴゼット）……お切りにならないで（ヌ・キッテ・パ）……アテネからです（アテーヌ・ヴザペル）……」

エロイーズからだ。

「アロー！　トム！　トム！」

苛立(いらだ)たしいこの数秒間にトムが理解できた言葉はただこれだけだった。「もっと大声で話してくれよ！」とトムはフランス語で言った。

トムがかろうじて聞きとったところによると、エロイーズは、自分がいま不幸せでうんざりしている、死ぬほど退屈(テリブルマン・アンニュイエ)だということをトムに話しているらしかった。それからまた、何かが――誰かかもしれないが――とてもいやなのだと。

「……ノリータっていうその女が……」ロリータかな？

「帰っておいでよ、ダーリン！　きみがいなくてさみしいんだ！」トムは英語でどなった。

「そんないやな奴らはほっといて！」

「どうしたらいいのかわからないのよ」これははっきり聞こえた。「もう二時間も前からあなたに電話しようとしてたのになかなか通じないんだもの。この国じゃあ電話までだめなんだから」

「どこだって電話はそういうものだ。金をふんだくるためだけの道具なのさ」彼女が少し笑うのを聞いてトムは心が慰められた――まるで海底で人魚が笑ってるようだな。

「あたしを愛してる？」

「もちろん愛してるとも！」

やっとよく聞こえるようになったとたんに電話は切れてしまった。エロイーズが切ったのじゃないことは確かだ、とトムは思った。

電話はそれっきりもう鳴らなかった。ギリシャではいま朝の五時ごろだな。エロイーズはアテネのホテルからかけたのだろうか？　それともあの気違いヨットからか？　彼はたまらなくエロイーズに会いたかった。彼女にはもうすっかり慣れきっていたのでそばにいないとさみしかった。これが人を愛するということだろうか？　これが結婚というものなのか？　だが何よりもまず、現在のもろもろの雑事を片づけてしまわなければ。エロイーズはどちらかというと道徳観念のないほうだが、いまの事態をすべて受け入れることはできないだろう。それにもちろん、彼女はダーワットの贋作のことは何ひとつ知らないのだ。

13

マダム・アネットがドアをノックする音で、トムは朦朧（もうろう）として目を覚ました。彼女はいつものブラック・コーヒーを持ってきていた。

「おはようございます、ムッシュー・トム！　今日はいいお天気でございますよ！」

太陽は本当に照り輝いていて、昨日の嵐がまるで嘘（うそ）のようだ。トムはコーヒーをすすり、その黒い魔法の力を全身にしみわたらせてから、起き上がって服を着替えた。

トムはクリスの部屋のドアをノックした。九時五十二分の列車に乗るにしてもまだ時間はある。

クリスはベッドのなかで大きな地図を膝（ひざ）の上に広げていた。「十一時三十二分のに乗ることにしました――お宅さえよろしかったら。ぼく、こうやってしばらくベッドのなかでぐずぐずしてるのが大好きなんです」

「もちろんうちはかまわないよ」とトムは言った。「マダム・アネットにコーヒーを持ってくるように言いつければよかったのに」

「いいえ、そんなことまでしていただいちゃ」クリスはベッドからはね起きて、「ちょっと散歩に出かけようと思ってたんです」

「オーケー、じゃまたあとで会おう」

トムは階下に下りた。そしてキッチンでコーヒーを温めて、もう一杯つぎ、それをすすりながら窓の外を眺めた。クリスが表門を開けて出ていくのが見えた。左に曲がって町の方角へ歩いていく。たぶんどこかのフランス風バー・カフェでミルク入りコーヒーとクロワッサンでも食べるつもりなんだろう。

バーナードはまだ眠っているらしい。これは非常に好都合だった。

九時十分過ぎに電話が鳴った。イギリス人らしい声が慎重なしゃべり方で、「こちらはロンドン警視庁のウェブスター警部補ですが、ミスター・リプリーはご在宅でしょうか?」

この質問がぼくの存在のテーマソングか?「ええ、ぼくですけど」

「いまオルリーからかけているんです。できればぜひ今朝のうちにお目にかかりたいんですが」

トムは午後のほうが都合がいいと言いたかった。しかし彼のいつもの図太さはそのときどこかへ消えてしまっていた。警部補は、ぼくが午前中を何かを隠すのに使うのではないか、と疑うかもしれない。「今朝でもこちらはかまいませんよ。汽車でいらっしゃいますか？」

「タクシーで行こうと思っていたんですが」と打ちとけた口調で、「それほど遠くはないようですな。タクシーだと、何分くらいかかるでしょうか？」

「一時間ぐらいです」

「では一時間後にお目にかかりましょう」

クリスがまだいる時間だ。トムはもう一杯コーヒーをついで、バーナードのところへ持っていってやった。バーナードがいることをウェブスター警部補には隠しておきたい。だが情況が情況だし、それにクリスが何を言い出すかわからないから、まあ無理に隠そうとしないほうが賢明だろう。

バーナードはもう目を覚ましていて、ベッドに仰向けになり、頭をふたつの枕にもたせかけて顎の下で両手を組み合わせていた。朝の瞑想に耽っているのかもしれない。

「おはよう、バーナード。コーヒー飲むかい？」

「ああ、ありがとう」

「ロンドン警察の人が一時間後にここへ来るんだ。きみとも話したがるかもしれない。もちろんマーチソンのことでだ」

「ああ」とバーナードは言った。

トムはバーナードがコーヒーをひと口ふた口するまで待って、「砂糖は入れてないよ。きみが甘いのが好きかどうかわからなかったから」

「どっちでもいいんだ。うまいよ、このコーヒー」

「ところでバーナード、きみはマーチソンに会ったことも姿を見たこともない、刑事にはそう言うのが一番いい。きみはマンデヴィルのバーで彼と話なんかしなかった、わかるね？」バーナードに通じてくれればいいんだが。

「ああ」

「それにきみはマーチソンなんて人間のことは聞いたことさえないんだ、ジェフやエドからも。きみはいまじゃジェフやエドとはそう親しくないと思われてるんだからね。おたがい知らない仲じゃあないが、ジェフとエドがきみに一アメリカ人のことを――『時計』の真偽を疑っているアメリカ人のことを、わざわざ言うほど親しい付き合いではない」

「ああ」とバーナードは言った。「ああ、もちろん」

「それから――今度のは事実だから一番覚えやすいだろう」トムは、まるで上の空で授業を聞いている小学生たちに向かってしゃべるように話しつづけた、「きみは昨日の午後、つまりマーチソンがロンドンへ発ってから何日も後にここへ着いたんだ。だから当然、マーチソンを見てもいないし噂も聞いてない。わかったね、バーナード？」

「わかった」とバーナードは、片肘をついて身を起こしながら言った。

「何か食べたくないか？　卵かなにか？　よかったらクロワッサンを持ってきてやるよ。

マダム・アネットが外に出て買ってきてくれたんだ」

「いや、結構」

トムは階下へ下りていった。

マダム・アネットがキッチンから出てきて、「ムッシュー・トム、ごらんなさいませ」と自分がとっている新聞の第一面を見せた。

「これはあの方じゃありませんか？　木曜にここへいらしたムッシュー・マーチソンじゃあ？　行方を捜してるって書いてありますよ」

ムッシュー・マーチソンの行方を捜索中……トムは、「ル・パリジャン」紙のセーヌ・エ・マルヌ版の左下隅でかすかに微笑んでいるマーチソンの二段ぬきの顔写真を見た。

「ああ、そうだよ」その記事にはこう書かれていた。


米人トーマス・マーチソン氏（52）は十月十七日木曜日の午後以来、行方不明である。氏のスーツケースはオルリー空港の搭乗者用入口付近で発見されたが、本人は予約していたロンドン行きの飛行機に乗っていなかった。マーチソン氏はニューヨークの会社重役で、ムラン地区の友人を訪問した帰りだった。アメリカにいる妻のハリエットさんは、フランスおよびイギリスの警察の助けを借りて捜索を開始した。

トムは自分の名前がどこにも出ていないことを神に感謝した。

クリスが玄関から入ってきた。手に雑誌を二、三冊、だが新聞は持っていない。「やあ、トム！　マダム！　いいお天気ですね！」

トムは彼に挨拶(あいさつ)を返してからマダム・アネットに言った。「もういまごろまでには見つかるだろうと思ってたんだが。でも実際は――今朝イギリスの人がぼくにいろいろ質問しにくるんだよ」

「おやまあ、そうですか？　今朝？」

「あと三十分ぐらいしたらね」

「なんてミステリーなんでしょう！」と彼女は言った。

「なんです、ミステリーって？」とクリスがトムに訊(き)いた。

「マーチソンだよ。今朝の新聞に彼の写真が出ている」

クリスは興味津々に写真を見てから、その下に書かれている文句を、いちいち訳しながらゆっくり読み上げた。「へえ！　まだ行方不明なんだ！」

「マダム・アネット」とトムは言った、「そのイギリスの人は昼食までいるかどうかわからないんだが、いちおう四人分用意しといてくれたまえ」

「かしこまりました」彼女はキッチンへさがった。

「イギリスの人って？」とクリス。「また警察ですか？」

クリスのフランス語の進歩は速いな、とトムは思った。「ああ、マーチソンのことを訊きにくるんだ。そうだ――きみ、もし十一時半の汽車に乗るんだったら――」

「ぼく、もう少しいてもいいでしょうか？　十二時ちょっと過ぎの列車もあるし、もちろん午後にも何本かありますから。ぼく、マーチソンのことに興味があるんです、警察が何を発見したか、ってことに。もちろん——ぼくがいてお邪魔でしたら、あなたが警察の人と話してる間は、席をはずしてますから」

トムは困ったが、「もちろんいいとも。何も秘密じゃないんだから」と言った。

警部補は十時半ごろタクシーでやってきた。トムは家までの道順を教えるのを忘れていたのだが、警部補は郵便局でムッシュー・リプリーの家と言って訊いてきたということだった。

「結構なお宅ですな！」と警部補は愛想よく言った。年は四十五ぐらいで、私服だった。黒い、やや薄くなりかけた髪、小太りの身体（からだ）、黒縁の眼鏡越しに鋭いがにこやかな目がこっちを見ている。実際、彼の顔には、感じのよい微笑がつくりつけてあるように思えた。

「もう長くここにお住まいですか？」

「三年です」とトムは言った。「おかけになりませんか？」マダム・アネットはタクシーの着くのに気がつかなかったので、トムが玄関のドアを開けたのだ。そしていま、トムは警部補のコートを受けとった。

警部補は、ちょうどスーツが一着入るぐらいの薄手の小ぎれいな黒いケースを提げてきていたが、彼はそれをまるでいつも肌身離さず持っている習慣だとでもいうように、ソファのところまでちゃんと持っていった。「では——早速ですが、あなたがマーチソン氏を最後に見たのはいつですか？」

トムは背のまっすぐな椅子に腰をおろした。「先週の木曜です。午後三時半ごろでした。ぼくがオルリーまで送っていったんです。ロンドンへ帰るというので」

「なるほど」ウェブスター警部補は黒いケースを少し開けてノートを出し、ポケットからペンを取り出した。そして少しの間ノートに何やら書きつけていたが、「そのとき彼は上機嫌でしたか？」と微笑んで尋ね、上着のポケットから煙草を出して手早く火をつけた。

「ええ」トムは、マーチソンに上等のマルゴーを一本プレゼントしたことを話しはじめたが、地下室という言葉は口に出さなかった。

「彼は油絵を一枚持っていたそうですな。題はたしか『時計』とか」

「ええ。茶色の紙で包んで」

「そう、オルリーで盗まれたらしいんですがね。その絵のことをマーチソン氏は贋作だと思っていたんですか？」

「そういう疑いを持っている、と言ってました――最初はね」

「あなたはマーチソン氏とはどの程度のお知り合いなんです？　いつごろからの？」

トムは説明した。「最初は、あの人が画廊の奥の部屋に入っていくのを見て覚えていたんです。その部屋にダーワットが来ているらしいって噂でした。それで――その晩、ぼくの泊まっていたホテルのバーで、偶然マーチソンさんの姿をまた見かけたので、こっちから声をかけたんですよ。ダーワットがどんな人なのか訊きたいと思ったもんですから」

「なるほど。それから？」

「それから一緒に酒を飲んで、マーチソンさんがぼくに、最近ダーワットの油絵が何点か贋作されているらしい、と話してくれたんです。ぼくは、フランスのぼくの家にもダーワットが二枚あるからもしよかったら見にこないかと誘いました。それでわれわれは水曜日の午後一緒にここへ来て、その晩あの人はうちに泊まったんです」

警部補はまた二、三メモしていた。「あなたはダーワットの個展だけのためにわざわざロンドンまで行かれた？」

「いいえ」トムは少し微笑んで、「ふたつの理由からです。ひとつはおっしゃるとおりダーワットの個展のため。もうひとつは、十一月に家内の誕生日が来るんですが、家内は英国製のもの、カーナビー街のセーターとかパンツとかが好きでしてね。で家内のためにバーリントン・アーケードでプレゼントを買ったんです――」トムは階段のほうに目をやって、二階から例の金製の猿のピンをよっぽどとってこようかと思ったが、思いとどまった。

「結局ダーワットの絵は一枚も買いませんでしたが、じつは『桶』を買おうかとも思ったんです。売約済じゃないのはあれ一枚ぐらいでしたから」

「で、あなたはそのう――自分の持っている絵も贋作かもしれないと考えて、マーチソン氏をここへ招待されたんですか？」

トムはためらった。「好奇心を持っていたことは認めます。でも、ぼくは自分の持っているダーワットを疑ったことは一度もありません。マーチソンさん自身も、ここにある二枚の絵を見てこれは本物だと思うと言ってました」もちろんマーチソンのラベンダー理論を持ち出すつもりはなかった。それにウェブスター警部補のほうも、トムのダーワットにそれほど興味は持っていないらしく、振り向いて後ろにかかっている『赤い椅子』を二、三秒眺め、それから前にある『椅子の男』をちらりと見たにすぎなかった。

「残念ながら私にはあまりよくわからんのですよ、現代絵画というやつは。ところでリプリーさん、ここにお住まいなのはあなた方ご夫婦だけですか？」

「ええ、それと家政婦のマダム・アネットだけです。家内はいまギリシャに行ってるんですよ」

「その家政婦の方にもお会いしたいですな」警部補が相変わらず微笑みながら言った。

トムはマダム・アネットを呼びにキッチンのほうへ行きかけたが、ちょうどそのとき、クリスが二階から下りてきた。「ああクリス、こちらロンドンからいらしたウェブスター警部補だ。うちのお客のクリストファー・グリーンリーフ君です」

「どうぞよろしく」クリスは手を差し出した。ロンドン警視庁の刑事殿に会ってすっかり固くなっているようだ。

「こちらこそ」とウェブスターは愛想よく言って、クリスと握手しようと少し前かがみになった。「グリーンリーフ、ディッキー・グリーンリーフ、たしか彼はあなたのお友達でしたな、リプリーさん？」

「ええ。クリスはディッキーの従弟（いとこ）なんですよ」ウェブスターは最近そのことを調べ上げたんだな、とトムは思った、ぼくに前科があるかどうか記録を丹念に調べたにちがいない。でなきゃ六年も経ってるのにまだディッキーの名前を覚えているはずがあるもんか。「ちょっと失礼してマダム・アネットを呼んできます」

　マダム・アネットは流しの前で何かの皮を剝いていた。トムは、ちょっと来てロンドンからの客に会ってくれないか、と言った。「たぶんその人はフランス語がしゃべれると思うよ」

　そしてトムがリビングルームに戻ったとき、バーナードが階段を下りてきた。トムのズボンを穿き、シャツは着ずにセーターだけ着ている。トムは彼をウェブスターに紹介した。

「タフツ君は画家なんです、ロンドンの」

「ほう」とウェブスターは言った。「ここでマーチソン氏にお会いになりましたか?」

「いいえ」とバーナードは答えて、背のまっすぐな黄色い布張りの椅子に腰かけた。「ここへは昨日来たばかりですから」

　マダム・アネットが入ってきた。

　警部補は立ち上がるとにっこり笑って言った。「はじめまして、マダム」そして明らかなイギリス訛りはあるが、まず完璧なフランス語で続けた、「行方不明中のトーマス・マーチソンさんのことを伺いにきたんです」

「ああ、知ってますとも！　今朝の新聞で読みました」とマダム・アネット。「まだ見つからないんですの?」

「そうなんですよ、マダム」とまたにっこり。まるで何かもっと楽しいことでも話題にしているようだ。「どうやらあなたとムッシュー・リプリーが、彼を見た最後の人らしいんですよ。それともグリーンリーフさん、あなたもそのときここにおられたんでしょうか？」警部補はクリスに英語で訊いた。

クリスはちょっと口ごもったが、彼が嘘を言っていないことは誰の目にも明らかだった。

「ぼくはマーチソンさんには会ってないんです、ええ」

「ムッシュー・マーチソンは木曜日の何時ごろここを出ていかれましたか、マダム・アネット？　覚えておられますか？」

「ええと、たぶん――たしか昼食のすぐあとでした。あの日は少し早めにお食事を用意しましたから。お発ちになったのは午後二時半ごろだったでしょうか」

トムは黙っていた。マダム・アネットの答えは正しかった。

警部補はトムに言った、「彼はパリにいる友人の名前を口にはしなかったでしょうか？　失礼、マダム、フランス語でお話ししてもいいのですが」

しかし会話は英語とフランス語の両方で続けられ、ときにはトムが、ときにはウェブスターがマダム・アネットのために通訳してやった。ウェブスターは、マダム・アネットがなんらかの情報をもっているならそれも聞き出したいと思っていたのだ。

マーチソンはパリの誰のことも言っていなかったし、オルリーでも誰かに会うつもりはなかったと思う、とトムは言った。

「マーチソンさんが消えたことと彼の持っていた絵――このふたつは関連がありそうですな」とウェブスター警部補は言った（トムがマダム・アネットに、マーチソンがここへ持ってきていた絵がオルリーで盗まれたんだ、と説明すると、彼女は嬉しそうに、その絵ならお客様がお発ちの前にスーツケースに立てかけてあったのをホールで見て覚えている、と言った。マダムはきっとちらっと見ただけにちがいない、とトムは思った。だがとにかくこれは幸運だった。さもなければウェブスターは、トムがその絵を破棄してしまったのではないかと疑ったかもしれない）。「ダーワット共同体――いや、私としてはあらゆる理由からこう呼んでもいいと思ってるんですよ――は大きな組織でしてね。画家としてのダーワット個人よりもっと複雑なんです。ダーワットの友人のコンスタントとバンバリーが、それぞれ本職のジャーナリストと写真家のほかに、まあ一種の副業としてバックマスター画廊を経営しているし、そのほかにペルージャにはダーワット美術学校もあります。もしわれわれがそこへ贋作という問題を投げこんだら、そりゃもう大変なことになる！」警部補はバーナードのほうを向いて「あなたはコンスタントさんとバンバリーさんをご存じでしょう、タフツさん？」

トムはまた驚きが全身を走るのを感じた。ウェブスターは徹底的に調べ上げたにちがいない。エド・バンバリーが、ダーワットのもとの友人グループのひとりとして、バーナードの名前を自分の記事のなかに書いたことは一度もなかったのに。

「ええ、知ってます」とバーナードはなんとなくぼんやりした様子で言ったが、少なくともまだ取り乱してはいなかった。

「ロンドンでダーワットとお話しになったんですか？」とトムは警部補に訊いた。

「見つからんのですよ、ダーワットは！」ウェブスター警部補は、今度はもう本当ににっこりして言った。「といっても私がとくに彼を捜したというわけじゃあないんで——マーチソンさんの消えたあとで、私の部下のひとりが捜したんですがね。それにもっと不思議なのは——」ここでマダム・アネットにもわかるようにフランス語にきりかえて、「ダーワットが、メキシコからも、またほかのどの国からも最近イギリスに入国したという記録がまったく残っておらんのですよ。彼がイギリスに到着したと推定される何日間かだけではなく、過去何年間かさかのぼって調べてみてもね。事実、出入国管理局の記録には、フィリップ・ダーワットは六年前にギリシャに向けて出国したとあるのが最後で、それ以来帰国したという記録は全然ありません。おそらくあなた方もご存じでしょうが、ダーワットはギリシャのどこかで溺死（できし）したか、自殺したと思われていたんですよ」

バーナードは両腕を膝の上に置いて、座ったまま身をのり出した。彼はこの挑戦を受けて立とうとしているのか、それともすべてを告白する気なのだろうか？

「ええ。それは聞いています」トムはマダム・アネットに「いま話してるのは画家のダーワットのことなんだ——ギリシャで自殺したと思われていた人だよ」

「そうなんですよ、マダム」とウェブスターは丁寧に言った、「しばらくこちらだけで話すのをお許しください。何か重要なことがあればフランス語でお話ししますから」そしてトムに、「つまりダーワットは、怪盗紅はこべか幽霊のようにしてイギリスに入国し、おそらく出国さえした、ということになりますな」と言ってクスクス笑った。「ところでタフツさん、あなたは昔ダーワットをご存じだったそうだが、今度もロンドンで会われましたか?」

「いいえ、会っていません」

「しかしあなたは彼の個展に行かれたんでしょう?」ウェブスターの微笑はバーナードの憂鬱と気違いじみた対照をなしていた。

「いいえ。もっとあとで行くかもしれませんが」とバーナードは重々しく言った。「ぼくは――ダーワットのこととなると取り乱してしまうんです」

ウェブスターはバーナードを新しい目で眺めたようだった。「ほう、なぜです?」

「ぼくは――彼がとても好きなんです。彼が宣伝嫌いだってことも知っています。ですからぼくは――この大騒ぎが全部終わってから、彼がメキシコへ発つ直前に会いにいこうと思ってるんです」

ウェブスターは声をたてて笑い、太腿を叩いた。「じゃあもし彼を見つけたらわれわれに教えてください。われわれは、贋作事件かもしれぬこの問題について彼と話し合いたいんですよ。バンバリーさんとコンスタントさんのふたりとはもう話しました。あのふたりは『時計』のことを、あれは本物だと言ってましたがね、こういう言い方を許していただければ、それは彼らの言いそうなことですよ」警部補はトムのほうをちらりと見て微笑みながらつけ加えた、「あの絵は彼らが売ったものなんですからな。またあのふたりは、ダーワットもあれを自分の作品だとはっきり認めた、とも言っていました。しかしなにしろいまのところは――ダーワットもマーチソンさんもまだ見つかってないので――この問題に関してはバンバリーさんとコンスタントさんの言い分しか聞けないわけです。もしもダーワットが『時計』を自作だと認めなかったのだとしたら、あるいはなんらかの疑いを持っていたのだとしたら、これは非常に面白くなるんですがね――いやあどうも、たとえ空想だけにせよ、こりゃ行き過ぎでしたな、私は推理小説を書いてるんじゃなかったんだ！」ウェブスターはいかにも愉快そうに大笑いした。口の両端が上にあがって陽気な表情になり、ソファの上で腹をかかえて笑っている。いくらか汚れている大きな前歯にもかかわらず、彼の笑いは人の笑いを誘うような、なかなか魅力的なものだった。

トムには、ウェブスターの言わんとしていることがよくわかった。バックマスター画廊の連中がなんらかの方法で、ダーワットを黙らせるか誘拐するという手を打ったのかもしれない、そしてマーチソンも黙らせてしまったのかもしれない、と警部補は言いたかったのだ。そこでトムは言った、「しかしマーチソンさんはダーワットと交わした会話の内容をぼくに話してくれたんですよ。ダーワットはたしかにあれを自作だと認めたんだそうです。でもマーチソンさんは心配していました、ダーワットは、自分があの絵を描いたことを、いや、描かなかったことをと言うべきかな、とにかくそれを忘れてしまったんじゃないか、って。いくらダーワットでも忘れたりはしないとぼくは思いますがね」今度はトムが笑った。

　ウェブスター警部補はトムを見てまばたきしただけで黙っていた。それはトムには礼儀正しい沈黙と感じられた。つまりこう言っているのと同じだ、「あなたのお話はたしかに承(うけたまわ)りましたよ。だがあまり価値のある話じゃなさそうですな」と。ウェブスターはやっと口を開いて、「誰かがなんらかの理由で、トーマス・マーチソンを消さねばならぬと考えたんじゃないか、私はかなり確信をもってそう思っているんですよ。だってほかに思いようがないでしょう？」彼はそれを丁寧にマダム・アネットに翻訳して聞かせた。

　マダム・アネットは「まあ！(ティアン)」と叫んだ。トムは彼女のほうをちらりとも見なかったが、それでも彼女の恐怖のおののきを感じることができた。

　トムがジェフとエドを知っていることをウェブスターが感づいていないらしいので、トムは嬉しかった。だが、ウェブスターがぼくにあのふたりを知っているかと訊かないのはおかしいな。それともジェフとエドが、トム・リプリーならこの画廊から絵を二枚買っていったのでほんの少しだが知っている、とでも警部補に話したのだろうか？「マダム・アネット、そろそろコーヒーの仕度をしてくれないか。コーヒーはいかがですか、警部補さん。それとも酒のほうがいいでしょうか？」

「さっきお宅のバーにデュボネがあるのを見たんですが、もしご迷惑じゃなかったら、氷とレモンの皮を入れてあれをいただきたいものですな」

　トムはマダム・アネットにそれを伝えた。

コーヒーは誰もほしがらなかった。フランス窓のそばの椅子の背にもたれて座っていたクリスは、何もいらないと言った。彼はこの場のなりゆきにすっかり心を奪われていたのだ。

「マーチソンさんが自分の持っている絵を贋作だと思った理由は、正確にいうとなんなんですか?」とウェブスターが訊いた。

トムは考え深げにため息をついた。その質問はトムに向けられたものだった。「彼はあの絵の魂のことを言ってましたね。それからたしか筆の運びについても」

「ぼくは確信してるんですが」とバーナードが言った、「もし自分の作品の贋作があったらダーワットはどんなものでも黙認したりはしないはずです。それだけは絶対に確かです。もし彼が『時計』を贋作だと思ったとしたら、誰よりも先にまず彼自身がそう言い出すことでしょう。もしあれが贋作だったら、ダーワットはまっすぐ——たとえば——警察かどこかへ行ったと思います」

「でなければバックマスター画廊の連中のところへね」と警部補が言った。

「ええ」とバーナードはきっぱり言うと、ふいに立ち上がって、「ちょっと失礼します」と階段のほうへ行ってしまった。

マダム・アネットが警部補にワインを持ってきた。

バーナードは、かなり擦り切れた分厚い茶色のノートを持って二階から戻ってきた。そしてリビングを横切りながらそれを開いて何かを探していたが、「もしダーワットのことについて少しでも知りたいとお思いでしたら——ここに、彼の日記の一部をぼくがコピーしておいたものがあるんです。その日記は、彼がギリシャへ発つとき、スーツケースに入れてロンドンに残していったので、しばらくぼくが借りて読ませてもらったんです。おもに絵のことや、毎日の生活の危機のことが書いてあるんですが、でもここにひとつ手がかりがある——ああ、これです。七年前のものですが、これが本当のダーワットなんです。読んでみましょうか？」

「ええ、どうぞ」とウェブスターが言った。

　バーナードは読みはじめた。「『芸術家にとって最大の憂鬱（デプレッション）、それは自己（セルフ）への回帰によって引き起こされる』彼は、この自己（セルフ）という言葉を大文字で綴（つづ）っています。『自己（セルフ）、それは、はにかみ屋で、虚栄心が強く、利己的で自意識過剰の拡大鏡だ。人はけっしてそれを直視したり、それを通してものを見るべきではない。だがわれわれはときどきちらりと自己（セルフ）を見てしまう。制作の真っ最中、このときが一番恐ろしい、それから制作の合間にも、また休暇中にも——けっして見るべきでないのに見てしまうのだ』」バーナードは少し声をたてて笑った。「『こうした憂鬱（デプレッション）は惨（みじ）めさのなかに含まれているだけではない、そのほかにも、〈これはいったいどういうわけなのだ？〉というようなむなしい問いかけのなかに、また、〈ぼくはなんと駄目になってしまったんだろう！〉という叫びのなかにも含まれているのだ。さらにまた、もっと惨めな発見、ぼくがもっと前に気づくべきだった発見のなかにも憂鬱（デプレッション）はある。ぼくがまさに彼らを必要とするときには、ぼくを愛してくれるはずだった人たち、その人たちにぼくはもう頼ることさえできない、という悲しい発見だ。人は、自分の仕事がうまくいっているときには、友人を必要とはしない。ぼくは、この弱りきった瞬間のぼくを、他人に見せてはならぬのだ。そんなことをしようものなら、いつの日か、ぼく自身がその報いを受けるだろう、受けるかもしれない。ちょうど、今夜燃やしてしまうべきだった松葉杖を燃やさなかったために、あとになってからその杖で叩きのめされるように。暗い夜の記憶は、ぼく自身のなかだけに留めておこう』次の節」と、バーナードはおごそかに言った。「『最高の結婚をしている夫婦だけが、本当におたがいこういう報復の恐怖なしに、なんでも話し合うことができるのだろうか？ この世の親切とか寛容とかは、いったいどこへ行ってしまったのだろう？ ぼくのためにモデルになってくれる子供たち、なんの批判もない無邪気な目を大きく見開いてぼくを凝視め、ぼくを眺めている子供たち、その顔のなかに、ぼくはより多くのものを見つけるのだ。では友人たちはどうだろう？ 死という敵と格闘している瞬間、潜在的な自殺の念が、友人たちを求める。ひとり、またひとり、みな留守だ、電話にも出ない、もし出ても、今夜は忙しいと言う――どうしてもはずせない重要な用事がある、と――人間にはプライドがある、だからぼくは、泣きくずれて〈きみにぜひ今夜会いたいんだ、でなければひどいことになってしまう！〉と言うことはできない。人と接触を持とうとする最後の努力。なんと憐れな、なんと人間的な、なんと高貴な努力だろう――なぜなら、コミュニケーションこそ、この世でもっとも神聖なものだからだ。自殺というやつは、おのれが魔法の力を持っていることをよく承知しているのだ』」バーナードはノートを閉じた。「もちろん、これを書いたとき、彼はまだ若かったんです。まだ三十前でした」

「非常に感動的だ」と警部補が言った。「それを書いたのは何年前だと言われましたっけ？」

「七年前の十一月です」とバーナードは答えた。「彼は、十一月にもロンドンで自殺しようとしたんです。それから回復したときにこれを書いたんですよ。そのときは――わりに回復が早かった。睡眠薬でしたから」

トムは不安を感じながら聴きいっていた。ダーワットの自殺未遂のことはいままで全然知らなかったのだ。

「この日記はひどく感傷的だとお思いかもしれませんが」とバーナードは警部補に言った。「彼は人に読ませるつもりで書いたんじゃないんです。ほかの部分はバックマスター画廊にあるはずです。ダーワットが返してくれと言って持っていってしまわない限りは」バーナードはどもり出し、なんとなく落ち着かなく見えた。おそらく嘘をつこうとして気を配っていたからだろう。

「では彼は自殺するタイプなんですな？」とウェブスターが訊いた。

「とんでもない！　ただ起伏があるだけです。まったく正常（ノーマル）ですよ。つまり画家としては正常（ノーマル）だということです。これを書いたころの彼は破産状態でした。苦心して壁画を仕上げたのにその仕事がだめになってしまったんです。そのなかにヌードがあるという理由で相手が契約を破棄してしまったんでね。たしかどこかの郵便局の仕事でしたが」バーナードは、いまとなってはそんなことはたいして重要ではないというように、笑った。

そして奇妙なことに、今度は警部補のほうが、深刻な考え深げな顔になった。

「ぼくがこれを読んだのは、ダーワットが正直な人間だということを皆さんに見せたかったからです」バーナードは気おくれした様子もなく続けた。「不正直な人間にはこれは書けません——これだけじゃない、絵について、人生についてこのなかに書いてあるどんなことでも、絶対に書けませんよ！」バーナードは手の甲でノートを叩いた。「ぼくも彼がぼくを必要としたときに会ってやらなかったひとりでした。彼がこんなひどい状態だったとは、ぼくは全然知らなかったんです。ぼくたちはみんな知りませんでした。彼は金にも困っていたんですが、やはりプライドからそれを言い出せなかったんです。こういう人間が、盗んだり、贋作したり——いや、贋作を許したりするはずがありません」

トムは、警部補がこの場にふさわしい厳粛な態度で「よくわかります」と言うだろうと思った。だが警部補はただ足を広げて座ったまま、太腿の上に片手を置いて、相変わらず考えこんでいるだけだった。

「すばらしいと思うな——さっきの文章」とクリスが長い沈黙のなかでポツリと言った。そのあと誰も何も言わないのでクリスはうつむいたが、すぐにまた、自分の意見を擁護する用意はできてるぞと言わんばかりに頭をしゃんと上げた。

「それ以後に書いたものは何かありますか？」とウェブスターが訊いた。「さっきのにも非常に興味を感じましたが、しかし——」

「ひとつふたつあります」とバーナードはノートのページをめくりながら言った。「でもこれも六年前のものです。たとえば『永遠に目標に到達せぬこと、これのみが創造という行為から恐怖をとり除く唯一のものである』ダーワットはいつも——自分の才能を尊重してました。うまく言い表せないんですが」

「わかりますよ」とウェブスターが言った。

トムはすぐに、バーナードの激しい、ほとんど個人的な失望を感じとった。トムは、アーチ型の戸口とソファとの中間に慎ましく立っているマダム・アネットのほうをちらりと見た。

「あなたは今度ロンドンでダーワットと電話ででも話しましたか?」

「いいえ」とバーナード。

「では、ダーワットのロンドン滞在中にバンバリーさんやコンスタントさんと話したことは?」

「ありません。ぼくはあのふたりにはめったに会わないんです」

誰もバーナードを疑うことはできないだろうな、とトムは思った。バーナードは誠実そのものに見えた。

「しかしあなたは彼らとは仲がいいんでしょう?」ウェブスターは、頭をしゃんと立てて訊いた。こんな質問をするのを申し訳ながっているようだった。「あのふたりとは何年も前、ダーワットがロンドンに住んでいたころからのお知り合いだと聞いていますが」

「ええ、もちろんです。でもぼくはロンドンではあまり外出しませんから」

「ひょっとしてこういうことはご存じないでしょうか」ウェブスターはバーナードに向かって相変わらずのやさしい声で続けた。「ダーワットの友人のなかに、ヘリコプターとかボートとかを持っていて、それで彼をちょうどシャム猫かパキスタン人のように、イギリスにこっそり連れてきたり、連れ出したりすることのできる人がいるかどうか？」

「知りませんね。そんな友人のことは全然知りません」

「ではもうひとつ、あなたはダーワットが生きていると知ったとき、もちろんメキシコへ手紙を出されたんでしょうな？」

「いいえ、出しませんでした」バーナードがごくりと唾（つば）をのみこむと、彼のかなり大きな喉仏（のどぼとけ）はなんとなく困っているように見えた。「さっきも言ったように、ぼくはバックマスター画廊のジェフやエドとはあまり交渉がないし、それに彼らもダーワットの住所を知らないってことがわかってますから。絵はベラクルスから船で送られてくるんです。もしダーワットがぼくに手紙を書きたければ向こうから書いてくるだろう、とぼくは思いました。でも向こうから来ないのでこっちからも出そうとはしなかったんです。ぼくの感じたのは――」

「ええ？　あなたの感じたのは？」

「ぼくは、ダーワットはもうすっかり立ち直ってるな、と感じました。精神的にです。たぶんギリシャでか、ギリシャに行く前に立ち直ったんでしょう。そのために彼はすっかり変わってしまって、昔の友達に敵意さえ持つようになったのではないか、ぼくはそう思いました。ですから、もし彼がぼくに連絡したくないいんなら――それは彼の生き方であり人生観ですから」

トムはバーナードのために泣いてやりたいほどだった。彼は痛ましくもベストをつくしている。俳優でもないのに舞台の上で演技しようと努力しながら、その瞬間瞬間を心から憎んでいる人のように惨めだ。ウェブスター警部補はトムをちらりと見て、それからバーナードを見た。「おかしいですな――するとあなたはダーワットがそんな――」

「ダーワットはもう実際うんざりしたんだ、とぼくは思います」とバーナードは警部補の言葉をさえぎって言った。「人間というものにうんざりしてメキシコに行ったんだ、と。ですから、もし彼が隠遁（いんとん）生活を望んでいるのなら、ぼくはあえてそれを破ろうとはしなかった。メキシコに行こうと思えば行くこともできたし、彼が見つかるまで一生かけて捜しまわることもできたんですが」

トムは自分がいま聞いた言葉をほとんど信じそうになった。信じなければいけない、と自分に言いきかせた。そして彼は信じはじめた。トムはウェブスターにデュボネのお代わりをつぎにバーのほうへ行った。

「なるほど。そしていまも――ダーワットがメキシコへまた発とうとしているか、おそらくはもう発ってしまったいまも、あなたはどこへ手紙を出せばいいか知らないんですな？」

「もちろん知りません。ぼくが知っているのはただ、彼が絵を描きつづけていること、そしてたぶん幸せだろうということだけです」

「バックマスター画廊の人たちはどうです？　あの人たちもダーワットがどこにいるか知ろうとはしないんですか？」

バーナードはまた首を振って「ぼくの知ってる限りではしないでしょう」

「ダーワットが稼いだ金はどこへ送るんです？」

「さあ、たぶん――メキシコ・シティの銀行に送るとそこからダーワットに転送してくれるんでしょう」

よどみのない答えだ、ありがたい、とトムは、前かがみになってデュボネをつぎながら思った。彼はグラスに氷を入れる余裕を残して、バーから氷の容器をとって一緒に持っていった。「警部補さん、ゆっくりなさって昼食をご一緒にいかがですか？　家政婦には、あなたがきっとお昼までいらっしゃるだろうと言ってあるんですよ」

マダム・アネットはいつの間にか席をはずしてキッチンへさがっていた。

「いやいや、ありがたいんですが」ウェブスター警部補は微笑んで言った。「じつはムランの警察の連中と食事する約束でしてね。それが彼らとのんびり話せる唯一のチャンスなんですよ。非常にフランス的でしょう？　ムランには一時半に行く約束なんです。ですからもうそろそろタクシーを呼ばないと」

トムは電話でムランのタクシー会社に車を頼んだ。

「それまでお宅のお庭を拝見させていただきたいんですが」と警部補は言った。「あまり美しいので！」

これは気分を変えるためだったのかもしれない。たとえば、退屈なお茶の時間の世間話から逃げる手段として、庭の薔薇(ばら)を見たいと頼むように。だがトムにはそうは思えなかった。

クリスはイギリスの警察が来たということで夢中になっているからきっとついてくるだろう。だがトムは彼を目で制止して、警部補だけを連れて外へ出た。ふたりは、つい昨日、トムが雨でびしょ濡れになったバーナードを追いかけて危うく落ちそうになった石段を下りた。太陽は冷たく輝き、草はもうほとんど乾いている。警部補は両手をだぶだぶのズボンのポケットに突っこんだ。この警部補はまだはっきりとはぼくを疑っていないのかもしれない、とトムは思った。だが彼は自分が完全にシロだとは思われていないことを感じとっていた。『私は国家に対して多少の悪事を働いた、それは当局も承知のはずだ』――オセロの台詞(せりふ)のもじりだ――こんなときにシェークスピアが頭に浮かぶなんて不思議なことだ。

「リンゴの木。桃。こういうところで暮らしたらさぞすばらしいでしょうな。何かご職業をお持ちなんですか、リプリーさん？」

この質問は入国管理局の調査官のように鋭かった。しかしトムは今ではもうこういう質問には慣れっこになっていた。「庭仕事をしたり、絵を描いたり、好きな本を読んだりして暮らしています。毎日とか毎週とかパリへ出かけていかなきゃいけないような職業は持っていません。パリへもめったに行かないんですよ」トムは芝生を傷つけている石を拾い上げて、木の幹を狙って投げた。石はバシッと音をたてて木に当たり、トムは昨日くじいた足首に痛みを感じた。

「森もありますな。お宅の森ですか？」

「いいえ。ぼくの知ってる限りでは公有林です。それとも国有林かな。ぼくもときどきあそこへ行って落ちている木の枝を少しばかり薪(たきぎ)用に拾ってくるんですよ。少し散歩してみますか？」トムは小道を指さして言った。

ウェブスターは五、六歩あるいて小道に入りかけたが、道をずっと眺めてから引き返した。「せっかくですがいまはやめておきましょう。そろそろタクシーの来る時間でしょうからな」

ふたりが家に戻るとタクシーはもう玄関のところで待っていた。

トムは警部補に別れの挨拶をした。クリスもそれにならった。トムは「うんと召し上がっていらっしゃい(ボナペッテイ)」と警部補に言った。

「ああおもしろかった！」とクリス。「ほんとに！　刑事さんに森のなかの墓を見せたんですか？　覗(のぞ)いちゃ失礼だと思って、ぼく、窓から外を見ていなかったんです」

トムは微笑んだ。「いいや」

「ぼくはあの墓のことを口に出しかけたんだけど、そんなことを言い出すのは馬鹿だと思ってやめたんです。だって間違った手がかりを与えることになりますものね」クリスは笑った。彼は歯までディッキーに似ていた。とがった犬歯とほかの歯が口のなかにきっちりと並んでいる。「あの刑事さんがマーチソンを捜してあの墓を掘りくりかえしてるところを想像したら！」とクリスはまた吹き出した。

トムも笑った。「ああ、でもマーチソンはぼくがオルリーで車から降ろしたのに、ここまで戻ってくるはずないじゃないか？」

「誰が殺したんでしょうね？」とクリス。

「ぼくは、死んでるとは思わない」とトムは言った。

「じゃ誘拐されたのかな？」

「さあね。そうかもしれない。あの絵ごとね。とにかくさっぱりわからんよ。バーナードはどこだい？」

「二階へ行きましたよ」

トムはバーナードに会いに二階へ行った。バーナードの部屋のドアは閉まっている。ノックするともぐもぐ言う答えがあった。

バーナードは両手をかたく握り合わせてベッドの縁に腰かけていた。見るからに打ちのめされ、疲れきった様子だ。

トムはできるだけ陽気に、あえて元気よく言った。「うまくいったよ、バーナード、上出来（トゥー・ヴァ・ビアン）だったぜ」

「失敗だ」とバーナードは惨めな目をして言った。

「何を言ってるんだ？　きみはすばらしかったよ」

「ぼくはしくじったんだ。だから刑事はダーワットのことをあんなに根ほり葉ほり質問したんだ。メキシコでどうやって彼を見つけるのか、とか。ダーワットもぼくもしくじってしまったんだ」

14

その日の昼食は、トムがいままでに経験した食事のなかでまず最悪の部に属するもの、たとえば、エロイーズがもうトムと結婚してしまったと両親に打ち明けた直後に、彼らと一緒にとった昼食に匹敵するほど耐え難いものだった。バーナードは救いようのない憂鬱にとりつかれているな、とトムは思った。ちょうどわれながらひどい出来だと思う舞台をすませたばかりの俳優のように、どんな慰めの言葉も役に立たない状態らしい。バーナードはすべてを出しつくした演技者の疲労感——それはトム自身も覚えがあった——に苦しんでいるのだ。

「じつはゆうべ」とクリスが、ワインとちゃんぽんに飲んでいた牛乳をやっと飲み終わって言った、「森の小道からバックで出てくる車を見たんです。一時ごろだったかな。べつに重要なことだとは思わないけど。でもその車はまるで人に見られたくないように最小限のライトでバックしてたんですよ」

　トムは言った、「きっと――恋人たちだよ」彼は、バーナードがこれになんらかの――どんな？――反応を示すのではないかと恐れたが、バーナードには聞こえなかったかもしれない。

　バーナードは、失礼すると言って立ち上がった。

「うう、あの人やっぱり普通じゃないな」とクリスは、バーナードがこっちの声の届かぬぐらいまで離れるのを待って言った。「ぼくはすぐお暇(いとま)します。長居してご迷惑じゃなかったでしょうね」

　トムは午後の列車を調べようとしたが、クリスはべつのことを考えていた。パリまでヒッチハイクで行くというのだ。彼と議論しても始まらない。そのほうがスリルがあると思い込んでいるのだから。もしそれがだめでも五時近くの列車が一本あることをトムは知っていた。クリスは二階からスーツケースを持って下りてくると、マダム・アネットにさよならを言いにキッチンへ入っていった。

　やがてトムとクリスはガレージへ行った。

「どうぞバーナードにもぼくからよろしくと言っといてください。あの人の部屋のドアが閉まってたから、きっと邪魔されたくないんだろうと思って何も言わずにきたんですけど、でも黙って帰ってしまって礼儀知らずだと思われたくないので」

　トムは、バーナードにはちゃんと伝えておくと言ってクリスを安心させてから、アルファロメオに乗った。

「どこで降ろしてくださってもいいんですよ、ほんとに」とクリスは言った。

トムはフォンテーヌブローが一番いいと思った。ハイウェーの記念碑のそばがいい。クリスが何者かは一見してわかる——休暇を楽しんでいる背の高いアメリカ青年、金持ちでもなければ貧乏でもない——これならパリまで乗せてくれる車がすぐ見つかるだろう。

「二、三日してからお電話してもいいですか?」とクリスが訊いた。「ぼく今度の事件にすごく興味があるんです。もちろん新聞もよく見ることにしますけど」

「ああ」とトムは言った。「こっちからかけるよ。セーヌ街のホテル・ルイジアナだったね?」

「ええ。フランスの家のなかを見せていただいてほんとにぼく——どんなにすばらしいことだったか口では言えないほどです」

現にちゃんと言ってるじゃないか。それよりむしろそんなことを言う必要ないのに、とトムは思った。帰り道はいつもよりスピードを出して飛ばした。ぼくはいま何かをとても心配している。だが実際のところ何を心配しているのか正確には自分でもわからない。彼はいまやジェフやエドと連絡が断たれたように感じていたが、無理に連絡をとろうとするのは彼にとってもジェフたちにとっても賢明なことではなさそうだ。まずこの際バーナードを説得してずっとこっちに滞在させるのが一番だな、とトムは思った。うまくいくかどうか。だがバーナードをいまロンドンへ帰したら、またダーワットの個展と直面させることになる。通りにはポスターが貼ってあるし、いまでは自分たちもビクビクして平静を欠いているジェフやエドにもたぶん会うことになるだろうし。トムは車をガレージに入れると、まっすぐバーナードの部屋へ上がっていってドアをノックした。

返事はない。

トムはドアを開けた。ベッドは、その朝バーナードが腰かけていたときのままで、彼が座っていた場所のベッドカバーがかすかに窪んでいるのが目に入った。だがバーナードの持ちものはすべて消えている。ダッフルバッグも、トムがクローゼットにかけておいた、まだアイロンもかけてないスーツも。トムは急いで自分の部屋に行ってみた。そこにもバーナードはいない。それにどこにも書き置きひとつなかった。トムは、ちょうど彼の部屋で電気掃除機をかけていた掃除婦のマダム・クルソーに、「ボンジュール、マダム」と言って部屋を出た。

トムは階下に行った。「マダム・アネット！」

マダム・アネットはキッチンではなく、自分の部屋にいた。トムはノックして、彼女の返事を聞いてからドアを開けた。マダム・アネットは藤色の手編みの上掛けをかけてベッドに横になり、「マリ・クレール」を読んでいた。

「ああ起きなくていいよ、マダム！」とトムは言った、「ムッシュー・バーナードがどこにいるか訊きたいだけだから」

「お部屋にいらっしゃらないんですか？　じゃ、たぶんお散歩でしょう」

トムは、バーナードが持ちものを全部持ってこの家を出たらしい、ということは彼女に言いたくなかった。「マダムには何か言ってなかったかい？」

「いいえ、何も」

「じゃあ――」と無理に微笑(ほほえ)んで「それはもう心配しないことにしよう。どこからか電話はなかったかね？」

「ございませんでした。今夜のお夕食は何人分用意いたしましょう？」

「ふたり分でいい。すまないね、マダム・アネット」トムはバーナードが戻ってくるかもしれないと思ってそう言うと、部屋を出てドアを閉めた。やれやれ、とトムは思った、ゲーテの優しい詩の世界へでも飛びこむか。『別離(デア・アブシート)』か、その類(たぐ)いの詩。ドイツ的な堅実さ、ゲーテのような自己の優越への信念、それに――天才的才能、いまのぼくにはそれが必要なんだ。トムは書棚から本を――『ゲーテ詩集(ゲディヒテ)』を――引っぱり出した。運命かそれとも無意識がそうさせたのか、本を開くとそこに『別離(デア・アブシート)』があった。トムはこの詩をほとんど暗記していたのだが、自分のドイツ語のアクセントが完全でないことを恐れて、まだ誰にも暗誦(あんしょう)して聞かせたことはなかった。

Lass mein Aug' den Abschied sagen,
Den mein Mund nicht nehmen kann!
口では言えないさよならを

わたしの眼に語らせよう
Schwer, wie schwer ist er zu tragen !
Und ich bin――
耐えるのはなんと辛(つら)いこと
わたしは……

ふいに車のドアの閉まる音が聞こえてトムはぎょっとした。誰かが来たのだ。バーナードがタクシーで戻ってきたんだな、とトムは思った。

だが、それはエロイーズだった。

彼女は頭に何もかぶらずに、長いブロンドの髪を風になびかせて立ち、小さなバッグのなかをさぐっていた。

トムは玄関のドアに駆け寄ってパッと開けた。「エロイーズ!」

「ああ、トム!」

ふたりは抱き合った。ああ、トム! ああ、トム! トムはこの月並みな名前にはもう慣れっこになっていて普段はなんとも思わないが、エロイーズの口から出ると、われながらいい名前だと思うのだった。

「すごい日焼けだね!」とトムは英語で言った。だがそれはすてきに日に焼けたという意味で言ったのだ。「よし、運転手はぼくが追っぱらってやるよ。いくらだい?」

「百四十フランだって」

「ちきしょう。オルリーからたったここまでなのにこいつ——」トムは言いかけていた言葉をぐっと抑えた。英語なので運転手にはわからないとは思ったのだが。そして金を払った。運転手は荷物運びも手伝わなかった。

トムは荷物を全部持って家に入った。

「ああ、やっぱり家っていいわね！」エロイーズは両腕を広げてそう言うと、タペストリー織風の大きなギリシャ製のバッグを、黄色いソファの上に放り出した。彼女は茶色の革のサンダルを履き、ピンクのベルボトムのパンタロンにアメリカ海軍のピージャケットを着ている。どこで、どうやってピージャケットなんか手に入れたんだろう？

「うちは異常なしだよ。マダム・アネットはいま部屋で休んでる」トムはフランス語で言った。

「せっかくの休暇なのにひどいったらありゃしない！」エロイーズは荒っぽくソファに腰をおろして煙草に火をつけた。彼女が落ち着くまでしばらくかかるだろう。そこでトムは彼女のスーツケースを二階へ運びはじめた。だがそのひとつを見てエロイーズが、それには階下に置いとくものが入っていると金切り声で叫んだので、トムはそれだけ残してほかの荷物を取り上げた。「あなたったら、そんなにアメリカ的に甲斐甲斐しくしなきゃならないの？」

じゃその代わりにどうしろって言うんだ？　彼女が落ち着くまでじっと待ってろとでも

いうのか？「ああ」彼は荷物をエロイーズの部屋に運んだ。

トムが下りてくると、マダム・アネットがリビングに来ていて、エロイーズとギリシャのことや、ヨットのこと、その土地の家（そこは小さな漁村らしかった）のことなどを話していた。だがマーチソンの話はまだ出ていないらしい。マダム・アネットはエロイーズが大好きだった。彼女は人にかしずくのが好きだし、エロイーズはかしずかれるのが好きなのだ。エロイーズはいまは何もほしくないと言ったが、マダム・アネットが頑としてきかないのでお茶だけもらうことをやっと承知した。

それからエロイーズはトムに、あのゼッポという大馬鹿者のヨット〈ギリシャの王女〉号で過ごした休日の話をして聞かせた。ゼッポという名前を聞くとトムはマルクス兄弟を思い出してしまう。毛むくじゃらの野獣みたいなそいつの写真をトムも見たことがあった。察するところ、ゼッポのうぬぼれたるや、ギリシャの大海運業者たちのそれに優るとも劣らぬらしい。だが実際は、たかだかちっぽけな不動産業者のせがれにすぎないのだ。ゼッポの父親は同国人からしこたま金を搾取している商売人だが、自分自身もギリシャの軍閥政府にさんざん搾取されたのだそうだ。それでも、ゼッポとエロイーズの話によれば、まだまだ金はあり余っていて、おかげで息子はヨットであちこち航海してまわり、魚にキャビアを投げ与えたり、ヨットのプールをシャンパンで満たして、あとでそれを温めてそのなかで泳ぐというようなことをやらかしていられるのだ。「ゼッポはシャンパンをわざわざ隠しといて、あとでプールに入れるのよ」とエロイーズは説明した。

「で、ゼッポは誰と寝るんだい？　まさかアメリカ大統領夫人とじゃないだろうね？」

「誰とでもよ」とエロイーズは英語で不愉快そうに言うと、煙をぷうっと吐き出した。

それがエロイーズじゃないことはトムには確信があった。エロイーズはときどき——それほどしょっちゅうではないにせよ——トムをハラハラさせることがある。でも結婚後は一度も夫以外の男と寝たりしていないことをトムは信じていた。ありがたい、あんなゴリラと一緒に寝られてたまるものか。エロイーズは絶対にそんな真似はしないだろう。ゼッポの女性に対する態度は聞くだけで胸がむかつく。だがトムに言わせれば——もっとも彼はけっしてそれを女性に向かって言ったりはしなかったが——もし女のほうでも最初からダイヤの指輪や南仏の別荘めあてでそれを許したんだったら、あとになってガタガタ騒ぎたてるほうがおかしいというものだ。エロイーズの苛立ちのおもな原因は、ヨットに乗っていたある男がエロイーズに色目をつかったので、ノリータという女が嫉妬したとかいうことらしかった。ゴシップ欄にあるようなこのくだらないたわごとをトムはほとんど聞いていなかった。エロイーズの留守中に起こったことを、彼女が取り乱さないようにどうやってうまく話そうか、とそればかり考えていたからだ。

同時にまた、バーナードの痩せた姿がいまにも玄関に現れるのではないかと半ば期待し、リビングのなかを行ったり来たりしてゆっくりと歩きながら、向きを変えるたびに玄関のほうをチラチラと見ていた。「ぼくはロンドンへ行ってきたよ」

「ほんと？　どうだった？」

「きみにお土産がある」トムは階段を駆け上がり——足首はもうだいぶよくなっていた——カーナビー街で買ったパンツを持って戻ってきた。エロイーズはさっそく食堂でそれを穿いてみた。ぴったりだ。

「気に入ったわ！」とエロイーズは言って、トムを抱きしめ、頬にひとつキスをした。

「ロンドンからトーマス・マーチソンという人を連れて帰ってきたんだ」とトムは言い、その後のなりゆきを彼女に話しはじめた。

エロイーズは、マーチソンの行方不明のニュースはまだ全然知らなかった。トムは、マーチソンの『時計』に対する疑いを説明した。そしてさらに、自分はダーワットの絵に贋作はないと確信している、だから、警察同様、自分にもマーチソンの蒸発の理由は見当もつかない、とつけ加えた。エロイーズは、例の贋作組織のことも、トムがダーワット商会からどれだけの収入を得ているのかもまったく知らなかったが、じつはトムの収入は、年間約一万二千ドルで、これはディッキー・グリーンリーフの遺した株からあがる収入にほぼ等しかった。エロイーズは金は大好きだが、その出所にはとくに興味を示さない。彼女は自分たち夫婦の生活費が、トムの金だけではなく、自分の実家から来る金でもまかなわれているのを知ってはいた。だが彼女はけっしてそれをトムにひけらかさなかったし、トムも、彼女がそういうことにはまったく無頓着なのを知っていて、そこがまた大いに気に入っているのだった。エロイーズにはこう話してあった。何年も前、つまり彼が彼女に会う以前にダーワット商会の創立に力を貸してやったので、向こうがどうしても利益のいくぶんかを受け取ってくれといってきかないのだ、と。トムのダーワット商会からの収入は、ダーワット商標の画材の販売元であるニューヨークの会社が取り扱っていた。トムはその一部をニューヨークで投資し、残りをフランスに送ってもらってフランに替えていたのだ。ダーワット画材の会社は（社長もたまたまギリシャ人だったが）ダーワットが存在していないこと、いまの作品は贋作であることにうすうす気づいているらしかった。

トムは続けた、「もうひとつ話があるんだ。バーナード・タフツ――きみはまだ会ったことがないと思うけど――その男が訪ねてきて二、三日ここに泊まってるんだ、いまは散歩に出かけてるらしい――荷物をみんな持ってね。また戻ってくるのかどうかはぼくにはわからないんだが」

「バーナード・タフツ？　イギリスの人？」

「ああ。ぼくもあまり深くは知らないんだ。友達の友達で、絵描きなんだけどね、いまガールフレンドのことでちょっとがっくりきている。ひょっとするとパリへ行ってしまったのかもしれない。でもまた帰ってくるかもしれないから、いちおうきみに話しとかなきゃと思って」トムは笑った。こうやって話しているうちにますます、バーナードはもう戻ってこないだろうという気がしてきた。タクシーを拾ってオルリーへ行き、次の飛行機に跳び乗ってロンドンへ帰ってしまったのだろうか？

「それから――もうひとつのニュース、明日ベルトラン家へお茶に招ばれてるんだ。きみが帰ってきたと知ったらあの夫婦きっと大喜びするぞ！　ああ忘れるところだった、お客がもうひとりあってね——クリストファー・グリーンリーフといって、ディッキーの従弟(いとこ)だ。ふた晩泊まっていったんだよ。彼のことを書いたぼくの手紙、受けとったかい?」だがその手紙は土曜に出したばかりなので、エロイーズはまだ受けとっていなかった。

「まあま、じゃ忙しかったのね、あなた!」とエロイーズは英語で言ったが、その口調には奇妙な嫉妬の響きがあった。「あたしがいなくてさみしかった、トム?」

トムは彼女を抱いて「さみしかったよ——ほんとにさみしかった」

エロイーズがさっき階下に置きたがっていた品物は壺(つぼ)だった。把手(とって)がふたつあるずんぐりがっしりした壺で、頭を下げて角(つの)を突き合わせた二頭の牛の飾りがついている。とてもみごとな壺だったが、トムは値打ちものかとも古いものかともなんとも尋ねなかった。いまはそんなことはどうでもよかったのだ。トムはヴィヴァルディの『四季』をかけた。二階へ行って荷物を開けていたエロイーズは、風呂に入りたいと言った。

午後六時半になったがバーナードはまだ戻ってこない。トムはなんとなく、バーナードがロンドンに帰ったのではなくてパリにいるような気がしていた。だがそれはただの感じだけであてになるものではない。トムとエロイーズは夕食を家で食べたが、その間じゅう、マダム・アネットは、今朝ムッシュー・マーチソンのことを訊きにきたイギリスの紳士の話を、エロイーズに向かってしゃべりつづけていた。エロイーズはいちおうの興味は示したが、それもほんの少しだけだったし、心配はまったくしていないようだった。それよりも彼女はバーナードのほうに興味があるらしい。

「その人帰ってくると思う？　今夜？」

「さあね――今夜は帰ってきそうにないな」

　木曜の朝が来て、静かに過ぎていった。電話さえかかってこず、ただエロイーズがパリのオフィスにいる父親をはじめ、三、四人のパリの人たちに電話をかけただけだった。エロイーズは色あせたリーバイスを穿いて裸足（はだし）で家のなかを歩きまわっている。マダム・アネットの「ル・パリジャン」紙にも、今朝はマーチソンの記事は出ていない。午後、マダム・アネットが出かけたあと――表向きは買い物だが、きっと友達のマダム・イヴォンヌを訪ねて、エロイーズが帰ってきたことや、ロンドン警察の人が来たことをおしゃべりするつもりなんだろう――トムはエロイーズと黄色いソファに横になり、彼女の胸に頭をもたせかけてうつらうつらしていた。ふたりは今朝、愛を交わしたのだ。これは劇的（ドラマチック）な事実とも言うべきものだが、トムにとって、そのことは、ゆうべエロイーズを胸に抱いて眠りに落ちたことほど重要ではなかった。エロイーズはよくこう言う、「あなたと一緒に寝るのはすてきよ。だってあなたは、寝返りを打っても地震みたいにベッドを揺らしたりしないんだもの。ほんとにあたしには、あなたがいつ寝返りを打ったのかわかんないぐらい」この言葉はトムを喜ばせる。トムは、その地震の主は誰なんだ、などということは一度も訊きさえしなかった。エロイーズが存在している。それはトムには奇妙に思えた。彼女の人生における目的はなんなのか、トムにはわからない。彼女は壁の絵のようなものだ。子供がほしいな、とときどき彼女は言う。そのとき彼女は存在している。もっともトム自身、いまのような生活を手に入れてしまった現在、自分が何か目的を持っているなどと口はばったいことは言えなかったが、少なくとも彼は、いま摑める楽しみを摑むことに一種の情熱を持っていた。そしてこの情熱がエロイーズには欠けているように思えるのだ。おそらく生まれたときから望むものをすべて持っていたためだろう。トムは彼女と愛を交わすとき、奇妙な感じがすることがある。彼はその間の半分は孤独を感じ、まるで何か生命のない、実在していないもの、身元のわからない死体から楽しみを引き出しているように感じるのだった。あるいはこれはトムの羞恥心かピューリタニズムなのだろうか？　それとも自分を完全に与えてしまう（精神的に）ことへの恐れだろうか？　自分を完全に与えるとは、つまり自分自身に向かってこう言うことだ、「万一エロイーズがぼくのものでなくなったら、万一ぼくがエロイーズを失ったら、ぼくはもう生きてはいけないだろう」と。自分がこの言葉を信じることができるのはわかっている。だが、それを自分に許したり、認めたりするのはいやだったし、もちろんエロイーズにこういう言葉を囁いたこともない。なぜならそれは（いまの事態と同じように）嘘になるからだ。全面的に彼女に頼りきるという状態、トムはそれを単なる可能性として感じているだけだった。彼女を頼るということ、それはセックスとは、セックスに依存することとはなんの関係もない、とトムは思っていた。トムが無視しているものはたいていエロイーズも無視していた。彼女はある意味でのパートナーだ。もっとも消極的なパートナーではあったが。男性相手のほうが、トムは笑う機会が多い——たぶんそれが女と男のおもな違いなんだろう。しかしトムはある一場面を思い出した。そのときトムはエロイーズの両親にこう言ったのだ、「ぼくは、マフィアの連中も全員洗礼を受けていると確信してます、でも、だからってマフィアが真人間だってわけじゃあない」エロイーズは笑ったが、彼女の両親は笑わなかった。彼ら（両親）は、トムがアメリカで洗礼を受けていないという事実をなんとなく彼からさぐり出していたのだった――洗礼を受けたかどうか、トム自身もはっきり覚えていなかったが、育ての親のドッティ伯母が一度も口にしなかったのは事実だ。トムの両親は彼がごく小さいときに溺死してしまったので、両親からももちろん何も聞いてはいなかった。カトリック教徒であるプリッソン夫妻に、洗礼とか、懺悔とか、穴をあけた耳とか、地獄とか、マフィアとかは、アメリカではどういうわけだかプロテスタントではなくカトリック的なものだと考えられているということを理解させるのは不可能だ。もっともトムはそのどちらでもなかったが、強いていえば、カトリックでないことだけは確かだった。

　トムにとって、エロイーズがもっとも生き生きと感じられるのは、彼女がカッとなったときだ。彼女はまったくよく癇癪を起こす。パリからの配達物が少々遅れたくらいのことはトムには腹を立てることのなかにも入らないが、エロイーズはあんな店ではもう絶対に買ってやらないと（実際にはそうはしないのだが）口汚く罵るのだった。もっとひどい癇癪は、うんと退屈したときとか、彼女のエゴがちょっとでも傷つけられたときに起こる。たとえば、客が食卓での議論で彼女をやっつけたり、彼女の意見に反対しただけでも起こるのだ。客が帰ってしまうまでは一生懸命こらえている――それだけでもたいしたものだ

――だが、みんなが出ていってしまってトムだけになるとそのとたんに、部屋のなかを歩きまわってクッションを壁に投げつけ、「私に楯つくなんて(フ・モア・ラ・ペー)！――あの馬鹿(サロー)！」とわめき散らすのだ。そういうときトムはいつもわざと関係ないことを言って慰める。するとエロイーズは急におとなしくなって、目からは涙があふれ、そして次の瞬間にはもうケロリとして笑っている。ラテン系の特色なんだろうなとトムは思う。イギリス的じゃないことは確かだ。

　トムは一時間ほど庭仕事をしてから、フリオ・コルタサルの『秘密の武器』を読んだ。それから二階へ行ってマダム・アネットの肖像の最後の仕上げにとりかかった――今日は木曜でマダム・アネットの公休日だ。午後六時、トムは絵を見にこないかとエロイーズを誘った。

「悪くないわ。あんまり手を加えてないし。そこが好き」

　トムはその言葉が嬉(うれ)しかった。「マダム・アネットには黙ってるんだよ」彼はキャンバスを部屋の隅に裏向きに立てて乾かした。

　それからふたりはベルトラン家へ行く仕度をした。正装する必要はない。リーバイスでも構わないぐらいだ。ベルトラン家のヴァンサンもパリで働いていて週末に村の自宅へ帰ってくる亭主族のひとりだった。

「パパはなんて言ってた？」

「私がフランスへ戻ってきたんで喜んでたわ」

パパはトムをあまり気に入っていない、それはトムも承知していた。だがパパはエロイーズが夫を粗末にしているのではないかと漠然とだが感じているらしい。ブルジョア的な道徳観念と人柄を見抜く勘とが葛藤しているんだな、とトムは思った。「じゃあ、ノエルは?」ノエルはエロイーズの親友でパリに住んでいる。

「ああ、相変わらずよ。くさくさするって言ってた。彼女、秋がきらいなのよ」

ベルトラン家はかなり裕福だが、わざと田舎風の暮らしをしていて、トイレも外にあり、キッチンの流しには湯も出なかった。湯は薪をくべたストーヴにやかんをかけて沸かしていた。客のイギリス人、クレッグ夫妻は、ベルトラン夫妻と同じ年ごろの五十歳前後だった。ベルトラン家の息子にはトムはまだ一度も会ったことがなかったが、二十二歳の黒髪の青年で(ヴァンサンがトムとふたりでキッチンで白ワインを飲んでいたとき話してくれたのだ。ヴァンサンは飲みながら料理をつくっていた)いまパリでガールフレンドと同棲していて、美術学校の建築科での学業を放棄しそうになっているという。父親のヴァンサンはそのことに腹を立て「学問を投げうつに価しない女なんだ!」とトムに向かってどなり散らした。「イギリスの悪影響だよ、まったく!」ヴァンサンはドゴール派だった。

ディナーはすばらしかった。チキン、米、サラダ、チーズ、それにジャクリーヌの手製のアップルパイ。トムの頭はほかのことでいっぱいだったが、でもとにかく、エロイーズが上機嫌でギリシャの話をしていたので、彼も微笑を浮かべる程度には満足していた。そして最後にみんなでエロイーズのギリシャ土産のウーゾを味見した。

「ひどい味、あのウーゾ！　ペルノーよりまだ悪いわ！」家に帰るとエロイーズは、自分の浴室の洗面台の前で歯を磨きながら言った。彼女はもう丈の短い青い寝間着を着ていた。トムは自分の部屋で、ロンドンから買ってきた新しいパジャマに着替えていた。

「あたし地下室へ行ってシャンパンをとってくる！」とエロイーズが叫んだ。

「ぼくが行く」トムはあわててスリッパをつっかけた。

「早くこの味を消しちゃいたいのよ。それにほんとにシャンパンも飲みたいの。知らない人が見たらベルトラン家ってよっぽど貧乏だなって思うわよ、あのうちで出してくれたお酒ときたら！　ただのワイン(ヴァン・オルディネール)じゃない！」エロイーズはもう階段を下りかけている。

　トムはあわててとめた。

「シャンパンはあたしがとってくるから」とエロイーズは言った、「あなたは氷を持ってきてよ」

　トムはなんとしてでも彼女を地下室に行かせたくなかった。だがやむを得ずキッチンへ行って製氷皿を出そうとしたとき、悲鳴が聞こえた——遠いせいかくぐもったように聞こえたが、エロイーズの声に間違いない。ぞっとするような悲鳴だ。トムはあわてて玄関のホールを突っ切って走った。

　また悲鳴が聞こえ、トムは予備の洗面所で彼女と鉢合わせした。

「大変！　誰かが下で首を吊(つ)ってる！」

「なんだって？」トムはエロイーズを支えて二階へ連れていこうとした。

「下へ行っちゃだめよ、トム！　恐ろしいわ！」

バーナードだな、決まってる。トムはエロイーズと一緒に階段を上がりながら震えを感じた。エロイーズはフランス語で、トムは英語でしゃべっていた。

「下へ行かないって約束して！　警察を呼んでよ、トム！」

「あ、ああ、警察に電話するよ」

「誰なの、あれ？」

「わからない」

ふたりはエロイーズの寝室に入った。

「ここにいなさい！」とトムは言った。

「だめ、あなたあたしのそばにいて！」

「言うことを聞くんだ！」トムはフランス語でそう言うと、部屋から走り出て階段を駆け下りた。彼女にスコッチをストレートで飲ませよう、それが一番だと思いながら。エロイーズはいつもは強い酒をほとんど飲まないから、きっとすぐにまわるだろう。それから鎮静剤だ。トムはバーからスコッチの壜とグラスをとって、また二階へ駆け戻った。それからスコッチをグラスに半分ついだが、エロイーズがためらったのでまず自分が少し飲んでから、彼女の口にグラスを押しあてた。彼女は歯をガタガタいわせている。

「ほんとに警察を呼んでくれるわね？」

「もちろんさ！」少なくとも今度のは自殺だ、とトムは思った。それは立証できるはずだ。

殺人じゃない。トムは震えながらため息をついた。彼もエロイーズとほとんど同じくらいがくがくしていた。エロイーズはベッドの縁に腰かけている。「シャンパン飲むかい？うんと飲んだほうがいい」

「ええ。いえだめ（ノン）！　あなた地下室へ行っちゃだめよ！　すぐ警察に電話して！」

「ああ」トムは階下へ下りていった。

予備の洗面所に入ったが、地下室への戸口で一瞬ためらってから——地下室の明かりはつけっ放しだった——階段を下りた。首を斜めにだらんと垂れてぶらさがっている黒い人影、それを見て全身に衝撃が走った。ロープは短かった。トムはまばたきした。足がないように見える。トムはもっと近くへ寄ってみた。

人形だった。

トムは微笑み、それから声を出して笑った。そして人形のだらんとした脚を引っぱたいた——それは中身のないズボンにすぎなかった。バーナード・タフツのズボンだ。「エロイーズ」と叫びながら、トムは階段を駆け上がった。マダム・アネットが目を覚ましたってかまうもんか。「エロイーズ、あれは人形だよ！」彼は英語で言った。「本物じゃないんだ！　人形（セ・タン・マヌカン）なんだよ！　怖がらなくてもいい！」

彼女を納得させるには数秒かかった。きっとバーナードが仕組んだいたずらさ——それともクリスがやったのかもしれない、とトムはつけ加えた。とにかく脚をさわってみたんだから、間違いない。

エロイーズはだんだん腹を立ててきた。これは回復の兆候だ。「イギリス人って、なんて馬鹿な悪ふざけをするんでしょう！　馬鹿よ！　大馬鹿だわ！」

トムはほっとして笑いだした。「下へ行ってシャンパンをとってくるよ！　氷もね！」

トムはまた地下室へ行った。人形はベルトにぶらさがっていたが、見るとそれはトムのベルトだった。濃いグレイの上着はハンガーにかけてあり、その上着のボタンにズボンがとめつけてある。頭は、灰色のぼろ切れを首のところで縛ったものだった。トムは急いでキッチンから椅子(いす)をとって――幸いマダム・アネットは目を覚ました気配もなかった――ふたたび地下室に戻り、人形を下におろした。ベルトは垂木(たるき)の釘(くぎ)にひっかけてあった。トムはからっぽの服を床に落とし、急いでシャンパンを選んだ。それから上着のかかっていたハンガーを持ち、ついでにベルトも手に持った。キッチンへ行って氷の容器もなんとか一緒に手に持つと、トムは電気を消して、二階へ上がっていった。

15

トムは七時少し前に目を覚ました。エロイーズはまだぐっすり眠っている。トムは静かにベッドを抜け出すと、エロイーズの寝室にかかっているガウンをはおった。

マダム・アネットももう起きているかもしれない。トムは足音をしのばせて階段を下りた。マダム・アネットが見つけないうちに地下室のバーナードの服を片づけたかったのだ。

いま見ると、ワインとマーチソンの血のしみはそれほど目立たない。もちろん専門家が血の検出テストをやればすぐにわかってしまうだろうが、まずそんなことにはならないだろうとトムは楽観していた。

彼は上着とズボンがとめてあるボタンをはずした。すると白い紙がハラリと落ちた。バーナードの書き置きだ。彼の細長い角ばった筆跡でこう書いてある。

ぼくはきみの家で身代わりのぼくの首を縊る。ぼくが殺すのはバーナード・タフツだ。ダーワットではない。Dのために、ぼくは自分にできる唯一の方法、つまりぼくの過去五年間の自己を消すことによって、罪を償うのだ。この先、残された一生の間、ぼくは自分の仕事を正直にやりつづけるつもりだ。

B・T

トムはこの紙を丸めて捨ててしまいたい衝動に駆られた。だが彼はそれを折りたたんで、ガウンのポケットに入れた。あとで必要になるかもしれない。それは誰にもわかるもんか。バーナードがいまどこで何をしているのかそれもわからない。彼はくしゃくしゃになっているバーナードの服を振りひろげ、ぼろ切れは地下室の隅に放り投げた。服は洗濯屋に出そう。べつに危なくはないだろう。トムは服を自分の部屋に持っていきかけたが、いつもマダム・アネットに洗濯屋に持っていってもらうために服を出しておくホールのテーブルの上に載せておくことにした。

「ボンジュール、ムッシュー・トム」マダム・アネットがキッチンから声をかけた。「今朝もお早いこと！　奥様もお目覚めですか？　奥様はお茶を召し上がるでしょうか？」

トムはキッチンへ行って、「今朝は奥さんはゆっくり寝たがってると思うんだ。寝たいだけ寝かせといてやろうよ。でもぼくのほうは、いまコーヒーが飲みたいね」

マダム・アネットは、すぐお部屋へお持ちします、と言った。トムは二階へ行って服に着替えた。森の墓跡を見たかったのだ。バーナードが何か奇妙なことをしたかもしれない――たとえば、埋めた墓穴をまたあばくとか。あいつのことだから何をするかわかったもんじゃない――ひょっとすると彼は自分自身を埋めてさえいるかもしれない。

コーヒーを飲み終えると彼は階下（した）へ下りていった。太陽は朝靄（あさもや）にかすんで、まだほとんど昇っていず、草は朝露（あさつゆ）に濡れている。エロイーズかマダム・アネットが窓から見ているといけないので、トムはまっすぐ墓へ急がずに、わざと回り道して茂みのそばをぶらぶら歩いていった。家のほうは振り返らなかった。振り返るとかえって人目をひくと信じていたからだ。

墓は、トムとバーナードが埋めたときのままになっていた。

エロイーズは、十時過ぎにやっと目を覚ました。そのときアトリエにいたトムに、マダム・アネットが、奥様が呼んでいらっしゃいますと告げた。トムが彼女の寝室へ行くと、彼女はベッドのなかでお茶を飲んでいるところだった。

エロイーズはグレープフルーツを食べながら言った。「あたし、あなたのお友達の悪ふざけ大きらいよ」

「もうあんなことは二度と起こらないさ。服はぼくが地下室から片づけといたよ。あのことはもう考えないようにしよう。今日はどこか素敵なところに昼飯を食いにいかないか？セーヌのほとりかどこかで、遅い昼食ってのはどうだい？」

この考えは彼女の気に入った。

たまたまセーヌのほとりではなかったが、南にある小さな町で、まだ入ったことのないレストランを見つけた。

「ねえ、ふたりでどこかへ行かない？　イビサ島かどこかへ？」とエロイーズが言った。

トムはためらった。彼だって、本やレコードプレーヤーや絵の具や画用紙など、持っていきたい荷物を全部持ってどこかへ船で行きたかった。だがそんなことをすれば、バーナードや、ジェフやエドや、それに警察からも、逃げたと思われるだろう――たとえ彼らがトムの行き先を知っていたとしても。「まあ、考えとくよ」

「ギリシャは後味が悪くって。あのウーゾみたいに」とエロイーズは言った。

昼食のあと、トムは気持ちよくひと眠りしたい気分だった。それはエロイーズも同じだった。ひとりでに目が覚めるまで、でなければ夕食の時間まであたしのベッドで一緒に寝ましょうよ、とエロイーズが言った。あなたの部屋の電話のコードを差し込みからはずしておけばいいわ、そうすれば電話は階下でだけ鳴るから、マダム・アネットが出てくれるわよ。トムは森を抜けてのんびりとヴィルペルスのほうへ車を走らせながら考えた。定職がなく、生活が豊かで、おまけに結婚してるってことをぼくが一番ありがたく思うのはこういうときだな、と。

だが玄関のドアを開けたとたんに、まったく予想もしていなかった光景が、目にとびこんできた。バーナードが、黄色の椅子(いす)のひとつに、こっちを向いて座っているではないか！ エロイーズはまだ彼のいることに気づかず、トムに話しかけた。「トム、あたしにペリエと氷を持ってきてよ。ああ、あたしもう眠くって！」エロイーズはトムの腕に身を投げかけたが、彼の緊張に気づいてぎょっとした。

「バーナードがいるんだ。ほら、ぼくが言ってたイギリスの人だよ」トムはリビングに入っていった。「やあ、バーナード。元気かい？」手を差し出すことはどうしてもできなかったが、なんとか微笑(ほほえ)もうと努力した。

マダム・アネットがキッチンから出てきた。「ああ、ムッシュー・トム！ マダム・エロイーズ！ 車の音が聞こえなくて。きっと私、耳が遠くなりかかってるんですわ。ムッシュー・バーナードがお帰りになってます」マダム・アネットはあわてているように見えた。

トムはせいいっぱい落ち着いて言った。「ああ。よかったな。戻ってくることはわかってたんだ」だが、自分がマダム・アネットに、バーナードはもう帰ってこないだろうと言ったことはちゃんと覚えていた。

バーナードは立ち上がった。不精ひげが伸びている。「黙って戻ってきてすみません」

「エロイーズ、こちらはバーナード・タフツ君だ――ロンドンに住んでる画家の。妻のエロイーズだ」

「どうぞよろしく」とバーナードは言った。

エロイーズはその場から動かずに「こちらこそ」と英語で応えた。

「妻は少し疲れてるんだ」トムは彼女のそばへ行って「二階に行きたい？　それともここにいる？」

エロイーズは目顔でトムについてこいと合図した。

「すぐ戻るからね、バーナード」とトムは言って、彼女のあとについていった。

「あれが悪ふざけした人？」ふたりがエロイーズの寝室に入るとすぐ、彼女が訊いた。

「そうなんだよ。少し変わってるんだ」

「何しに来てるの？　あたしあの人きらいよ。何者なの？　あなた、いままであんな人の話、したことなかったじゃないの。それにあなたの服を着たりして」

トムは肩をすくめて、「ロンドンにいるぼくの友達の友達さ。大丈夫、ぼくがうまく話して今日の午後ここを発つようにさせるから。たぶん金が要るんじゃないかと思う。それとも服かな。とにかく訊いてみるよ」トムは彼女の頰にキスして「寝てなさい、ダーリン、すぐ戻ってるから」

トムはキッチンへ行って、マダム・アネットに、エロイーズのところへペリエを持っていってやってくれと頼んだ。

「ムッシュー・バーナードはお夕食までいらっしゃるんですか?」とマダム・アネット。

「そうじゃないと思うよ。でもぼくたちはうちで食べる。簡単なものでいいよ。昼にたっぷり食べたから」トムはバーナードのところへ戻った。「きみはパリへ行ってたの?」

「ああ、パリへ」バーナードはまだ立ったままだった。

トムはどういう態度をとればいいのかまったくわからなかった。「下できみの身代わりを見つけたよ。妻はひどいショックを受けた。あんな悪ふざけはよくないね――うちには女がいるんだから」トムは微笑んだ。「ああそれから、きみの服はうちの家政婦がクリーニングに出しちまったから、あとでロンドンへ――じゃなくてもどこでもきみのいるところへ送ろう。まあかけたまえよ」トムはソファに座った。「これからどうするつもりなんだ?」この質問は気の狂った人間に気分はどうだと訊くようなもんだな、とトムは思った。彼は不安だった。そして自分の心臓の鼓動がかなり早くなっているのに気づいてよけい落ち着かなかった。

バーナードは腰をおろした。「ああ――」長い沈黙。

「ロンドンへは帰らないつもりかい?」トムは絶望的な気持ちで、コーヒーテーブルの上の箱から葉巻を取り出した。いまこいつを黙らそうと思えばできる、だがそうしたからってどうなるというんだ?

「きみに話したいことがあるんだ」

「いいとも。なんの話だね？」

　また沈黙。トムはその沈黙を破るのが怖かった。バーナードはこの何日間か、雲のなかを、自分自身の想念の雲のなかをあてどもなくさまよっていたのかもしれない。まるで羊の大群のなかでたった一匹の綿毛に覆われた羊を捜し求めようとしているみたいに。「何時間でもいいだけお相手するよ。きみはぼくの友達なんだからな、バーナード」

「簡単なことなんだ。ぼくはもう一度ぼくの人生をやり直さなきゃならない。きれいに」

「ああ、わかるよ。きみならできるとも」

「奥さんは知ってるのか――ぼくの贋作のこと？」

　こういう論理的な質問なら大歓迎だ。「いや、もちろん知らない。誰も知らないよ。フランスでは誰も」

「マーチソンのことも？」

「マーチソンが行方不明だということは彼女に話した。ぼくがオルリーで降ろしたこともね」エロイーズが二階のホールで立ち聞きしているといけないので、トムは低い声でしゃべった。だが、リビングの声がカーブした階段を通って二階までよく聞こえるはずがないことは、トムだって知っていたのだ。

　バーナードはいくらか苛立たしげに言った。「この家にほかの人がいちゃあ話せないよ。きみの奥さんとか、家政婦とか」

「よし、じゃあどこかへ出かけよう」

「弱ったな、マダム・アネットに外へ行けとは言えないよ。あの人がここを切り盛りしてるんだからね。じゃ散歩に行こうか？　静かなカフェがあるんだ――」

「いや」

「いや、結構」

トムはソファの背にもたれて葉巻をふかした。この葉巻は火事場みたいなにおいがする。いつもはこのにおいが好きなんだが。「ところでね、きみが出ていってから、例のイギリスの警部補からはまだ何も連絡がないんだ。フランスの警察からもね」

バーナードはなんの反応も示さない。だがしばらくしてこう言った、「よし、散歩に行こう」そして立ち上がると、フランス窓のほうを見て、「裏道がいいな」

ふたりは外の芝生に出た。かなり冷え冷えしていたがふたりともコートは着ていなかった。トムはバーナードの気のすむように歩かせておいた。すると彼は森のほうへ、例の小道のほうへ歩いていく。ゆっくりと、少しおぼつかない足どりで。食事をしてないので弱っているのだろうか？　やがてふたりはマーチソンの死体があった場所にさしかかった。トムは、首と耳の後ろに鳥肌が立つほどの恐怖を感じた。その場所が怖いのではなく、バーナードを恐れていることは、自分でもわかっていた。トムはいつでも動かせるように両手を自由にしておいて、バーナードの少し脇を歩いた。

やがてバーナードは歩をゆるめて向きを変えた。ふたりはまた家のほうへ戻りはじめた。

「何を考えてるんだ？」とトムが訊いた。

「ああ、ぼくには——ぼくにはこれがいったいどこで終わりになるのかわからない。もうすでにひとりの男の死を引き起こしてしまった」

「ああ——残念なことだ。それはぼくも認める。でも実際にはきみとはなんの関係もないんだよ、そうだろう？　きみはもうダーワットを描かないんだから、これからは新しいバーナード・タフツとして出発できるんだ——きれいにね」

バーナードの答えはない。

「パリにいる間にジェフとエドに電話したのか？」

「いいや」

トムはわざわざイギリスの新聞を買って読むようなことはしなかった。バーナードもおそらくそうだろう。バーナードの不安は彼自身の内面的なものなのだ。「もしきみがそうしたいんなら、うちからシンシアに電話をかけてもいいぜ。ぼくの部屋からかければいい」

「彼女とはパリから電話して話した。ぼくに会いたくないそうだ」

「そうか」それが悩みだったのか。それが最後の頼みの綱だったんだな、とトムは思った。「でもまあ、会えなくても手紙はいつでも出せるじゃないか。手紙のほうがいいかもしれないぞ。それともロンドンに帰ってから会いにいくか。彼女の部屋のドアを叩（たた）き破っちまえ！」トムは声をたてて笑った。

「彼女はノーって言ったんだ」

沈黙。

シンシアはもうこれ以上巻きこまれたくないんだろう、とトムは想像した。贋作をやめるというバーナードの意図を信用していないわけではなく――バーナードの言葉は誰も疑うことができない――ただ彼女はもうこういうことはまっぴらなのだ。バーナードの傷心は、少なくともいまは、トムの理解をはるかに超えている。ふたりはフランス窓の外の石のテラスに立っていた。「ぼくはもうなかに入るよ、バーナード。こごえそうなんだ。きみも入れよ」トムはドアを開けた。

バーナードもなかに入った。

トムは二階へ駆けのぼってエロイーズのところへ行った。寒さのためか、それとも恐怖からか、まだ身体が硬くなっている。エロイーズは自分の寝室でベッドに座り、スナップ写真や絵葉書を選り分けていた。

「あの人いつ発つの？」

「ダーリン――問題はやっぱりロンドンにいるあいつのガールフレンドのことだったよ。パリから電話したら、会いたくないと言われたんだそうだ。それでふさぎこんでるのに、いますぐ発てなんてぼくには言えないよ。何をするかわからないからね。ダーリン、きみ二、三日実家に行っててくれないか？」

「ノン！」

「彼はぼくに話があるらしいんだ。その話を早く切り出してくれるといいんだが」

「どうして追い出しちゃえないの？　あなたのお友達でもないんだし、それにあの人、頭が変じゃないの！」

　バーナードは発たなかった。

＊　＊　＊

　彼らがまだ夕食を食べ終わらないうちに玄関のベルが鳴った。マダム・アネットが応対に出たが、戻ってくるとトムに言った。

「ムッシュー・トム、警察の方がおふたりみえました。旦那様とお話ししたいそうです」

　エロイーズは苛立ちのため息をつき、ナプキンをテーブルに叩きつけた。最初から食卓につくのを嫌がっていたのだが、いまや立ち上がって「いつも邪魔が入るんだから！」とフランス語で言った。

　トムも立ち上がった。

　バーナードだけが冷静に見えた。

　トムはリビングへ行った。月曜日に来たのと同じムラン警察のふたりだった。

「突然お邪魔してすみません、ムッシュー」と年かさのほうが言った、「お宅の電話が通じなかったもんですから。その件はこちらから電話局に連絡しておきました」

「ほんとですか？」事実、電話の故障は、六週間に一度ぐらいの割でまったく理由もわからず起こるのだったが、いまトムは、バーナードが、たとえば電話線を切るとか、何かおかしなことをやったのではないかと疑った。「それはちっとも知りませんでした。どうもすみません」

「われわれはずっとイギリスの捜査官と連絡をとっておりましてね。いやむしろ向こうから連絡してきたというべきですかな」

エロイーズが入ってきた。好奇心と怒りからだな、とトムは思った。トムが彼女を紹介すると、刑事たちはまた名前を名のった。ドローネ警視と、もうひとりの名前はトムは聞きもらした。

ドローネ警視が言った。「現在のところマーチソンだけでなく、画家のダーワットも行方がわからんのですよ。イギリスのウェブスター捜査官は、ああ、あの人もやはり今日の午後あなたに電話しようとしたそうですがね、あの人があなたのところにふたりのどちらからでも連絡があったかどうか知りたがっているのです」

トムは微笑んだ。実際に少し面白がっていたのだ。「ぼくはダーワットには会ったこともないんですから、ダーワットがぼくを知ってるはずないでしょう」とトムが言ったちょうどそのとき、バーナードがリビングに入ってきた。「それにお気の毒ですが、ムッシュー・マーチソンからもなんの連絡もありません。ああ、ご紹介しましょう、ぼくのイギリスの友人、バーナード・タフツ君です。バーナード、こちらは警察の方だ」

バーナードは挨拶の言葉を口のなかで呟いた。

バーナードの名前はフランス警察にはなんの意味も持っていないらしい。

「現在ダーワットの個展を開催中の画廊の持ち主でさえ、ダーワットがどこにいるか知らないんですよ」とドローネが言った。「驚くべきことですがね」

まさに不思議なことだ、だが教えてやるわけにはいかない。

「ひょっとしてあなた、アメリカ人のムッシュー・マーチソンをご存じじゃありませんか？」とドローネがバーナードに訊いた。

「いいえ」とバーナード。

「あなたは、マダム？」

「いいえ」とエロイーズ。

トムは、妻はギリシャから戻ったばかりだが、マーチソンの訪問と行方不明のことは話してある、と説明した。

刑事たちは、次はどういう手を打つべきかわからないような様子だった。ドローネが言った、「こういう情況ですので、ムッシュー・リプリー、われわれはウェブスター警部補からお宅の家宅捜査を依頼されましてね。もちろん形式的なものですが、とにかく必要なので。手がかりが見つかるかもしれませんからね。ああこれはもちろんムッシュー・マーチソンに関する、という意味です。われわれはイギリスの同業者（コンフレール）にできるだけ協力しなければならないんです！」

「わかってますとも！　いますぐお始めになりますか？」

戸外はもうかなり暗かったが、刑事たちはいますぐ始めて残りは明日の朝再開する、と言った。ふたりとも石のテラスに立って、暗い庭とその向こうの森を憧れるように（とトムには感じられた）じっと見ている。

刑事ふたりはトムの案内で家宅捜査にとりかかった。彼らはまず、マーチソンが泊まった部屋に興味を示した。ここはそのあとクリスも使ったのだが、屑籠はもうマダム・アネットの手でからっぽになっていた。刑事たちは引き出しという引き出しを開けてみたが、フランスではコモードと呼ばれている箪笥の一番下の二段にベッドカバーと毛布が二、三枚入っているほかはみな空だった。マーチソンやクリスのいた形跡はまったく残っていない。刑事たちはエロイーズの寝室にも入ってみた（エロイーズが階下で癇癪を抑えているのがトムには手にとるようにわかっていた）。ふたりはトムのアトリエも覗いて、鋸のひとつを取り上げて見さえした。この家には屋根裏部屋がある。電球が切れていたので、トムは階下から電球と懐中電灯をとってこなければならなかった。屋根裏は埃っぽかった。布のカバーをかけた椅子がいくつかと、もとの住人が置いていったのをトムとエロイーズがまだ処分していない古いソファがひとつ置いてある。刑事たちは自分の懐中電灯を使って椅子の後ろまで覗いて見ている。たんなる手がかり以上の、もっと大きな何かを捜しているんだな、とトムは思った、ソファの後ろに死体を隠すなんて考えるほうが馬鹿馬鹿しいのに。

いよいよ地下室だ。トムはいままでと同じように落ち着きはらってふたりを案内し、例のしみの真上に立って、照明は充分なのにもかかわらずわざわざ懐中電灯で隅々まで照らしてやった。ひょっとしたら酒樽（さかだる）の陰のセメントの床に、マーチソンの血がついているかもしれない、とトムは少し心配だった。いままでそこはよく見ていなかったのだ。だが、血がついていたとしても刑事たちの目には入らなかったらしく、ふたりは床をちらっと見ただけだった。しかし、だからといって、彼らが明日もっと念入りな捜査をしないという保証にはならない。

　ふたりは、お宅さえかまわなければ明日の朝八時にまた来ます、と言った。トムは八時なら全然かまいません、と答えた。

「悪かったね」トムは玄関のドアを閉めるとすぐ、エロイーズとバーナードに言った。エロイーズとバーナードはいままでずっとコーヒーを飲みながらおたがい口もきかずに座っていたらしい。

「なぜ家宅捜査なんかしたがるのよ？」とエロイーズが強い口調で訊いた。

「例のアメリカ人の行方がまだわからないからさ」とトムは言った。「ムッシュー・マーチソンの」

　エロイーズは立ち上がった。「上で話したいんだけど、トム」

　トムはバーナードにちょっと失礼すると言って、彼女と一緒に二階へ行った。

　エロイーズは自分の寝室に入って、「あの狂人（フー）を追い出さないんならあたし今夜ここを出ていくわ！」

　これはジレンマだ。エロイーズには家にいてもらいたかった。だが彼女が家にいれば、バーナードの問題が何ひとつ解決しないということもわかっている。それにトム自身だってバーナード同様、エロイーズのムッとした目で睨みつけられたら考えをまとめることもできないのだ。「彼が出ていくようにもう一度やってみるよ」トムはそう言って、エロイーズの首にキスした。少なくとも彼女はそれだけは許した。

トムは階下に下りていった。「バーナード――エロイーズが興奮してるんだ。今夜パリに戻ってくれないか？　ぼくが送ってってやるよ――そうだ、フォンテーヌブローはどうだい？　あそこにはいいホテルが何軒もある。ぼくに話があるんだったら、明日ぼくがフォンテーヌブローまで出かけていくから――」

「いやだ」

トムはため息をついた。「ならエロイーズを今夜よそへ泊まらせるよりしようがないな。彼女にそう言ってくる」トムは二階へ戻ってエロイーズにそう伝えた。

「どうしたのよ、またディッキー・グリーンリーフのときと同じなの？　あなたは自分の家から出ていけってあいつに言うこともできないの？」

「ぼくはけっして――ディッキーはぼくの家にいたんじゃないよ」トムは言葉に詰まって口を閉じた。エロイーズは自分でバーナードを追い出しかねないほど腹を立てていたが、彼女にだってバーナードを追い出すことは不可能だろう。バーナードの意志の固さは世間の常識やエチケットをはるかに超えていたからだ。

エロイーズは小さな革のスーツケースをクローゼットの上段から引っぱり出して、荷物を詰めはじめた。ぼくはバーナードに責任を感じてるんだ、といまエロイーズに言っても無駄だろうな、とトムは思った。彼女はきっとその理由を訊きたがるだろう。

「エロイーズ、ダーリン、ほんとにすまない。きみ、自分で運転していくかい、それともぼくが駅まで送ってってやろうか？」

「アルファロメオでシャンティイに行くわ。それから電話はどこも悪くないわよ。たった今あなたの部屋でためしてみたの」

「じゃあたぶん警察（フリックス）からの連絡で直してくれたんだろうよ」

「あの人たちが嘘（うそ）ついてたのかもしれない。きっと私たちを不意討ちしたかったのよ」彼女はスーツケースにシャツを詰めていた手をとめて、「あなた何をしたの、トム？　そのマーチソンて人に何かやったの？」

「いや！」トムはぎょっとして言った。

「わかってるでしょ、これ以上くだらないことやスキャンダルがあったら、もううちのパパは黙ってないから」

　彼女はグリーンリーフの一件のことを言っているのだ。その問題でトムが身の証（あか）しをたてたことは事実だが、それでも疑いはいまだに存在している。ラテン系の人間は思いきった冗談をよく口にし、そしてその冗談が好奇心に裏付けされていつの間にかラテン式の真実になってしまうのだ。トムがディッキーを殺したのかもしれない、と。トムがいくら隠そうと努めても、彼がディッキーの死によっていくばくかの金を得ていることはもうみんなが知っている。エロイーズだってトムにディッキーからの収入があることを知っているし、エロイーズの父もそうだ。エロイーズの父は盛大に事業をやってはいるが手は汚していない。だがトムの手は、いわば、血に汚れているのだ。金銭は臭からず(ノン・オレット・ペキュニア)、されど(セド)血は(サング)臭し(ウイス)……

「スキャンダルなんてもうありっこないさ」とトムは言った。「知らないのかい、ぼくはスキャンダルを避けようと最高に努力してるんだ。それがぼくの方針なんだよ」

彼女はスーツケースを閉めた。「あなたのやってること、あたしにはちっともわかんない」

トムはいったんスーツケースを持ったが、また下に置いて、エロイーズを抱いた。「ぼくだって今夜きみと一緒にいたいんだよ」

エロイーズもトムのそばにいたいのだ、それは彼女が口に出して言わなくてもわかっていた。出てって(フ・モア・ル・カン)！ などと口走る反面、彼女にはそういうところもあるのだ。いま彼女は家を出ようとしている。フランスの女は、自分が部屋や家を出ていかなければならないときとか、また誰かほかの人に部屋を変われとか、どこかへ行けとか言わなければならない場合、それが相手にとって迷惑であればあるほど喜ぶ。だが相手にとっては彼女たちに金(かな)切(き)り声(ごえ)をたてられるよりは、そのほうがまだしも迷惑ではないというものだった。トムはそれを「フランス式発散法」と呼んでいた。

「これから行くってきみのうちに電話したのかい？」

「いいのよ、もし家族が出かけてても使用人たちがいるから」

実家までは車で二時間ほどかかる。「着いたら電話してくれるね？」

「オー・ルヴォアール、バーナード！」エロイーズは玄関の戸口で叫び、それから彼女を見送りに出ていたトムに「ノン！」と叫んだ。

トムはアルファロメオの赤いライトが門のところで左に曲がって消えていくのを辛い気持ちで眺めていた。

バーナードは座って煙草をふかしている。キッチンからはゴミの缶の蓋のカタカタいう音がかすかに聞こえてくる。トムはホールのテーブルから懐中電灯をとって予備用の洗面所へ入り、そこから地下室に下りて、最初にマーチソンを隠した酒樽の後ろを見た。幸い血のしみはついていない。トムはリビングに戻った。

「ねえバーナード、今夜はここにいてもいいけれど、明日の朝警察がこの家を徹底的に調べにくるんだよ」きっと森も調べるだろうな、とトムはふいに思った。「刑事たちはきみにも何か質問するかもしれない。きみにとっちゃ迷惑なだけだろう。連中は八時に来るんだがその前に発ちたくないかい？」

「まあね、たぶん」

もう十時近かった。マダム・アネットが、もっとコーヒーを飲むかと訊きにきた。トムもバーナードもいらないと言った。

「奥様はお出かけになったんですか？」とマダム・アネットが訊いた。

「両親に会いにいくって言い出してね」とトムは言った。「まあ、こんな時間に！　まあ、奥様ったら！」彼女はコーヒーの道具を片づけはじめた。トムは、彼女がエロイーズと同じようにバーナードをきらっているか、彼に不信の念をいだいていることを感じとった。バーナードの性格のよさが外に表れず、表面だけで人に嫌悪を感じさせてしまうのはトムにはとても残念だった。エロイーズもマダム・アネットも、バーナードを好きにはなれないだろう。なぜなら彼女たちは、バーナードについて、彼のダーワットへの献身的な愛情について、本当に何ひとつ知らないからだ——その愛情だって彼女たちにはおそらく「ダーワットを利用している」としか考えられないだろう。また何よりも、境遇のまったく違うエロイーズやマダム・アネットには、バーナード・タフツの進歩が絶対に理解できないにちがいない。ジェフとエドの話によれば、バーナードは労働者階級の生まれだそうだが、自分の才能だけで現在の状態——いまは自分の作品に他人の名前をサインしているけれど——大芸術家の仲間入りした現在の状態にまで進歩したのだ。しかもバーナードはその仕事の金銭面には関心さえ持っていない——これもまた、マダム・アネットやエロイーズにはとうてい理解できないだろう。マダム・アネットは急ぎ足で部屋を出ていった。あれで精一杯の憤慨を表してるつもりだな、とトムは思った。

「きみに話したいことがあるんだ」とバーナードは言った。「ダーワットが死んだ次の夜——ぼくたちは、ギリシャでダーワットが死んでからまる一日経ってその知らせを聞いたんだが——その夜、ぼくは——ダーワットがぼくの部屋に立っている幻を見たんだ。窓から月の光が射しこんでいた。その晩ぼくはひとりになりたかったので、シンシアとのデートの約束を破ってうちにいたんだよ。ぼくはダーワットをはっきり見たし、彼の存在を感じることもできた。彼は微笑みさえ浮かべて、こう言ったんだ。『驚かなくてもいいんだよ、バーナード。ぼくは生活にも困ってない。苦痛も感じてはいない』ダーワットがこんなにぼくの予想どおりのことを言うなんて考えられるかい？　でもぼくは本当に聞いたんだ」

バーナードは自分の内心の声を聞いたのだ。トムは熱心に耳を傾けた。

「ぼくはベッドに身を起こして一分間ぐらい彼をじっと見ていた。ダーワットはぼくの部屋のなかを、ぼくがいまでも絵を描くのにときどき使っている寝室のなかを、まるで漂うように歩きまわった」

バーナードが「絵を描く」と言ったのは、ダーワットとしてではなく、タフツとして描くという意味だった。

バーナードは続けた、「彼はこう言った、『がんばれよ、バーナード、ぼくは後悔してない』きっと、自殺したことを後悔していないという意味だろう、とぼくは理解した。彼はぼくに、生きつづけろ、と言いたかったんだ。つまり――」バーナードは、話しはじめてからここではじめてトムの顔を見て、「生きることが許される限り生きつづけろ、という意味だ。生命は人間がコントロールできるものじゃない。人間に代わって運命がコントロールしてくれるんだ」

トムはちょっとためらってから、「ダーワットはユーモアのセンスがあったんだな。ジェフが言ってたよ、もしダーワットが生きてたら、きみが彼の贋作を描いてこんなに成功しているのを見て喜んだかもしれない、って」ありがたいことに、バーナードはこれを素直に受けとったようだ。

「ある点まではね。たしかに、贋作は職業上の遊び(ジョーク)だと言えば言えるかもしれない。でもダーワットはそれで金を儲(もう)けるってことはきっと嫌がっただろうな。破産と同じように金儲けが彼を自殺に追いこんだかもしれない」

トムにはバーナードの考えがまたくるりと変わって、混乱しはじめ、トムに敵意を持ちはじめたように思われた。もう夜遅いからといって話を打ち切るべきか？　バーナードがそれを侮辱ととりはしないだろうか？　「いまいましい刑事(フリックス)たちが明日の朝早くやってくるんで、そろそろ寝たほうがいいと思うんだが」

バーナードは身をのり出した。「きみは、いつかぼくが『しくじった』と言ったとき、その意味をわかってくれなかったね。ほら、ロンドンから来た刑事に、ぼくがダーワットのことを説明しようとしていたときだ」

「それはきみがしくじらなかったからさ。いいかい、クリスにだってきみの言わんとしてたことがわかったし、ウェブスターも感動的だと言ってたじゃないか」

「でもウェブスターは依然として贋作の可能性、ダーワットが贋作を許可しているという可能性を考えていたじゃないか。ぼくはダーワットの性格を伝えることすらできなかった。

ベストをつくしたのに失敗してしまったんだ」

　トムは、なんとかしてバーナードをまた軌道に乗せようと必死の思いで言った。「ウェブスターはマーチソンの行方を捜してるんだぜ。彼の任務はそれなんだ。ダーワットのことじゃない。さあ、ぼくはもう階上へ行くよ」

　トムは自分の部屋へ行ってパジャマに着替え、ベッドに入った——ベッドの掛け布団は、いつもマダム・アネットが寝やすいように折り返しておいてくれるのだが、今夜はやってなかった——だが、彼はなんとなく落ち着かず、ドアに鍵（かぎ）をかけたい衝動を感じた。これは愚かなことだろうか？　賢いことだろうか？　臆病にも思える。結局鍵はかけなかった。トレヴェリアンの『イギリス社会史』を読みかけていたので、それをとろうとしたが、思い直してそのかわりにハラップ辞典をとった。贋作する——英語ではforge（フォージ）。古いフランス語でforge（フォルジュ）といえば作業場のことだ。fabel（ファベール）は働く人。フランス語のforge（フォルジュ）は金属を扱う作業場に限られている。贋作という意味のフランス語はfalsification（ファルシフィカシオン）かcontrefaire（コントルフエール）だ。これならトムも前から知っていた。彼は辞書を閉じた。

　それから一時間ほど、眠れずにただ横になっていた。二、三秒ごとに心臓の鼓動が高まって、われながら驚くほど大きく聞こえる。そして絶えず奈落（ならく）の底に転落していくような感覚があった。

　腕時計の夜光針が十二時半をさしている。エロイーズに電話したほうがいいかな？　トムはかけてみたかったが、こんな遅い時間に電話してパパの信用をこれ以上落としたくはなかった。他人なんて厄介なものだ。

やがて自分がやおら肩を摑まれて仰向けにされたのに気づいた。他人の手が首のまわりにかかっている。トムは掛け布団を蹴とばして脚を自由にした。首にかかっているバーナードの両手をはずそうと相手の腕を引っぱったが、効果がない。そこでとうとう足をバーナードの身体にあてて思いきり蹴とばした。首にかかっていた手が離れた。バーナードはドサッと床に倒れて、息をはずませている。トムは急いで明かりをつけた。その勢いで電気スタンドは倒れそうになり、そばに置いてあったコップが落ちて、青い東洋風の絨毯の上に水がこぼれた。

バーナードは苦しそうに息を整えようとしている。

トムもある意味では同じだった。

「どうしたんだ、バーナード」とトムは言った。

バーナードは答えなかった、というより答えることもできなかったのだろう。彼は片手を床について『瀕死のガリア人』のような格好で座っていた。力が回復したらまた襲ってくるつもりだろうか？トムはベッドを出て立ち上がると、ゴロワーズに火をつけた。

「ほんとに、バーナード、なんて馬鹿なことを！」トムはふいに笑いだして、煙草の煙にむせた。「どうせ成功しっこないのに！　きみは逃げることもできないんだぜ！　きみがうちに来てることはマダム・アネットも警察も知ってるんだから」トムはバーナードが立ち上がるのをじっと見ていた。危うく殺されかけた男が煙草をふかして、たったいま自分を殺そうとした奴に微笑みかけながら、裸足でそこらを歩きまわっているなんてめったにない図だ、とトムは思った。「二度とやるんじゃないぜ」こんな言葉が馬鹿げているのはトムも先刻ご承知だ。「きみ、何も言いたいことはないのか？」

「ある」とバーナードは言った。「ぼくはきみが大きらいだ――何もかもすべてきみのせいだからだ。そりゃぼくだってあれに賛成すべきじゃなかった――それは確かだ。でも元はきみなんだ」

それはトムにもよくわかっている。自分こそ謎の起源、悪の源なのだ。「だからぼくたちみんなで、もう万事終わりにしよう、もう続けるのはやめようと努力してるんじゃないか」

「でもぼくはもうおしまいだ。シンシアが――」

トムは煙草をやたらにふかした。「きみは絵を描いているとき、ときどき自分自身がダーワットだと感じることがあると言ってたな。考えてみたまえ、彼の名前を有名にしてやったのはきみなんだぜ！　ダーワットは死んだときまったく無名だったんだから」

「彼の名も汚されてしまった」バーナードは最後の審判のような、地獄そのもののような声で言うと、いつもよりずっと決然とした態度で、ドアのほうへ行き、外へ出ていった。

どこへ行くつもりなんだろう？　もう午前三時過ぎだというのにバーナードはまだちゃんと服を着たままだった。夜の闇のなかにさまよい出るつもりだろうか？　それとも階下へ行ってこの家に火をつけるつもりか？

トムはドアに鍵をかけた。もしバーナードがまたやってきてなかへ入ろうとしたら、今度はドアを叩かなければならない。もちろん彼をなかへ入れてやるつもりはないが、ふいに寝こみを襲われるより予告のあったほうがフェアというものだ。

明日の朝、警察が来てもバーナードのことはあまり問題にしないだろう。

16

十月二十六日、土曜日の午前九時十五分、トムはフランス窓のそばに立って、森のほうを見ていた。森ではもう刑事たちがマーチソンの墓跡を掘りはじめている。トムの後ろでは、バーナードが足音をしのばせて落ち着きなく歩きまわっていた。トムは手にジェフリー・コンスタントからの形式ばった手紙を持っていた。ジェフは、トーマス・マーチソンの行方(ゆくえ)がわからないので、そちらで心あたりはないか、とバックマスター画廊を代表して尋ねてきたのだった。

その朝、やってきた刑事は三人だった。ふたりは新顔で、もうひとりはドローネ警視だ。警視自身はまさか掘る作業はやらないだろうな、とトムは思った。「森のなかで最近掘り返された形跡のある場所を知りませんか?」と彼らは尋ねたのだ。トムは全然知らないと答えた。森は自分のものではないから、と。やがて警視も、森を掘っている部下のほうへ、芝生を通っていってしまった。家宅捜査はもうすっかりすんでいたのだ。

トムの手にはもう一通、まだ開封していないクリス・グリーンリーフからの手紙があった。

警察が森を掘りはじめてからもう十分ぐらいになる。

トムはジェフの手紙を前より注意深く読み返してみた。ジェフは、トムへの郵便が検閲されることを予期してこれを書いたのか、でなければふざけて書いたかだ。きっと前者だろう。

ボンド街W一
バックマスター画廊
一九××年十月二十四日

ヴィルペルス七七　ベロンブル
トーマス・P・リプリー殿

拝啓

先週の水曜日に貴下とともにフランスへ赴かれたトーマス・マーチソン氏の件に関して、ウェブスター警部補が最近貴下を訪問されたと聞きおよびました。ついては、われわれも、マーチソン氏が当画廊に来訪された十五日の火曜日以来、氏からはまったく連絡を受けておりませんので、ここにお知らせ申し上げます。

マーチソン氏が、アメリカへ帰国する前に再度ダーワットに会いたいと切望しておられたことはわれわれも承知しております。現在ダーワットがイギリスのどこに滞在中かはわれわれの知らぬところですが、彼がメキシコに戻る前にわれわれに連絡をとるであろうことを期待している次第です。あるいはダーワットがマーチソン氏と、われわれのあずかり知らぬ会合を持つ約束をしていたかもしれぬ、と察せられます［幽霊同士でお茶でも飲むんだろう、とトムは思った］。

また、『時計』と題するダーワット作品の消滅に関しては、われわれも警察同様、多大の関心を持っている次第です。

もし貴下がなんらかの情報をお持ちならば、電話料金は当方払いで、われわれにお電話くだされたく、お願い申し上げます。

敬具

ジェフリー・コンスタント

トムは、いま、少なくともいまの瞬間だけは、大胆不敵にも上機嫌になって後ろを振り向いたが、バーナードのむっつりした顔を見てうんざりした。トムはこう言ってやりたかった、「おい、そこの薄汚い馬鹿野郎、お前さん、いったいぜんたいなんだってこんなところでいつまでもうろうろしてやがるんだ？」だが、バーナードがなんのためにうろうろしているのか、トムにはわかっていた。もう一度トムを殺る機会を待っているのだ。そこでトムは一瞬息をのんだだけで、バーナードに微笑みかけたが、バーナードはこちらを見てもいなかった。トムは、マダム・アネットが木にぶらさげておいた牛の脂身（あぶらみ）を青い小鳥がついばむ音に耳を傾けた。キッチンからマダム・アネットのトランジスタ・ラジオの音がかすかに聞こえ、遠くの森のほうからは刑事が土を掘る鋤（すき）のカチリという音が聞こえてくる。

トムは、ジェフの手紙のように努めて無表情に冷静に言った、「まあ、いくら掘ってもあそこじゃマーチソンの手がかりは見つかりっこない」

「川を浚（さら）えばいいんだ」とバーナード。

「きみ、連中にそうしろと言う気か？」

「いや」

「それはともかく、どの川だ？　どの川だったかぼくは覚えてもいないよ」バーナードだって覚えていないにちがいない。

トムは、警察が森から戻ってきて、何も発見できなかった、と言うのを待っていた。それとも彼らはわざわざそんなことは言わないかもしれない。おそらく何も言わないだろう。あるいは、もっと森の奥まで入って捜査を続けるかもしれない。そうなれば一日がかりの仕事になる。もっとも、こんないい天気の日には警察にとってそれも悪くない暇つぶしの方法だ。この村か近所の村で、さもなければこの地区にある自宅へ帰って昼食をすませ、また森へ戻ってくればいいのだから。

トムはクリスの手紙を開けた。

一九××年十月二十四日

トム様

お宅で過ごさせていただいた優雅な日々のこと、改めてお礼申し上げます。このホテルのむさくるしい部屋とはまったくいい対照ですが、ぼくはここがまあまあ気に入ってるんです。ゆうべぼくはちょっとした冒険（アドヴェンチャー）をやったんですよ。サン・ジェルマン・デ・プレのカフェで、ヴァレリーという女の子に会って、ぼくの部屋にワインを一杯やりにこないかと誘ったんです。（エヘン！）彼女はオーケーしました。ぼくはそのときジェラルドと一緒だったんですが、彼は紳士ぶってわざと消えてくれました。あいつときどき紳士になるんです。ヴァレリーは、ぼくのあとからわざと二、三分遅れて階上（うえ）に上がってきました。彼女がそのほうがいいって言ったんです、ぼくは下のフロントじゃあそんなこと気にも留めないだろうと思うんですけどね。彼女は風呂に入ってもいいかと訊（き）きました。ぼくは、この部屋にはバスルームはなくて洗面台だけなんだと話して、彼女が身体（からだ）を洗っているあいだ部屋の外に出ていました。ぼくがドアをノックすると、彼女が、このホテルにはちゃんとした浴槽のあるバスルームはないの、と訊いたので、もちろんあるけれど鍵（かぎ）を借りてこなきゃいけないんだと言って、ぼくは鍵を借りてきてやりました。それから彼女はバスルームに少なくとも十五分ぐらい姿を消していました。そして戻ってくると、もう一度洗うからそのあいだ部屋から出ていてくれ、って言うんです。オーケー、ぼくはそのとおりにしました。でもそのころまでにぼくは、彼女はいったいぜんたい何をそんなに洗うのだろう、と不思議に思いはじめていたんです。しばらく下の歩道でぶらぶらしてからまた上へあがってみると、彼女がいません。部屋はからっぽなんです。ぼくはホールも捜したし、ホテルじゅう捜しまわったんですが、どこにもいません。消えちゃったんです！　ぼくはこう思いました、あの子はぼくの前から自分を水に流して消えちゃったんだ、って。たぶんぼくのやり方がまずかったんでしょう。この次はしっかりしろよ、クリス！

ぼくはジェラルドと一緒にローマへ行くかもしれません……

トムは窓の外を見た。「いつまでやるつもりなんだろう？　ああ来た来た！　見ろよ！からっぽのシャベルを振りまわしてるぞ」

バーナードは見もしなかった。

トムは黄色いソファにゆったりと腰かけた。

刑事たちがフランス窓のガラス戸をノックしたので、トムは入れという身ぶりをしてから、彼らのために戸を開けにとんでいった。

「穴のなかで見つかったのはこれだけでしたよ」とドローネ警視は、小さなコインを見せて言った。二十サンチーム硬貨だ。「一九六五年のです」と警視は微笑んだ。

トムも微笑んだ。「滑稽（こっけい）ですね、そんなものが見つかったなんて」

「今日の戦利品です」ドローネはコインをポケットに入れた。「あの穴はやはり最近掘られたものでした。非常に不思議だ。死体にぴったりの大きさなのに肝心の死体はなし。最近誰かがあそこを掘っていたのを見ませんでしたか？」

「一度も見ませんね、でも――この家からあそこはよく見えないんです、木にさえぎられて」

トムはマダム・アネットに声をかけにキッチンへ行ったが、彼女はキッチンにいなかった。たぶん買い物に出かけたのだろうが、今日はきっといつもより長くかかることだろう。新聞に写真の出ていたムッシュー・マーチソンを捜しに警察がやってきたことをあちこちでおしゃべりするだろうから。トムは冷えたビールとワインの壜（びん）をトレイに載せて、リビングへ持っていった。ドローネ警視はバーナードと話していた。話題は絵のことらしかった。

「あの森は誰が利用しているんですか？」とドローネがトムに訊いた。

「ああ、ときどき百姓たちが使ってるんじゃないでしょうか」とトムは答えた。「木をとりにくるんですよ。でもあの小道を人が通るのはめったに見ませんね」

「最近では？」

トムはちょっと考えてから、「見た覚えはありません」と答えた。

三人の刑事はやっと帰った。彼らは二、三のことを確かめていった。トムの家の電話が異常ないこと、家政婦(ファム・ド・メナージュ)が買い物に出かけていること（トムは、もし彼女と話したいのなら村へ行けば見つかるかもしれませんよ、と言った）、エロイーズがシャンティイの実家を訪問中だということ。ドローネは実家の住所までは尋ねなかった。

「窓を開けたいな」刑事たちが帰ってしまうと、トムはそう言って、玄関のドアとフランス窓を開けた。

外の寒気にもバーナードはなんの反応も示さない。

「連中が外で何をやったか見てくるよ」トムはそう言うと、芝生を横切って森のほうへ歩いていった。警察の連中がもう家にいないということは、なんというい気分だろう！

穴を掘ったあとはちゃんと埋めてあった。赤土が少し盛り上がってはいるが、かなりきちんと片づけられている。トムは家のほうに歩きはじめた。やれやれ、とトムは思った、ぼくはあとどれだけ同じ議論、同じことのくり返しに耐えられるだろうか？　ただひとつ感謝しなければならないのは、いまはバーナードが自己憐憫(れんびん)にとりつかれていないことだ。バーナードはトムを責めている。それは少なくとも行動的であり、積極的であり、また明確な形をもったことだ。

「まあ、かなりきちんとしてったよ」とトムはリビングに入りながら言った。「あれだけ苦労してたった二十サンチームとはね。さあ、ぼくたちもそろそろ――」

ちょうどそのとき、マダム・アネットがキッチンからドアを開けたので――そっちを見なくてもトムは音でわかった――トムは彼女と話しにいった。

「お帰り、マダム・アネット。警察の人たちはもう帰ったよ。残念ながら手がかりはなかったらしい」森のなかの墓のことは話さなかった。

「不思議ですこと、ねえ?」と彼女は早口に言った。これは普通はもっと重大なことが起きたときの、フランス人のいわば決まり文句なのだ。「ベロンブルのミステリーですね?」

「オルリーかパリのミステリーだ」とトムは言った。「ここのじゃないさ」

「旦那様とムッシュー・バーナードはうちでお昼を召し上がるんですか?」

「今日はいい。どこか外で食べることになるだろう。それに晩飯も心配しなくていい。もし奥さんから電話があったら、今夜こっちから電話すると言っといてくれないか。いやそれより――」トムはちょっとためらってから「奥さんには午後五時までに必ずこっちから電話することにしよう。だからマダムは今日はもう休みにしていいよ」

「お昼を召し上がるかと思ってお肉を買ってきたんですけれど。じゃあ私はマダム・イヴォンヌと一緒に――」

「ああそうこなくっちゃ!」とトムは彼女にみなまで言わさず、バーナードのほうを向いて言った。「そろそろどこかへ出かけるか?」

だがすぐには出かけられなかった。バーナードが、部屋で何かやりたいことがあると言い出したのだ。マダム・アネットは家を出ていった(とトムは思った)、たぶんヴィルペルス村の友達のところへ食事をしに行ったのだろう。トムはしびれをきらしてとうとうバーナードの部屋の閉めきったドアをノックした。

バーナードはテーブルに向かって何か書いている。

「もし邪魔だったら――」

「いや、かまわない」バーナードはもう立ち上がっていた。

トムは理解に苦しんだ。きみはいったい何を話したいんだ？　と訊きたかった。なぜここへやってきた？　だがトムにはどうしてもそういう質問が切り出せなかった。「階下(した)へ行こうよ」

バーナードはついてきた。

トムはエロイーズに電話したかった。もう十二時半だ。いま電話すれば昼食の前に彼女をつかまえることができる。エロイーズの家族は、自宅にいるときは必ずきっかり一時に昼食を始めるのだ。トムとバーナードがリビングに入ったときに電話が鳴った。「たぶんエロイーズからだ」とトムは言って、受話器をとった。

「そちらは(ヴゼット)……ビービー……お切りにならないで下さい(ヌ・キッテ・パ)。ロンドンからです(ロンドル・ヴザペル)……」

そしてジェフが出た。「ハロー、トム。いま郵便局からかけてるんだ。もう一度こっちにこられないか――なんとかして？」

ダーワットとして来てほしいという意味だな、とトムは悟(さと)った。「いまここにバーナードがいるんだ」

「だと思ったよ。どうだい、彼の調子は？」

「まあ――落ち着いている」とトムは言った。フランス窓からじっと外を見ているバーナードがこちらに聞き耳をたてているとは思わなかったが、確信はなかった。「いますぐは駄目だ」とトムは言った。ぼくがマーチソンを殺したってことをジェフたちは全然悟ってもいないんだろうか？

「なんとか考えてくれないか、頼むよ」

「しかしいまこっちにも用事が二、三あるんだよ。どうかしたのか？」

「例の警部補が来たんだ。ダーワットの居場所を知りたいってね。うちの帳簿も見たいと言ってた」ジェフはごくりと唾をのみこんだ。彼は秘密を保とうとして、たぶん無意識にだろう、低い声になっていたが、また同時にその声には、誰かに聞かれて悟られたってかまうものかというような捨てばちな響きがあった。「エドとおれは――おれたちはリストをいくつか作ったんだ、最近のやつをね。われわれは絵が一枚もなくならないように、いつも非公式に輸送していたのだ、と言ったんだ。これは敵も信じたようだった。だが警察はダーワットそのものに好奇心を示している、だからもしきみがあれをもう一度やってくれたら――」

「それはいい手じゃないな」とトムはジェフの言葉をさえぎった。

「もしきみがわれわれの帳簿の信憑性を裏書きしてくれたら――」

帳簿なんてくそくらえだ、とトムは思った。連中の収入もくそくらえ。マーチソンの殺人はどうなんだ、あれはぼくひとりの責任だというのか？　それにバーナードのことは、バーナードの命はどうなってもいいのか？　そのとき奇妙にもトムは突然、まったく考えてもいなかったのに、バーナードが自分の手で自分を殺そうとしている、どこかで自殺しようとしているのだ、と気づいた。だのにジェフとエドは自分たちの収入、自分たちの信用、自分たちが牢屋にぶちこまれることだけを心配している！「こっちでやらなきゃいけないことがあるんだ。ロンドンへ行くなんて無理だよ」ジェフが失望のあまり黙っているのでトムは訊いた、「マーチソン夫人はロンドンにやってくるのか？」

「そのことはまだ何も聞いてない」

「ダーワットはいまの居場所にいさせておこう、どこだってかまうもんか。ダーワットには、自家用飛行機を持ってる友達がいるのかもしれない、それは神のみぞ知るさ」トムは笑った。

「ところできみ」とジェフはさっきよりいくらか明るい声で言った、「例の『時計』はいったいどうしたんだ？　ほんとに盗まれたのか？」

「そうだよ。驚くべきことだろう？　いまごろ誰があの名作を鑑賞してることやら」

ジェフが電話を切るときの声にはまだ落胆の響きがあった。じゃきみ、やっぱり来られないんだな。

「散歩に行こう」とバーナードが言った。

エロイーズに電話できなくなる、とトムは思った。トムは、十分ほど二階へ行ってエロイーズに電話してもいいか、と尋ねようとしたが、それよりバーナードを元気づけるほうが先決だと思い直した。「じゃ上着をとってくるよ」

ふたりは村をぶらぶら歩きまわった。バーナードは、コーヒーもワインも昼食もほしくないと言った。ふたりは村を出て一、二キロ歩き、また村のほうへ引き返した。ときどき幅の広い農業用トラックや、荷役用のペルシュロン種の馬にひかれた荷車に道をゆずりながらぶらぶら歩く。バーナードはヴァン・ゴッホとアルルの話をした。アルルには彼も二度行ったことがあるという。

「……ゴッホにもほかの人同様に、ある限られた寿命があったんだ、八十歳まで生きてたモーツァルトなんて想像できるかい？　ああ、もう一度ザルツブルクへ行きたいなあ。あそこにはトマセッリというカフェがある。すばらしいコーヒーだ……たとえば、きみ、二十六で死んだバッハなんて想像できるかい？　つまりこれは、人間とは彼の業績のことであって、それ以上でもそれ以下でもない、ってことを立証してるんだよ。ぼくたちがいま話題にしてるのは人間のことじゃない、その仕事のことなんだ……」

いまにも雨になりそうだ。トムはもうかなり前から上着の襟を立てていた。

「……ダーワットにもちゃんとした寿命ってものがあったんだ。ぼくがそれを引き延ばしたのは馬鹿なことだったよ。でももちろん、ぼくはまだそうやってしまったわけじゃない。すべて今からでも改められる」バーナードの口調は、刑の宣告をする裁判長――自分では賢明だと信じこんでいる宣告を言い渡す裁判長のようだった。

トムは、両手をポケットから出して息を吐きかけ、またポケットに突っこんだ。

家に戻ると、トムは紅茶をいれ、ウイスキーとブランデーも出した。酒はバーナードを落ち着かせるか、それとも彼を怒らせて事態をひとつの危機にまで追いこむかどちらかだ。とにかく何かが起こるだろう。

「妻に電話しなきゃいけないんだ」とトムは言った。「どれでも好きなのを勝手に飲んでてくれ」トムは二階へ駆け上がった。たとえエロイーズがまだ怒っていようと、彼女の声は少なくとも正気の人間の声だ。

　トムはシャンティイの番号を交換手に告げた。雨が降りはじめ、窓ガラスにやさしくあたっている。風はない。トムはため息をついた。

「ハロー、エロイーズ！」彼女が出たのだ。「ああ、ぼくは元気だよ。ゆうべ電話したかったんだけど、時間が遅すぎたんで……さっきは散歩に出かけてたんだ（その間にエロイーズが電話したそうだ）。バーナードとだよ。……ああ、いまはまだいるんだが今日の午後か、たぶん今夜には発（た）つと思う。きみいつ帰ってくる？」

「あんたがあの狂人（フー）を追い出しちゃってからよ！」

「エロイーズ、愛してる（ジュ・テーム）よ。ぼくもパリに行くかもしれない。バーナードとね。そしたら彼だってこの家を出ていかざるを得ないだろ」

「あなた、なぜそんなにいらいらしてるの？　何が起こってるの？」

「なんにも！」

「パリに来たら必ず電話してね」

　トムはリビングに戻って、レコードをかけた。今日はジャズを選んだ。よくも悪くもないジャズだ。いままでにも人生の危機にあうたびに気づいていたことだが、そういうとき、ジャズはトムになんの効果もおよぼさない。ただクラシックだけが、心をなごませたり、うんざりさせたり、自信を与えたり、まったく自信をなくさせたり――とにかくなんらかの影響を与える。なぜならクラシックにはきちんとした秩序があり、その秩序を受け入れるか、さもなくばそれを拒否するかしかないからだ。トムは、もう冷めてしまった紅茶に砂糖をたっぷり入れてぐっと飲み干した。バーナードはこの二日間ひげも剃(そ)っていないようだ。ダーワット風の顎(あご)ひげを生やすつもりだろうか？

何分か後、ふたりは裏の芝生をぶらぶら歩いていた。バーナードの片方の靴の紐(ひも)がほどけたままになっている。バーナードのデザートブーツは、履き古してぺしゃんこになり、底がまるで生まれたばかりの小鳥の嘴(くちばし)のように上に反りかえっていた。バーナードは靴紐を結ぶつもりがあるのかないのか？

「こないだの夜」とトムは言った、「ぼくはユーモア五行詩(リメリック)をつくってみたんだ。

コンピューター結婚で結ばれた
だめな男と中性女
中性がだめに言うことにゃ
『あたしも変な女だけれど
子供はきっともっと変』

残念ながらあんまりいかさないがね。でもたぶん、きみなら最後の行にもっといい文句を思いつくだろうな」トムは真ん中と最後の行にべつの文句も考えていたのだが、バーナードはいったい聞いているんだろうか？

ふたりはいま小道に、つまり森に入りかけていた。雨はもうやんで、木の枝からしずくが垂れているだけだ。

「見ろよ、小さな蛙（かえる）！」トムは、その親指の頭ほどもない小さな蛙をもう少しで踏みつけるところだったので、しゃがんで蛙をすくい上げようとした。

そのとき後頭部にがんと一撃を喰（く）らった。バーナードのこぶしだったのかもしれない。バーナードの何か言う声が聞こえ、濡れた草が、石が顔に触れているのを感じ、やがて気が遠くなった——頭の片側に二度目の一撃を感じはしたが、細かいことは何ひとつわからない。これはあんまりだ、とトムは思った。自分のからっぽの両手が愚かしく地面をまさぐっているさまが頭に浮かんだが、じつは微動だにしていないことはわかっていた。

やがて彼はごろごろと何度も転がされていた。あたりはまったく静かだ。聞こえるのは自分の耳鳴りだけ。動こうとしても動くことができない。いまぼくはうつ伏せなのか、仰向けなのか？　目には何も見えず、ただ頭だけがかろうじて働いている状態だ。目をしばたたくとやけにザラザラする。背中から足にかけて何かおもしでも乗せられているようにだんだん重くなる感じがして、やがてそれが事実だとわかった。耳鳴りの間に、土に食いこむシャベルの音がかすかに聞こえる。バーナードがトムを埋めているのだ。ぼくの目はちゃんと開いている、とトムはいまやっとそれを確信した。穴はどのくらいの深さだろう?　マーチソンの墓跡だ、間違いない。いままでどのくらい時間が経ったのだろう?　いくらなんでもひどすぎる、バーナードがぼくを地下深くに埋めるのは許せないぞ、とトムは思った。そうなったら二度と外へ出られない。かすかなユーモアさえ感じながらトムはぼんやりと考えていた、バーナードを許すにも限度がある、その限度とはぼく自身の命だ、と。おい!　いいか!　トムは自分がそう叫んだと想像し、信じた。だが実際は何も叫んでいなかった。

「……最初じゃない」というバーナードの声が、トムを覆っている土にさえぎられて重く濁って聞こえた。

どういう意味だろう?　それとも空耳だったのだろうか?　トムは首をほんの少しだけまわすことができた。そして自分がうつ伏せになっているのがわかった。彼は顔をわずかに横へ向けた。

もう土の重みが落ちてくるのは止まっている。トムは口も使って、呼吸するのに懸命だった。口はカラカラに乾いている。彼は砂っぽい土をぺっと吐き出した。もしこのまま動かずにいたら、バーナードはきっと立ち去るだろう。バーナードはトムがノックアウトされていた間に、物置からシャベルをとってきたにちがいない。そう気がつくほど意識はもうかなりはっきりしていた。首の後ろがなんとなく温かくてむずがゆい。血だ、きっと。

二分、いやおそらく五分もたったろうか。トムは動きたかった。少なくとも動こうと努力した。だがバーナードがまだそこに立って見張っているのではないだろうか？

足音が土のなかまで聞こえることはまずあり得ない。バーナードはもう何分も前に立ち去ったのかもしれない。どっちにしても、もしトムが墓からもがき出てくるのを見たら、バーナードはまた襲いかかってくるだろうか？　そう考えるのは少し面白いことだった。あとになって思い出したら、まあそれも命があればの話だが、きっとぼくは笑うだろうな、とトムは思った。

トムは危険を冒すことにした。まず膝(ひざ)を動かし、両手をついて身体を上に押し上げようとしたが、もうその力も残っていない。そこで指を使って、もぐらのように上に向かって土を掘りはじめた。やっと顔の部分だけ空間をつくり、空気を求めてなおも上へと掘っていく。だがなかなか空気には達しない。土は湿って柔らかだったがとても粘っこい。それに背中にかかっている重さはひどかった。彼は、まるでまだ固まっていないセメントのなかを泳ごうとしている人のように、足を伸ばしたり手や腕でかきわけたりして少しでも身体を上へあげようと努力した。地面まで一メートル以上ってはずはないな、もっと少ないかもしれない、とトムは楽天的に考えていた。一メートルも掘るのは、こんな柔らかい土でさえ、かなりの時間がかかるはずだ。だがバーナードがそんなに長いあいだ掘っていなかったことは確かだ。さあ、いよいよ牢獄の屋根を突き破るぞ。もしバーナードがそこに立っていても、なんの反応も示さなかったら、つまりトムにもっと土をかけたり、彼を引きずり出してもう一度頭をなぐったりしようとさえしなければ、ここでひと息思いっきり押して屋根を突き破り、それからしばらく休めばいいのだ。トムは力いっぱい押した。息のできる空間が広くなった。墓のなかの湿った空気を二十回ほど吸いこんで、もう一度ぐうっと押す。

二分後、トムは、頭から足の先まで泥にまみれて酔っぱらいのようにふらつきながら、マーチソンの——そしていまは彼自身の——墓跡のそばに立っていた。

もう暗くなりかけている。よろめきながら小道に入って家のほうを見ると、まだ明かりはまったくついていない。ふいに、墓穴の外見のことが気になった。もと通りに埋めておかなければ。バーナードはシャベルをどこに置いていったんだろう？　ちきしょう、何もかもくそくらえだ！　トムは目と耳の泥をまだ擦りつづけていた。

もしかすると、家に入ったらバーナードがリビングの暗闇のなかに座っているかもしれない。そうしたらこっちは「ブー！」と軽蔑の叫びを浴びせてやろう。今度のバーナードの悪ふざけはかなり重大なものだ。トムはテラスで靴を脱いでそこに置いたままにしておいた。フランス窓は少し開いている。「バーナード！」トムは叫んだ。また襲われるのはもうまっぴらだ。

答えはない。

トムはリビングに入ったが、またすぐによろめきながらテラスに引き返して、泥だらけの上着とズボンを脱いだ。そして下着姿でリビングの明かりをつけてから、二階の自分の部屋の浴室へ上がっていった。ひと風呂浴びてやっと気分がさっぱりした。彼はタオルを首に巻きつけた。頭の傷から血が出ているからだ。泥を拭きとるために傷口にたった一度触っただけで、あとはなるべくそのことは忘れようと努めた。心配しても自分ひとりでは手当することもできない。トムはガウンを着てキッチンへ下りていき、ハムサンドイッチをつくって大きなコップに牛乳をついだ。そしてキッチンのテーブルで軽食をすませてから、上着とズボンを浴室に吊るした。あの恐るべきマダム・アネットが見たら、ブラシをかけて洗濯屋へ出せ、と言うだろう。彼女が留守なのはなんとありがたいことか。だが彼女は十時には戻ってくる。もしフォンテーヌブローかムランへ映画を見にいったのなら十一時半ごろになるかもしれない。でもそれはあてにはできないな、とトムは思った。いまは八時十分前だ。

バーナードはいま何をしているんだろう？　またふらふらとパリへでも行ったのか？　なぜかトムの頭には、ロンドンへ戻るバーナードの姿は浮かんでこない、そこでロンドンは除外することにした。だがいまのバーナードはどんな物差しでも測ることができないほど狂った状態なのだ。たとえばジェフとエドに、トム・リプリーを殺したと知らせるかもしれない。いまの状態のバーナードは屋根のてっぺんからどんなことでも大声でわめきかねない。事実、あの男は自殺さえしようとしているのだ。トムはそれを感じとっていた。ちょうど彼が殺人を感じとるように。自殺は結局、殺人の一形式だからだ。バーナードの意図がなんであるにせよ、それを実行させ、完遂させるには、ぼくがずっと死んだままでいなければならない、とトムは思った。
だが、マダム・アネットやエロイーズや近所の人たちや警察のことを考えると、それも困難だ。どうやったらみんなに、トムが死んでいると信じさせることができるだろう？
トムはリーバイスを穿き、予備の洗面所からカンテラをとると、森の小道へ戻っていった。予想どおりシャベルは、何度も掘りかえされた墓穴と小道の中間に置いてあった。トムはそのシャベルで墓穴を埋めた。これだけ掘りかえして地面が柔らかくなっていれば、木を植えたらきっとよく育つだろうな。トムは、最初にマーチソンを埋めたとき、墓を隠すのに使った木の枝までわざわざ引きずってきた。

　安らかに眠れ、トム・リプリー。

　本名ではないパスポートが必要だな、そういう用事を頼むのならリーヴズ・マイノットが最適だ。もうそろそろこっちからリーヴズにちょっとした用事を頼んだっていいころだろう。

　トムはリーヴズにあててタイプで短い手紙を書き、いまのパスポートに貼ってあるのと同じ自分の写真を、用心のために二枚同封した。今夜パリからリーヴズに電話しよう。トムはパリに行くことに決めていた。パリなら何時間か隠れていられるし、ゆっくり考えることもできる。そこでトムは、泥だらけの靴と服を、マダム・アネットがめったに行かない屋根裏部屋へ持っていった。そしてまた服を着替えると、ステーションワゴンを運転してムラン駅まで行った。

午後十時四十五分にパリに着き、リーヴズへの手紙をリヨン駅のポストに投函（とうかん）した。それからホテル・リッツへ行って、ダニエル・スティーヴンズという偽名で部屋をとり、パスポートは持ってくるのを忘れたと言って、架空のアメリカの旅券番号を宿帳に記入した。住所はルーアンのドクトゥール・カヴェ通り一四番地。そんな通りはトムの知っている限りではこの世に存在していなかった。

17

トムはホテルの自室からエロイーズに電話した。彼女は留守だった。電話に出たメイドの言葉によると、両親と一緒に食事に出かけたという。トムはハンブルクのリーヴズへの電話を申し込んだ。電話は二十分後に通じて、リーヴズが出た。

「やあ、リーヴズ。トムだ。いまパリにいるんだ。そっちはどうだい？……大至急（トウ・ド・スユイト）ぼくにパスポートをつくってくれないか？　ぼくの写真はもう郵便で送った」

リーヴズは慌てているようだ。やれやれ、最後にこっちからちょっと用事を頼んだらすぐこれだ。たかがパスポート一通じゃないか？　ああ、小さいが重要なもの、いつでもどこでもよく盗まれるものだ。だがトムは、リーヴズにいくらでやってくれるかと訊（き）くだけの礼儀は持ち合わせていた。

リーヴズは、まだわからないと言った。

「あとで請求してくれ」トムはきっぱりと言った。「とにかくこっちは今すぐにでもほしいんだ。もし月曜の朝にぼくの写真がそっちに届いたら、その日の夜までにできるかい？……ああ、急ぐんだよ。月曜の夜遅くにでもパリに飛ぶ予定の友達はいないのか？」いなければ探せ、とトムは思った。

パリへ行ける友達がひとりいる、とリーヴズは言った。ものを運んで来る奴（例の宿主）ならお断わりだぞ、とトムははっきり言った。いまはとても他人のポケットやスーツケースをさぐれる状態じゃないんだ、と。

「名前はアメリカ人のならなんでもいい」とトムは言った。「アメリカのパスポートが一番いいんだが、イギリスのでもかまわない。いまはヴァンドーム広場のリッツに泊まってるんだ。ダニエル・スティーヴンズって名前で」トムはリーヴズの便宜（べんぎ）をはかってリッツの電話番号を教えてやり、リーヴズの使いの者がオルリー空港に着く時間がわかったら、自分がじかに会うことにする、と言った。

そのころには、エロイーズはもうシャンティイの実家に戻っていた。トムは電話で彼女と話した。「ああ、いまパリだよ。今夜こっちにこないか？」

エロイーズは来ると言った。トムは嬉（うれ）しかった。エロイーズとテーブルをはさんで座って、一時間ばかりシャンパンを飲むところが目に浮かんだ。もっともエロイーズがシャンパンを飲みたがればの話だが、彼女はたいてい飲みたがるに決まっている。

トムは円形のヴァンドーム広場を眺めながら灰色の舗道に立っていた。円（まる）い形は彼をいらいらさせる。どっちの方角へ行くべきか？　左のオペラ座のほうか、右のリヴォリ通りのほうか？　バーナードはどこにいるのだろう？　なぜおまえはパスポートなんかが必要なんだ、とトムは自問した。最後の切り札としてか？　自由の可能性の範囲を広げるためか？　ぼくはダーワットのようには描けない、とバーナードは今日の午後言っていた。ぼくはもう何も描けない――ぼく自身のためにさえほとんど描けなくなってしまった、と。バーナードはいまこの瞬間パリのどこかのホテルで、洗面台に手を突っこんで手首をかき切っているのではないだろうか？　セーヌ川の橋のひとつに身をのり出して、誰も見ていないときに――静かに――飛びこもうとしているのではないだろうか？

　トムはリヴォリ通りのほうへまっすぐ歩きだした。夜もこの時間になると通りは暗く生気がない。店のウィンドーには鉄の輪や鎖（くさり）でしっかりかんぬきがかけてある。ウィンドーに並ぶ観光客向けのけばけばしい商品――「パリ」と印刷してある絹のハンカチや、不当に高い値をつけてある絹のネクタイやシャツを盗まれまいとするためだ。トムは、第六区までタクシーで行ってそこのもっと賑（にぎ）やかな雰囲気のなかを歩きリップの店でビールを飲もうかと考えた。だがクリスにばったり出会う恐れがあったので、ホテルに戻り、ロンドンのジェフのスタジオに電話を申し込んだ。

　交換手の言葉では、線が混んでいるので四十五分ぐらいかかるということだったが、三十分でつながった。

「もしもし――パリ？」ジェフの声がまるで溺（おぼ）れかかっているイルカの声のように響いて

きた。

「トムだよ、パリに来てるんだ！　聞こえるか？」

「かすかに！」

トムのほうではもう一度かけ直すほど聞こえにくい状態ではなかったので、そのまま続けた。「バーナードが今どこにいるかわからないんだ。そっちに連絡なかったか？」

「なぜパリにいる？」

こんな聞きとりにくい状態でそれを説明するのは無理だ。トムはバーナードがジェフやエドにも何も連絡していないことだけをやっと聞き出した。

ジェフが言った。「警察はダーワットを見つけようとしてるんだ……」（英語で何か呪（のろ）いの文句を呟（つぶや）いて）「ちきしょう、きみの言葉がこんなに聞こえないってことは、誰か間にいるものが聞いてるのかも……」

「そうだよ（ダコール）！」とトムは答えて「そっちの問題だけ全部しゃべってくれ」

「マーチソンの女房がたぶん……」

「なんだって？」やれやれ、電話とはなんと腹の立つ機械だろう。人類はまたもとのペンと紙と郵便船に戻るべきだ。「全然聞こえないぞ！」

「『桶（おけ）』が売れて……連中は捜してる……ダーワットを！　トム、もしきみが……」

そこで突然電話は切れてしまった。

トムは腹立ちまぎれに受話器をガチャンと置いたが、またすぐ摑（つか）み上げて、下にいるホテルの交換手をどなりつけようとした。だが思い直して受話器を置いた。交換手の責任じゃない。誰が悪いんでもない。責任者は見つけることなんてできないんだ。
そうか、マーチソン夫人がやってくるのか、ぼくの予想どおりだ。たぶん彼女は夫のラベンダー理論を知っているだろう。『桶』が売れたと言ったが、いったい誰に売れたんだ？　それにバーナードの奴、どこにいるんだ？　アテネだろうか？　ダーワットの行動を真似て、ギリシャの島の沖合で溺れ死ぬつもりなんだろうか？　トムは自分がアテネに行くところを想像した。ダーワットが行った島はなんといったっけ？　イカリア島か？　どこにあるんだろう？　明日の朝、観光案内所で調べてもらおう。
トムは書き物机に向かって、急いで短い手紙を書いた。

ジェフ様
もしきみがバーナードに会ったら、ぼくはもう死んでいるんだからそのつもりで。バーナードはぼくを殺したと思っている。そのわけはいずれあとで話す。このことは誰にも言わないでくれ、これはただ、きみがバーナードに会って、彼が「ぼくはトムを殺してしまった」と言ったときの用心のためなんだから——もし彼がそう言ったら、きみは彼を信じるふりをして何も言わないでいてくれたまえ。バーナードを引きとめておいてくれ、頼む。

取り急ぎ

トムは下に行って、デスクで五十サンチームの切手を買ってその手紙に貼り、投函した。たぶん火曜まではジェフの手に届かないだろう。だがあの内容は電報ではとても送れない。いや送れるかな？「バーナードニタイシテハボクハチカフカクニヨコタワッテイナケレバナラヌ」いや、これではなんのことかわからない。トムがまだ思い迷っているとき、エロイーズが入ってきた。彼女がグッチの小さな旅行用バッグを持っているのを見て、トムは嬉しかった。

「今晩は、マダム・スティーヴンズ」とトムはフランス語で言った。「きみは今夜はマダム・スティーヴンズなんだよ」彼女をフロントへ連れていって宿帳に記入させようかと思ったが、わざわざそうすることもあるまいと考え直して、彼女と一緒にエレベーターのほうへ行った。

三人の目が彼らをじっと見ている。ほんとにあいつの女房なんだろうか？　と。

「トム、あなた顔が青いわよ！」

「今日は一日じゅう忙しかったんだ」

「あらっ、どうしたの、この――」

「シーッ」彼女はトムの頭の傷のことを言ったのだ。エロイーズはなんでも見つけてしまう。彼女にはある程度までしゃべってもいいがとても全部は言えない。墓穴のこと――あれは恐ろしすぎる。それにバーナードが殺人者だと思われてしまう。実際はそうじゃないのに。トムがチップをやったので、エレベーターボーイはエロイーズの鞄を運ぶと言ってきかなかった。

「どうしたのよ、その頭？」

トムは、血を抑えるために首に高く巻きつけていたダークグリーンのマフラーをとった。

「バーナードになぐられたのさ。心配しなくてもいいんだよ、ダーリン。さあ靴を脱げよ。服も。楽にしたまえ。シャンパン飲みたいかい？」

「ええ、もちろん」

トムは電話でシャンパンを注文した。まるで熱でもあるように頭がふらふらする。だが、ただの疲れと貧血のせいだということはわかっていた。家のどこかに血が落ちてないか、ぼくはよく調べてきたっけ？　ああそうだ、家を出る直前にわざわざそれを調べに二階へ行ったんだったな。

「バーナードはどこにいるのよ？」エロイーズはもう靴を脱いで、裸足になっていた。

「わからないんだよ、ほんとに。パリかもしれない」

「喧嘩したの、あなたたち？　あの人が家から出ていこうとしないんで」

「ああ——喧嘩ってほどじゃないけどね。あいつ、いまとても気が立ってるんだ。でもたいしたことじゃないよ、全然」

「でもどうしてあなたパリに来たのよ？　あの人はまだうちにいるの？」

その可能性もあるな、とトムは思った。でもバーナードの荷物はたしかに家から消えていた。捜してみたんだから間違いない。それにその後バーナードが家に戻ってきたとしても、フランス窓を壊さなきゃなかへ入れないはずだ。「いや、うちにはいないよ」

「頭を見せて。バスルームへいらっしゃいよ。あっちのほうが明るいわ」

ドアにノック。早くもシャンパンを持ってきたのだ。太った白髪まじりのウェイターがコルクを抜いてにっこり笑った。シャンパンの壜はアイスペールのなかでサクサクと気持ちのいい音をたてた。

「メルシー、ムッシュー」ウェイターは、トムの出した札を受けとって言った。

トムとエロイーズはグラスをあげて、ぐっと飲んだ。エロイーズは少し不安そうだ。早く頭を見せてよ。トムはおとなしく従った。シャツを脱ぎ、洗面台の上に頭を突き出して目を閉じる。エロイーズが小さなタオルで傷を洗ってくれる。予想どおりの彼女の悲鳴に、トムは耳を押さえた、いや、押さえようとした。

「かすり傷だよ、でなきゃいままでずっと血が出つづけてたはずだ！」とトムは言ったが、傷口を洗ったのでまた出血してきた。「タオルを一枚——なんでもいいから持ってきてくれ」トムはそう言うと寝室に引き返し、そこでへなへなと床にくずおれてしまった。だがまだ気は確かだったので、バスルームのタイルの床のほうへ這っていった。

エロイーズは絆創膏のことをしゃべっている。
トムはそこでほんの一分ほど気が遠くなった。だがそのことは口に出さず、トイレットに這っていって少しもどした。エロイーズが渡してくれた濡れタオルで顔と額を拭き、二、三分後には、洗面台のそばに立ってシャンパンをすすっていた。エロイーズは小さな白いハンカチで当て布をつくっている。「なぜ絆創膏なんか持ち歩いてるんだ？」とトムは訊いた。

「爪に使うのよ」

どうやって爪に使うんだろう？　エロイーズがテープを切る間トムはテープを持っていてやった。「ピンクの絆創膏なんて、人種差別のしるしだよ。アメリカのブラックパワーがそれに気づくべきだ——やめさせるべきだよ」

エロイーズには理解できなかった。トムは英語でしゃべっていたのだ。

「明日ちゃんと説明してやるよ——たぶんね」

やがてふたりはベッドに、ふかふかした枕が四つもある豪華なゆったりしたベッドのなかにいた。トムの傷口がまた出血するといけないので、エロイーズは自分のパジャマを彼の頭の下にあてがうのに使ってしまった。トムはもう血はほとんど止まったと思っていたのだが。エロイーズは素裸で、信じられないほど滑らかだ。まるで、磨き立てた大理石のようだが、もちろん大理石よりはずっと柔らかくて温かい。愛の行為には向かない夜だったが、それでもトムはとても幸せだった。明日のことはまったく気にならない——これはトムにとっては賢明でなかったかもしれないが、その夜、いや、その早朝というべきか、トムは大いに満足していた。暗闇のなかで、エロイーズがシャンパンのグラスをするひそやかな泡の音が聞こえ、グラスをテーブルに置くカチリという音が聞こえた。そして彼の頰(ほお)はふたたび彼女の胸に押しあてられていた。エロイーズ、きみはぼくに現在(いま)を考えさせてくれる唯一の女性だ、と言いたかったが、彼はとても疲れていたし、そういう言葉はたいして重要でもなさそうに思えた。

　翌朝、トムはエロイーズに情況を、それもうまく説明しなければならなかった。彼はこう言った、バーナード・タフツがイギリスのガールフレンドのことで取り乱していて自殺の恐れがあるので、彼を見つけたいのだ、彼はもしかするとアテネに行ったのかもしれない、と。また、マーチソンの蒸発事件があったために、警察がぼくを目の届くところに置いておきたがっているから、彼らにはぼくがパリの友達のところへでも行っていると思わせとくのが一番いいのだ、とも言った。さらにトムは、早くても月曜の夕方にしか届かないパスポートを待っていることも説明した。トムとエロイーズはそのときベッドで朝食中だった。

「あなたったら、自分をなぐりかえしたあんな狂人(フー)のことをなぜそんなに心配するの？　あたしにはちっともわかんないわ」

「友情さ」とトムは言った。「さあ、ダーリン、きみはもうベロンブルに戻って、マダム・アネットの相手をしてやったら？　それとも――マダムに電話して明日の朝までぼくと一緒にいたっていいんだけど」トムは前より陽気に「でも今日はホテルを変えたほうがいいな、用心のためにね」

「あーあ、トム――」がっかりした声だが、本心からじゃないことはわかっている。彼女は少しばかり狡いことをやったり、秘密にする必要のないことをわざと秘密にしたりするのが好きなのだ。学校時代に両親の監視を逃れるために、クラスの女の子や、男の子まで誘って企てた子供らしい陰謀の話をいつかトムにしてくれたが、それはコクトーの創作にも匹敵するものだった。

「今日はまたべつの名前を名のろう。きみ、どんな名前がいい？　ぼくはやはりアメリカ人かイギリス人らしい名前じゃなくちゃね。きみはぼくのフランス妻だ、いいね？」トムは英語でしゃべった。

「ん。じゃグラッドストーンは？」

トムは笑った。

「グラッドストーンのどこがおかしいのよ？」

エロイーズは英語を嫌っていた。英語には自分がとうていマスターできない汚い二重の意味がたくさんあると思い込んでいるのだ。「いや、ただグラッドストーンはスーツケースを発明した人だから」

「スーツケースを発明した？　嘘おっしゃい！　スーツケースなんてどうやって発明できるのよ？　あんな簡単なもの！　ほんとに、トムったら！」

ふたりは第九区のオスマン通りにあるホテル・アンバサドゥールに移った。保守的で立派なホテルだ。トムは、ウィリアム・テニックと妻のミレイユと宿帳に記入した。それからリーヴズに二度目の電話をかけて、新しい偽名とホテルの住所と電話番号PRO七一二一を、よくリーヴズの電話に出るドイツ訛りの男に告げておいた。

午後、トムとエロイーズは映画を見に出かけ、六時にホテルに戻ってきた。リーヴズからはまだなんの連絡も来ていない。トムの提案で、エロイーズはマダム・アネットに電話した。トムも電話に出てマダムと話した。

「ああ、いまパリなんだよ」とトムは言った。「書き置きをしてこないで悪かったね……奥さんはたぶん明日の夜遅くそっちへ帰ると思う、よくはわからないけど」トムは受話器をエロイーズに返した。

バーナードがベロンブルにいないことは確かだ。いればマダム・アネットがそのことを言わないはずはない。

ふたりは早めにベッドに入った。トムは、頭の後ろの馬鹿げた絆創膏をとってしまってくれとエロイーズに頼んだが、無駄だった。それどころか彼女は、当て布を浸すラベンダー色の防腐液さえ買ってきていた。例のマフラーは彼女がリッツで洗っておいたので、もうその朝には乾いていたのに。夜中、十二時直前に電話が鳴った。リーヴズからで、友人が明日の夜オルリー着十二時十五分のルフトハンザ三一一便でトムの必要なものを持っていく、ということだった。

「その男の名前は？」とトムは訊いた。

「女だ。ゲルダ・シュナイダー。きみの人相は教えてある」

「オーケー」トムは、リーヴズがまだ彼の写真を受けとっていないらしいのに、早くも手を打ってくれたことに満足していた。「明日の夜、ぼくと一緒にオルリーに行くかい？」電話を切ると、トムはエロイーズに言った。

「あたしが運転してってあげる。ついてかなくっちゃ心配だわ」

トムは、ステーションワゴンをムランの駅に置いてきたことをエロイーズに話した。彼女が家に帰ってから、いつも雇う庭師のアンドレを連れて駅までとりにいけばいい。

ふたりは、月曜の夜に何かの手違いでパスポートが届かなかった場合に備えて、もうひと晩アンバサドゥールに泊まることに決めた。トムは火曜日の早朝の飛行機に乗りたいと思っていたが、これはパスポートを確かに入手してからでないと決められない。それに新しいパスポートに書いてあるサインも練習しなければならない。それもこれもみなバーナードの命を救うためだ。トムは自分の考えを、感情を、エロイーズと分かち合いたかった。だが彼女に理解させることはとてもできないだろう。もし彼女が贋作のことを知っていたとしたら、この感情を理解してくれるだろうか？　ああ、たぶん、もしこういう言い方が許されるとすれば、理性では理解するかもしれない。だが彼女はきっとこう言うだろう、「でも、なぜそれを全部あなたひとりでやらなきゃいけないのよ？　バーナードはジェフやエドの友達なんだし——それに稼ぎ手なんだから——あの人たちが捜せばいいじゃないの？」結局トムは彼女には何も話さなかった。孤独で、あらゆるものから断ち切られた状態、ある意味ではそれが行動にはベストなのだ。同情とか家族のやさしい思いやりさえ断ち切ってしまったほうがいい。

そして万事うまくいった。トムとエロイーズは月曜日の夜中にオルリー空港に着いた。飛行機は予定どおり到着し、ゲルダ・シュナイダー——あるいはその名前を使っている女——はトムが待っていた二階のゲートで彼に話しかけてきた。

「トム・リプリーさん？」彼女はにっこり笑って言った。

「ええ、シュナイダーさんですか？」

彼女は三十歳ぐらい、ブロンドで、知性的なかなりの美人だ。ほとんど化粧していないので、まるでたったいま冷たい水で顔を洗って、そのまま服をひっかけて出てきたように見える。「リプリーさん、お目にかかれて本当に光栄ですわ」彼女は英語で言った。「お噂はよくうかがってましたのよ」

礼儀正しいがどことなく面白がっているような彼女の口調に、トムは思わず大声で笑った。あのリーヴズが、こんなに魅力のある女をどこからか捜し出してきて自分の仕事に使っているなんて、トムには驚きだった。「妻も来てるんです。いま下にいるんですよ。あなた今夜はパリにお泊まりですか？」

彼女はそのつもりで、モンタランベール通りのポン＝ロワイヤル・ホテルに部屋を予約してあると言った。トムは彼女をエロイーズに紹介した。トムは車をとりにいき、その間エロイーズとシュナイダーは、前にトムがマーチソンのスーツケースを置いた場所からさほど離れていないところで待っていた。三人が車でパリのポン＝ロワイヤル・ホテルまで来たとき、やっとシュナイダーが言った。

「例のもの、ここでお渡しします」

三人ともまだ車のなかだった。ゲルダ・シュナイダーは大きなハンドバッグを開けて、かなり厚みのある白い封筒を取り出した。

トムはいくらか暗いところに車を停めて、封筒から緑色のアメリカのパスポートを出して上着のポケットに押し込んだ。パスポートがくるんであった紙には何も書いてなかった。

「ありがとう。ぼくからもリーヴズに連絡しときますよ。元気ですか、彼?」
二、三分後、トムとエロイーズはホテル・アンバサドゥールに向かって車を走らせていた。
「ドイツ人にしてはわりかし美人ね」とエロイーズが言った。

部屋に戻ると、トムは早速パスポートをよく見た。かなり使い古されている。リーヴズはトムの写真もそれに合わせてわざと擦(す)り切らせていた。名前はロバート・フィドラー・マッケー、年齢三十一歳、ユタ州ソルトレイクシティ生まれ、職業はエンジニア、扶養家族なし。細長い続け字のサインだ。こういう筆跡のアメリカ人をトムは何人か知っている。みなうんざりするような性格の持ち主だ。

「ダーリン——エロイーズ——ぼくは今日からロバートだ」とトムはフランス語で言った。

「悪いけど、しばらくサインの練習をしなきゃいけないんだ」

エロイーズは箪笥(コモード)によりかかってトムをじっと見ている。

「ああダーリン！　心配ないよ！」トムは彼女を抱いて言った。「さあシャンパンを飲もう！　万事うまくいくさ！」

＊　　＊　　＊

火曜日の午後二時、トムはアテネにいた――アテネの町は、彼が最後に見た五、六年前よりずっと近代化され清潔になっていた。トムはホテル・グランド・ブルターニュに宿をとり、憲法記念広場に面した部屋でちょっと身づくろいをしてから外へ出た。バーナード・タフツが来ていないかあちこち見まわったりほかのホテルで訊いてみたりするためだ。グランド・ブルターニュはアテネで一番高価なホテルだからバーナードが泊まっているとは考えられない。トムは、バーナードがもうアテネにはいなくて、すでにダーワットの島かどこかへ向かったことを六割がた確信してさえいた。だが、たとえそうだったとしても、いまここでアテネのホテルを何軒か尋ねてまわらないのは愚かだと感じたのだ。

トムは、何年も離れていた友人バーナード・タフツとここで会う約束なんだが、と言って訊いてまわった。自分の名前はとくに言う必要はなかったが、訊かれたときには、ロバート・マッケーと答えた。

「いま島の様子はどうですか？」とトムは比較的ちゃんとしたホテルで尋ねた。そこなら観光旅行について何か知っていそうに思えたからだ。ほかのホテルでは英語がほんの少し通じただけだったが、ここではトムはフランス語でしゃべった。

「とくにイカリア島はどうです?」

「イカリア?」驚きの声。

イカリア島はドデカネス諸島の北のはずれにあって、アテネからはかなり東に離れている。空港もない。船の便はあるが、ホテルの男も一日に船が何回出ているのか知らなかった。


トムがイカリア島に渡ったのは水曜だった。ミコノス島から船頭と高速モーターボートを雇わなければならなかったのだ。イカリア島は——トムはその島について単純に楽天的に考えていたので——まさにひどい失望だった。アルメミスティ(たしかそういう名前だったと思う)の町は見るからに眠たげで、西欧人にはひとりも会わず、ただ、網を繕っている漁師や、小さなカフェにたむろしている土地の人たちを見ただけだった。バーナード・タフツという髪の黒い瘦(や)せたイギリス人が来なかったかと尋ねまわったあげく、この町から、島のもうひとつの町、アギオス・キリコスへ電話してみた。その町のホテルの主人は、いちおう宿帳も調べてくれ、もう一軒のホテルにも問い合わせて折り返し電話すると言ってくれたが、それっきり電話はなかった。電話は諦(あきら)めた。乾草(ほしくさ)の山のなかで一本の針を探すようなものだ。バーナードはきっとほかの島を選んだのだろう。

それでもなお、この島は、ダーワットの自殺した場所ということで、かすかな謎(なぞ)を秘めているように思われた。この黄色がかった白い砂浜のどこかを、フィリップ・ダーワットが海に向かって歩いていき、そして二度と戻らなかったのだ。イカリア島の住民のなかでダーワットの名前になんらかの反応を示すものはきっともういないだろうとトムは思ったが、それでも一度はカフェの主人に尋ねてみた。やはり無駄だった。ダーワットはこの島に一カ月といなかったのだし、それにもう六年も前のことだ。トムは小さなレストランでトマトと米と羊肉のシチューを食べて元気をつけてから、船頭を迎えにほかのバー兼レストランへ行った。船頭は、もし用事があるならそのバーに四時まではいるから、と言っていたのだ。

彼らは急いでミコノス島へ戻った。船頭の家はこの島にある。トムはいちおう荷物は全部持ってきていたが、なんとなく落ち着かず、疲労と挫折感を感じていた。今夜じゅうにアテネへ戻ろう、そう決心すると、とあるカフェでいやいやながら甘ったるいコーヒーを飲んでから、例のギリシャ人の船頭と最初に会ったドックへ行ってみた。そして船頭の自宅まで行って、食事中の船頭をやっと見つけた。

「いくら出せば今夜ピレエフスまでやってくれるかね?」とトムは尋ねた。まだアメリカのトラベラーズチェックがいくらか残っている。

船頭はしぶって用事があるとかなんとか理由をいくつも並べたてたが、結局すべては金が解決した。トムは小さな船室の木製のベンチから一歩も動かず、途中はほとんど眠っていた。アテネ近くの港ピレエフスに着いたのはもうかれこれ朝の九時ごろだった。船頭のアンティヌーは、喜びからか、それとも金か、疲れか、ウーゾのせいか、とにかくひどく上っ調子で、ピレエフスには自分を歓迎してくれる仲間が大勢いるんだ、と言った。

夜明けの寒さは身を切るようだ。トムは、タクシーの運転手に金はいくらでも出すと約束し、半ば脅すようにしてやっと憲法記念広場のグランド・ブルターニュ・ホテルの戸口まで連れていってもらった。

ホテルで部屋にありつけたが、それは前と同じ部屋ではなかった。宿直のポーターが、前の部屋はまだ掃除がすんでいないので、と正直に言った。トムは紙片にジェフのスタジオの電話番号を書いて、ロンドンへの通話申し込みをそのポーターに頼んだ。

それから階上の自室へ行ってひと風呂浴びたが、その間じゅう電話が鳴らぬかと耳をすませていた。電話は午前八時十五分にやっと通じた。

「トムだ。いまアテネにいる」とトムは言った。ベッドのなかでもう眠りかけていたところだった。

「アテネだって？」

「バーナードのことは何かわかったか？」

「いや、全然。きみ、なんでまた――？」

「これからロンドンに行くよ。今夜には着く。メーキャップの用意をしといてくれ。いいな？」

18

木曜日の午後、トムはアテネで衝動的に緑色のレインコートを買った。それはいつもの彼ならばとうてい選ばないようなスタイルだった——つまり、トム・リプリーならそんなコートには手を触れさえしなかっただろう。蓋つきポケットや紐類がたくさんついていて、それが二重のリングで留めてあったり、小さなバックルがついていたりする。まるで、伝令文や水筒や弾薬筒や携帯用食器や手榴弾や警棒などをあちこちにぶらさげるためにつくられたとでもいうようだ。要するにとても悪趣味なのだが、ロンドンへ入るときにこのレインコートが役に立つだろう——入国管理局の係員のなかにひょっとしてトム・リプリーの外見を覚えているものがいるといけないからだ。また、パスポートの正面からの写真では、髪の分け目は見えていないにもかかわらず、わざわざ右分けから左分けに変えた。幸いスーツケースにはトム・リプリーの頭文字は入っていない。問題は金だ。トラベラーズチェックは持っていたが、それはトム・リプリー名義なのでギリシャの船頭に渡すのならいざしらず、ロンドンでは使うわけにいかない。だが、ロンドンまでの片道切符を買うぐらいのドラクマはかろうじて持っていたし（エロイーズからフランと一緒にもらっていたのだ）、ロンドンへ行けば金の面倒はジェフとエドがみてくれるだろう。トムは、名刺とかそのほか身元を示すものは全部札入れから出して、ズボンの後ろのボタン留めのポケットに押しこんだ。だが、実際に身体検査を予期していたわけではなかった。

トムはロンドンのヒースロー空港の入国管理局デスクを無事通過した。「滞在予定は何日間？」「四日以内のつもりです」「商用ですか？」「はい」「滞在場所は？」「ウェルベック街のロンドナー・ホテルです」

ふたたびバスでロンドン市内のターミナルへ。トムはそこの公衆電話ボックスからジェフのスタジオへ電話した。午後十時十五分だった。

電話に出たのは女だった。

「コンスタントさんはおいでですか？」とトムは訊いた。「でなければバンバリーさんでも」

「おふたりともただいまお留守です。失礼ですがどちら様でしょうか？」

「ロバート——ロバート・マッケーです」反応はない。この名前をジェフにまだ教えてないのだからこれは当然だ。トムは、ジェフとエドが誰かを、一味の誰かをスタジオに残してトム・リプリーを待たせてあるにちがいないと判断した。「シンシアかい？」

「え、ええ」かなり高い声だ。

トムは思いきって言った。「トムだ。ジェフはいつ戻ってくる？」

「まあ、トム！　あなただってことがよくわからなかったのよ。ジェフとエドはあと一時間半ぐらいで帰ってくるはずなの。あなたこっちに来られる？」

トムはタクシーを拾ってセント・ジョンズ・ウッドのスタジオへ行った。

シンシア・グラッドナーがドアを開けた。「トム――いらっしゃい」

トムは彼女の顔や姿をほとんど忘れかけていた。中背で、茶色のまっすぐな髪を肩まで垂らし、灰色のかなり大きい目をしている。トムが覚えているよりもいまのほうが痩せて見える。歳はもう三十近いはずだ。彼女は少しそわそわしているようだった。

「バーナードに会ったんですって？」

「ああ、だがその後どこに行っちまったのかわからないんだ」トムは微笑んだ。ジェフ（とエド）はぼくの言いつけどおり、バーナードがぼくを殺しかけたことは誰にも言ってないらしいな。「パリにいるのかもしれない」

「おかけなさいな、トム！　何か飲みものを持ってきましょうか？」

トムは微笑んで、アテネの空港で買ってきたホワイトホースの包みを差し出した。シンシアはとても愛想がよかった――少なくとも表面上は。トムは嬉しかった。

「展覧会の間はいつもおかしくなるのよ、バーナードは」とシンシアが酒の用意をしながら言った。「と言っても私もまた聞きなんだけど。最近彼にはあんまり会ってないのよ。あなたも知ってるでしょうけどね」

トムは、バーナードからシンシアが彼を拒否した――つまりもう会いたくないと言ったと聞いたことは、絶対に言うまいと心に決めた。シンシアは本気で言ったのじゃなかったのかもしれない。そこまではトムにはわからないのだ。「じつはね」とトムは朗らかに言った、「彼は、もうこれ以上描かないって言ってるんだよ――ダーワットを。それが彼のためには一番いいんだ、ぼくはそう信じてる。もういやなんだって、自分でも言っていた」

シンシアはトムに酒を渡して、「恐ろしい商売だわ。ほんとに恐ろしい！」

そのとおりだ、わかっているさ。たしかに恐ろしい。シンシアのはた目にもそれとわかる震えがトムにはっきりそう感じさせた。殺人、嘘（うそ）、詐欺（さぎ）――ああ、まったく恐ろしい商売だ。「まあね――運悪くこんなことになってしまったけれど、もうここで打ち切りだ。今度のが、ダーワットのいわば最後の登場になる。もしジェフとエドが考えを変えたんならべつだけどね――連中はもうぼくにダーワットをやらせないことに決めたかもしれない。いまごろそう決めてるかもしれないよ」

シンシアはこのことにはまるで注意を払ってないように見えた。これは奇妙なことだ。トムはもう腰をおろしていたが、シンシアはゆっくりと部屋を行ったり来たりして、階段にジェフとエドの足音が聞こえないかと耳をすまして待っているようだった。「マーチソンって人はどうしちゃったの？　明日その人の奥さんがこっちに着くはずよ、たぶん。ジェフとエドに聞いたんだけど」

「ぼくは知らないよ。ご期待にそえなくて残念だが」トムは落ち着きはらって言った。いまシンシアの質問で取り乱している余裕はない。やらねばならぬ仕事が控えているのだ。やれやれ、マーチソン夫人は明日やってくるのか。

「マーチソンはダーワットの絵が贋作（がんさく）されてることを知ってるんですってね。その人の根拠って正確にはいったいなんなの？」

「自分の意見さ」トムは肩をすくめた。「絵の魂とか個性とかそんなことを言ってたよ――あんなことでロンドンの専門家を納得させられるかどうかあやしいもんだ。はっきりいって、いまダーワットとバーナードを分ける一線がどこにあるのか、それを知ってる奴がひとりでもいるだろうか？　あの退屈きわまるうすのろども、うぬぼれ屋の美術評論家どもめ！　奴らの言うことを拝聴するとまったく面白いよ、美術評論を読んでもそうだけどね――空間的概念とか柔軟な価値とかくだらんたわごとばっかりさ」トムは笑ってカフスボタンをはずしたが、今度はうまくはずれた。「マーチソンはうちでぼくの持ってる絵も見たんだ。一枚は本物で一枚はバーナードのやつさ。もちろんぼくはあいつの計画を思いとどまらせようと努めた。そして、言わせてもらえば、自分では成功したと思ってる。だからあいつはもうテイト画廊の人との約束を守るつもりはなかったと思うよ」

「でもどこへ消えたのかしら、その人」

トムはためらった。「それが謎なんだ。バーナードもどこへ消えちまったのか？　ぼくにはわからない。マーチソンには彼なりの考えがあったのかもしれない。消えなきゃならない個人的な理由がね。でなけりゃオルリー空港の謎の誘拐事件さ！」トムはいらいらしてきて、早くこの話題を打ち切りたかった。

「それだからって簡単にはすまないわよ。まるでマーチソンが贋作のことを知ってたから消されたかどうかしたみたいじゃないの」

「それをぼくがこれから訂正してやろうとしてるんだ。そしてお辞儀してさっと退場する。贋作のことはまだ何ひとつ証拠を摑まれてないんだよ。ああそうさ、シンシア、たしかにこれは汚らわしいゲームだ。でもここまで来てしまった以上、ぼくたちはそれを最後まで見届けなきゃいけない――ある程度まではね」

「バーナードは全部白状しちゃいたいって言ってたわ――警察によ。あの人、いまごろそうしてるかもしれないわよ」

それはあり得る。まさに恐ろしい可能性だ。そう思うとトムは、さっきのシンシアのようにゾクッと身震いした。彼は酒を一気に飲み干した。そうだ、もし明日、二度目のダーワットの演技をやっている真っ最中に、イギリスの警察がほくそ笑みながら押し入ってきでもしたら、それこそ破滅というものだ。「バーナードがそんなことをするとは思えないね」とトムは言ったが、自分の言っていることに自信はなかった。

シンシアは彼を見て、「あなた、バーナードも説得しようとしたの?」

トムは突然、彼女の鋭い敵意を感じた。彼に対して何年間も抱きつづけてきた敵意。彼こそこの騒ぎの元を思いついた張本人だからだ。「ああ、そうだよ」とトムは言った。「理由はふたつ。ひとつは――そんなことをしたらバーナード自身の人生もおしまいになってしまうからだ。第二に――」

「バーナードの人生はもうおしまいになってるわ。あなたの言ってる意味が画家としてのバーナード・タフツのことならね」

「第二に」トムはできるだけ穏やかに言った。「あいにくこの事に関係してるのはバーナードひとりだけじゃないからだ。バーナードが自白したら、ジェフやエドやそれに――画材をつくってる連中までみんな破滅だ。もっとも彼らが贋作のことは知らなかったと主張してうまく逃げられればべつだが、そうは問屋がおろさないだろう。それにイタリアの美術学校も――」

シンシアは緊張のあまりため息をついた。口をきくこともできないようだ。おそらくもう何も言いたくないのだろう。彼女は正方形のスタジオのなかをまた歩きまわり、ジェフが壁に立てかけておいたカンガルーの引き伸ばした写真をじっと見て、「私が最後にこの部屋に来てからもう二年になるわ。ジェフはどんどん売れっ子になっていくわね」

トムは黙っていた。ああ助かった、かすかな足音と男の声がぼんやり聞こえてきた。

誰かがノックした。「シンシア、おれたちだよ！」とエドが叫んだ。

シンシアがドアを開けた。

「やあ、トム！」エドは大声で叫ぶと、トムに駆け寄って手を握りしめた。

「トム！　よく来たな！」ジェフもエド同様上機嫌だ。

ジェフは小さな黒い鞄(かばん)を持っている。メーキャップの道具だな、とトムは思った。

「またメーキャップのことでソーホーにいる友達のとこへ行ってたんだよ」とジェフが言った。「元気かい、トム？　アテネはどうだった？」

「さんざんさ」とトムは言った。「まあ一杯やりたまえよ。アテネは例の軍閥政治でね、わかるだろ？　ブズーキ（ギリシャ音楽に欠かせない楽器）の音も聞こえなかった。おいおい、まさか今夜ぼくにショーをやらせるんじゃないだろうね」ジェフが鞄を開けはじめたのだ。

「ああ。ただ道具が全部揃ってるかどうか調べてるだけさ。バーナードからは何か連絡あったか？」

「訊くだけ野暮だよ」とトムは言った。「ないさ」彼は不安げにちらりとシンシアを見た。彼女は腕を組んで部屋の向こう端にある戸棚によりかかっている。ぼくがただバーナードを捜すだけのためにわざわざギリシャまで行ったということを、彼女は知っているんだろうか？　彼女にそれを知らせるのは意味のあることだろうか？　いや。

「じゃマーチソンからは？」とエドが振り向いて肩越しに訊いた。エドはもう勝手に酒をついでいた。

「ない」とトムは言った。「マーチソン夫人が明日来るんだって？」

「たぶんね」とジェフが答えた。「ウェブスターが今日電話でそう言ってきたんだ。知ってるだろう、ウェブスター警部補さ」

トムはシンシアのいる前では何も話せなかったので、ただ黙っていた。何かさりげないこと、たとえば「誰が『桶』を買ったのか？」というようなことでも口にしたかったが、それさえできなかった。シンシアは敵意を持っている。彼らを裏切ったりはしないかもしれないが、味方じゃないことは確かだ。

「ところで、トム」とエドがジェフにグラスを渡しながら言った（シンシアはまだ最初の一杯を飲み終わっていなかった)、「きみ、今夜はここに泊まっていいぜ。そうしてくれるだろうな」

「喜んで」とトム。

「そして明日の朝――ジェフとおれの考えでは十時半ごろにウェブスターに電話する、もし敵がいなかったら伝言を頼んでおけばいい、きみ（すなわちダーワット）が今朝――つまり明日の朝のことだが、汽車でロンドンに着いておれたちに電話してきたってね。きみはいままでベリー・セント・エドマンズかどこかの友達の家に泊まってたんだが、まさか自分が――そのう――」

「きみは、まさか自分の居場所を警察に知らせなきゃならないほど、警察が自分を真剣に捜しているとは思っていなかったのさ」とジェフが口をはさんだ。まるでマザーグースの童謡でも暗誦(あんしょう)しているような口調だ。「事実、警察はきみの行方(ゆくえ)を徹底的に捜査したわけじゃない。ただ二、三度おれたちに、ダーワットはどこかと尋ねたんで、きっと田舎の友達のところだろうと答えておいたんだよ」

「よし(ダコール)」とトムは言った。

「あたしそろそろ帰るわ」とシンシアが言った。

「おいおい、シンシア――せめてグラスに半分残ってるやつを飲んじまって空(から)にしろよ」とジェフ。

「いいえ」彼女はもうコートを着ようとしている。エドが手を貸してやった。「あたし、ただバーナードのその後のことが何かわかるかと思ってここへ来ただけですもの」

「ありがとうよ、シンシア、おれたちの留守の間、砦を守ってくれて」

まずい比喩だな、とトムは思った。トムは立ち上がって、「シンシア、もし何かわかったら必ずきみに知らせるよ。ぼくはすぐまたパリに帰るからね——たぶん明日にでも」

シンシアとジェフとエドが戸口で別れの挨拶を交わす低い声。やがてジェフとエドが戻ってきた。

「彼女、いまでもほんとに彼を愛してるのか？」とトムは訊いた。「ぼくはそうは思ってなかったんだがな。バーナードの話じゃ——」

ジェフもエドもかすかに苦痛の表情を浮かべた。

「バーナードがなんて言ったんだって？」

「先週パリから彼女に電話したら会いたくないって言われた、と言ってたがね。バーナードが誇張してぼくに話したのかな、ぼくにはわからんよ」

「おれたちもご同様さ」とエドは癖のないブロンドの髪をかき上げて、酒のお代わりをしにいった。

「シンシアにはボーイフレンドがいるのかと思ってたよ」とトム。

「ああ、前と同じ男だ」とエドがキッチンからうんざりしたような声で言った。

「スティーブンなんとかって奴」とジェフ。「でもそいつは彼女を燃え上がらせないんだ」

「あの男は火の玉ってタイプじゃないからな」とエドが笑いながら言った。

「シンシアは相変わらず同じところに勤めてるんだよ」とジェフが続けた。「そこは給料もいいし、それに彼女、なんとかいう偉いさんの一のお気に入りなんだ」

「だから彼女のほうは心配なし、さ」とエドがもうその話は打ち切りといわんばかりに言った。「問題はバーナードだよ、あいつどこにいるんだ？　それに、あいつがきみのことを死んだと思ってる、って言ったのはどういう意味だね？」

トムは手短かに説明した。埋められた話もしたが、トムがわざとおどけて話したので、ジェフとエドは、その恐ろしさに心を奪われると同時に声をたてて笑いながら、熱心に聞き入った。

「頭にちょっと穴があいただけさ」とトムは言った。彼は、エロイーズの鋏をこっそり失敬して、アテネへ行く飛行機のなかで頭の絆創膏を剝がしてしまっていた。

「ちょっときみに触らせてくれよ！」とエドは言って、トムの肩を摑んだ。「墓から這い出してきた男ここにありってわけだな、ジェフ！」

「よくやったなあ。おれたちには、おれにはとてもできんよ」とジェフ。

トムは上着を脱ぎ、やっと楽な気分になって鉄錆色のソファにゆったり座った。「きみたちはもう察してるんだろう？」とトムは切り出した。「マーチソンが死んでるってこと」

「だろうとは思っていた」ジェフがまじめな顔で言った。「何があったんだ？」

「ぼくが殺したんだ。うちの地下室で――ワインの壜でね」奇妙にもこの瞬間、トムの心にはふいに、シンシアに花を送ろう、送るべきだという考えが浮かんだ。彼女がそれを屑籠か暖炉に投げこみたければ、そうしてもかまわない。トムは、シンシアに親切にしてやらなかったことを後悔した。

ジェフとエドは、まだ押し黙ったまま、トムの言葉が与えたショックから立ち直ろうとしていた。

「死体はどこに?」ジェフがやっと訊いた。

「川の底さ。うちのそばの。ロワン川だったと思う」バーナードが手伝ったことも言うべきか? いや。なぜわざわざ言う必要がある? トムは額をこすった。急に疲れを感じて、彼はがっくりと肘をついた。

「いやはや」とエドが言った。「じゃきみが彼の荷物をオルリーへ持ってったのか?」

「ああ、荷物だけね」

「きみのうちには家政婦がいるんだろう?」とジェフ。

「ああ。だからこっそりやらなきゃならなかった。家政婦の目を盗んで、朝早くに片づけたんだ」

「でも、きみはさっき森のなかの墓穴って言ってたな——ほら、バーナードがきみを埋めた穴のことを」

「ああ、ぼくは——最初マーチソンを森に埋めたんだ。だがその後警察が調べにきたんで、森を捜索されないうちに死体をよそへ移さなきゃいかんと思って、それで——」トムはものを放り落とすような身ぶりをした。ああ、バーナードが手伝ったことはやはり言わずにいたほうがいい。もしバーナードが何かをやりたがっているのなら――でもバーナードはいったい何をやりたがっているんだろう？　自分の罪を償うことか？――とにかく、彼を巻き添えにするのが少なければ少ないほどいいのだ。

「やれやれ」とエドが言った。「驚いたよ。それできみ、彼の奥さんに顔を合わせられるかい？」

「シーッ」とジェフが神経質な微笑を浮かべながらあわてて言った。

「もちろんさ」とトムは言った。「ぼくはああやらざるを得なかったんだ。マーチソンがぼくに向かってきたんだからな――地下室で、ほんとなんだぜ。あいつは、ロンドンでダーワットを演じていたのはぼくだったってことを見抜いたんだ。だからぼくがあいつを片づけなかったら、すべてが明るみに出てしまってたんだ、わかるだろう？」トムは眠気を覚まそうと歩きまわった。

ふたりは理解し、感動していた。だが同時にトムは、ふたりの頭が今めまぐるしく回転しているのを感じとった。トム・リプリーは前にも人を殺したことがあるんじゃないだろうか？　ディッキー・グリーンリーフを？　まさか？　それにもうひとり、フレディなんとかという男も。たんなる疑いにすぎないが、ひょっとしたら事実かも？　今度の殺人をトムはどの程度重大に考えているんだろう？　それに実際にはどの程度の感謝の念をダーワット商会に期待しているんだろう？　感謝の念、恩返し、金？　ジェフとエドの考えは結局はすべてそこに落ち着くのだろうか？　理想家肌のトムはそうは考えたくなかった、望みたくなかった。ジェフ・コンスタントとエド・バンバリーがもう少し高い品性を持っていると考えたかった。少なくとも、ふたりは偉大なダーワットの友人、それも親友でさえあった人間なんだから。ダーワットはどのくらい偉大だったのだろう？　トムはこの質問は避けることにした。ではバーナードはどのくらい偉大なのか？　本当のことを言えば、画家としてはかなり偉大なのだ。トムは、バーナードのために（バーナードはダーワットへの友情からジェフとエドをここ何年も避けていたのだ）しゃんとして立ち上がった。そして、「さあ友人諸君――明日の打ち合わせをやろうじゃないか？　まだこれから誰か来るのかい？　ぼくは疲れてるんでなるべく早く寝たいんだよ」

エドはトムに向かい合って立っていた。「マーチソンのことできみに不利な手がかりは何かあるのか、トム？」

「ないね、ぼくの知ってる限りでは」トムは微笑んだ。「あるのはただ事実だけさ」

「『時計』は本当に盗まれたのか？」

「あの絵はマーチソンのスーツケースと一緒に――包みはべつだがね――オルリーに置いておいた。それを誰かが失敬してったんだよ、間違いない。いまごろ誰があの絵を壁にかけてるんだろうな。そいつらはあの絵の価値を知ってるかな？　もし知ってたら壁にかけずに大事にしまってあるかもしれない。さあ、早いとこ打ち合わせをやってしまおうじゃないか。何か音楽をかけてくれないか？」

ラジオ・ルクセンブルクをボリュームいっぱいにして聞きながら、トムは半衣装稽古をやった。ガーゼに植わった例のつけひげはまだ使える。今夜はテストだけで実際に膠でつけるところまではやらなかった。ダーワットの古いダークブルーのスーツもバーナードがスタジオに置きっ放しにしていたので、トムは上着だけ着てみた。

「きみたち、マーチソン夫人のことはどの程度知ってるんだ?」とトムは尋ねた。

ふたりとも夫人のことはよく知らなかった。だが、知っているだけの断片的な知識は喜んでトムに教えてくれた。それにもとづいてトムが想像したマーチソン夫人は、攻撃的でも臆病でもなく、インテリでも馬鹿でもない女ということになる。データがそれぞれ矛盾しているのだ。ジェフだけが一度マーチソン夫人と電話で話したことがある。夫人は前もって電報で知らせてからバックマスター画廊へ電話してきたのだった。

「ぼくのところへかけてこなかったのは奇蹟だな」とトムは言った。

「いや、ぼくたちがきみの電話番号はわからないって言っといたのさ」とエド。「それにきみのところはフランスだから、彼女もそれ以上調べなかったんだろう」

「今夜うちへ電話してもいいかな?」とトムは、ダーワットの声色で尋ねた。「言っとくけど、ぼくはいま文無しなんだ」

ジェフとエドはこれ以上はできまいと思われるほど親切だった。ふたりとも手元に現金をたくさん持っていたのだ。ジェフがすぐベロンブルへの通話を申し込み、エドはトムが頼んだ濃いコーヒーをいれてくれた。トムはシャワーを浴びてパジャマに着替えた。このほうが気楽だ——それにジェフのスリッパもなかなか履き心地がよかった。トムはスタジオの寝椅子に寝ることになっていた。

「もうはっきりわかってもらえたと思うんだが」とトムは言った。「つまりバーナードはこれでおしまいにしたがってるんだよ。ダーワットは永遠の隠遁生活に入る——メキシコで蟻にでも喰われちまうか、これから描く作品もろとも火事で焼け失せちまうかだ」

ジェフはうなずき、指の爪を嚙み切ってぺっと吐き出した。「きみ、きみんとこの奥さんにはなんて言ってあるんだ？」

「何も」とトム。「重要なことは何も言ってないよ、ほんとに」

電話が鳴った。

ジェフがエドを手招きして、ふたりは寝室に去った。

「ハロー、ダーリン、ぼくだよ！」とトムは言った。「いや、いまロンドンなんだ——ああ、急に気が変わってね」

あなたいつ帰ってくるの？……マダム・アネットの歯がまた痛みだしたのよ。

「フォンテーヌブローの歯医者を教えてやれよ！」とトムは言った。

現在のような状況のなかで電話がこれほど心を慰めてくれるとは驚くべきことだった。トムは電話を愛しそうにさえなった。

19

「ウェブスター警部補はおいでですか」とジェフが尋ねている。「バックマスター画廊のジェフリー・コンスタントですが……では警部補にお伝えいただけるでしょうか、今朝ダーワットから電話がありましてね、今日の午前中にこの画廊へ来ることになったんですよ……正確な時間はわかりませんが。十二時前のはずです」

いまは十時十五分前だ。

トムはふたたび長い鏡の前に立って、つけひげと眉(まゆ)の具合を調べていた。エドは、ジェフの一番強いライトでトムの顔を照らして仔細に検分している。トムはライトがまぶしかった。トムのいまの髪の色は、つけひげよりは少し薄いが、前のときと同じように彼の本来の髪の色よりはかなり濃くなっている。エドはトムの後頭部の傷に気を配っていたが、幸い傷口からはもう出血していない。「おい、ジェフ」とトムはダーワットの声色(こわいろ)で言った、「あの音楽を止めて何かほかのをかけてくれないか?」

「何がいい?」

「『夏の夜の夢』だ。レコードがあるかい?」

「いや」とジェフ。

「手に入れられないかな? いますごくあれを聴きたいムードなんだ。あの曲はぼくを刺激してくれる。いまのぼくには刺激が必要なんだよ」今朝は曲を想像するだけでは充分ではない。

　ジェフは『夏の夜の夢』のレコードを持っている友達をひとりも思いつかなかった。

「じゃ外に出て買ってきてくれよ。ここからセント・ジョンズ・ウッド通りまでの間にレコード屋は一軒もないのかい？」

　ジェフは走って出ていった。

「きみはマーチソン夫人と話したことはないんだったね」トムは、ゴロワーズで一服しながら言った。「イギリスの煙草（たばこ）を買わなきゃいけないな。このゴロワーズで危険を冒したくはないからね」

「これを吸えよ。これがなくなったら、みんなが自分のをすすめてくれるさ」エドがあわててトムのポケットに何かの箱を押しこみながら言った。「ああ、ぼくはマーチソン夫人とはまだ一度も話してないよ。少なくとも彼女はアメリカの探偵はまだこっちへよこしてないらしい。そんな奴が来でもしたら、こっちの形勢はかなり悪くなる」

　夫人はアメリカから探偵を連れてくるかもしれないとトムは思って、自分の指輪をふたつともはずした。もちろん今度はメキシコの指輪は持ってきていない。トムはボールペンをとって、ジェフのテーブルの上の青い消しゴムについているダーワットの太字のサインを真似（まね）しはじめた。三回やってから、書いた紙を丸めて屑籠（くずかご）に捨てた。

　ジェフが、まるでずっと走りどおしだったように息をはずませて戻ってきた。

「できるだけボリュームを上げてくれ」とトムは言った。

音楽が始まった――音はかなり大きい。トムは微笑(ほほえ)んだ。これこそぼくの曲だ。あつかましい考えだが、いまはあつかましくならなければいけないときだ。トムは興奮を感じて、胸を張って立ち上がったが、ダーワットが猫背だったことを思い出した。トムは「ジェフ、もうひとつ頼みがあるんだ。花屋に電話して、シンシアに花を届けさせてくれないか。ぼくのつけで」

「金のことは言うなよ。花を――シンシアにだな。オーケー、どんな花がいい？」

「そうだな、もしあればグラジオラス。なければ、薔薇(ばら)を二ダース」

「花、花、花屋と――」ジェフは電話帳を繰っている。「送り主は？　ただトムって書くだけでいいのか？」

「『愛をこめてトムより』」とトムは言い、エドが白っぽいピンクの口紅で上唇を修正してくれる間じっとしていた。ダーワットの上唇はトムのよりも厚かったのだ。

三人がスタジオを出るとき、レコードはまだ第一面の半分あたりだった。自動的に切れる、とジェフは言った。最初のタクシーにはジェフだけが乗った。トムはひとりで画廊まで行ける自信が充分あったのだが、トムひとりを残しておくという危険を冒したがっていないエドの気持ちを察したのだ。ふたりは一緒にタクシーに乗り、ボンド街の少し手前の通りで降りた。

「もし誰かに声をかけられたら、バックマスター画廊に向かって歩いてたきみに、おれが偶然会ったと言うんだぜ」とエドが言った。

「落ち着けよ。今日の勝負はこっちのものさ」

トムはふたたび、画廊の赤く塗った裏口からなかに入った。事務所には、電話中のジェフのほかは誰もいない。ジェフはふたりに座れという身ぶりをした。

「できるだけ早くつないでくれ」とジェフは言って電話を切った。「フランスへの通話を申し込んだんだよ、ムラン警察にほんのご挨拶さ。ダーワットが出てきたって言おうと思ってね。いつか向こうから電話してきたんだ、もちろん――ダーワットのことでだ。で、おれは、もしダーワットから連絡があったら必ず知らせるって約束したんだよ」

「なるほど」とトムは言った。「新聞社にはまだ知らせてないんだろうな？」

「ああ、する必要ないだろう。あると思うか？」

「いや、ほっとこう」

フロントマネージャーの陽気な男、レナードがドアから顔をのぞかせて、「ハロー！入っていいですか？」

「いかん！」とジェフは低い声で言ったが、本気ではない。

レナードは入ってきてドアを閉めた。ダーワットの二度目の復活にすっかり興奮している。

「こうして今この目で見てても信じられないぐらいだなあ！　今日は誰がやってくるんです？」

「まず警視庁のウェブスター警部補」とエドが言った。

「来た人は誰でもかまわず入れちゃっても――」

「いや、それはいかん」とジェフが言った。「まずノックしろ、そしたらおれがドアを開ける。ただし今日は鍵はかけておかないからな。さあ、あっちへ行ってろ！」

レナードは出ていった。

ウェブスター警部補が現れたとき、トムはアームチェアにゆったりと腰かけていた。

ウェブスターはまるで幸せいっぱいの兎のように、大きな汚れた前歯を剝き出してにっこり笑った。「はじめまして、ダーワットさん。まったくの話！　あなたにお目にかかれるとは思ってもいませんでしたよ！」

「はじめまして、警部補さん」トムは立たなかった。忘れるんじゃないぞ、と自分に言いきかせる。いまのおまえはトム・リプリーよりも少し年上で、体重も重く動作がゆっくりで、少し猫背なんだぞ。「すみません」とトムはさりげなく言った、まるであまりすまながってもいないし、全然動揺してもいないというふうに。「ぼくの居場所を捜してらしたそうで。ぼくはサフォークの友達のところにいたんですよ」

「うかがいました」警部補はトムから二メートルほど離れた背のまっすぐな椅子に腰をおろしながら言った。

窓のベネシャンブラインドが四分の三ほど下りているのにトムは気づいていた。光は適度で、手紙を書くにも充分なぐらいだったが、明るいというほどではない。

「じつはですな、マーチソンさんのことと関連してあなたの居場所を捜しておったんですよ」とウェブスターは微笑んで言った。「あの人を見つけるのが私の任務でしてな」

「何かで読んだんですけれど、いやそれとも――ジェフから聞いたのかな、あの人はフランスで行方不明になったそうですね」

「はあ、それに持っていたあなたの作品も一枚一緒に消えてしまいました、『時計』という絵が」

「ええ。おそらく第一級――窃盗ではないでしょう」とトムは哲学的に言った。「あの人の奥さんがロンドンに来るかもしれないと聞きましたが?」

「もう着いたはずです」とウェブスターは自分の時計を見て言った。「午前十一時に到着する予定ですからな。奥さんは夜行便で来られたから、おそらく一、二時間休息したがっておられると思います。今日の午後もここにいらっしゃいますか、ダーワットさん? いていただけますかな?」

　好意を示すためにはここでイエスと言わなければならない。トムは、もちろんかまわない、と言ったが、不本意ながらという態度をほのめかすことも忘れなかった。「何時ごろでしょうか? じつは午後にいくつか用事がありますので」

　ウェブスターはいかにも忙しい人らしくもう立ち上がって、「三時半ごろではいかがですかな? 変更する場合には、この画廊を通してあなたにご連絡しますよ」それからジェフとエドのほうを向いて、「ダーワットさんのことを知らせてくださってありがとう。では失礼します」

「ご苦労さまでした」ジェフがドアを開けてやった。

エドはトムのほうを向いて口を閉じたまま満足そうに微笑んだ。「午後にはもう少し活潑にやったほうがいいぜ、ダーワットはもうちょっと——エネルギッシュだった。神経質なエネルギーってやつさ」

「あれは理由があってやったんだ」とトムは言い、瞑想に耽るシャーロック・ホームズのように両手の指先を合わせてじっと空を見つめた。たぶん無意識にそんな身ぶりが出たのだろう。というのは、彼はずっと、現在のシチュエーションによく似ているシャーロック・ホームズのある物語のことを考えていたからだ。ぼくの変装が、あの話のように簡単に見破られてしまわなければいいが。まあどう見ても、ぼくの変装のほうがサー・アーサー・コナン・ドイルの創作よりいいことは確かだ——それはある貴族がダイヤの指輪かなにかをはずすのを忘れて正体を見破られたという話だった。

「なんだね、理由って？」とジェフが訊いた。

トムは勢いよく立ち上がった。「それはあとで話す。さて、スコッチが飲みたいな」

三人はエッジウェア通りのイタリア料理店〈ノルゲ〉で昼食を食べた。トムは空腹だったし、その店はトムの趣味にぴったりで——静かで見た目も感じがよく、おまけにパスタもすばらしかった。トムはおいしいチーズソースをかけたニョッキを食べ、三人でヴェルディッキオをふた壜あけた。近くのテーブルに、ロイヤルバレエ団の幹部どころが何人か来ていた。彼らは明らかにダーワットに気づいた様子でたがいに目くばせしていたが、イギリス流のマナーで、その目くばせもすぐやんだ。

「午後は、ぼくひとりで画廊へ行って堂々と正面から入るよ」とトムは言った。

三人とも葉巻をふかし、ブランデーを飲んだ。トムはもうなんでもござれという気になっていた、マーチソン夫人だって怖いもんか。

「ここで降ろしてくれ」トムはタクシーのなかで言った。「少し歩きたいんだ」とダーワットの声色で。昼食の間もずっとその声で話していたのだ。「歩いたらかなりあるのはわかってるが、メキシコと違って丘がないから楽だよ。ああ、うむ」

オックスフォード街はいかにも忙しげで人を誘うように見える。そうだ、絵の受取書をあと何枚かでっち上げたかどうか、ジェフとエドに訊くのを忘れてたな。まあたぶんウェブスターはもう一度見せてくれなんてことは言わないだろう。だがマーチソン夫人は言うかもしれない。誰にわかる？　オックスフォード街の群衆のなかには、トムを一度見てまたちらりと見直す人もあった。おそらく、ダーワットだと気づいたのか——トムはそうは思わなかったが——それとも彼のひげと鋭い目つきに注意をひかれたのかもしれない。きっとこの眉のせいで険しい目つきに見えるんだろうな、とトムは想像した。それにダーワットには眉をひそめる癖（くせ）があったからだ。といってもそれは機嫌が悪いからじゃない、とエドが言ってたっけ。

いよいよ今日の午後が天下分け目の決戦だ。成功するだろう、いや、どうしてもさせねばならぬ。万一失敗したらどんなことが起こるだろう、とトムは想像しはじめたが、エロイーズと——それから彼女の家族のことになるとそこで考えが止まってしまう。失敗すれば何もかもおしまいになるのだ、ベロンブルもおしまい、マダム・アネットの心をこめたサービスもおしまい。はっきり言ってしまえば、ぼくは牢屋にぶちこまれるのだ。なぜって、ぼくがマーチソンを殺したことはすぐばれてしまうだろうから。牢屋なんて縁起でもない、そんな考えは消してしまえ。

トムは、パスポート用の早撮り写真の看板をぶらさげたいつかの老サンドイッチマンに、またぶつかりそうになった。老人はまるで目が見えない人のように脇へよけなかったので、トムはいったん身をよけたが、すぐまた老人の前へ走り寄った。「ぼくを覚えてるかい？こんちは！」

「え？　う？」今日も、火の消えた吸いさしの煙草が唇にぶらさがっている。

「さあ、幸運を祈って！」とトムは言って、くたびれたツイードのオーバーのポケットに自分の煙草の残りを箱ごと押しこんでやった。そして猫背を忘れまいとしながら急いでその場を離れた。

トムは静かにバックマスター画廊へ入っていった。展示中のダーワットの絵は、所有者から借りてきたものを除いて、全部に売却済の赤い星がついている。レナードが彼に微笑みかけて、ほとんどお辞儀せんばかりにうなずいた。会場にはほかに五人の客がいた。若い男女の一組（女のほうはベージュの絨毯の上を裸足で歩いていた）と年とった紳士がひとり、それに男がふたり。画廊の奥の赤いドアに向かって歩いていくとき、トムは彼らの目が自分に注がれ、姿が見えなくなるまで自分を追っているのを感じた。

ジェフがドアを開けた。「やあダーワット。入りたまえ。こちらはマーチソン夫人だ――フィリップ・ダーワットです」

トムは、アームチェアに腰かけている女性に会釈した。「はじめまして、奥さん」そして、背のまっすぐな椅子に座っているウェブスター警部補にも会釈した。

マーチソン夫人は見たところ五十歳ぐらい、レッドブロンドの髪を短くレザーカットにして、明るいブルーの目、かなり大きい口――もし情況がいまと違っていたら、陽気に見えるかもしれない顔だ、とトムは思った。優雅なカットの上等のツイードのスーツに淡いグリーンのセーターを着て、翡翠（ひすい）のネックレスをつけている。

ジェフは自分のデスクの奥に行ったが、腰はおろさなかった。

「うちの主人にロンドンでお会いになったそうですね。この部屋で」とマーチソン夫人がトムに言った。

「ええ、短い時間でしたが。ええ。十分間ぐらいだったでしょうか」トムは、エドがすすめてくれた椅子のほうへ歩きながら言った。マーチソン夫人が彼の靴を、実際にダーワットのものだったおんぼろ靴を、じっと見ているのを感じた。トムは、リューマチかそれとももっとひどい病気でも患っている人のように、用心深く腰をおろした。トムの場所はマーチソン夫人から一メートル半ほど離れている。夫人が彼を見ようとすると首を少し右へ回さなければならなかった。

「主人から私へ来た手紙には、これからフランスのリプリーさんという方を訪問する、と書いてありましたけれど」と夫人は言った。「そのあとあなたとお会いする約束があったんでしょうか？」

「いいえ」とトム。

「あなたは、リプリーさんをご存じでいらっしゃいますの？　その方もあなたの絵を持ってらっしゃるそうですけど」

「名前を聞いたことはありますが、会ったことはありません」とトムは言った。

「わたくし、その方にお目にかかるつもりですの。主人は——まだフランスにいるのかもしれませんし。ダーワットさん、わたくしがあなたにお伺いしたいのは、あなたの作品を贋作している一味がいるとあなたが考えていらっしゃるのかどうか——どうもわたくしにはうまく言えないんですけれど。つまり、主人がその贋作のことを、いえ、それだけじゃなくほかの贋作のことも暴露すると困るので、主人を消さなければならないと思っている一味がいるとお思いでしょうか？」

トムはゆっくりと首を横に振った。「いませんね、私の知っている限りでは」

「でも、あなたはずっとメキシコにいらしたからご存じないのかも」

「私はここの人たちからも話を聞いたんですが」とトムはまずジェフを、それからデスクによりかかっているエドを見上げた。「この画廊でも、そういうグループや一味のことはもちろん、贋作が存在することも知らないと言っています。お宅のご主人が持っていらした絵を私も見たんですよ。『時計』を」

「でもあれは盗まれてしまいましたのよ」

「ええ、それも聞きました。しかし要は、あれが確かに私の描いたものだということです」

「主人はあの絵をリプリーさんに見せようとしておりました」

「見せたんですよ」とウェブスターが口をはさんだ。「リプリーさんがご主人との会話を私に話してくれて――」

「ええ、ええ、存じております。主人は自分の説を持っておりました」マーチソン夫人の態度には誇りとか勇気とかいうものが見られた。「主人の説は間違っていたのかもしれません。わたくしは絵については主人ほど明るくないのでよくわかりませんけれど。でも、もし主人の説が正しかったとしたら――」彼女は、誰かが答えてくれるのを待っている。トムは、彼女が夫の説の内容を知らないことを、知っていても理解していないことを願った。

「ご主人の説というのはどういうものだったんですか、奥さん？」とウェブスターが熱心な表情で訊いた。

「なんでもダーワットさんの最近作のいくつかに使われている紫色のことでしたわ。主人はきっとあなたにもそのことを話したんじゃないでしょうか、ダーワットさん？」

「ええ」とトムは言った。「私の以前の作品の紫色はもっと濃かったとおっしゃっていました。そうかもしれません」トムはかすかに微笑んだ。「私は気がつかなかったんですがね。でももしいまの紫色が薄いというんなら、そういう作品はたくさんあります。あそこにある『桶（おけ）』をごらんなさい」トムは思わず、マーチソンが『時計』同様明らかに贋作だとみていた絵の名前を口にしてしまった——『時計』も『桶』も、初期のスタイルの単色のコバルトバイオレットが使われていたのだ。

これにはなんの反応もなかった。

「ところで」とトムはジェフに言った、「きみは今朝、ぼくがロンドンに戻ってきたことをフランスの警察に知らせるって電話を申し込んでたが、あの電話は通じたのかね？」

ジェフはぎくっとした。「いや。忘れてたよ、そういえばまだだった」

マーチソン夫人が言った、「ダーワットさん、主人はリプリーさんのほかにフランスで誰かに会うと言っていたでしょうか？」

トムはちょっと迷った。無駄な捜索をさせてやろうか？　それとも正直に言うべきか？　だが結局まったく正直に、「何もおっしゃってませんでしたよ。その件については、リプリーさんの名前も私は聞いてないんです」

「お茶でもいかがですか、奥さん」とエドが愛想よく言った。

「いえ、どうぞおかまいなく」

「どなたかお茶のほしい方は？　それともシェリー酒にしますか？」とエド。

ほしくないのか、遠慮したのか、応じる者はいなかった。

そしてそれがマーチソン夫人の退場のきっかけのようになった。彼女はミスター・リプリーに電話して——トムの電話番号は警部補から聞いていたのだ——会う約束をしたいと言った。

ジェフがトムも顔負けの冷静さで、「じゃ、ここからおかけになったらどうです？」と言ってデスクの上の電話を指さした。

「いいえ、ご好意はありがたいんですけれど、ホテルからかけますから」

夫人が帰るので、トムは立ち上がった。

「ロンドンではどこへお泊まりですかな、ダーワットさん？」とウェブスター警部補が訊いた。

「コンスタント君のスタジオに泊めてもらうつもりです」

「どうやってイギリスに来られたか聞かせていただけませんか？」と大きくにっこりして、「入国管理局にあなたの記録がないものですから」

トムはわざと、何か考えているようなあいまいな表情で、「私の持っているのはメキシコのパスポートなんです」トムはこの質問を予期していたのだ。「メキシコではべつの名前を使っているんですよ」

「飛行機で来られたんですか？」

「船です。飛行機は好きじゃないので」上陸したのはサウサンプトンかそれともどこかと尋ねられるかと思ったが、ウェブスターはただ、「ありがとうございました、ダーワットさん。では失礼します」

もし警部補がそのことを調べ上げたらどうなるだろう？　とトムは思った。二週間前にメキシコからロンドンに入った人間は何人ぐらいいるだろうか？　おそらくそう大勢はいまい。

ジェフがまたドアを閉めた。マーチソン夫人と警部補がこっちの声の聞こえないところへ行ってしまうまで何秒間かの沈黙。トムと警部補の最後のやりとりはジェフとエドにも聞こえていたのだ。

「さっきのことを警部補が調べるようなら、ぼくがまた何かをでっち上げるよ」とトム。

「何を？」とエド。

「そうだな――たとえばメキシコのパスポートとか」とトムは答えた。「とにかくすぐフランスに帰らなきゃならないな――それは前からわかってたんだ」彼はダーワットの声色で、だがほとんど囁くように言った。

「まさか今夜発つんじゃないだろうな？」とエド。「今夜はだめだぜ」

「ああ。ジェフのところへ泊まると言ってしまったからな。忘れたのかい？」

「ああよかった」とジェフがほっとした声で、だが首の後ろをハンカチで拭きながら言った。

「われわれは成功した」エドがわざと重々しく言って、額の汗を手で拭った。

「あーあ、ここで一発お祝いといきたいところなんだが！」とふいにトムが言い出した。「こんないまいましいひげをつけてたらお祝いもくそもあったもんじゃない。昼飯のときだってチーズソースがひげにつかないようにどれだけ苦労したことか。だのに今夜じゅうずっとこれをつけたままでいなきゃならないなんて！」

「おまけに眠るときもね！」エドが部屋じゅうに響くような声でけたたましく笑いながら言った。

「ジェントルメン――」トムは立ち上がったが、またすぐどしんと腰をおろして、「ちょっと危険だが、どうしても必要なんで、エロイーズに電話したいんだ。かけてもいいか、ジェフ！　ダイヤル即時通話でかけるから、きみの請求書に記録が残ることはないと思う。重要な電話なんで、記録が残っちゃまずいからね」トムは受話器をとった。

ジェフが紅茶をいれて、ウイスキーの壜と一緒に持ってきた。

マダム・アネットが電話に出た。トムは彼女が出なければいいと思っていたのだが。そこで彼は女の声色を使って、いつもより下手なフランス語で、マダム・リプリーはいるかと尋ねた。ジェフとエドが吹き出したのでトムは「しいっ」と制した。「やあ、エロイーズ」といつものフランス語になって、「長くはしゃべっていられないんだよ、ダーリン。もし誰かがぼくに電話してきたら、パリの友人のところへ行っていると言っといてくれ……女の人から電話があるかもしれないんだ、たぶん英語しかしゃべれないと思うけど、そこまではよくわからない。ぼくの居場所を訊かれたら、パリのでたらめの電話番号を教えてやれ……なんでもいいからでっち上げて……ありがとう、ダーリン……ぼくは明日の午後には帰れると思うが、そのことはそのアメリカ人の女に言わないでくれよ……ああそれからマダム・アネットにも、ぼくがロンドンにいるってことは内緒にしといてほしい……」

トムは電話を切ってから、ジェフに、彼らがでっち上げた帳簿を見せてくれと言った。ジェフが取り出した帳簿は、二冊あって、一冊はかなり擦り切れ、もう一冊は比較的新しかった。トムはしばらくその上にかがみこんで作品の題と日付に目を通した。ジェフは余白をたっぷりとって書いている。バックマスター画廊はほかの画家の作品も扱っているので、ダーワットの作品だけが目立っているということもない。日付を書いたあとで、わざと違う色のインクで題を書きこんだところもあった。ダーワットはいつも自分の作品に題をつけて送ってくるとは限らないからだ。

「紅茶のしみのついているこのページがとくに気に入ったよ」とトムは言った。

ジェフは嬉しそうに「エドがやったんだよ。二日前にね」

「お祝いといえば」とエドが両手を静かに叩き合わせて言った。「今夜マイクルの家のパーティに行くってのはどうだ？　十時半からだって言ってた。場所はホランド・パーク通りだ」

「考えとくよ」とジェフ。

「二十分ほどでも覗いてみないか？」エドはまだ食い下がっている。

帳簿には『桶』が近着の作品のひとつとしてちゃんとリストされていた。当然そうするよりほかはなかったんだろう、とトムは思った。帳簿の記載事項は、おもに買い主の名前と住所と買値で、そのほうは事実どおりだが、ただ作品の到着期日だけはでっち上げだ。だが、まあとにかくジェフとエドはかなりいい線いっている。「警部補にこれを見せたのか?」

「ああ」とジェフが言った。

「警部補はたしか何も質問しなかったな、ジェフ?」とエド。

「ああ」

ベラクルス……ベラクルス……サウサンプトン……ベラクルス……

警部補が何も言わなかったのなら、検閲は無事通過したんだろう。

三人はレナードにさよならを言って――いずれにせよもうすぐ閉店時刻だった――タクシーでジェフのスタジオに戻った。トムは、ジェフとエドがふたりとも、自分をまるで魔法使いでも見るように眺めているのを感じていた。それはトムを面白がらせはしたけれども、ある意味ではいやなことだった。こいつらはぼくのことを、枯れかけた木に触るだけでそれを生き返らせたり、手を振るだけで頭痛を追っ払ったり、水の上を歩いたりすることのできる聖人かなにかだと想像しているのかもしれない。だがダーワットは、水の上を歩くことなんかできなかったし、おそらくそんなことは望んでもいなかった。そしてトムはいまそのダーワットになっているのだ。

「シンシアに電話したいんだが」とトムは言った。

「七時までは勤めだよ。妙な会社なんだ」とジェフが答える。

トムはまずエール・フランスに電話して、明日の午後一時の便を予約した。切符はターミナルで受けとればいい。トムは何か面倒なことが起こった場合に備えて、明日の午前中まではロンドンにいることに決めたのだった。ダーワットがまたあわてて現場から消えたと思われるとまずいからだ。

トムは甘い紅茶を飲み、ジェフの寝椅子に横になった。もう上着も脱ぎ、ネクタイもはずしていたが、煩わしいつけひげはそのままだ。「ぼくの手でシンシアとバーナードのよりが戻せればいいんだがなあ」とトムは、まるで事がうまく運ばないのを嘆いている神のように、沈鬱に言った。

「なぜ?」とエド。

「バーナードに自殺の恐れがありそうだからさ。居場所さえわかればいいんだが」

「本気で言ってるのかい、きみ? 自殺だって?」とジェフが訊いた。

「ああ。そのことはきみたちには前にも言ったはずだぜ——たしか。シンシアには言わなかったけど。彼女に言うのはフェアじゃないと思ったんだ。まるでもう一度よりを戻せと脅迫してるみたいだからね。バーナードだってきっとそういうやり方はいやがるだろう」

「ほんとにきみ、あいつがどこかで自殺すると思ってるのか?」とジェフ。

「ああ、そういうことだ」それまでトムは、例の地下室の人形の話をするつもりはまったくなかったのだが、今では、したっていいじゃないかという気になっていた。真実をぶちまけるのは危険なことかもしれないが、ときには、それによって何か新しいこと、より多くのことが暴露され、結局はよい結果になることもあるのだ。「じつはあいつ、ぼくの家の地下室で首を吊ったんだよ——といっても、身代わりの人形を使ってだがね。自分で自分をぶらさげたと言ったほうが正しいかな、ただの服だけだったんだから。彼はそれに『バーナード・タフツ』というレッテルをつけていた。つまり、いままでの自分、贋作者のバーナードってことさ。それとも本物の自分のほうかもしれないな。とにかくバーナードの心のなかではふたつがごちゃ混ぜになってるんだ」

「なんてこった！　あいつ気が狂ったんだな？」エドがジェフを見て言った。

　ジェフもエドも驚きの目を見張っている。だがジェフのほうは彼独特のいくらか打算的な表情だ。バーナードがこれっきりダーワットを描かないということに、彼らはやっといま気がついたのだろうか？

　トムは言った、「これはあくまでぼくの臆測なんだから。事実が起こる前に取り乱す必要はない。しかし——」トムは立ち上がった。彼はこう言おうとしたのだ、重要なのは、バーナードがぼくを殺したと思い込んでるってことだ、と。だがそれがはたして重要なことだろうか？　もし重要だとすればどの程度に？　トムは、今日ジャーナリストがひとりも来なかったので明日の新聞に「ダーワット戻る」と書かれる心配がないことを、自分が喜んでいるのに気づいた。もしバーナードがそれを見たら、トムがどうにかして墓から這い出て、まだ生きていることがわかってしまうからだ。ある意味では、わかってしまったほうがバーナードのためにはいいことかもしれない。自分がトム・リプリーを殺してはいなかった、と悟れば、自殺に傾く気持ちが薄れるかもしれない。だがバーナードの混乱した頭にそんなことがはたして期待できるだろうか？

七時過ぎ、トムはベイズウォーターにあるシンシアの家の電話番号を回した。「シンシア——発つ前にひとことだけ言っときたいんだ——もしぼくがまたどこかでバーナードを見かけたら、彼にあるちょっとしたことを言ってもいいかい？　つまり——」

「つまりどんなこと？」シンシアははきはきした口調で訊いた。トムよりもずっと防御態勢が堅固だ。

「きみがもう一度彼に会ってくれるだろうってことさ。ロンドンでね。何かそういうような肯定的なことを言ってやれたらすばらしいんだけどな、わかるだろ？　あいつ今すごくまいってるんでね」

「でも、あたしあの人に会っても無駄だと思うの」

彼女の声のなかに、トムは、城の、教会の、中産階級の、砦の堅固さを聞く思いだった。灰色とベージュの石。不毛の石。慎しみ深い行動。「たとえ事情がどうであれ、彼にはもう二度と会いたくないって言うんだね？」

「残念だけどそのとおり。あたしがずるずると事を先に延ばさないほうがずっといいと思う。バーナードにとってもきっとそうよ」

とりつくしまもない。断固とした最後通告。だがなんという心の狭さだ、いまいましいほど心が狭い。トムは少なくとも現在（いま）の自分の立場を理解した。ひとりの女が三年前に、無視され、ふられ、権利を奪われ、捨てられたのだ。手を切ったのはバーナードのほうからだったのだ。よし、情況が最高のときを見計らって、バーナードにその償いをさせよう。

「わかったよ、シンシア」

自分のせいでバーナードがまた首を吊ろうとしていることを知ったら、シンシアのプライドも少しは償われるだろうか？

ジェフとエドはもう寝室に入って何かしゃべっていたのでいまの電話は聞いていなかった。だがふたりは、シンシアがどう言っていたか、とトムに尋ねた。

「バーナードにはもう会いたくないってさ」とトムは言った。

それがどういう結果をもたらすか、ジェフもエドも気づいていないようだ。

トムはこの問題を結論づけようとして言った、「もちろん、ぼく自身だって、バーナードにはもう二度と会えないかもしれない」

20

三人はマイクルのパーティに行った。マイクル、誰なんだ？　着いたのはもう夜中の十二時ごろだった。客の半数はもうほろ酔い機嫌で、トムの知っている限りでは、そのなかに有名な顔はひとりも見当たらなかった。トムは明かりの真下に近い、深い椅子に腰かけて、スコッチの水割りを飲みながら、彼を少し畏れているか、少なくとも尊敬しているらしい二、三人の人たちと雑談した。ジェフは部屋の向こう側から絶えず彼のほうを見張っていた。

室内装飾はピンク一色で、ばかでかい飾り房がたくさんついている。椅子は白いメレンゲのようだ。女たちのスカートがやけに短いので、そういう服装に慣れていないトムの目は、さまざまな色のタイツの複雑な織込み模様に惹きつけられたが、やがて嫌悪を感じた。馬鹿みたいだ、とトムは思った、かけ値なしの馬鹿者ぞろいだ。それともぼくはダーワットの目で彼女たちを見ているのかな？　いくら眺めても要塞堅固な織り模様と、せいぜいその下に穿いているパンティーぐらいしか見えないあのタイツの下に、親しみやすい肉体があるなんて誰が想像できよう？　いっぽう彼女たちが煙草をとろうとして身をかがめると胸まで見える。女たちの上半身と下半身と、いったいどっちを眺めればいいんだろう？だんだん視線を上にあげていったトムは、茶色に隈どられた目にぶつかってぎょっとした。その目の下にある色のない口がこう言った。

「ダーワットさん――あなたがメキシコのどこに住んでらっしゃるのか教えてくださいな。どうせ本当のことはおっしゃらないでしょうけど、半分本当ならいいわ」

素通しの眼鏡越しに、トムは彼女を瞑想的な困惑の表情で眺めた。まるで相手の尋ねた質問に彼の偉大な脳髄の半分を捧げているとでもいうように。だが実際のところ、彼はうんざりしていた。エロイーズの、膝がやっと見えるぐらいのスカートや、全然化粧していない顔のほうがどんなにいいかしれやしない。エロイーズの睫はこんなじゃない。この女の睫ときたら、まるでぼくを狙っている無数の槍のようだ。「ああ、えーと」トムは何も考えずに言った。「デュランゴの南です」

「デュランゴ？　どこですの、それ？」

「メキシコ・シティの北。もちろん私の住んでいる村はお教えできません。アステカ語の長ったらしい名前なんでね。アハハハハ」

「私たちまだ汚されていない所を探してますのよ。私たちっていうのは、夫のザックと子供ふたりのことですの」

「じゃプエルト・ヴァヤルタあたりはどうです？」とトムは言って、遠くから手招きしているエド・バンバリーのおかげでやっと救い出された。「失礼」とトムは白いメレンゲから立ち上がった。

　エドは、もうそろそろ消えなくちゃ、と言った。トムもそう思った。ジェフはいつもの人なつっこい微笑を浮かべて何かしゃべりながらすいすいと泳ぎまわっている。立派なもんだとトムは思った。若い男たちも年寄りもみなトムのことを近づきがたい人間、近づきたくない人間と思っているようだ。

「そろそろ出ようか」トムは近づいてきたジェフに言った。

　この家に来てからかれこれ一時間にもなるが、主人のマイクルにはまだ会ってもいないし姿さえ見ていない。トムはどうしても彼に会うと言い張った。マイクルはフードのついた黒い熊の毛皮のエスキモー風の上着を着て、フードを後ろに垂らしていた。背は高いほうではなく、黒い髪をクルーカットにしている。「ダーワットさん、あなたは今宵(こよい)のわが首飾りのなかの宝石だ！　ぼくの感謝と喜びの気持ちはとても口では――」

あとは雑音にかき消された。

握手、握手。そしてやっとドアが閉まった。

「やれやれ」三人が無事に外の階段を下りきったとき、ジェフが振り向いて肩越しに言った。それから囁(ささや)き声で、「あのパーティに行った唯一の理由は、重要人物がひとりも来てないからなんだ」

「でもある意味じゃあ重要だぜ」とエドが言った。「あれだって人間は人間なんだからな。とにかくここでも大成功だ！」

トムは黙っていた。たしかに、誰も彼のつけひげをむしりとらなかったのは事実だ。

エドだけがどこかでタクシーから降りた。

翌朝、トムはベッドで朝食をとった。ひげをつけたまま食べなければならぬのを少しでも楽にしてやろうというジェフの心づかいだ。ジェフはこれから写真材料店へ何かを買いにいくと言い、トムをウェスト・ケンジントンのターミナルまで送っていくことはもちろんできないが、十時半までには戻ってくる、と言いのこして出ていった。十一時になった。トムはバスルームに入って慎重につけひげを剝(は)がしはじめた。

電話が鳴った。

トムは最初、出るのはよそうと思った。だがそれも少し変じゃないだろうか？　逃げていると思われるかもしれない。

トムはウェブスター警部補と話す覚悟を決めてダーワットの声で電話に出た。「はい、もしもし？」

「コンスタントさんはおいででしょうか？……あなたはダーワットさんでは？……ああ、よかった。ウェブスター警部補です。あなたの今後のご予定は、ダーワットさん？」警部補はいつもの愛想のいい声で言った。

トムには警部補に話してやるような予定はない。「ええと――今週中には発つつもりです。またもとの岩塩の山に」とくすくす笑って、「それと静寂のなかへ」

「お発ちになる前に私にお電話いただけますかな？」トムはウェブスターの言う警察の電話番号と内線番号を書きとった。

ジェフが戻ってきた。トムは早く発ちたくてもうスーツケースを手に持とうとしていたところだった。ふたりともそれぞれ自分の運命が相手にかかっていることを承知していたにもかかわらず、別れの挨拶はきわめて簡単で、とくにトムのほうはお座なりでさえあった。

「さよなら。気をつけて」

「さよなら」

ウェブスターの奴、くそくらえだ。

やがてトムは飛行機の狭い機体のなかにいた。営業用の微笑を浮かべたスチュワーデスや、いろいろ記入しなければならぬ馬鹿げた黄色と白のカードなどが醸し出す作りものめいた窮屈な雰囲気。スーツの肘と肘がぶつかり合う不愉快さ。トムはいらいらした。ファーストクラスにすればよかった。

トム・リプリーとしてパリのどこにいたか誰かに言わなければいけない場合が出てくるだろうか？　少なくとも昨夜の居場所だけでも？　口裏を合わせてくれそうな友人がいないわけではないが、これ以上他人を巻きこみたくはない。もうすでに他人を大勢巻きこんでしまっているからだ。

飛行機は機首を上げて離陸した。ジェット機で一時間に何百キロも飛ぶのはなんて退屈なことだろう、とトムは思った。そのあいだ自分たちにはほとんど何も聞こえず、下に住んでいる運の悪い人たちを爆音で悩ませているんだからな。トムが興奮を感じるのは鉄道の旅だけだ。パリからのノンストップ列車は、滑らかなレールの上を驀進してムランの駅を通過する——スピードがとても速いので、列車の側面にフランス語とイタリア語で書いてある車名も読めないほどだ。いつかトムは、横断禁止場所で線路を渡りかけたことがあった。そのとき線路には列車の影もなく、駅も静まりかえっていた。やはり危険だから渡るのはやめようと決心したその十五秒後に、二台のクローム製の特急がすさまじい勢いですれ違い、トムは、自分の身体とスーツケースがその間に挟まれて押しつぶされ、線路の両側に飛び散って身元確認もできないほどになるところを想像したものだった。いまそのときのことを思い出し、ジェット機のなかで縮み上がった。だが少なくとも、マーチソン夫人がこの飛行機に乗っていないのは喜ばしいことだ。彼は乗りこんだときに、彼女が乗ってていはしまいかとまわりを見まわしさえしたのだった。

21

もうフランスだ。飛行機が高度を下げるにつれて、木々の頂が綴れ織に刺繡された緑と茶色の点々のように、またはトムが家に置いてきたガウンの飾りの蛙のように見えてきはじめた。トムはギリシャで買った例の新しい醜悪なレインコートを着て座っていた。オルリー空港の入国係は、彼と、マッケー名義のパスポートに貼ってある写真をちらりと見比べただけで、スタンプも何も押さなかった——トムが前にロンドンへ向かってオルリーを発ったときもそうだった。スタンプを押すのはロンドンの検閲官だけらしい。トムは「申告なし」のカウンターを通り抜け、タクシーに跳び乗って家へ向かった。

ベロンブルに着いたのは三時少し前だった。タクシーのなかで、トムは髪の分け目をもと通りに直し、レインコートは脱いで腕にかけていた。

エロイーズは家にいた。ヒーターも入っているし、家具も床もワックスでピカピカ光っている。マダム・アネットが彼の鞄を二階へ運んでいった。それからトムとエロイーズはキスした。

「ギリシャで何をしてきたの？」エロイーズは少し心配そうに訊いた。「それにロンドンでは？」

「あちこち捜しまわったのさ」とトムは微笑んで言った。

「あの狂人をでしょう。見つかったの？　あなた頭はどう？」彼女はトムの肩を摑んで後ろを向かせた。

傷はもうほとんど痛まなかった。トムは、バーナードが自分の留守中に現れてエロイーズを驚かさなかったことを知って安心した。

「アメリカ人の女の人から電話があったかい？」

「ええ、あったわよ。マダム・マーチソンから。その人フランス語が少し話せるんだけど、それがとってもおかしいの。今朝ロンドンから電話してきて、今日の午後三時にオルリーに着きます、って。あなたに会いたいって言ってたわ。あーあ、もうまっぴら！　いったい誰なの、あの人たち？」

トムは腕時計を見た。あと十分でマーチソン夫人の飛行機が着陸する時間だ。

「ダーリン、お茶飲みたくない？」エロイーズはトムを黄色いソファのほうへ連れていった。「あなた、どこかでバーナードを見つけたの？」

「いや。ちょっと手を洗ってくるから、待っててくれ」トムは階下の洗面所で手と顔を洗った。マーチソン夫人がベロンブルに来たがらなければいい、パリで会うだけで満足してくれればいいな、とトムは思った。といっても今日またわざわざパリまで出かけて行く気はしなかったのだが。

トムがリビングに戻ったとき、マダム・アネットが二階から下りてきた。「マダム、例の歯はどうだい？　もういいんだろう？」

「はあ、おかげさまで。今朝フォンテーヌブローのお医者様に行って神経を抜いていただきました。ほんとに抜いてしまったんですよ。また月曜日に行かなければいけないんです」

「身体じゅうの神経をみんな抜いちまうことができたらなあ！　全部抜いちまうんだ！　そしたらもう全然痛まなくなる、信じていいよ！」自分が何をしゃべっているのか自分でもわからなかった。ウェブスター警部補に電話すべきだろうか？　ロンドンを発つ前には、電話しないほうがいいと思ってそのままにしてしまったのだ。いちいち電話すると、警部補の命令に服従しようと努めすぎているように見えるかもしれない。無実な人間なら電話なんかしないはずだ、というのがトムの論理だった。

トムとエロイーズは紅茶を飲んだ。

「ノエルが、火曜日のパーティに私たちが来られるかどうか知りたがってるのよ」とエロイーズが言った。「火曜日は彼女のお誕生日なの」

ノエル・アスレールはパリにいるエロイーズの親友で、彼女の開くパーティはいつもすばらしかった。だがトムはザルツブルクのことを、いますぐザルツブルクに行くことを考えていた。バーナードが自分の行き場所としてザルツブルクを選んだかもしれないと思ったからだ。若くして死んだもうひとりの芸術家、モーツァルトの生地、ザルツブルク。

「ダーリン、きみはパーティに行かなきゃだめだよ。でもぼくのほうは、火曜日にこっちにいるかどうかはっきりわからないんだ」

「なぜ？」

「なぜって——ザルツブルクに行かなきゃならなくなるかもしれないからさ」

「オーストリアの？　またあの狂人(フー)を捜しにいくのね！　いまに中国まで行くなんて言い出しかねないわ！」

トムは落ち着きなく電話のほうへちらりと目を走らせた。いまにマーチソン夫人から電話があるだろう。でもいつなんだ？　「マーチソン夫人に、パリのぼくの居場所だっていう電話番号を教えたのかい？」

「ええ」とエロイーズは言った。「でたらめの番号をね」彼女は相変わらずフランス語で話していて、トムに少し腹を立てかけている。

ぼくには、エロイーズにどの程度まで打ち明ける勇気があるだろう？　とトムは考えていた。「で、彼女にはぼくがいつ帰ってくると言ったんだ？」

「わからないと言っといたわ」

電話が鳴った。もしマーチソン夫人なら、きっとオルリー空港からかけているのだ。

トムは立ち上がった。「大事なのは」と彼は、マダム・アネットがリビングに入ってきたのを見て、あわてて英語で言った。「ぼくはロンドンに行かなかったってこと。これがとても重要なんだよ、ダーリン。ぼくはパリに行っただけなんだ。もしマーチソン夫人に会わなきゃならなくなった場合は、ロンドンのロの字も口にしちゃだめだよ」

「その人ここへ来るの？」

「まず来ないとは思うんだが」トムは受話器を取り上げた。「もしもし……はい……はじめまして、マーチソンさん……」夫人はトムに会いにきたいと言った。「もちろんこちらはいっこうにかまいませんが、でも私がパリに出向いたほうがそちらはお楽じゃありませんか?……オルリーからわざわざここまでいらっしゃるよりパリのほうがずっと近いんですよ……」これは成功しなかった。わざと難しい道順を教えて彼女に来る気を失わせてもよかったのだが、この気の毒な女性にこれ以上迷惑をかけたくなかった。「それならタクシーでいらっしゃれば一番簡単です」そしてこの家までの道順を教えた。

　トムはエロイーズに説明しようと努めた。マーチソン夫人はあと一時間もすればここにやってくる。彼女はトムに夫のことを訊きたがっているのだ、と。マダム・アネットが部屋を出ていったので、トムはフランス語で話すことができた。マダム・アネットが立ち聞きしているかもしれないがそんなことはもうどうでもいい。じつは、マーチソン夫人の電話がある前に、ある考えが心をかすめたのだった、ぼくがロンドンへ行った理由をエロイーズに話してしまおうか、二度もダーワットになりすましたことを彼女に説明しようか、と。だがやはりいまはまだすべてを打ち明けるときではない。ふたりでなんとかうまくマーチソン夫人の訪問を切り抜けること、いまのトムがエロイーズに要求できるのはそれだけだった。

「でもその人のご主人にはいったい何があったの？」とエロイーズが訊いた。

「知らないよ。でも奥さんとしてはわざわざフランスまで来たからには当然――」当然夫を最後に見た人間と話したがっているんだ、とは言いたくなかった。「奥さんはこの家を見たがってるんだよ。自分の夫が最後に訪ねた家だからね。ぼくが彼をオルリーまで送っていったんだ」

エロイーズはじれったそうに身体をねじって立ち上がった。でも彼女はここで一騒動起こすほど馬鹿ではない。手がつけられないほど無分別な状態にはきっとならないだろう。客が帰ったあとではそうなるかもしれないが。

「きみの言いたいことはわかってるよ。マーチソン夫人に夜までいられるのはまっぴらだって言いたいんだろう。よしよし。夕食には招待しないことにする。今夜は用事があるって言えばいいさ。でもお茶か酒ぐらいは、それともその両方かは出さなきゃいけない。まあ、ぼくの予想じゃあの人はここに一時間とはいないだろう。だからせめてその間だけでも、すべてきちんと礼儀正しくやりたいんだよ」

エロイーズはおさまった。

トムは二階の自分の部屋へ行った。マダム・アネットがスーツケースの中身を全部出して、スーツケースもう片づけてしまっていた。だがいつもの決まった場所に置いてないものもある。そこでトムは、自宅のベロンブルに続けて何週間もいるときにそれらを置くいつもの場所に戻しておいた。シャワーを浴びて、グレイのフラノのズボンを穿き、シャツとセーターを着てから、マーチソン夫人が芝生を散歩したがるかもしれないと考えて、クローゼットからツイードの上着を出した。

マーチソン夫人が到着した。

トムは玄関へ出て彼女を迎え、ついでにタクシーの支払いが間違いないかどうか確かめた。マーチソン夫人はフランスの通貨を持っていて、運転手に多すぎるぐらいチップを払ったが、トムはそのままにしておいた。

「妻のエロイーズです」とトムは言った。「アメリカからいらしたマーチソン夫人だよ」

「どうぞよろしく」

「こちらこそ」とエロイーズ。

マーチソン夫人はお茶だけはすすめられるままに受けた。「こんなに突然伺ってお許しくださいませね」と夫人はトムとエロイーズに言った。「でもとても大事なことですので──わたくし、できるだけ早くお目にかかりたかったんですの」

三人とももう腰をおろしていた。マーチソン夫人は黄色いソファに、トムとエロイーズはそれぞれ背のまっすぐな椅子に。エロイーズの態度はすばらしかった。いかにも、この場の状況にそれほど興味はもっていないが、席をはずさないだけの礼儀は心得ているというふうだ。だが彼女が非常に興味を持っていることはトムにはわかっていた。

「うちの主人は――」

「トム、と呼んでくれと私におっしゃってましたよ」トムは微笑んで立ち上がり、「ご主人はここにある絵をごらんになったんです。右のが『椅子の男』、あなたの後ろにあるのが『赤い椅子』。あれは初期の作なんです」トムは大胆にしゃべった。もうどうとでもなれ、財産、道徳、親切、真実、警察、それに運命――つまり未来さえも、くそくらえだ。いましゃべってしまうか、さもなければ黙っているかふたつにひとつだ。もしマーチソン夫人が家じゅうを見たいと言い出せば、当然地下室にも案内してやらなければならない。トムは、マーチソン夫人が、夫はこの絵の真実性をどう思っていたか、と質問するのを待ちかまえていた。

「これはバックマスター画廊からお買いになりましたの？」と夫人は尋ねた。

「ええ、二枚とも」トムはちらりとエロイーズを見た。彼女は慣れないジタンをふかしている。「妻も英語がわかるんですよ」

「主人が伺ったとき、奥様もご在宅でしたの？」

「いいえ、ギリシャに行ってました」とエロイーズが答える。「ですから、私はご主人にお目にかかってないんです」

マーチソン夫人は立ち上がって二枚の絵を眺めた。トムは、絵がよく見えるように、ほかの照明に加えてわざわざスタンドをふたつつけてやった。

「ぼくは『椅子の男』が一番気に入ってるんです。だから暖炉の上にかけているんですよ」

マーチソン夫人も気に入ったようだった。

いまに彼女はダーワットの贋作（がんさく）についての夫の説のことを何か言い出すにちがいない、とトムは予期していた。だが彼女は何も言わない。ラベンダーとか紫色のこともひとことも言わなかった。夫人はただ、ウェブスター警部補が尋ねたのと同じ質問、つまり、夫はここを出るとき機嫌がよかったかとか、誰かと約束があるようだったかという質問をしただけだった。

「とてもご機嫌のようでしたよ」とトムは言った。「それに、警部補にもお話ししたんですが、約束のことは何もおっしゃっていませんでした。不思議なのは、ご主人の絵が盗まれたということです。厳重に包んで、オルリーまで持ってらしたんですがね」

「ええ、存じてます」マーチソン夫人はチェスターフィールドを吸っている。「あの絵はまだ見つかってませんのよ。主人も、主人のパスポートも」夫人は微笑んだ。穏やかな親切そうな顔。少しぽっちゃりしていて、そのために年相応の皺（しわ）はまだ見えない。

トムは夫人にもう一杯お茶をついでやった。夫人はエロイーズを見ている。あれは査定の目か？　エロイーズがこの一連の事件をどう思っているか、彼女がどの程度まで知っているのか、知らなければいけないようなことがもともとあったのかどうか、エロイーズの夫がもし何かの罪を犯していたとしたら、彼女はどっちの味方につくだろうか、マーチソン夫人はそんなことを考えているのじゃなかろうか？

「ウェブスター警部補にうかがいましたけれど、あなたはイタリアで殺されたディッキー・グリーンリーフさんのお友達でいらしたんですってね」とマーチソン夫人は言った。

「ええ。でもディッキーは殺されたんじゃなく、自殺したんですよ。ぼくとは死ぬ五、六カ月前からの付き合いでした」

「もし自殺じゃなかったとしたら——ウェブスター警部補は自殺説に疑いを持っていらっしゃるようでしたわ——そしたら、誰が殺したんでしょうね？　どういう理由で？」とマーチソン夫人は尋ねた。「それについて何かお考えがありまして？」

トムは立ち上がり、両足でしっかりと床を踏みしめて紅茶をすすった。「そのことでしたら、ぼくにはなんの考えもありません。ディッキーは自殺したんです。ディッキーは画家としても、また父親の事業の海運とか造船にも、自分の道を見つけることができなかったんだと思います。友人は大勢いましたが、彼に悪意を持っているものはひとりもいませんでした」トムは言葉を切った。みんなも黙っていた。「ディッキーが敵を持つという理由はまったくなかったんです」とトムはつけ加えた。

「うちの主人もですわ——ただ、もしもダーワットが贋作されているのなら話はべつですけれど」

「さあね——その点はぼくにはわかりませんね。フランスに住んでるもので」

「何か組織というようなものがあるのかもわかりませんわ」夫人はエロイーズを見て、

「奥様も私の話していることがおわかりでしょうね」

トムはエロイーズにフランス語で言った。「マダム・マーチソンは悪い一味がいるんじゃないかと疑ってるんだよ――ダーワットの絵に関してね」

「わかった」とエロイーズは言った。

ディッキーの事件についてエロイーズが半信半疑なのはトムも知っている。だが彼女が夫を裏切ったりしないこともわかっていた。エロイーズ自身いささか犯罪者っぽいところがあるので好奇心を持っているだけだ。少なくとも彼女は、他人の前で夫を疑うようなそぶりは見せないだろう。

「二階をごらんになりますか？」とトムはマーチソン夫人に言った。「それとも暗くならないうちに庭のほうでも？」

マーチソン夫人は二階を見たいと言った。

トムは彼女を二階へ案内した。夫人は今日は薄いグレイのウールのドレスを着ている。体つきは頑丈だ――おそらく乗馬かゴルフでもやっているのだろう――だが誰も彼女をデブとは呼べまい。こういうがっしりしたスポーツマンのことをデブとは言わないのだ。でもデブじゃないとしたらなんなんだ？　エロイーズは一緒に二階へ来るのを断わって階下にいる。トムはまず夫人を客間に案内し、ドアを大きく開け放って電気をつけた。それからいかにも率直な気さくな態度で、エロイーズの部屋も含めて二階の部屋を全部見せてやった。夫人はエロイーズの部屋にはあまり興味を示さないようだったので、トムはドアを開けただけで明かりはつけなかった。

「ありがとうございました」と夫人が言い、ふたりは階下に下りていった。

トムは夫人を気の毒に思った。彼女の夫を殺してしまったことをすまないと思った。だが、いまそんなことで自分を責めている余裕はないのだ、と自分自身に言い聞かせた。ここで自分を責めていたら、ぼくもまったくバーナードと同じように、ほかの人たちを犠牲にしてでも、全部白状してしまいたくなることだろう。「奥さんはロンドンでダーワットとお会いになったんですか?」

「ええ、会いました」夫人はまたさっきと同じソファに、今度はずっと浅く座りながら言った。

「ダーワットってどんな人なんです? ぼくは個展の初日に、惜しいところで会いそこなってしまったんですよ」

「ええと、顎ひげを生やして——まあ愛想はいい方ですけれどおしゃべりじゃなさそうでしたわ」夫人はダーワット個人にはあまり関心がないらしくそれだけでやめて、「自分の作品が贋作されているとは思わない、って言ってました——そのことをうちの主人にも話した、って」

「ええ、ご主人もたしかそうおっしゃってましたよ。で、奥さんはダーワットの言葉を信じていらっしゃるんですか?」

「ええまあ。ダーワットさんは誠実そうな方ですし。そうとしか言えませんでしょう?」

夫人は椅子の背にもたれかかった。

トムは一歩前に出て、「お茶はいかがです？　それともスコッチでも？」

「じゃあスコッチのほうを。どうもすみません」

トムはキッチンへ氷をとりにいった。エロイーズもついてきて彼を手伝った。

「ディッキーのことで何を言ってたの？」とエロイーズが訊いた。

「なんでもないさ。大事なことならあのときぎみに話してるよ。あの人はただぼくがディッキーの友達だってことを知ってただけさ。きみ、白ワインを飲むかい？」

「ええ」

ふたりは氷とグラスをリビングへ持っていった。マーチソン夫人はタクシーを呼んでほしいと言った。ムランまで。いまからお願いするのも申し訳ないんですが、車が何分ぐらいで来てくれるのかわからないので、と。

「ぼくがムランまでお送りしますよ」とトムは言った。「もしパリ行きの列車にお乗りになるんでしたら」

「いいえ、ムランの警察の方とお話ししたいんですの。オルリーから電話しておきましたので」

「じゃ警察までお送りしましょう。でもあなたのフランス語で大丈夫かな？　ぼくも完璧ではないんですが、でも——」

「いいえ、なんとかなると思いますわ。ありがとうございます」夫人は少し微笑んだ。

警察と話すのにぼくがいちゃまずいんだな、とトムは思った。

「主人がこちらへ伺ったとき、お宅にはほかにどなたかいらっしゃいまして？」とマーチソン夫人が訊いた。

「家政婦のマダム・アネットだけです。エロイーズ、マダム・アネットはどこだね？」

たぶん自分の部屋か、それとも買い物だろうとエロイーズが言ったので、トムはマダム・アネットの部屋へ行ってノックしてみた。彼女は何か縫い物をしていた。トムは、ちょっと来てマダム・マーチソンに会ってくれないか、と言った。
一、二分後にマダム・アネットはリビングへやってきた。相手が行方不明になった人の妻だというので、興味津々という顔つきだ。「ご主人に最後にお目にかかりましたのは」とマダム・アネットは言った。「お昼を召し上がってから、うちの旦那様とご一緒にお出かけになるときでした」マダム・アネットは実際にはマーチソンがこの家から出るところを見ていないのだが、きっともう忘れてしまったんだな、とトムは思った。
「何かお入り用のものはございませんか、ムッシュー・トム？」とマダム・アネットは尋ねた。

だが誰も何もほしがらなかったので、マダム・アネットはもうそれ以上何も尋ねることがないようだった。彼女はしぶしぶながら部屋を出ていった。

「主人に何が起こったとお思いになります？」とマーチソン夫人は、まずエロイーズを、それからトムを見て言った。

「あえて想像をたくましゅうすれば」とトムは言った、「ご主人が貴重な絵を持ってらしたことを誰かが知っていたんじゃないでしょうか。非常に貴重というわけではないが、なにしろダーワットですからね。ご主人はあの絵のことをロンドンで二、三の人にお話しになったのかもしれませんよ。それで誰かがあの絵ごとご主人を誘拐しようとして、ついやりすぎて殺してしまったのかもしれません。そいつらはご主人の死体をどこかに隠した。さもなければ――まだどこかで監禁されて生きていらっしゃるのかも」

「でもそれだと、あの『時計』を贋作だと思っていた主人の考えが正しかったということになりますわね。いまおっしゃったように、あの絵は非常にお高いというわけじゃありません。たぶんそれほど大きくないからでしょうけれど。ですから犯人たちはダーワットが贋作されているという主人の考えを消してしまおうとしているのかもしれませんわ」

「でもぼくには、ご主人の持ってらした絵が贋作だとは信じられないんです。それにご主人自身もこの家を出るときは、半信半疑だったんですよ。ウェブスター警部補にも話したように、ぼくは、ご主人にはもうあの『時計』をロンドンの専門家に見せるつもりはなかったんだ、と思います。直接訊いてみたわけじゃありませんがね。でも、ぼくの持っている二枚の絵をごらんになって、最初の考えを変えられたようにぼくには見えました。間違っているかもしれませんが」

沈黙。マーチソン夫人は、次に何を言おうか、何を尋ねようかと迷っているふうだった。あと重要なのはただひとつ、バックマスター画廊の連中のことだけだな、とトムは考えた。だが夫人がぼくに連中のことを訊くはずはあるまい。

タクシーが来た。

「ありがとうございました、リプリーさん」とマーチソン夫人は言った。「お邪魔いたしました、奥様。またお目にかかることになるかも――」

「いつでもどうぞ」とトムは言って、夫人をタクシーのところまで送った。

リビングに戻ってくると、彼はゆっくりとソファに近づき、ソファに深く沈みこんだ。ムランの警察はマーチソン夫人に新しい情報を何ひとつ伝えることができないだろう。もしそういう情報があれば、いままでにぼくのところへ何か言ってきているはずだからな、とトムは思った。彼の留守中も、ムランの警察からは一度も電話がなかったとエロイーズが言っていたのだ。もし警察がマーチソンの死体をロワン川かどこかで見つけたとしたら――

「あなた、とっても不安そうよ」とエロイーズが言った。「一杯おやりなさいな」

「ああ」とトムは言って、酒をついだ。今日の飛行機のなかで見たロンドンの新聞には、ダーワットがロンドンにふたたび現れたという記事はひとつも載っていなかった。イギリス人はそういうことをそれほど重要視していないらしい。トムは嬉しかった。バーナードが今どこにいるにせよ、墓から這い出したことを彼に知られたくなかったからだ。なぜそれをバーナードに知られたくないのか？　その理由は、頭のなかでもまだはっきりした形をとっていなかったが、トムがバーナードの宿命だと考えているものとなんらかの関係があるように思われた。

「ねえトム、ベルトラン夫妻が今夜七時にアペリチーフを飲みにこいって言ってるのよ。きっと気晴らしになるわ。あたし今夜はあなたもうちにいるって言っといたの」

ベルトラン夫妻は七キロほど離れた町に住んでいるのだ。「ぼくは――」電話のベルがトムの言葉をさえぎった。彼はエロイーズに電話に出ろという身ぶりをした。

「相手が誰でも、あなたがうちにいるって言っちゃっていいの？」

トムは彼女の心づかいを喜んで微笑んだ。「ああ、きっとノエルが火曜日のパーティに何を着ようかきみに相談しにかけてきたんだろ」

「ウィ。イエス。ボンジュール」電話に出たエロイーズはトムのほうを見てにっこりし、「ちょっとお待ちください」と言って受話器を渡した。「フランス語をしゃべろうと努力してるイギリスの人」

「ハロー、トム、ジェフだ。元気かい、きみ？」

「ああ、最高だ」

ジェフのほうは最高ではなかった。彼のどもる癖がまた始まっていたし、それに低い声で早口にしゃべるので、トムは、もう少し大声で、と言わなければならなかった。

「ウェブスターがまたダーワットのことを訊きにきたんだ。いまどこにいるか、もうイギリスを発ったのか、ってね」

「で、なんて答えた？」

「発ったのかどうか知らんと言っといたよ」

「こう言えばよかったのに――ダーワットはすごく憂鬱そうで、しばらくひとりきりになりたいと言っていたって」

「ウェブスターはまたきみに会いたがるかもしれないぜ。マーチソン夫人と落ち合うためにそっちへ行くはずだ。それで電話したんだよ」

トムはため息をついた。「いつだ?」

「今日かもしれん。彼が何を考えてるのかおれにはさっぱり……」

電話を切ったあと、トムは気が遠くなるような、腹立たしいというか、苛立たしいような気分だった。いったいなんのためにまたウェブスターに会わなきゃならないんだ? トムはこの家から出ていくことにした。

「なんだったの、あなた?」

「ベルトラン家には行けなくなった」とトムは言い、声をたてて笑った。ベルトラン家のことなんて、いまのぼくの悩みに比べたらちっぽけなものだ。「ダーリン、ぼくは今夜パリへ行って、明日ザルツブルクへ発たなきゃいけないんだ。もし飛行機があれば、今夜じゅうにザルツブルクへ発つことになるだろう。今日の夕方、イギリスのウェブスター警部補から電話があるかもしれないが、そしたらぼくは仕事のことでパリに行ったと言っといてくれ。経理士と相談しに、でもなんでもいいから。どこに泊まるかは知らない、どこかホテルだろうけど、ホテルの名前までは聞かなかった、と言うんだよ」

「でもあなた何から逃げようとしてるの、トム?」

トムは息をのんだ。逃げる? 何から逃げるのか? どこへ逃げるのか? 「わからん」汗が出はじめた。もう一度シャワーを浴びたかったが、その暇はない。「マダム・アネットにも、ぼくは急用でパリへ行ったと言っといてくれ」

トムは二階へ行って、クローゼットからスーツケースを出した。また例の醜悪なレインコートを着て、髪の分け目を変えて、ロバート・マッケーになろう。エロイーズが入ってきて手伝ってくれた。

「シャワーを浴びたいな」とトムがひとこと言うともうその瞬間、エロイーズが浴室のシャワーをひねる音がした。トムは急いで服を脱ぎ、シャワーの下へ飛びこんだ。ちょうどいい湯加減だ。

「あたしも一緒にザルツブルクへ行っちゃいけない?」

彼女と一緒に行けたらどんなにいいことか! 「ダーリン、問題はパスポートなんだよ。マダム・リプリーがロバート・マッケーと一緒に仏独国境やオーストリアの国境を越えるわけにはいかないんだ。マッケーめ、あのやくざ者め!」トムはシャワーから出た。

「イギリスの刑事さんはマーチソンのことで来るの? あなた、あの人を殺したの、トム?」エロイーズは眉(まゆ)をひそめて心配そうにトムを見ている。だがトムの見たところ、まだヒステリーからはほど遠い状態だ。

彼女はディッキーのことも知ってたんだな、とトムはいまはじめて悟(さと)った。エロイーズはそのことを口に出しては言わなかったが、でも知っていたのだ。いっそ彼女にすべてをしゃべってしまったほうがいい、とトムは思った。彼女は助けてくれるかもしれないし、それにどっちにしても、いまの事態はすごく絶望的なのだから、もし彼がどこかでほんの少しでも失敗したり、つまずいたりすれば、結婚生活も何もかもどうせおしまいになってしまうのだ。ザルツブルクにトム・リプリーとして行くことはできないだろうか、という考えが心をかすめた。エロイーズを連れていけないだろうか？　だがいくらそうしたくても、まだ彼自身にさえ、ザルツブルクで何をしなければならなくなるのか、そこからまたどこへ飛ぶことになるのか、皆目見当もついていなかったのだ。とにかくパスポートはふたつ、自分のとマッケー名義のと両方持っていくべきだ。

「あなた、あの人を殺したの、トム？　この家で？」

「ぼくは殺さなきゃならなかったんだ、ほかの大勢の人たちを救うために」

「ダーワット商会の人たちを？　なぜなの？」エロイーズはフランス語でしゃべり出した。

「なぜあの人たちがそんなに大事なのよ？」

「ダーワットはもう死んでるんだよ――何年も前に」とトムは言った。「マーチソンはそれを――その事実を暴露しようとしたんだ」

「ダーワットが死んでる？」

「ああ、それでぼくがロンドンで二度ダーワットに扮装したんだ」とトムは言った。この言葉はフランス語で言うととても無邪気に陽気に聞こえる。トムは、ロンドンでダーワットに扮装（ルプレザンテ）したと言ったのだった。「いま警察はダーワットを捜してる――現在はまだそれほど必死には捜してないかもしれないが。でもそれはいまのところまだ推理がそこまでいってないからなんだ」

「まさかあなたがダーワットの贋作を描いてたんじゃないでしょうね？」

トムは声をたてて笑った。「エロイーズ、名誉なことを言ってくれるね。贋作してたのはあの狂人のバーナードさ。でも彼はもうやめたがってるんだ。あーあ、とても複雑で説明しきれないよ」

「なぜあなたがあの狂人バーナードを捜さなきゃならないの？　ああ、トム、もうそんなことから手を引いてよ……」

トムはそのあとの彼女の言葉を聞いてはいなかった。彼は突然、自分がなぜバーナードを見つけなければならないか、その理由を悟った。突然直感が働いたのだ。トムはスーツケースを取りあげた。「さよなら、ぼくの天使。ムランまで車で送ってってくれるかい？交番は避けてくれよな」

階下に下りると、マダム・アネットはキッチンにいた。トムは、彼女がいつもと違う髪の分け方に気がつかないように、頭を少しそらせて、玄関からあわただしくさよならを言った。例の醜悪な、だがおそらく幸運なレインコートは彼の腕にかかっていた。

トムは、エロイーズに、電報を打つたびに違う名前をサインはするがとにかく連絡は絶やさない、と約束した。ふたりはアルファロメオのなかで別れのキスをした。トムは居心地よい彼女の腕を離れて、パリ行きの一等車に乗りこんだ。

パリに着いてみると、ザルツブルク行きの直行便がないことがわかった。一日に一便だけあるフランクフルト行きに乗って、フランクフルトでザルツブルク行きに乗り換えなければならない。フランクフルト行きは毎日午後二時四十分発だ。トムはリヨン駅からそう遠くないホテルに泊まった。夜中の十二時直前に、彼は危険を冒してエロイーズに電話してみた。いま彼女が家にひとりでいるとは考えられない。トムがどこにいるか知らないま、ウェブスター警部補と顔を突き合わしているかもしれない。エロイーズは、もう今夜はベルトラン家へは行かない、と言っていたのだ。

「ダーリン、ハロー、もしウェブスターが来てるんなら、かけ間違いだと言って切ってくれ」

「ムッシュー、きっとおかけ違いでしょう」とエロイーズの声が言って、電話は切れた。

トムは気持ちも膝(ひざ)も急にがっくりとなって、ホテルの部屋のベッドに座りこんでしまった。エロイーズに電話したことが悔(くや)まれる。仕事はやはりいつもひとりでやるべきなんだ。ウェブスターは、電話したのがトムだということに気づくか、少なくともそうではないかと疑うにちがいない。

エロイーズは今どんな目にあっているんだろう？　彼女に事実を打ち明けたのはいいことだったろうか、それとも悪いことだったんだろうか？

22

翌日の午前中に、トムは飛行機の切符を買い、午後二時二十分にはオルリー空港にいた。もしバーナードがザルツブルクにいないとすれば、いったいどこだろう？　ローマか？そうでないことをトムは願った。ローマで人を見つけ出すのはきっと難しいだろう。オルリー空港ではずっと頭を垂れつづけて、周囲を見ないようにした。ウェブスター警部補がロンドンから部下を呼んでトムを捜させている可能性も考えられるからだ。それは事態がどの程度緊迫しているかによるが、トムにはそこまではわからなかった。なぜウェブスターはまたぼくを捜しているんだろう？　ぼくがダーワットに扮装したことを嗅ぎつけたんだろうか？　そうだとしたら、二度目のときにべつのパスポートでイギリスに出入国したことは、ほんの少しだがぼくに有利になるな。少なくともトム・リプリーは、二度目の扮装のときにはロンドンにいなかったのだから。

フランクフルトのターミナルで一時間ほど待たされてから、トムは、〈ヨハン・シュトラウス〉号というチャーミングな名前が機体に書いてあるオーストリア航空の四発機に乗りこんだ。ザルツブルクのターミナルに着いて、やっといくらか安全になったと感じはじめた。ミラベル広場までバスで行き、ホテル・ゴルデナー・ヒルシュに泊まりたかったのでまず電話で確かめることにした。そこは最高級のホテルで満員のことが多いからだ。だが幸い、バスつきの部屋があいていた。トムはトーマス・リプリーと本名を名のり、ホテルまでは近いので歩いていくことに決めた。ザルツブルクにはこれまでに二度来たことがある。一度はエロイーズと一緒だった。舗道には、革の半ズボンを穿いてチロル帽をかぶった男が二、三人いる。膝までの靴下に狩猟用のナイフをはさんで完璧なスタイルだ。前に来たときに見た覚えがかすかにある比較的大きな古いホテルではみな、メニューを大きな看板に書いて玄関のドアの横に貼り出してある。ウィーン風仔牛のヒレ肉を含むフルコースが二十五シリングから三十シリングだ。

やがてザルツァハ川と大きな橋に出る——スターツ橋という名前だったっけ?——それに二、三の小さな橋も見える。トムは大きな橋を渡った。おそらく前かがみで歩いているだろうバーナードの痩せた姿を求めて、あちこち眺めまわす。灰色の川の流れは速く、緑の川岸に転がっている大きな石にあたって水しぶきをあげている。六時をまわったところで、あたりはもう薄暗かった。彼が近づいていくこの都市の旧地区に、ぽつぽつ不規則に灯がともりはじめた。灯はちょうど星座のように、ホーエンザルツブルクの丘やメンヒスベルクのほうへと、しだいに高くともっていく。トムはゲトライデ通りに通じる狭くて短い道に入った。

トムの部屋からは、ホテルの裏にあるジグムント広場が見渡せた。右のほうには、小さな岩壁を背にした「馬の水飲み場」噴水があり、その前には飾りたてた泉がある。朝になるとそこに、手押し車に載せた果物や野菜の市がたつことを、トムは思い出した。彼は二、三分呼吸を整えてから、スーツケースを開け、ピカピカに磨き上げた松材の床の上を靴下履(ば)きで歩いた。家具はおもにオーストリア風の緑色で、壁は白く、窓は奥行のある二重窓だ。ああ、オーストリアよ！　さあ、下へおりていって、目と鼻の先にあるカフェ・トマセッリでドッペルエスプレッソを飲もう。これは悪くない考えだ。そこは大きなコーヒーハウスなので、バーナードも来ているかもしれないからだ。

　だがトマセッリではもうコーヒーの時間ではなかったので、トムはその代わりにプラム・ブランデーのスリヴォヴィッツを飲んだ。バーナードの姿はない。数カ国語の新聞が回転式の新聞架けにかかっていたので、「ロンドン・タイムズ」とパリの「ヘラルド・トリビューン」にざっと目を通したが、バーナードのことも（それが「ヘラルド・トリビューン」に出ているとは期待していなかったのだが）トーマス・マーチソンのことも、また彼の妻がロンドンやフランスを訪問したことも何も出ていない。よしよし。

　トムはぶらりと店を出て、ふたたびスターツ　橋(ブリユッケ)を渡り、橋に続く大通り、リンツァー通り(ガッセ)を歩いていった。もう九時を過ぎている。バーナードがこの町にいるのなら、きっと中級のホテルに泊まっているだろう、とトムは思った。それは橋の向こう側かもしれないしこっち側かもしれない。まっすぐこの町に来たとすればもう二、三日は経(た)っているはずだ。だがそんなことは誰にわかろう？　トムは狩猟用のナイフだの、にんにくおろし器だの、電気剃刀(かみそり)だの、チロル風の衣装――襞(ひだ)飾りのついた白いブラウスやギャザーの多いスカート――などが陳列してあるウィンドーを見つめた。店はもうどこも閉まっている。

裏通りも歩いてみた。通りというにはほど遠い狭い路地もある。街灯もなく両側には閉まった戸口が並んでいるだけだ。十時近くなると、空腹を感じはじめたので、リンツァー通り（ガッセ）の右側にあるレストランに入った。食事のあと、今度は違う道を通ってカフェ・トマセッリに戻り、そこで一時間ぐらい過ごすつもりで腰を落ち着けた。彼のホテルのあるゲトライデ通り（ガッセ）には、モーツァルトの生家がある。バーナードがザルツブルクをうろついているとすれば、おそらくこのあたりによく姿を現すにちがいない。徹底的に捜査しよう、とトムは自分に言いきかせた。

トマセッリでも手がかりはなかった。客はもう常連ばかりらしく、地元の家族たちが大きなケーキを食べたり、クリーム入りのエスプレッソや、ピンク色の木苺ジュース（ヒムベールーザフト）を飲んだりしている。トムは新聞を読むのにもあきていらいらし、バーナードが見つからないことで挫折感を感じ、疲れのために腹さえ立ってきた。彼はホテルへ戻った。

翌朝、九時半にはもう町へ出て、ザルツブルクの〝右岸〟、つまり新地区のほうをジグザグにぶらぶら歩いていた。ときどき立ち止まって店のウィンドーを覗（のぞ）いたりしながら、バーナードの姿を捜し求める。それからふと、ホテルと同じ通りにあるモーツァルト博物館へ行ってみようと思いたって、また川のほうへ引き返した。ドライファルティヒカイツ通り（ガッセ）を通ってリンツァー通り（ガッセ）に入り、スターツ橋（ブリユッケ）を渡ろうとしたときに、ちょうどいま橋を渡り終えて向こう岸の通りに入ろうとしているバーナードの後ろ姿が見えた。バーナードは頭を垂れて歩いているので、もう少しで車にはねられそうになった。バーナードの後を尾けようとしたトムは、長い信号待ちで待たされたが、バーナードの姿は相変わらずよく見えていたので、これは問題にはならなかった。バーナードのレインコートは前よりもいっそう汚れ、ベルトがベルト通しからはずれて地面に引きずりそうになっている。一見浮浪者風だ。バーナードがそこらの狭い路地のホテル——おそらく二、三軒はあるだろう——のひとつに消えてしまうといけないので、相手が角を曲がったらすぐ走り出せる用意をしながら、通りを渡って十メートルほど遅れて尾けていった。

「おにいさん、いまお暇？」と女の声が英語で訊いた。

ぎょっとしたトムは、戸口に立っているブロンドの売春婦の顔をちらりと見ただけで足早に通りすぎた。いやはや、この緑色のレインコートのせいで、ぼくはそれほど自堕落に、やくざな人間に見えるんだろうか？　まだ朝の十時だというのに！

バーナードはリンツァー通りを歩きつづけていたが、やがて通りを横切って半ブロックほど先の「貸間、宿泊」という看板の出ている戸口に姿を消した。トムは反対側の歩道で立ち止まった。その宿の名前は、〈青　なんとか〉だ。途中で看板が剝げてしまっている。少なくともバーナードの泊まっているところはわかった。ぼくの勘は正しかった！　バーナードはザルツブルクにいたのだ！　トムは自分の直感が当たったのを喜んだ。だが待てよ、バーナードはいまはじめて部屋を予約しにここへ来ただけなんだろうか？

いや、彼はなかなか出てこないし、例のダッフルバッグを持っていなかったところを見ると、明らかにここに泊まっているのだ。トムは辛抱づよく待った。バーナードが入っていった戸口を見張れるカフェが近くになかったので、通りでじっと待たなければならない。気がめいるようだ。そしてまた同時にトムは、バーナードがその宿の窓から外を覗いてこっちの姿を見つけないように、身を隠していなければならなかった。だが考えてみると、バーナードのような身なりの男が、表通りに面した部屋をあてがわれることはけっしてないはずだ。それでもトムは、身を隠しつづけ、十一時近くまでじっと待っていた。やっとバーナードが出てきた。ひげはきれいに剃ってある。バーナードはもう行く先は決めてあるといわんばかりにすぐ右へ折れた。

トムは用心深く尾行しながら、ゴロワーズに火をつけた。また大きな橋を渡る。バーナードはトムが昨夜歩いた通りを抜けると、右へ曲がってゲトライデ通りに入った。トムの目に、バーナードの鋭くてかなりハンサムな横顔が、その固く閉じた口が——そしてオリーブ色の頬に影をつくっている窪みが、ちらりと見えた。彼のデザートブーツはひどくつぶれている。バーナードはモーツァルト博物館に入っていった。入場料は十二シリングだ。トムもレインコートの襟を立ててなかに入った。

入場料は、最初の階段を上がってすぐの部屋で払うようになっていた。そこには手書きの楽譜やオペラのプログラムをたくさん納めたガラスのケースが置いてある。トムはバーナードの姿を求めてこの部屋を覗いてみたが、姿がないので、きっと次の階へ行ったのだろうと思った。そこは、トムの記憶によると、モーツァルトの家族の居室だった場所だ。トムはふたつ目の階段を上がった。

バーナードはモーツァルトのものだったクラヴィコードの鍵盤上にかがみこんでいた。鍵盤は、手を触れられないようにガラス板で覆ってある。バーナードはいままでに何度、この鍵盤を眺めたのだろうか？

博物館のなかには、少なくともこの階には、五、六人の観客しかいなかったので、トムは用心しなければならなかった。事実、一度などは、バーナードが急にこっちを振り向いても見つからないように、ドアの陰にあわてて隠れたこともあったぐらいだ。本当はぼくは、バーナードの精神状態を見きわめようとして彼を眺めたがっているんだ、とトムは思った。それとも――トムは自分を偽らずに考えてみようとした――ぼくは、たんなる好奇心から面白がっているんだろうか？　自分がほんの少しだけ知っている人間がいま危機にあるのを、本人には悟られずにしばらく観察することができるので、楽しんでいるんだろうか？　バーナードは同じ側の表側の部屋へふらふらと入っていった。

結局トムは、バーナードのあとを尾けて次の最後の階段を上がった。ここにもガラスのケースがたくさん置いてある（クラヴィコードの部屋には、昔モーツァルトの揺籠が置かれていた場所、と書かれた一隅があったが、いまはそこには揺籠はなかった。せめて模型だけでも置いてあればいいのに）。最後の階段には、細い鉄の手すりがついていた。いくつかの隅に窓が斜めに切ってある。いつもモーツァルトに畏敬の念を持っているトムは、モーツァルトの家族がここからどんな光景を眺めていたのだろうと考えていた。いまわずか一メートルほどしか離れていない隣の建物の軒蛇腹でないことは確かだ。ミニチュアの舞台模型――『イドメネオ』、『コジ・ファン・トゥッテ』など――は退屈で、出来栄えも不細工だ。だが、バーナードはそれらをじっと眺めながらふらふらと歩いていく。

そのときバーナードがふいに顔をトムのほうへ向けた――トムは凍りついたように戸口に立ちすくんだ。ふたりはじっと睨(にら)み合った。やがてトムは思わず一歩後ずさりして右手に動き、つまり戸口を出て、表側のべつの部屋に入った。そこでやっと息ができるようになった。じつに滑稽(こっけい)な一瞬だった、あのバーナードの顔――

それ以上立ち止まって考えているのは危険だ。トムはすぐに階段を下りはじめた。賑(にぎ)やかなゲトライデ通り(ガッセ)の、外の空気のなかへ出るまでなんとなく落ち着かず、外へ出てもまだ落ち着きは戻らなかった。トムは川のほうへ通じる狭くて短い道を選んだ。バーナードはぼくのあとを尾けてくるだろうか？　トムはうつむいて足を早めた。

さっきのバーナードの表情は、最初は自分の目を疑うような、そして一瞬後にはまるで幽霊でも見たような恐怖に変わったのだった。

バーナードは自分が本当に幽霊を見たと思ったのだ。自分が殺した男、トム・リプリーの幽霊を。

トムは突然向きを変えて、モーツァルトの生家のほうへ引き返しはじめた。バーナードがこの町から出ていくかもしれない、という考えがふと心に浮かんだからだ。そんなことになってまたバーナードの行方がわからなくなったら大変だ。もしいま舗道でバーナードを見かけたら、こっちから声をかけるべきだろうか？　モーツァルト博物館の通りをへだてた向かい側でしばらく待っていたが、彼が現れないので例のペンションのほうへ歩きだした。途中ずっとバーナードの姿は見えなかった。やがて宿の近くまで来たとき、バーナードがリンツァー通り(ガッセ)の向こう側、つまりペンションがあるほうの側を足早に歩いているのが見えた。バーナードはその家族経営のホテルに入っていった。トムは外で三十分近く待ってみたが、きっとバーナードはここしばらくは外に出てこないにちがいない、と思って諦(あきら)めることにした。それとも心の底ではバーナードが町から出ていってもかまわないと思っていたのだろうか？　それは自分でもわからなかった。とにかくコーヒーがすごく飲みたい。彼はコーヒー・バーのあるホテルに入った。コーヒーを飲みながらある決心をして、バーを出るとすぐに、まっすぐバーナードのペンションへと引き返した。フロントで、「タフツさんに、トム・リプリーが下へ来ていて話したがっていると伝えてくれ」と頼んでみようと決心したのだ。

だが、地味なくすんだ褐色の戸口にどうしても入っていくことができなかった。片足を敷居にかけたが、一瞬めまいを感じてすぐに舗道へ戻ってきてしまったのだ。優柔不断な奴め、とトムは自分自身に言った。それ以外の何者でもない。結局トムは、川の反対側にある自分のホテルに戻ってきた。ホテル・ゴルデナー・ヒルシュの居心地のよいロビーに入ると、グレイとグリーンのユニフォームを着たポーターがすぐに鍵を渡してくれた。トムは自動エレベーターで三階まで行って、自分の部屋に入った。例の醜悪なレインコートを脱ぎ、ポケットの中身を全部出す――煙草(たばこ)、マッチ、フランスのコインとオーストリアのコインがごちゃごちゃに混ざっている。彼はコインを選り分けて、フランスのだけスーツケースのポケットに入れた。それから服を脱いでベッドにもぐりこんだ。いままで気づかなかった疲れが一度にどっと出てきた。

目が覚めるともう午後二時過ぎで、太陽が明るく照っていた。トムは散歩に出かけた。もうバーナードは捜さずに、ほかの観光客と同じようにぶらぶら歩きまわる。いや、彼には何も目的がないのだから観光客と同じとはいえないかもしれない。バーナードはこの町で何をしているんだろう？　この先どのくらい滞在するつもりなんだろう？　トムは頭が冴えてきたのを感じた。だが何をすべきかはわからない。バーナードに近づいて、シンシアがきみに会いたがってるよ、と言ってみようか？　バーナードに話しかけて彼を説得すべきか？　でも何を説得するんだ？

午後四時から五時ごろまで、トムは気がめいってどうしようもなかった。彼はそこらの店に入ってコーヒーとシュタインヘーガーをとった。それからホーエンザルツブルクを越えてずっと上の（つまり川の上流の）埠頭まで行ったが、そこもまだこの町の旧地区なのだ。彼は、ダーワット詐欺を始めてからジェフとエドに起こった、そしていまやバーナードにも起こっている変化について考えつづけた。それにまたシンシアも、ダーワット商会のせいで不幸になり、彼女の人生のコースも変えられてしまったのだ――トムには、三人の男の命よりも、このことのほうがもっと重大だと思われた。いまごろシンシアはバーナードと結婚して、子供を二、三人産んでいたかもしれないのだ。でも、もしそうなっていたとしても、バーナードはやはり贋作組織に巻きこまれていただろう。それなのに、なぜ自分がシンシアの人生の変化のほうを、バーナードのそれよりも重要だと感じるのか、自分でもよくわからなかった。ただジェフとエドだけが血色もよくなり、裕福になっている。彼らの人生は明らかによいほうへ変化したのだ。それに反してバーナードはもう疲れ果てたように見える。まだ三十三か四だというのに。

トムは最初、ホテルのなかのレストランで食事するつもりだった。そこはザルツブルクで最高のレストランだと言われていたのだが、いざ食事の時間になってみると、いまの自分がそういう高級な食事や雰囲気を楽しむムードではないことに気づいた。そこで、ゲトライデ通り（ガッセ）をぶらぶら歩いて、ビューゲルシュピタル広場（プラッツ）（標識にそう書いてあるのが見えたのだ）を通りすぎ、グステッテン門（トール）をくぐった。メンヒスベルクの麓にあるこの町の、昔からの門のひとつで、車がやっと一台通れるほどの広さしかない。メンヒスベルクの山はいま薄暗くぼんやりと浮き出て見えている。門をくぐった先の通りも同じくらい狭くて、かなり暗い。どこかに小さなレストランがありそうなものだ。やがて、ほとんどそっくりのメニューを外に貼り出した店が二軒あった。本日のおすすめスープに、ウィーン風（ヴィーナー）仔牛（シュニッツェル）のヒレ肉、ポテト添え、サラダにデザートで二十六シリング。トムは、ランタン型の看板が軒先に吊るしてある〈カフェ・アイグラー〉とかなんとかいう名前の、二軒目のレストランに入った。

赤いユニフォームを着た黒人のウェイトレスがふたり、男の客と同じテーブルに座っている。ジュークボックスが鳴り、照明は暗い。これは売春宿なのか、女郎屋か、それともただの安レストランか？　この店に足を一歩踏み入れたとき、ひとりでテーブルにかがみこんでスープをすすっているバーナードの姿が目に入った。トムは一瞬ためらった。

バーナードはトムのほうへ目を上げた。

いまのトムは、いつもの彼らしい身なりだった。ツイードの上着を着て、寒さよけのマフラーを首に巻きつけている——パリのホテルでエロイーズが血を洗い落としてくれたマフラーだ。トムがバーナードに近寄って、手を差し出して微笑(ほほえ)みかけようとしたその瞬間、バーナードは恐怖の表情で椅子(いす)から腰をうかせた。

ふたりの太った黒人ウェイトレスがバーナードを見、それからトムを見た。ウェイトレスのひとりがアフリカ的とも思えるゆっくりした動作で立ち上がった。きっとバーナードに、どうかしたのかと訊きにいくのだろう。バーナードが、まるで命にかかわる薬かなにかを呑(の)みこんでしまったような顔をしていたからだ。

バーナードはあわてて手を振って拒否の身ぶりをした——ウェイトレスに対してだろうか、それとも彼自身に対してか？

トムはくるりと背を向けると、中側のドア（戸口には風雨除けの補助扉がついていた）を開けて舗道へ出た。ポケットに手を突っこみ、バーナードのように頭を垂れ、またグステッテン門(トール)をくぐって町のより明るい地区へと引き返す。ぼくのやったことは間違っていただろうか、と彼は自問した。ただ単純に——あのまま前に進むべきだったのだろうか？　だが彼はあのとき、バーナードがもう少しで悲鳴をあげそうなのを感じとったのだった。

トムはホテルの前を通りすぎ、次の角を右へ曲がった。トマセッリの店まであと二、三メートルだ。もしバーナードが尾けてきていて――バーナードがあのレストランを出ようとしていたことは確かだ――トマセッリでぼくのテーブルにやってきたら、非常にいいんだが。だがおそらくそんなことにはならないだろう。バーナードは本当に幻を見たと思っているのだから。トムはよく目立つ中央のテーブルに席をとって、サンドイッチとワインをひと壜注文し、新聞を読みはじめた。

バーナードは現れなかった。

この店の大きな木枠で囲まれた戸口には、アーチ形の真鍮のカーテンロッドがついていて、そこに緑色のカーテンがさがっている。そのカーテンが動くたびにトムはそっちに目をやったが、入ってくる客はどれもバーナードではなかった。

もしバーナードが入ってきてこっちに近づいてきたとしたら、それは本物のぼくかどうか確かめたいという理由からだ。それなら論理的だ（だがいまのバーナードがそういう論理的な行動をとるかどうか、そこが問題だ）。そしたらぼくはこう言ってやろう、「座って一緒にワインを飲めよ。ぼくは幽霊じゃないさ、このとおり。ぼくはシンシアと話したんだぜ。彼女はきみに会いたいと言ってたよ」バーナードをいまの状態から引きずり出してやれ。

だが自分にそれができるかどうか、トムには疑問だった。

23

翌日の火曜日までに、トムはまた決心した。どんな手段に訴えても、たとえ暴力を使ってでも、バーナードと話をしよう。そしてロンドンへ帰すように努力しよう。バーナードはたぶんジェフとエドを避けるだろうが、あのふたりのほかにだってロンドンにはバーナードの友達がいるはずだ。バーナードの母親はまだ生きているんだろうか？　トムには自信はなかった。だが彼は、とにかく何かをしなければならないと感じていた。バーナードの惨（みじ）めな様子が哀（あわ）れだったからだ。バーナードをちらりと見るたび、全身に不可思議な痛みが走る。まだ歩いてはいるが、すでに死の苦しみにとらえられている人間を見るような気がするのだ。

午前十一時に、トムは例の〈青（ブラウエ）なんとか〉に行って、階下のフロントにいる五十がらみの黒い髪の女に話しかけた。「すみませんが、こちらにバーナード・タフツという――英国人（エングリッシャー）が泊まっているでしょうか」とトムはドイツ語で尋ねた。

女は目を見張って、「ええ、でもついさっきチェックアウトされましたよ。一時間ほど前に」

「行き先を言ってましたか？」

バーナードは何も言いのこしていなかった。トムは彼女に礼を言って、相手の視線が自分を追っているのを感じながらそこを出た。女は、彼がバーナードの知人だというただそれだけの理由で、まるで彼もバーナードと同じくらい奇妙な人間だとでもいうようにじっと見つめていたのだ。

トムはタクシーで鉄道の駅へ行った。ザルツブルクの空港からは、小型の飛行機がほんのわずかしか出ていないし、それに列車のほうが飛行機よりも安いからバーナード向きだ。だが駅にはバーナードの姿はなかった。トムはプラットフォームの上も、ビュッフェのなかも見てまわった。それからトムは、バーナードを、ベージュのレインコートを着てダッフルバッグをぶらさげた元気のない男の姿を捜しながら、川のほうへ、町の中央部へと引き返した。午後三時ごろ、トムは、バーナードがフランクフルトへ飛行機で発（た）つかもしれないと思って、タクシーで空港へ行ってみた。空港にもバーナードはいなかった。

トムがバーナードを見つけたのは、午後三時を少しまわったころだった。バーナードは川にかかった橋の上にいた。欄干（らんかん）のついた、一方通行の小さな橋のひとつだ。バーナードは欄干に腕をついてもたれかかり、じっと下を見つめている。バッグは足元に置いてあった。そのときトムはまだ橋を渡りはじめていなかった。彼はバーナードの姿をかなり遠くから見つけたのだった。バーナードは飛びこむことを考えているんだろうか？　風でバーナードの髪の毛は逆立ち、また額（ひたい）にかかる。彼は自殺しようとしているのだ、とトムははっきり悟（さと）った。いまこの瞬間ではないかもしれない。そこらを歩きまわってから、一、二時間ほどしてまたここへ戻ってくるつもりかもしれない。それとも今夜かも。ふたりの女がほんの少し好奇心を示してバーナードをちらりと見ながらそばを通りすぎていった。女たちが行ってしまうと、トムはバーナードのほうへ、早くも遅くもない足どりで近づいていった。下では、川が両岸の岩にあたって勢いよく泡立っている。トムの覚えている限りでは、この川で船を見かけたことは一度もなかった。おそらくザルツァハ川はかなり浅いのだろう。トムが三メートルほど離れたところから、バーナードの名前を呼ぼうとしたちょうどそのとき、バーナードが急に左を向いてトムを見た。

バーナードは急に背をしゃんと伸ばした。その凝視の表情はトムを見ても変わらないように思えたが、バーナードはバッグを取り上げた。

「バーナード!」とトムは叫んだ。だが、そのときトレーラーを引っぱったオートバイがやかましくそばを通りすぎていったので、聞こえなかったかもしれないと思ってもう一度叫んだ。「バーナード!」

バーナードは走り出した。

「バーナード!」トムは女の人に突きあたった。相手は、欄干にぶつかったからよかったようなものの、でなければ倒れてしまっていたことだろう。「ああ——どうもどうもすみません!」とトムは言い、彼女が落とした包みを拾ってやりながら、同じ言葉をドイツ語でくり返した。

彼女はそれに何か答えた、「フットボール選手」とかなんとか言っているようだった。

トムはまた小走りに歩きつづけた。バーナードの姿が見える。トムは困惑と怒りで眉をしかめ、突然、バーナードに憎しみを感じた。そのため一瞬身体が固くなったが、やがてその感情はおさまった。バーナードは後ろも見ずに早足で歩いていく。その歩き方にはどこか狂気の影があった。落ち着きはないが歩幅は一定している。ばったり倒れて息絶えるまでこのままの歩調で歩きつづけるのではないかとさえ思えるほどだ。でもバーナードがばったり倒れて息絶える、などということがあるだろうか？　おかしなことだ、とトムは思った、バーナードがぼくのことを幽霊だと思っているように、こっちもバーナードを一種の幽霊みたいに感じているんだからな。

バーナードは意味もなくジグザグに歩きはじめた。だが川からは遠ざかろうとしない。ふたりは三十分も歩きつづけ、もうザルツブルクの町を後にしていた。道には人通りも少なく、ときおり、花屋や、森や、庭園や、住宅や、川を見晴らすテラスにも人けのない小さな喫茶店があるだけだ。バーナードはとうとうその一軒に入っていった。

トムも足をゆるめた。ずっと早足で歩いてきたのに、疲れてもいず、息を切らしてもいなかった。妙な気持ちだ。ただ額にあたる風の冷たさだけが、自分がまだ生の世界にいるということを思い出させてくれる。

その小さい真四角な喫茶店は壁がガラス張りだったので、バーナードが赤ワインのグラスを前にして座っているのがよく見えた。店のなかはがらんとしていて、かなり年増の痩せたウェイトレスがひとり、黒いユニフォームに白いエプロンをつけて立っているだけだった。トムはほっとして思わず微笑を浮かべ、何も深く考えずに、ドアを開けてなかへ入った。今度はバーナードは、ちょっと驚いたような、困ったような顔で（彼は眉をひそめていた）トムを見たが、もうさっきの恐怖はなかった。

トムは少し微笑んでうなずいた。なぜうなずいたのか自分にもわからない。挨拶のつもりか？　肯定したのか？　だとすれば何を肯定したんだろう？　トムは、自分が椅子を引き出してバーナードの隣に腰かけ、こう言っているところを想像した、「バーナード、ぼくは幽霊じゃないんだよ。土がそう深くなかったんで這い出してきただけさ。滑稽だろ、え？　ぼくはロンドンに行ってシンシアに会ったんだ、彼女は……」それから自分もワインのグラスを上げる。そしてバーナードのレインコートの袖を叩き、バーナードはやっとトムが幽霊ではないことを悟るというわけだ。だがそんなことは現実には起こらなかった。バーナードの表情は、疲れきったものに変わり、敵意さえ感じられた。トムはまたむらむらと怒りを感じた。彼は背をしゃんと伸ばすと、ドアを開けて、後ろ向きにではあったけれど、静かにすいと外へ出た。

あれは、ぼくとしちゃかなり慎重だったな、とトムはあとで思った。

黒いユニフォームを着たウェイトレスはトムのほうを見もしなかった。トムの右手のカウンターで何かやっていたので、おそらく彼に気づかなかったのだろう。

トムは道を横切り、バーナードのいる喫茶店を後にして、またザルツブルクの町とは反対の方角に歩きだした。喫茶店はその道の川沿いではなく、逆の側にあったので、トムの歩いているほうは川や堤防にかなり近かった。道がカーブした近くに、ガラス張りの公衆電話ボックスがある。トムはその後ろに隠れて、フランスの煙草に火をつけた。

バーナードが喫茶店から出てきた。トムはゆっくりと電話ボックスのまわりを回って、ちょうどバーナードから見えない位置に身をひそめた。バーナードはトムを捜していたが、その目は、まるでトムがそこらにいることを期待してはいないというふうに、ただ落ち着きなく動いているだけのように見えた。とにかく、バーナードにはトムの姿が目に入らなかったらしく、また早足で、川沿いではないほうの側をザルツブルクの反対方向に歩きだした。結局、トムもまた後を追った。

行く手には山々がそびえ、その間をいまはかなり細くなったザルツァハ川が流れている。山はダークグリーンの木々に、おもに松の木に覆(おお)われている。ふたりが歩いている道はいまのところはまだ舗装道路だが、もう少し先でその道がつきて、二車線の田舎道になっているのが見える。バーナードはその狂気じみたエネルギーであの山のどこかにまっすぐ登っていくつもりだろうか？　バーナードが一、二度ちらりと振り向いたので、トムはその視線から――少なくともその一瞥(いちべつ)から――身を避けた。バーナードの様子から見て、彼にはトムが見えなかったことは確かだ。

もうザルツブルクから八キロは離れたな、とトムは思った。立ち止まって額の汗を拭(ぬぐ)い、マフラーの下でネクタイをゆるめる。バーナードがカーブを曲がって姿が見えなくなったので、トムはまた歩きだした。実際には、走り出したのだ。ザルツブルクでも考えたように、バーナードが急に右か左に曲がって、どこかこちらの知らないところへ消えてしまうかもしれないと考えたからだ。

やっと姿が見えた。その瞬間、バーナードが振り返った。トムは立ち止まって、相手によく見えるように両腕をひろげた。だがバーナードはいままでに何度もやったようにまたくるりと背を向けて歩きだした。トムは疑いを感じた。バーナードにはぼくが見えたんだろうか、見えなかったんだろうか。だがそんなことに意味があるのか？　トムは歩きつづけた。バーナードの姿がふたたびカーブの向こうに消え、トムはふたたび駆け出す。トムが道のまっすぐなところに出たとき、バーナードの姿はなかった。バーナードは森に入ったのかもしれない、そう思ってトムは立ち止まり耳をすませた。だが聞こえるのは小鳥のさえずりと遠くの教会の鐘の音だけだ。

そのとき、左手で木の枝がかすかにざわめく音がして、すぐにやんだ。トムは森のなかに一メートルほど入って耳をすませた。

「バーナード！」とトムは叫んだ。声はしわがれている。だがバーナードには聞こえたはずだ。

まったくの静寂。バーナードはためらっているのだろうか？

やがて遠くでドサッという音がした。それともトムの空耳だったのか？

トムは森に分け入った。二十メートルほど行くと、川に向かった斜面があり、その向こうは灰色の岩壁になっていた。下まで十メートルくらい、いやもっとありそうだ。その崖の上にバーナードのバッグが置いてある。即座にトムは、何が起こったかを悟った。もっと近くへ寄って耳をすませたが、いまは小鳥さえも沈黙したかと思われた。崖のふちに立って、トムは下を見た。崖はさほど切り立ってはいない。バーナードが飛びこんだにせよ、たんに足を滑らせたにせよ、その前に石のたくさんある斜面を歩いて下りるか、転げ落ちるかしなければならなかったことだろう。

「バーナード？」

トムは左手の、もう少し安全に見おろせる場所に移った。うっかり足を滑らせて何かに摑まらなければならなくなったときの用心に、そこらにある小さな木にしがみついて、下を覗きこんだ。はるか下の石の上に、片腕を突き出した灰色の細長い姿が見えた。四階の高さから落ちたのと同じだ。しかも岩の上に。バーナードはまったく動かない。トムは安全な場所まで引き返した。

彼はダッフルバッグを拾い上げた。哀れにも軽いバッグを。

トムの頭が動き出すまで、二、三秒かかった。トムはまだバッグを手に持ったままだった。

誰かがバーナードを見つけるだろうか？　川からはバーナードの姿が見えるだろうか？　だが、川に誰がいるというんだ？　ハイカーがバーナードを見たり、見つけたりすることは考えられない。とにかく今すぐにはそんなことは起こらないだろう。トムは、いま、バーナードの近くに下りていって、彼を見るのは耐えられなかった。彼が死んでいることはわかっているのだ。

これは不思議な殺人だった。

トムはいくらか下り坂になっている道をザルツブルクのほうへ引き返した。途中誰にも会わなかった。町に近いどこかで、バスを見かけ、大声で呼びとめた。自分が今どこにいるのかよくわからなかったが、とにかくバスはザルツブルクの方角に向かって走っていると思われたのだ。

運転手はトムに、どこそこへ行くのかと尋ねたが、トムはその地名を知らなかった。

「ザルツブルクのほうへ」とトムは言った。

運転手はトムから二、三シリング受けとった。

見覚えのあるところへ出るとすぐに、トムはバスを降りて歩きはじめた。そしてようやくレジデンツ広場(プラッツ)を横切り、バーナードのバッグをぶらさげて、重い足どりでゲトライデ通り(ガッセ)まで戻ってきた。

ホテル・ゴルデナー・ヒルシュに入ると、ふいに家具のワックスの快い香りが鼻を打った。慰めと平安の香りだ。

「お帰りなさいませ」とポーターが言って、トムに部屋の鍵(かぎ)を渡してくれた。

トムは、自分が挫折した夢を見てはっと目を覚ました。夢のなかでは、ある家に八人ばかりの人がいて（そのなかでトムが知っているのはただひとり、ジェフ・コンスタントだけだった）みなでトムを馬鹿にして、くすくす笑うのだった。というのも、トムのやることなすことすべてうまくいかないからだ。何かには遅れるし、借金の返済には支障ができるし、ズボンを穿（は）いていなければならないときにショーツ一枚だったり、重要な約束を忘れてしまったりしたのだった。起きてちゃんと座ってからも、この夢のせいでしばらく憂鬱（ゆううつ）な気分だった。トムは手を伸ばして、ナイトテーブルの厚い、磨きこまれた板にさわった。

それから彼はミルクと砂糖入りコーヒー（カフェ・コンプレット）を頼んだ。

コーヒーをひと口するとかなり気分がよくなった。彼はさっきから、バーナードをなんとかしようか――どうするんだ？――それともジェフとエドに電話して起こったことを伝えようか、と思い迷っていた。ジェフはいまのトムより頭が冴えているかもしれない。だがこの次にどんな手を打てばいいか、ジェフとエドにいい考えが浮かぶかどうかは疑問だ。トムは不安を感じた。どこへも行きどころのない不安。ジェフとエドに電話しなければ、と考えたのも、恐怖と孤独感にさいなまれていたからだ。

郵便局の騒がしい混雑のなかで待つのはいやだったので、部屋の電話を取り上げて、ロンドンのジェフのスタジオの電話番号を告げた。電話が通じるのを待つそれからの半時間は、いわば奇妙な監禁状態だったが、しかし不愉快なものではなかった。トムは、自分が本当はバーナードの自殺を心のどこかで願っていたのだ、ということを悟りはじめた。だが同時に、こうも思った、バーナードが自殺しようとしていたことは前からわかっていたのだから、べつにぼくがバーナードを自殺にまで追いこんだわけではない、と。それどころかトムは、自分が生きていることをかなりはっきりと——それに何度も——バーナードに見せてやったのだ。バーナードが、幽霊を見たと思い込もうとしていたのならべつだが。バーナードの自殺は、自分が彼を殺したのだというトムの思い込みとは、あまり、いやおそらくは全然、関係のないものだったのだ。バーナードは、森でトムに襲いかかった前日にも、トムの家の地下室で身代わりではあったが首を吊ったではないか。

　トムはまた、自分がバーナードの死体をほしがっていること、そしてその考えがいままでずっと心の底にあったことに気づいた。もしバーナードの死体をダーワットのものとして使ったならば、今度はバーナード・タフツはどうなったのかという問題が残る。その問題はあとでなんとかしようと、トムは思った。

　電話が鳴り、トムは受話器に飛びついた。ジェフがしゃべっている。

「トムだよ。ザルツブルクからだ。聞こえるか？」

　接続状態は最高だった。

「バーナードが——バーナードが死んだよ。崖から落ちて。飛び下りたんだ」

「まさか、きみ。自殺したのか？」

「ああ。この目で確かめたんだ。ロンドンの様子はどうだ？」

「奴らが――警察がダーワットを捜してる。ロンドンでの居場所も――ほかのどこででも――わからんと言ってね」ジェフはどもりながら言った。

「ダーワットはもう終わりにしなきゃいかん」とトムは言った。「いまがいいチャンスだ。バーナードが死んだことは警察に言うなよ」

ジェフにはその意味がわからなかった。

それからのやりとりはぎごちなかった。自分のやろうとしていることをジェフに言うわけにはいかなかったからだ。トムは、なんとかしてバーナードの遺骨をオーストリアから持ち出し、できるならフランスに持っていくつもりだ、とただそれだけを伝えた。

「というと――彼はいまどこなんだ？　まだそのままになってるのか？」

「誰にも見られていない。ぼくはどうしてもそうしなきゃならないんだ」トムは、ジェフの鈍感な、形をなさない質問に答えようと、苦しいほど忍耐し、努力して言った、「彼が焼身自殺したとか、遺体を焼いてもらいたがっていたとかいうふうにね。ほかに道はない、あると思うかい？」トムがもう一度ダーワット商会を助けようとするなら、それしかないのだ。

「いや」それでこそいつもの頼もしいジェフだ。

「帰ったらすぐフランスの警察に知らせるよ。ウェブスターがまだフランスにいれば、ウェブスターにも」

「いや、ウェブスターはもうこっちに戻ってる。こっちでダーワットを捜してるんだ。私服のひとりが、昨日、ダーワットは誰かの扮装だったとも考えられる、とほのめかしてたよ」

「で、ぼくを疑ってるのか?」トムは不安げに、だが挑戦の構えを見せて尋ねた。

「いや、そうじゃないよ、トム。おれはそうは思わない。だが誰かが——ウェブスターだったかどうかよく覚えてないんだが——きみがパリのどこにいるのか捜査中だって言ってたぞ」ジェフはつけ加えて、「パリのホテルは全部調べたんだと思う」

「いま、ぼくがどこにいるか、きみはもちろん知らないんだぜ。それから、ダーワットはふさぎこんでたように見えた、と言うんだ。どこに行ってしまったのかかいもく見当もつかないってね」

何秒か後に彼らは電話を切った。もし警察が後日ぼくのザルツブルクでの行動を調べ上げて、ホテルの請求書でこの電話のことを発見したら、ダーワットのことで電話したのだと言おう。何かの理由で、ダーワットをザルツブルクまで追いかけてきたという話をでっち上げなけりゃならないな。その話のなかにはバーナードも登場させなければならない。たとえば、もしダーワットが——

マーチソンの、死とも考えられる蒸発によって、憂鬱にとりつかれ心をかき乱されたダーワットが、ベロンブルのトム・リプリーに電話をかけてきたことにすればいい。ダーワットは、バーナードがベロンブルを訪ねたことを、ジェフとエドに聞いて知っていたのだ。そして彼がかねて行きたいと思っていたザルツブルクでぼくと会おうと申し入れてきた

（それとも、ザルツブルクを提案したのはバーナードだということにしてもいい）。そこでザルツブルクに行ってダーワットに二、三度会った、と言おう。バーナードも一緒にだ。ダーワットはふさぎこんでいた。何か特別の理由で？　まあ、ダーワットはぼくにそこまでは打ち明けなかったことにしよう。ダーワットは、メキシコのこともほとんど話さず、ただマーチソンについていろいろ質問し、自分がロンドンへやってきたのは間違いだった、と言っていた。ザルツブルクでは、ダーワットは、一杯のコーヒー、ひと皿のスープ、ひと罎のワインを飲むのでも、どこか人里離れた場所へ行くと言ってきかなかった。いかにもダーワットらしく、自分がザルツブルクのどこに滞在しているかはひとことも打ち明けず、別れるときはいつもぼくを残して、ひとりでどこかへ歩き去った。たぶん、別名を使ってどこかに泊まっていたのだろう。

それからまた、ダーワットに会いにザルツブルクへ行くということは、エロイーズにさえ話したくなかったのだ、と言おう。

考えていくうちに、だんだん話は辻褄が合ってきた。

トムは、ジグムント広場に面した窓を開けた。広場はいまや、大きな白い大根や鮮やかな色のオレンジやリンゴを積んだ手押し車でいっぱいだ。人々は紙皿に載せた長いソーセージに辛子をつけて立ち食いしている。

たぶんいまならバーナードのバッグの中身を見る勇気もあるだろう。トムは床に膝をついて、ジッパーを開けた。一番上には汚れたシャツ。その下には、ショーツが何枚かとアンダーシャツが一枚。トムはそれらを床に放り投げた。それからドアに鍵をかける——このホテルでは、ほかのホテルと違って、メイドがノックもしないでふいに入ってくるということはなかったのだが。トムは中身を調べつづけた。二日前の「ザルツブルガー新聞」が一部に、同じ日付の「ロンドン・タイムズ」が一部。歯ブラシ、剃刀、使い古したヘアブラシ、丸めたベージュ色の木綿のズボン、そして一番下に、バーナードがベロンブルで読んで聞かせた古い茶色のノートがあった。その下にスパイラル綴じのスケッチブックが一冊。表紙には例の画材会社の商標であるダーワットのサインがついている。トムはスケッチブックを開けてみた。ザルツブルクのバロック式の教会や塔のスケッチ。渦巻き模様で飾られ、少し傾いているものもある。その上をこうもりに似た鳥が飛んでいる。湿った親指の先で紙面をこすってつけた影があちこちにある。一枚は黒々と消してあった。バッグの隅に墨汁の壜と、ゴム輪でとめたスケッチ用のペンと絵筆の束が入っていた。墨汁のコルクの頭はもげていたが、コルクはまだしっかりはまっている。トムは勇気を出して茶色のノートを開け、最近記入したものがないか見てみた。今年の十月五日の日付のものが最後だ。だがトムはいまそれを読む気にはならなかった。他人の手紙や個人的な書きものを読むのはいやだったのだ。だがふと、トムの家の便箋が二枚、折りたたんで挟んであるのが目にとまった。バーナードがトムの家に来た最初の晩に部屋で書いていたものだ。ちらりと見ただけで、それがバーナードの六年前からの贋作を告白したものであることがわかった。トムは読みたくなかったので、便箋を細かく破いて屑籠に捨てた。それからバッグの中身を元通りにおさめ、ジッパーを閉めてクローゼットのなかにしまった。

死体を焼くためのガソリンはどうやって買えばいいだろう？

車のガソリンが切れたと言えばいい。パリ方面へ行く唯一の飛行機便は、午後二時四十分発なので、どうしても今日じゅうに片づけてしまわなければならない。帰りの切符はもう買ってある。もちろん鉄道を利用することもできるが、鉄道は手荷物の検閲がきびしいんじゃないだろうか？税関吏にスーツケースを開けられて遺骨を発見されたら困る。

だが死体というものは、戸外でも、骨だけになるほどよく燃えるものだろうか？熱を増すための、密閉した窯（かま）のようなものが必要なのではないだろうか？

トムは正午すこし前にホテルを出た。川向こうのシュヴァルツ通り（シュトラーセ）の店で、豚革（ぶたがわ）の小さなスーツケースを買い、それから新聞もいくつか買ってスーツケースのなかに入れた。太陽は照っていたが、冷え冷えして風の強い日だった。トムは、旧地区の川沿いに上流のマリアプラインとベルクハイム方面へ行くバスに乗った。途中にこのふたつの町があることを調べておいたのだ。たしかこのあたりだと思われる場所でバスを降り、ガソリンスタンドを捜しはじめた。二十分ほど捜してやっと一軒見つかった。彼は新しいスーツケースを森のなかに置いてから、スタンドに近づいていった。

スタンドの男は親切で、トムの車まで自分の車で送っていくと言ったが、トムはたいして遠くないからと断わり、もう戻ってこないので容器ごと売ってはくれまいか、と頼んだ。そして十リットル買うと、後も振り向かずに道を歩いて戻り、スーツケースも手に持った。

少なくとも道は間違っていなかったのだが、そこから現場までかなり遠かった。途中で彼は二度も、ここかと思って確かめたが、どちらも違う場所だった。

ついにその場所が見つかった。前方に灰色の岩が見える。トムはスーツケースを下に置き、ガソリンだけ持って回り道して下りていった。バーナードの死体の下には、血が小さな溝になって四方八方に流れている。トムはあたりを見まわした。ほら穴か、窪(くぼ)みか、とにかく熱を増すために屋根のあるような場所が必要だ。薪(まき)もたくさん要るだろう。彼は川辺の火葬場に積み上げられた薪の上に置かれたインド人死体の絵を思い出した。あれは見るからに薪がたくさん要りそうだ。トムは崖の下でちょうどよさそうな場所を見つけた。岩の間が窪みのようになっている。ここまでなら死体を転がして落とせるから一番楽だろう。

トムはまず、バーナードがはめている指輪、磨(す)り減った紋章のような飾りがついている金の指輪をはずした。そして森のなかに投げ捨てようとしたが、いつかは発見される恐れがある。そこで、あとで橋の上からザルツァハ川に投げこもうと考えて指輪をポケットに入れた。バーナードのレインコートのポケットにはオーストリアのコインが二、三個、上着のポケットには煙草(これはそのままにしておいた)、ズボンのポケットには札入れが入っているだけだった。トムはそれらを取り出し、紙類や紙幣は丸めて自分のポケットに入れた。火をおこすのに使うか、あとで火のなかに投げこもう。それから硬直している死体を持ち上げて転がした。死体は岩にぶつかりながら落ちていく。トムも崖をよじ下りて、死体をさっき見つけた窪みのほうへ引きずっていった。

やがて、死体から離れていられるのを喜びながら、トムは精力的に木を集めはじめ、白っぽい岩の窪みまで、少なくとも六回は往復した。もう全体に黒ずんできているバーナードの顔と頭はなるべく見ないようにした。とうとう、見つけられる限りの乾いた木の葉や枝を集め終わり、そのなかに新聞紙やバーナードの札入れから出た紙幣を突っこんだ。それから死体を引きずって薪の山の上に載せようとした。死体の脚を押し上げたり足で片腕を蹴とばしたりするたびに思わず息をのみながら、ともかくちゃんと載せた。死体は片腕を伸ばしたまま硬直している。トムはガソリンを持ってくると、その半分をレインコートの上からかけてコートをガソリン漬けにした。まず火をつけてから、もう少し木を集めてきて上に載せよう。

マッチを擦って、遠くから放り投げる。

黄色と白の炎がまたたく間に燃え上がった。トムは——目を半ば閉じて——煙を避ける場所を見つけた。盛んにばりばりいう音。彼はそっちを見なかった。

生きものは何ひとつ、飛んでいる鳥の影さえ見えない。

トムはもっと薪を集めた。薪は多いにこしたことはない。煙は白っぽかったが、その量はおびただしい。

道を車が通りかかった。モーターの軋る音から察するとトラックにちがいない。木の陰になってトムには車が見えなかった。音はしだいに遠ざかっていく。トムは、その車が停まってこっちを調べにこないことを願った。三、四分ほど経ったが何事も起こらない。運転手はそのまま車を走らせていってしまったようだ。トムは、バーナードの死体を見ないようにして、長い枝で薪をつついて炎のもっと近くへ押しやった。われながらへまなやり方だと気づく。火が充分に熱くないのだ――死体を完全に焼いてしまうのに必要な、ものすごい高熱からはほど遠い。だからいまの彼にできることはただひとつ、火をできるだけ長く燃やしつづけるしかない。もう午後二時十七分だった。上に張り出た岩のせいで、かなりの熱がトムめがけて押しよせる。とうとう燃えている枝を脇へどけなければならなくなった。トムは、何分間かかけて落ち着いてやった。炎が少しおさまったので、火に近寄り、燃えさしの木の枝を拾って、また火にくべた。ガソリンはまだ缶に半分残っている。ある方法を思いついたトムは、最後の努力とばかりに、かなり遠くからまた薪を集めてきた。薪の山ができると、ガソリンを缶ごと死体に向かって投げつけた――死体は残念ながら依然として人間の形をしている。レインコートとズボンは燃えてしまったが、靴はまだ燃えつきていない。肉は、トムに見える部分は、黒くなっているけれど、それは燃えたのではなく、明らかにただ燻されただけだ。ガソリン缶はドラムのような音をたてただけで爆発はしなかった。トムは、森で足音か、木のざわめきがしないかと絶えず耳をそばだてていた。煙がひどいので誰かが見にくる恐れは充分にある。ついに、トムは火から二、三メートル遠ざかると、レインコートを脱いで腕にかけ、火に背中を向けて地面に座った。二十分ばかりこのままにしておこう、とトムは思った。骨はきっと燃えないだろう、きっと焼けくずれないだろう。とすると、また墓が必要だ。どこかでシャベルを手に入れなければ。買うか？　いや盗むほうが賢明だ。

ふたたび振り向いて見ると、薪の山はもう黒くなっていて、まわりに赤い熾(おき)がくすぶっているだけだった。トムは熾をなかのほうへ押しやった。死体はまだ人間の体の形を残している。火葬としては失敗だった。今日じゅうに終わらせてしまおうか、また明日出直してこようか、と迷ったが、結局、仕事に充分な明るさがあるうちに終えられるなら、今日じゅうにやってしまおう、と決心した。いま必要なのは土を掘る道具だ。長い枝で死体をつついてみると、ゼリー状になっていることがわかった。トムはスーツケースを小さな藪(やぶ)のなかの地面に平らに置いた。

それからほとんど走るようにして、道に向かって斜面をのぼった。煙のにおいはひどかった。事実、彼は数分間、あまり息をしなかったほどだ。シャベルを捜すのに一時間かかるものなら、一時間かけて捜そう、とトムは思った。いまの自分がいかにも頼りなく不慣れに感じられ、なんでもいいから計画というものを持ちたかったのだ。スーツケースは置いてきたので、手ぶらで道を下っていく。数分間歩くと、まばらに家が立ち並んだ場所へ出た。バーナードが赤ワインを飲んでいた喫茶店からさほど遠くない場所だ。小ぎれいな庭園や、ガラス張りの温室は二、三あったが、都合よく煉瓦塀(れんがべい)に立てかけてあるようなシャベルはどこにもなかった。

「こんにちは！(グリュス・ゴット)」と、トムが喉から手が出そうにほしい、細くてとがった一種の鋤(すき)を使って庭を掘っていた男が言った。

トムは気さくに挨拶(あいさつ)を返した。

それから昨日は気がつかなかったバスの停留所を見つけた。もうすぐバスが来るにちがいない。若い女がひとり、そのバス停のほうへ、トムのほうへと歩いてくる。バスが来たらそれに跳び乗って、もう死体のこともスーツケースのことも忘れてしまいたかった。若い女とすれ違うとき、トムはこの女が彼のことをあとで思い出さないようにと願って、彼女のほうをちらりとも見ずに通りすぎた。そのとき、カーブのそばに、木の葉を満載した金属製の手押し車が置いてあるのが見えた。手押し車の上にはシャベルが載っている。トムは信じられなかった。神の賜物(たまもの)だ――そのシャベルが使いものになればの話だが。トムは足をゆるめ、このシャベルの持ち主はほんの一瞬そこらに姿を消しているだけかもしれないと思って、森のなかに視線を走らせた。

バスが来た。さっきの若い女性が乗り、バスは走り去った。

トムはシャベルを取り上げ、まるでこうもり傘でも持っているように無頓着(むとんちゃく)にそれを持って（ただし持ち方は水平だったが）、来たときと同じように何気ない足どりで道を引き返していった。

例の場所に戻ると、シャベルを投げ出して、もっと薪を捜しにいった。時は刻々と過ぎていく。まだあたりがよく見えるだけの光はあったので、危険を冒して森の奥まで入って薪を集めてきた。頭蓋骨(ずがいこつ)を砕かなきゃいけない、とトムは気づいた。なかでも歯は絶対に取り除かなければ。また明日出直してきてそれをやるのはいやだった。もう一度火をかきおこし、それから湿った木の葉の多い場所を掘りはじめる。フォークで掘るように簡単ではない。だが、バーナードの遺骸は、そこらをうろつく動物の注意はひかないだろうから、墓穴を深く掘る必要はなかった。疲れてきたので、掘る手を休めて火のほうを向くと、息もつかずに頭蓋骨めがけてシャベルを振りおろした。これは効果がなかった。だがあと二回ほど叩くと、顎（あご）の骨がはずれた。トムはシャベルでそれを掻（か）き出し、頭蓋骨のまわりに薪をくべた。

それからスーツケースを開け、そのなかに新聞紙を広げて敷いた。死体の何かを持って帰らなければならない。手や足は考えただけでぞっとする。胴体からとった肉片がいいかもしれない。誰のものだろうと肉は肉だ、たしかに人間の肉だし、たとえば牛肉と間違えられることはあり得ないだろう。急にむかつきを感じ、二、三秒ほど木にもたれてうずくまってからシャベルを手にまっすぐ火のところへ戻り、バーナードの腰の肉を少しかきとった。肉片は黒くて、じくじくと湿っぽい。それをシャベルに載せて運び、スーツケースのなかに落とすと、スーツケースは開けたまま、疲れきって地面に横になった。

一時間ばかりも過ぎたろうか。トムは眠らなかった。黄昏（たそがれ）が忍びよってくるのを感じ、懐中電灯を持ってきていないことに気づいた。彼ははね起きた。もう一度シャベルで頭蓋骨を叩き割ろうとしたが、なんの効果もない。足で踏みつけてもだめなことはわかっていた。トムは岩を見つけて、それを火のほうへ転がしてきた。そして、最後の、おそらくは瞬間的な力をふりしぼって、その岩を持ち上げると、頭蓋骨の上に落とした。岩は地面に落ち、その下で頭蓋骨は潰れていた。トムはシャベルで岩を押し上げ、薔薇(ばら)色がかった赤い火の熱を避けてあわてて何歩か身を退(ひ)いた。それからシャベルで、骨と、もとは上歯だったにちがいない破片との奇妙な混合物をかき寄せて、火の外へ取り出した。

これでほっとひと息ついたトムは、今度は火を始末しはじめた。楽天的かもしれないが、この細長い物体はもう人間の形にまったく似ていないように思われる。トムはまた墓掘りの仕事に戻った。墓穴は狭い溝で、やがて一メートル近くの深さになった。トムはシャベルを使って、まだ煙の出ている物体をいま掘った墓のほうへ転がした。ときどき、シャベルで地面の小さな炎を叩き消す。頭蓋骨を埋める前に、上歯が残っていないかどうか調べた。上歯はちゃんと除かれていた。遺骸を埋めて土をかける。最後に墓の上にまき散らした木の葉の間からかすかに煙が立ちのぼっている。スーツケースのなかに敷いた新聞紙を少しひきちぎって、それで上歯の混じった骨のかけらをくるみ、下顎の骨も拾ってそのなかに入れた。

それから火を一カ所に集め、熾(おき)がまた急に燃え上がって森が火事になることのないように細心の注意を払って確かめ、念のために、火から木の葉を掻き出しておいた。あたりが暗くなってきたので、これ以上ここで過ごすわけにはいかない。トムはスーツケースのなかの新聞で例の小さな包みをくるむと、スーツケースとシャベルを手に、斜面をのぼっていった。

さっきのバス停に着いてみると、もう手押し車はなかった。だがとにかく、シャベルをカーブのところに置いておいた。

かなり離れた次のバス停で、トムはバスを待った。女がひとりやってきてやはり待っている。トムはそっちを見ないようにした。

バスが走ってきて、急停車し、さっとドアを開けて客を乗り降りさせる。トムは考えようと努め、いつものようにあれこれと考えをめぐらせた。バーナードとダーワットとぼくの三人が、このザルツブルクで落ち合って、何度か一緒に話し合ったことをどういうふうに言おう？　ダーワットは自殺のことを話した。彼は火葬にしてほしいと、それも火葬場でではなく戸外でしてほしいと言った。バーナードとぼくの手でやってくれ、と。ぼくはなんとかふたりを説得して憂鬱状態から抜け出させようと努力した。だがバーナードはシンシアのことでふさぎこんでおり（これはジェフとエドが裏付けしてくれるだろう）、ダーワットのほうは――

トムは、そこがどこかもかまわずに、バスから降りた。歩きながら考えたかったからだ。

「お鞄（かばん）をお持ちいたしましょうか？」それはゴルデナー・ヒルシュのボーイだった。

「いや、軽いんだ」とトムは言った。「ありがとう」そして部屋へ上がっていった。

まず手と顔を洗ってから、服を脱ぎ、風呂を浴び、ザルツブルクのいろいろなビヤホールや居酒屋で、バーナードやダーワットと交わした会話を想像していた。ダーワットが五、六年前にギリシャへ行って以来、バーナードがダーワットに会ったのはこれが最初だ。なぜなら、ダーワットがロンドンに戻ってきたとき、バーナードは彼に会うのを避けていたし、ダーワットが二度目にほんのちょっとロンドンに現れたときには、バーナードがロンドンにいなかったからだ。バーナードのほうがひと足先にザルツブルクに来ていた。バーナードはベロンブルでトムにザルツブルクの話をした（これは事実だ）。そして、ダーワットがベロンブルに電話してきたとき、エロイーズが出て、夫はバーナードに会いに、またはバーナードを見つけに、ザルツブルクへ行った、と言ったのだ。それでダーワットもザルツブルクへ向かった。ダーワットはどんな名前を使ってザルツブルクへ行ったのか？そう、それは謎のまま残しておかなければならないだろう。たとえばダーワットがメキシコで使っている名前だって誰も知らないのだから。あとはエロイーズに、ダーワットがベロンブルに電話してきたことになっていると（彼女が誰かに尋ねられた場合に備えて）話しておけばいいのだ。

この話もまだ完璧ではないし、ぎごちない部分もあるだろうが、とにかくひとつの手はじめなのだ。

トムはふたたびバーナードのダッフルバッグと対決し、今度は、バーナードの書いた最近の日記を開けてみた。十月五日付の分にはこう書いてある、「ぼくはときどき、自分がすでに死んでいると感じる。奇妙なことだが、本物のぼく自身が、つまりぼくの自己が、崩壊し、いわば消滅してしまったと認識するだけの自分はまだ残っているのだ。ぼくはけっしてダーワットではなかった。だが、いま、ぼくは本当にバーナード・タフツなのだろうか?」

最後の二行をそのままにしておいてはまずいので、そのページを全部破り捨てた。スケッチには短い文章を添えたものもあった。色について、ザルツブルクの建物の緑について、など。「モーツァルトの騒がしい公共の祭壇──彼の肖像でぼくがいいと感じたのは一枚もない」それから、「ぼくはよく川を見つめる。流れの速い川。そこがいいのだ。『彼を救え!』などと叫ぶ奴がまわりにひとりもいない夜、橋から飛びこむ。たぶんそれが一番いい方法かもしれない」

これこそトムが必要としていたものだった。彼は急いでスケッチブックを閉じてバッグに戻した。

ぼくのことが何か書いてないだろうか? トムはもう一度スケッチブックを開いて自分の名前か、頭文字(イニシャル)がないかとざっと目を通した。それから茶色のノートも開いてみた。ほとんどはダーワットの日記からの抜粋で、最後のいくつかの記入事項だけがバーナード自身のものだった。それには全部、日付がつけてあったが、みな、バーナードがロンドンにいたときの日付だ。トム・リプリーのことは何も書いてない。

トムはホテルのなかのレストランに下りていった。もう時間が遅かったが、それでもまだ注文は受けつけていた。二口、三口食べると、気分がよくなってきた。冷たい白ワインは気持ちを引きたたせてくれる。明日の午後の飛行機で発(た)つ余裕はたっぷりあった。もし昨日のジェフへの電話のことが問題になったら、ダーワットがザルツブルクに来ていること、自分がダーワットの身を心配していることを、こちらから自発的にジェフに伝えるために電話したのだと言おう。また、ジェフに、自分がここにいることを誰にも言うな——とくに「公」には——と頼んだのだとも言おう。バーナードがザルツブルクに来ていることもジェフに話した、と言ってもいいだろう。言ってはいけない理由はない。警察は、バーナード・タフツを捜してはいないのだから。バーナードの蒸発、疑いなく自殺で、おそらくザルツァハ川に身を投げたと思われるバーナードの失踪は、ぼくと彼がダーワットを火葬にした日の夜に起こったことにしなければならない。バーナードも火葬を手伝ったのだ、というのが一番いいだろう。

　ぼくは自殺教唆と幇助罪に問われるだろうな、とトムは思った。そういうことをやった人間にはどんな罰が与えられるんだろう？　ダーワットが多量の睡眠薬を呑むと言ってきかなかったのだ。ぼくはそう言おう。その朝、三人は森のなかをぶらぶら歩いて過ごした。ダーワットはぼくたちと落ち合う前に、すでに睡眠薬を二、三錠呑んでいた。彼に残りを呑ませないようにするのは不可能だったし、それに——と、ここでいかにも正直そうに告白しなければならない——ダーワットのそれほど強い意志を妨害したくはなかった。バーナードも同感だった、と。

　トムは部屋に戻って、窓を開け、それから豚革のスーツケースを開いた。そして、新聞紙にくるんだ小さいほうの包みを取り出して、さらにその上から新聞紙でくるんだ。それでもまだグレープフルーツぐらいの大きさしかない。メイドが入ってくるといけないので

（もうベッドは寝るばかりに用意されてはいたのだが）スーツケースを閉めると、窓は少し開けたままにして、その小さな包みを持って階下に下りた。ホテルを出て、昨日バーナードがよりかかっていた、あの欄干つきの橋に行き、バーナードと同じ姿勢で欄干にもたれた。そして通行人がいないときを見すまして、手をひろげて包みを落とした。包みは軽そうに落ちていき、やがて闇に消えた。バーナードの指輪も持ってきていたのでそれも同じようにして川に落とした。

翌朝、飛行機の席を予約してから、買い物に、おもにエロイーズへの土産を買いに出かけた。彼女には、緑色のヴェストと、ゴロワーズの箱の色のような澄んだブルーのウールの上着と、白い襞飾りつきのブラウスを買い、自分用にはダークグリーンのヴェストと狩猟用のナイフを二本ばかり買った。

今度の小型飛行機は、〈ルートヴィッヒ・ヴァン・ベートーヴェン〉号という名前だった。

午後八時前にオルリー空港に着くと、トムは自分のパスポートを見せた。係官は彼と写真をちらりと見比べただけで、スタンプは押さなかった。トムはタクシーでヴィルペルスへ向かった。誰か客が来ているんじゃないかという恐れがあったが、予感は的中して、家の前にダークレッドのシトロエンが停めてあるのが見えた。グレ家の車だ。

家では夕食が終わりかけたところで、暖炉には気持ちのいい火がちろちろと燃えていた。「どうして電話しなかったのよ？」とエロイーズは文句を言ったが、トムが帰ってきたので嬉しそうだった。

「ぼくにはかまわずにどうぞ」とトムは言った。

「でもお食事はもう終わったのよ！」とアニエス・グレが言った。

それは事実だった。彼らはこれからリビングでコーヒーを飲もうとしていたのだ。

「お食事はおすみですか、ムッシュー・トム？」マダム・アネットが訊いた。

食事はすませてきたが、コーヒーが飲みたい、とトムは言い、グレ夫妻に、われながら普通の口調で、個人的な問題をかかえているパリの友達に会いにいっていたのだ、と話した。グレ夫妻は何も穿鑿しようとしなかった。いつも忙しい建築家のアントワーヌがなぜ木曜の夜にヴィルペルスにいるのか、トムはその理由を尋ねた。

「わがままなんだよ」とアントワーヌは言った。「天気もいいしさ、今日はうちで新しいビルの報告書を書くことにしたんだがね、ほんとのことをいうともっと大事な仕事もあるんだ、うちの客間の暖炉の設計が」と笑った。

エロイーズだけが、いつもと違うトムの様子に気づいているようだ。「火曜日のノエルのパーティはどうだった？」とトムは訊いた。

「楽しかったわよ！」とアニエス。「あなたがいらっしゃらなくてさみしかったわ」

「例の謎のマ、マ、マーチソンのことはどうなったんだね？」とアントワーヌが訊いた。「その後の情況は？」

「それが——まだ見つからないんだよ。マーチソン夫人がここへやってきたんだ——エロイーズから聞いたかもしれないが」

「いいえ、聞いてないわ」とアニエスが言った。

「ぼくはあの人をあまり助けてはやれなかった」とトムは言った。「旦那の持ってた絵がね、ダーワットのものなんだが、オルリーで盗まれたんだよ」これは事実だし、新聞にも出たんだから、しゃべってもかまわないだろう。

　コーヒーを飲み終わると、トムは、荷物を開けたいんでちょっと失礼する、すぐ戻ってくるから、と言ってリビングルームを出た。困ったことに、スーツケースは階下に置いといてくれというトムの何気ない頼みを無視して、マダム・アネットが二階へ運んでしまっていた。二階へ行ったトムは、マダム・アネットがどちらのスーツケースも開けなかったのを見てほっとした。たぶん彼女は階下の用事で忙しかったのだろう。彼は豚革のほうをクローゼットに入れ、買い物の詰まっているもうひとつのほうの蓋（ふた）を開けた。それから階下へ下りていった。

　早起きのグレ夫妻は、十一時前に引きあげた。

「またウェブスターから電話があったかい？」トムはエロイーズに訊いてみた。

「ノー」と彼女は低声で英語で言った、「あなたがザルツブルクへ行ってたこと、マダム・アネットにしゃべってもいいの？」

　トムは微笑（ほほえ）んだ。エロイーズがよく気がつくので安心したのだ。「いいとも。それどころか、しゃべらなきゃいけないいんだよ」トムはくわしく説明したかったが、バーナードの肉片のことを今夜エロイーズに話すわけにはいかない。今でなくてもいつの夜でもきっとだめだろう。ダーワット＝バーナードの遺骸の焼け残りのことは。「あとでくわしく話すよ。いまはロンドンに電話しなきゃならないんだ」トムは受話器をとって、ジェフのスタジオへの通話を申し込んだ。

「ザルツブルクで何があったの？　あの狂人(フー)は見つかったの？」エロイーズは、バーナードへの怒りよりもトムのことが気になるらしく、強い口調で尋ねた。

トムはキッチンのほうをちらりと見た。だがマダム・アネットはもうさっきおやすみを言って、ドアを閉めて引きさがっていた。「狂人(フー)は死んだよ。自殺だ」

「ほんと(ヴレマン)？　からかってんじゃないの、トム？」

だが、からかいではないことはエロイーズも知っているのだ。「重要なのは――誰にでもそう言うんだよ――ぼくがザルツブルクへ行ってたってことだ」トムは、エロイーズが座っている椅子(いす)のそばの床に膝をつき、しばらく彼女の膝に顔をうずめていたが、すぐ立ち上がって彼女の両頬(ほお)にキスした。「ダーリン、ぼくはね、ダーワットもザルツブルクで死んだことにしなきゃならないんだよ。それから――もし人に訊かれたら――ダーワットがロンドンからベロンブルに電話してきて、ぼくに会えるかどうか尋ねた、って言ってほしい。それできみは『トムはザルツブルクへ行ってます』って答えた、いいね？　覚えるのはわけないだろ、真実なんだから」

エロイーズは、ちょっといたずらっぽく、横目でトムを見た。「何が真実で、何が真実じゃないの?」

彼女の口調は妙に哲学的だった。実際これは哲学者が考えるべき問題だ。なぜトムとエロイーズがこんなことに頭を悩ませなければならないのか?「二階へおいでよ、ぼくがザルツブルクにいたっていう証拠を見せてやるから」トムはエロイーズの手を引っぱって椅子から立たせた。

ふたりはトムの部屋へ行って、スーツケースのなかのザルツブルク土産を見た。エロイーズはまずグリーンのヴェストを着てみてから、ブルーの上着を抱きしめ、それも早速着てみた。ぴったりだった。

「まあ、新しいスーツケースも買ったのね!」彼女はクローゼットのなかの茶色の豚革のを見て言った。

「月並みなやつさ」とトムがフランス語で言ったとき、電話が鳴った。彼はエロイーズに手を振ってスーツケースから離れさせた。電話は、いくら呼んでもジェフが出ないという交換手からの知らせだった。トムは、何度も呼んでみてくれと交換手に頼んだ。もう夜中の十二時に近い。

トムがシャワーを浴びている間、エロイーズは彼にしゃべりつづけた。「バーナードが死んだんですって?」と彼女はまた尋ねた。

トムは、家に帰ってきたことを、足にさわる浴槽のなつかしい感触を喜びながら、石鹸(せっけん)を洗い流していた。シャワーから出ると絹のパジャマを着た。エロイーズにどこから説明しはじめたらいいだろう？　電話が鳴った。「よく聞いてるんだ」とトムは言った。「そしたらきみにもわかるよ」

「ハロー」とジェフの声。

トムは緊張して、しゃんと立ち、まじめな声で言った。「ハロー、トムだ。ダーワットが死んだことを知らせようと思って電話したんだ……ザルツブルクで死んだんだよ……」

ジェフはどもった。まるで誰かが電話機をこつこつ叩いてでもいるようだ。トムのほうは普通の善良な市民らしい態度で話しつづける。

「どこの警察にもまだ知らせてないんだ。死んだときの様子は――それはちょっと電話じゃ言えない」

「き、きみ――ロ、ロンドンに来るのか？」

「いや、行かない。きみからウェブスターに伝えてくれないか、ぼくが電話したこと、ぼくがザルツブルクにバーナードを捜しに……いや、いまはバーナードのことはどうでもいい。でもひとつだけ大事なことがあるんだ。バーナードのアトリエへ入って、ダーワットの痕跡を全部なくしてきてくれないか？」

ジェフはすぐわかってくれた。彼とエドはアパートメントの管理人を知っているから、鍵を借りられるだろう。バーナードに頼まれて入り用のものをとりにきた、と言えばいいのだ。そうすれば、スケッチや描きかけのキャンバスを運び出してもあやしまれずにすむ。

「徹底的にやってくれよ」とトムは言った。「それからもうひとつ、ダーワットは二、三日前にうちへ電話してきたことになっている。エロイーズが彼に、ぼくがザルツブルクに行ってることを伝えたんだ」

「ああ、だがなぜ——」

なぜダーワットがザルツブルクへ行きたがったのか、とジェフは訊こうとしたらしい。

「とにかく重要なのは、ぼくは、ウェブスターにここで会う用意ができてるってことだ。いやむしろ会いたいんだよ。ニュースがあるんでね」

トムは電話を切るとエロイーズのほうを向いて微笑んだ。微笑むどころの気分じゃなかったのだが。だがそれでも、ぼくは成功してみせるぞ。

「どういう意味なの?」とエロイーズは英語で訊いた、「ダーワットがザルツブルクで死んだっていうのは? あの人は何年も前に死んだんだって、あなた言ってたじゃない?」

「死んだ証拠を見せなきゃいけないんだよ。わかるだろ、ダーリン、ぼくはすべて——フィリップ・ダーワットの名誉を守るためにやったんだ」

「もう死んでる人をどうやって殺せるのよ?」

「それはぼくにまかせといてくれ。ぼくは——」トムはナイトテーブルの上に置いてある腕時計を見た。「あと三十分ほどいろいろ用事をやって、それからきみのところへ行くから——」

「用事?」

「ちょっとしたことさ」やれやれ、「ちょっとしたこと」というのが女に理解できないんなら、いったい誰にできるというんだ？　「ちょっとした仕事だよ」

「それ明日に延ばせないの？」

「ウェブスター警部補が明日ここへ来るかもしれないんだよ。午前中にも来かねない。さあさあ、きみが服を脱いじまったころには、ぼくもきみの部屋に行くから」彼はエロイーズの手を引っぱって立たせた。素直に立ったので、彼女の上機嫌なことがわかった。「パパから何か言ってきたかい？」

エロイーズは急にフランス語で何やら次のようなことをわめきはじめた、「まあっ、こんな晩にパパのことなんてどうでもいいじゃないの！……ザルツブルクでふたりも死んだっていうのに！　いいえ、ほんとはひとりなんでしょ、トム？　それとも誰も死なかったの？」

トムは声をたてて笑った。エロイーズの不遜な態度が自分に似ているのが嬉しかったのだ。彼女の礼儀正しさはただ上辺だけのものだ。でなければトムと結婚しなかっただろう。

エロイーズが自分の部屋へ行ってしまうと、トムはスーツケースからバーナードの茶色のノートとスケッチブックを取り出して、書き物机の上にきちんと置いた。バーナードの木綿のズボンとシャツは、ザルツブルクの街路の屑入れに投げこんできた。ダッフルバッグそのものも、べつの屑入れに捨ててきた。そのことについてはこう言おう、バーナードがほかのホテルを見つけにいく間、ぼくに袋を預ってくれと言った。バーナードがそれきり戻ってこなかったので、そのなかから価値のありそうなものだけを持って帰ってきたのだ、と。トムは小物入れの箱から、彼が最初にロンドンでダーワットに扮装したときにはめたメキシコの指輪を取り出した。そして、それを手に、裸足で足音をしのばせて階下へ下りていき、暖炉の熾の真ん中に埋めた。メキシコの銀は純粋で柔らかいので、溶けて丸い塊になってしまうかもしれない。とにかく何かは残るだろうから、それをダーワットの――バーナードのというべきか――遺骸の焼け残りと一緒にしておこう。明日は、マダム・アネットが暖炉の灰を掃除してしまわないうちに、早く起きなきゃいけないな。

エロイーズは、ベッドのなかで煙草をふかしていた。トムは彼女の金色の煙草を自分で吸うのはいやだったが、彼女がふかしている匂いを嗅ぐのは好きだった。明かりを消し、トムはエロイーズを抱きしめる両腕に力をこめた。そうだ、ロバート・マッケーのパスポートを今夜火にくべてしまわなかったのは失敗だった。ただ一瞬の心の平和さえ許されないのだろうか？

25

トムは、眠っているエロイーズの首の下からそっと腕を抜き、彼女をこちら側に向かせて乳房に軽くキスをしてから、そのそばを離れてベッドから抜け出した。彼女は夢うつつだったから、たぶん夫が手洗いに行ったぐらいにしか思わないだろう。トムは裸足で自分の部屋に行き、上着のポケットからマッケーのパスポートを出した。

リビングに下りていくと、電話のそばの時計は七時十五分前をさしていた。暖炉の火はもう白い灰のようになっているが、まだ暖かいことは確かだ。トムは細い薪で熾をかきまわして指輪を探した。そうしながらも、マダム・アネットがふいに入ってくるといけないので、ふたつ折りにしたパスポートを、いつでも隠せるように手に持っていた。やっと指輪が見つかった。黒くすすけていくらか形が崩れてはいるが、期待したほど溶けてはいない。指輪を炉の床に置いて冷やしながら、残りの熾をかき起こし、パスポートを破いた。早く燃えるようにマッチでパスポートに火をつけ、燃えつきてしまうまでじっと見張っていた。それから指輪を二階へ持って上がり、ザルツブルクで買ったスーツケースのなかの、例のなんともいえない赤黒いものと一緒にしておいた。

電話が鳴った。トムはあわてて受話器をとった。

「ああ、ウェブスター警部補、おはようございます！……いや、いいんですよ、ぼくはもう起きてました」

「コンスタントさんの話が間違いでなければ――ダーワットが死んだんですと？」

トムは一瞬口ごもった。ウェブスターは、コンスタントさんが昨夜遅く警察に電話してきて私への伝言を頼んでいったのだ、とつけ加えた。「ザルツブルクで自殺したんです」とトムは言った。「ぼくもちょうどザルツブルクにいたんですよ」

「お目にかかってお話ししたいですな、リプリーさん。じつはこんなに早く電話したのも九時の飛行機でそちらに行けることがわかったからなんです。十一時ごろお宅に伺ってもよろしいでしょうか?」

トムは快くオーケーした。

それからエロイーズの寝室に戻った。もしここで眠ってしまっても、あと一時間もすれば、マダム・アネットがエロイーズのお茶とトムのコーヒーを持ってくるから、それで目が覚めるだろう。マダム・アネットは、ふたりがどちらかの寝室で一緒に寝ているのにはもう慣れているのだ。トムは眠らなかった。だがエロイーズと一緒にいるだけで心が安らぎ、睡眠と同じぐらいの効果があった。

マダム・アネットは八時半ごろやってきた。トムは、自分はコーヒーを飲むが、エロイーズは寝かせといたほうがいいと身ぶりで知らせた。コーヒーを飲みながら、これからどうすべきか、どういう振舞いをするべきか、と考える。率直な態度が一番だ、と思い、例の話を頭のなかでさらってみた。ダーワットは、マーチソンの行方不明のことを悩んで、ベロンブルに電話してきた（普通じゃないほど悩んでいたと言おう、奇妙なことだが、論理的でないほど真実らしく響くものだ、思いがけない反応のほうが本当らしく聞こえるのだ）、そしてトムに会えないかと訊いた。そこでエロイーズが、トムはバーナード・タフツを捜しにザルツブルクへ行っていると答えた。そうだ、バーナードのことをウェブスターに話すのは、エロイーズにやらせるのが一番いい。ダーワットにとって、バーナード・タフツは昔からの親友だから、彼はその名前を聞くとすぐに反応を示した。ザルツブルクで、トムとダーワットは、マーチソンのことよりもバーナードのことのほうをよけい心配していた。

エロイーズが身動きしたので、トムはベッドを抜け出し、階下へ行ってマダム・アネットにエロイーズのお茶を頼んだ。時間は九時半ごろだった。

トムは、マーチソンの墓跡を見に、森へ出かけた。前に見たときから、何度か雨が降ったらしい。墓の上を覆っている枯枝は、そのままにしておいた。誰かがここを隠そうとしてかぶせたようではなく、きわめて自然に見えたからだった。まあどっちにしても、警察が掘り返したあとをこっちが隠さなきゃならない理由はないんだからな。

十時ごろ、マダム・アネットが買い物に出ていった。

トムはエロイーズに、ウェブスター警部補がやってくるので、彼女もその場にいてほしいと話した。「ぼくがバーナードを見つけにザルツブルクへ行ったことは、ごく率直に話していいんだよ」

「ムッシュー・ウェブスターはあなたを何かの罪にしようとしてるの？」

「そんなことできるはずないだろ？」とトムは微笑んで答えた。

ウェブスターは十一時十五分前に着いた。彼は例の黒い鞄をかかえて、医者のように有能に見えた。

「家内です――もう前にお会いになりましたね」とトムは言い、ウェブスターのコートをとって、どうぞおかけくださいと促した。

警部補はソファに腰をおろし、まず時間的なことを尋ねて、それを手帳に書きとめた。

ダーワットから連絡を受けたのはいつですか？　十一月三日の日曜日だったと思う、とトムは答えた。

「電話は家内が受けたんです。ぼくはザルツブルクに行ってたんで」

「奥さんがダーワットとお話しになったんですか？」ウェブスターはエロイーズに訊いた。

「ええ、そうですわ。トムと話したいって言ったんですけど、あたしが、トムはザルツブルクに——バーナードさんを捜しにいってる、って言ったんです」

「ふむ。で、あなたはどこのホテルにお泊まりでした？」とウェブスターは、今度はトムに訊いた。いつもの微笑を浮かべているその楽しそうな表情は、人間の死のからんだ話をしているようにはとても見えない。

「ゴルデナー・ヒルシュです」とトムは言った。「バーナードがパリにいるんじゃないかという予感がしたので、まずパリに行って捜し、それからザルツブルクへ行ったんです——バーナードがザルツブルクのことを話してましたから。行くつもりだとは言ってませんでしたけれど、もう一度行ってみたいなと言ってたんです。ザルツブルクは小さな町ですから、捜す相手を見つけるのもそう難しくありません。とにかく、ぼくは二日目にバーナードを見つけました」

「どちらを先に見つけたんです、バーナードですか、ダーワットですか？」

「バーナードですよ。ぼくはバーナードを捜してたんですから。ダーワットがザルツブルクに来ていることは知らなかったんです」

トムはエロイーズをちらりと見た。「じつは、火曜日に、三人で午前十時ごろ会ったんですか？」

ダーワットのことを――ザルツブルクでどんなことが起こったんですか？」
期しないことではなかった。「バーナードのノートにも非常に興味はありますがね、まず
ウェブスターはちょっと当惑したような、ぼんやりした顔になったが、これはトムの予
ですから」
信がなかったので現地の警察には届けませんでした。まずあなたにお話ししたかったもの
ることから見て、ザルツブルクの川に身投げしたんじゃないかと思います。でもぼくは確
「ただ、いなくなったんですよ。ダーワットが死んだ直後でした。彼がノートに書いてい
「それよりまず事実をうかがいましょう」トムは立ち上がったが、ウェブスターは言った。
れをお見せしましょう。バーナードはどうやって自殺したんです？」
いるように見えました。ついでですが、ぼくはバーナードのノートを持っているんで、そ
ょっとためらってから、「ダーワットは、自分のことよりもバーナードのことを心配して
のシンシアからもう会いたくないと言われたらしいんです。ダーワットは――」トムはち
ころでは、バーナードのほうが憂鬱（ゆううつ）がひどいようでした。ロンドンにいるガールフレンド
ら何度か三人一緒に会ったんです。あのふたりは昔からの友達ですからね。ぼくが見たと
二回話したと思います。ダーワットとふたりきりで話したのもそれぐらいでした。それか
トムは椅子（いす）の上で身をのり出した。「それで――たしかバーナードとふたりきりで、一、
「それで――どうぞ先を」とウェブスター。

ですが、そのときダーワットは、睡眠薬を呑んできたんだ、と言いました。彼はその前にも何度か自殺の話をして、もし自殺したら、ぼくたちの――ぼくとバーナードの手で焼いてほしい、と言ってたんです。ぼくは少なくともそれを深刻には受けとっていませんでした、火曜日にダーワットがふらふらしながら現れて、何か――冗談みたいにして言い出すまではね。彼は歩きながら、もっと薬を呑みました。ぼくたちはそのとき森のなかにいたんです、ダーワットが森へ行きたいと言ったので」トムはエロイーズに言った、「もし聴きたくないんだったら、二階へ行ってなさい。ぼくは起こったことをありのままに話さなきゃいけないんだから」

「あたし、聴いてるわ」エロイーズは一瞬手で顔を覆ったが、すぐ手をおろして立ち上がった。「マダム・アネットにお茶を頼んできます。いいこと、トム?」

「ああ、いい考えだ」とトムは言って、ウェブスターに向かって話しつづけた、「ダーワットは崖から岩の上に身を投げたんです。彼はいわば三つの方法で自殺したんですよ、睡眠薬、身投げ、――それに焼身。でもぼくたちが彼を焼いたときは、もう完全に死んでいたんです。バーナードとぼくはその翌日、現場へ行って、燃やせるだけ燃やし、残りは埋めました」

エロイーズが戻ってきた。

ウェブスターは、書きながら言った、「翌日というと、十一月六日の水曜日ですな」バーナードはどこに泊まっていたんですか? トムは、リンツァー通り(ガッセ)の〈青(ブラウエ)なんとか〉

だと答えることができた。でも水曜以後のことはわかりません、と。どこへ、いつ、ガソリンを運んだのですか？　場所は正確には覚えていませんが、時は水曜日の午後でした。ダーワットのほうはどこに泊まっていたんです？　それを突きとめる気はぼくには全然ありませんでした。

「バーナードとぼくは、木曜日の午後九時半ごろに旧市場（アルター・マルクト）で会おうと約束していました。水曜日の夜に、バーナードはバッグをぼくに渡して、その晩にべつのホテルを見つけるから預かっていてくれと頼んだんです。ぼくのホテルに来ないかと誘ったんですが、彼がいやだと言うので。それで――彼は木曜日の約束の時間に現れませんでした。ぼくは一時間ばかり待ちました。それっきり、彼には会ってないんです。ぼくのホテルにもなんの連絡も来ていませんでした。ぼくは、バーナードには最初から約束を守るつもりがなかったんじゃないか、おそらく――おそらく川に身を投げて自殺したんじゃないかと思って、家に帰ってきたんです」

ウェブスターは、いつもよりゆっくりと煙草に火をつけた。「あなたはバーナードのバッグを水曜日の夜一晩預る約束だったんですか？」

「そういうわけじゃありません。バーナードはぼくのホテルを知ってましたから、ぼくはむしろ、彼がその夜遅くにとりにくるだろうと期待していたんです。ぼくはこう言いました、『もし今夜会えなかったら、明日の朝会おう』と」

「で、あなたは木曜日、つまり昨日の朝、あちこちホテルを訪ねて彼を捜したんですか？」

「いいえ、捜しませんでした。きっとぼくは、希望を失ってしまっていたんでしょうね。がっくりきて混乱していたんです」

マダム・アネットがお茶を運んできて、ウェブスター警部補と「ボンジュール」を交わした。

トムは言った、「バーナードはいつかもここの地下室で人形に首吊り自殺をさせたんですよ。その人形は彼自身のつもりだったんです。家内が見つけたんですが、彼女にはすごいショックでした。バーナードのズボンと上着が天井に吊るしたベルトにぶらさがっていて、それに書き置きがつけてありました」トムはエロイーズをちらりと見て、「エロイーズ、ごめんよ」

エロイーズは唇を噛んで肩をすくめた。彼女の反応は疑いなく本心からのものだ。トムが言ったことはすべて実際に起こったことであり、彼女はそれを思い出すのをいやがっているのだ。

「その書き置きをお持ちですか?」とウェブスターが訊いた。

「ええ。まだぼくのガウンのポケットに入っているはずです。とってきましょうか?」

「ちょっと待ってください」ウェブスターはまた微笑んだ。だが今度はほんの少しだけだった。「あなたがザルツブルクへ行った理由を正確に聞かせていただけませんか?」

「バーナードのことが心配だったからです。彼はザルツブルクへ行きたいと話していました。ぼくはバーナードが自殺するんじゃないかという気がしていたんです。それにぼくは

——いったいなぜ彼がぼくを訪ねてきたのか、不思議に思っていました。ぼくがダーワットを二枚持っていることを彼が知っていたのは事実ですが、ぼくとは面識もなかったんですからね。それでも、彼は最初の訪問なのにとてもざっくばらんにしゃべったんですよ。ぼくは、自分が力になってやれるかもしれないと思いました。ところがこのとおり、ダーワットもバーナードも自殺してしまった。ダーワットのほうが先ですがね。人間は他人のことには——とくにダーワットのような天才のことには、干渉したがらないものです。なんだか自分が間違ったことをしているような気がしますからね。いえ、ぼくはいつの場合でも干渉するのが間違いだと言ってるわけじゃないんです。ただ、ダーワットのように自殺の決意の固い他人に向かって、受け入れられないと承知の上で、自殺を思いとどまらせる場合のことを言ってるんですよ。そういう意味なんです。それは間違ってるし、どうせ望みもないんです。言っても無駄だとわかっていることを言わなかったからといって、なぜその人が咎められなければならないんでしょうか?」トムは言葉を切った。

ウェブスターは熱心に聴き入っていた。

「バーナードは、ここで身代わりの首を吊ったあと家を出ていき——おそらくパリへ行ったんだと思います——また戻ってきました。エロイーズはそのときはじめて彼に会ったんです」

ウェブスターは、バーナード・タフツがベロンブルに戻ってきた日付を知りたがった。トムは一生懸命記憶をたどって、十月二十五日だと思う、と言った。

「ぼくは、ガールフレンドのシンシアがまた会ってくれるかもしれないよ、と言って彼を元気づけようと努力しました。バーナードの話から考えると、シンシアが会ってくれるとはぼくにも思えなかったんですがね。ぼくは、ただなんとかして彼を憂鬱から引きずり出したかったんです。ダーワットは、ぼくよりもっと熱心にそうしたようでした。あのふたりは、ザルツブルクで何回かふたりきりで会っていたんだ、とぼくは確信しています。ダーワットはバーナードが好きだったんですよ」トムはエロイーズに言った。「わかるかい、ダーリン？」

エロイーズはうなずいた。

おそらく本当に彼女はすべてを理解していたのだろう。

トムは一瞬考えてから言った、「ダーワットはこの世全体に憂鬱を感じていたんです。人生に。その原因になるような何か個人的なことが――メキシコで――あったのかどうかぼくは知りません。結婚して去っていったというメキシコ人の女の話をしていましたが、それがどの程度重大だったのか、ぼくにはわかりません。彼はロンドンに戻ってきたことで心を乱されているように見えました。帰ってきたのは間違いだった、と言ってましたよ」

ウェブスターはやっとメモをとるのをやめて、「では二階へ行ってみますかな？」

トムは警部補を自分の部屋へ案内して、クローゼットからスーツケースを取り出した。

「家内には見せたくないんです」とトムは言って、スーツケースを開けた。彼もウェブスターもそのそばにしゃがみこんだ。

小さな包みは、トムが買ったオーストリアとドイツの新聞でくるんである。トムは、彼がその包みを取り上げて絨毯(じゅうたん)の上に置く前に、ウェブスターが新聞の日付を見ているのに気づいた。もう湿っていないのはわかっていたのだが、トムは下にもっと新聞紙を敷いた。

ウェブスターは包みを開けた。

「ううん。これはこれは。ダーワットはあなたにこれをどうしてほしいと言ったんです?」

トムは口ごもり、眉(まゆ)をひそめた。「べつに」トムは窓のところへ行って、少し開けた。

「なぜ自分がこれをとってきたのかぼくにもわからないんです。ぼくは取り乱していました。バーナードもそうでした。バーナードがイギリスに少し持って帰ろうと言ったのかどうか、それもよく覚えていません。でもとにかくぼくはこれをとったんです。灰になるかと思っていたんですが、そうはなりませんでした」

ウェブスターは、ボールペンの先でものをつついていたが、指輪を見つけると、ボールペンで掻(か)き出した。「銀の指輪ですな」

「それは意識的にとってきたんです」指輪の二匹の蛇の飾りがまだ見分けられる。

「ロンドンへ持って帰りましょう」とウェブスターが立ち上がりながら言った。「何か箱のようなものがあったら――」

「ありますよ」トムはドアのほうへ行きかけた。

「さっきバーナード・タフツのノートのことを言ってましたな」

「ええ」トムは引き返して、書き物机の隅にあるノートとスケッチブックを指さした。「あれがそうです。それから例の書き置きは――」トムはガウンがかけてある浴室に行った。あの紙はまだポケットに入っていた。ぼくは身代わりのぼくの首を……トムはその紙をウェブスターに渡して、階下へ下りていった。

マダム・アネットは箱をとっておく主義なので、いつもいろいろなサイズの箱があった。「何になさるんです?」彼女は、トムを手伝おうとして尋ねた。

「これがいいだろう」とトムは言って、マダム・アネットのクローゼットの上に積んである箱のひとつを引っぱり下ろした。箱のなかにはきちんと巻かれた残り毛糸の玉が入っている。トムはそれをマダム・アネットに渡して微笑みながら、「ありがとう、おかげで助かったよ」

ウェブスターはもう階下に下りてきていて、英語で電話していた。エロイーズはたぶん自分の部屋へ行ったのだろう。トムは箱を二階へ持っていって、例の小さな包みを箱のなかに入れ、新聞紙を小さく丸めて詰めものにした。そしてアトリエから紐を持ってきて箱を縛った。それは靴の箱だった。トムは箱を階下へ持って下りた。

ウェブスターはまだ電話している。

トムはバーへ行って、自分用に生のウイスキーを注ぎ、ウェブスターがデュボネを飲むかどうか電話が終わるまで待つことにした。

「……バックマスター画廊の人たちが? それはおれが帰るまで待てないのか?」

トムは考えを変えて、ウェブスターのデュボネに入れる氷をキッチンにとりにいった。氷を出したところでマダム・アネットが来たので、あとは彼女にまかせ、レモンの皮を忘れないようにと言ってキッチンを出た。

ウェブスターはまだしゃべっている。「約一時間後にまた電話するから、昼飯に出かけんように……いや、いまはまだ誰にも言っちゃいかん……まだはっきりわからんのだ」

トムは不安を感じた。芝生にエロイーズの姿が見えたので、彼女に声をかけにいった。本当はそのままずっとリビングにいたかったのだが。「警部補に昼飯かサンドイッチか、何か出すべきだと思うんだがね。いいだろ？　ダーリン？」

「警部補さんに遺骸の一部を渡したの？」

トムはまばたきした。「小さなものさ。箱に入れて」と彼はぎごちなく言った。「紙でくるんであるんだ。もうそのことは考えるなよ」トムは彼女の手をとって家のほうへ引き返した。「バーナードが自分の身体の一部をダーワットのものだと思わせるために提供する、これはまさに妥当な線だよ」

たぶん彼女は理解してくれただろう。何が起こったかは理解しただろう。でも、ダーワットに対するバーナードの崇拝の念を彼女にわからせるのは無理だとトムは思った。トムはマダム・アネットに、缶詰の車海老のサンドイッチか、何かそういったものをつくってくれと頼んだ。エロイーズはマダム・アネットを手伝いにいき、トムは警部補のところへ戻った。

「たんに形式的なことなんですがね、リプリーさん、あなたのパスポートを見せていただけますかな?」とウェブスターが言った。

「いいですとも」トムは二階へ行って、すぐにパスポートを持って下りてきた。

ウェブスターはデュボネを飲んでいた。彼はおもむろにパスポートに目を通した。最近の日付同様、一カ月前の日付にも興味を持っているようだった。「オーストリア。なるほど。フムフム」

トムは、ダーワットが二度目にロンドンに現れたとき、自分がトム・リプリーとしてロンドンに行ったのではないことを思い出して、ほっとしながら、さも疲れたように、背のまっすぐな椅子のひとつに腰をおろした。トム・リプリーは昨日の出来事のせいで、疲れて意気消沈しているはずなのだから。

「ダーワットのものはどうしたんです?」

「もの?」

「たとえば、スーツケースとか」

トムは言った、「ぼくは彼がどこに泊まっていたのか全然知らないんです。バーナードも同じです。ぼくは、ぼくたちがダーワットを——つまり、ダーワットが死んだあとで、バーナードに尋ねてみたんですが」

「ダーワットが荷物をそのままホテルに置きっ放しにしていると思いますか?」

「いいえ」トムは首を振った。「ダーワットはそんなことはしないでしょう。バーナードも言っていましたが、ダーワットはおそらく、自分の痕跡を全部消してしまってから、ホテルを出て、そして——まあとにかく、ふつうスーツケースを処分するにはどうするでしょうね？　中身をあちこちの屑入れに捨てて歩くとか、それとも——スーツケースごと川に捨てたのかもしれません。ザルツブルクでは簡単にできますからね。とくにダーワットが前の晩、暗いところでやったとすればなおさらです」

ウェブスターはしばらく黙って考えこんでいたが、「あなたは、バーナードがその森の同じ場所にまた出かけていって、同じ崖から身を投げたかもしれない、とは考えなかったんですか？」

「考えました」とトムは言った。そういう筋書きがなんとなく心に浮かんだこともあったからだ。「でもぼくは昨日の朝は、どうしてもあそこへ足を向けることができなかったんです。行ってみるべきだったかもしれません。でもぼくは彼がもう——どこかで、なんらかの方法で、死んだんだという気がしていたんです。彼はもう見つからないだろうという感じがしていたんです」

「しかしいままでのお話の限りでは、バーナード・タフツがまだ生きているということもあり得ますな」

「まったくそのとおりです」

「彼は金は充分持っていたんですか？」

「どうですかね。三日前に、金を貸してやろうかと言ったんですが、断わられてしまいました」

「ダーワットはあなたに、マーチソンの行方不明のことをどう言っていました？」

トムはちょっと考えてから、「ショックだったようです。彼が言っていたことといえば――そう、たしか、有名であることの重荷、とかそういうことを言ってました。彼は有名であることを嫌ってたんです。それがひとりの人間の死を――マーチソンの死を引き起こした、と感じていたんですね」

「ダーワットはあなたに対して好意的でしたか？」

「ええ。少なくとも、ぼくがあの人の悪意を感じたことは一度もありません。といっても、ぼくがダーワットとふたりきりで話したのはほんの少しでした。一度か二度ぐらいだったと思います」

「彼はあなたとディッキー・グリーンリーフとの関係を知っていましたか？」

震えがトムの身体を走った。その震えが外からは見えないことを願い、肩をすくめて、

「知っていたとしても、一度も口には出しませんでした」

「バーナードもですか？　バーナードもそのことを口にしませんでしたか？」

「ええ」とトムは言った。

「不思議ですな、あなたもそれは認めると思うが、あなたのまわりで三人の男が消えたか、あるいは死んだかしている――マーチソンに、ダーワットに、バーナード・タフツ。それ

にディッキー・グリーンリーフも姿を消した――あの人の死体もいまだに発見されてないんでしたな。それから、彼の友人の名前はなんと言いましたっけ？　フレッドでしたか？　フレディなんとかでしたな？」

「マイルズ、だったと思います」とトムは言った。「でもマーチソンはぼくととても親しかったとは言えませんよ。ぼくはあの人のことをほとんど知らなかったんですから。その点では、フレディ・マイルズも同じです」少なくともいまはまだ、ウェブスターは、ぼくがダーワットになりすましたという可能性のことは考えていないらしい、とトムは思った。

エロイーズとマダム・アネットが入ってきた。マダム・アネットが押しているワゴンには、サンドイッチの皿とアイスペールに入れたワインの壜が載っている。

「ああ、これはおいしそうだ！」とトムは言った。「今日は昼食の先約がおありになるかどうかうかがわなかったんですが、警部補さん、でもこのぐらいは――」

「じつはムランの警察と約束してるんですよ」ウェブスターはあわてて微笑みながら言った。「もう少ししたら電話しなければ、と思っていたんです。ああそれから、お宅でかけさせていただいた電話代は全部あとでお払いしますから」

トムは抗議の身ぶりで手を振った。「ありがとう、マダム」と彼はマダム・アネットに言った。

エロイーズがウェブスターに皿とナプキンを渡してから、サンドイッチをすすめた。

「海老と蟹ですのよ。こちらが海老ですわ」と彼女は指さしながら言った。

「ではお言葉にあまえて」とウェブスターは、両方をひと切れずつとったが、話題は変えずに、「ザルツブルクの警察にも知らせて——私はドイツ語ができんのでロンドン経由でですがね——バーナード・タフツを捜査させねばなりませんな。たぶん明日にでもザルツブルクで現地の警察と会うことになるでしょう。あなたは明日はお暇ですか、リプリーさん？」

「ええ——もちろん、暇はつくれますよ」

「森のなかの現場まであなたに案内していただかなきゃならんのでね。われわれの手であれを掘り出さねば——おわかりでしょう？　ダーワットはイギリス人ですからな。それとも、違いましたかな？」ウェブスターは口いっぱいに頰ばったまま微笑した。「メキシコ国籍にはなってないと思うんですがね」

「それはぼくも訊いてみませんでした」とトムは言った。

「例のメキシコの村を見つけるのが楽しみですよ」とウェブスターは言った。「人里離れた名もない村。なんという町の近くでしたかな、ご存じですか？」

トムは微笑んだ。「ダーワットは手がかりも与えてくれませんでした」

「彼の家はそのまま放棄されているのか——それとも、彼が死んだとわかった場合、事後処理の権利を持つ管理人とか、弁護士とかがいるのかどうか」ウェブスターは言葉を切った。

トムも黙っていた。ウェブスターは、トムがうっかり口をすべらせて何か情報を洩らすのを期待して、かまをかけているのだろうか？　トムは、ロンドンでダーワットになりすましたとき、ウェブスターに、自分はメキシコのパスポートを持っていて、メキシコでは別名を使っている、と言ったのだった。

ウェブスターはやっと口を開いた。「ダーワットが偽名を使ってイギリスに入国し、イギリス各地を旅行していたとは思いませんか？　パスポートはイギリスのかもしれないが、名前は偽名だったと？」

トムは落ち着いて答えた。「それはいつも思ってました」

「とするとメキシコでも偽名を使って暮らしていた可能性もありますな」

「ありますね。そこまでは考えませんでしたが」

「そして、彼の作品も同じ偽名でメキシコから送られていた、と」

トムは、そういうことにはあまり興味がないというふうに、しばらく黙っていた。「それはバックマスター画廊の人たちが知ってるでしょう」

エロイーズがまたサンドイッチをすすめたが、警部補は辞退した。

「知っていても連中は言いませんよ」とウェブスターは言った。「それに、もしたとえばダーワットが本名で送っていたとすれば、偽名のことは全然知らないかもしれん。だがイギリスに入国したのは明らかに偽名を使ってですよ。ダーワットの名前では入国も出国もまったく記録に残っておらんのですからな。ではちょっと、ムランの警察に電話してもよろしいでしょうか？」

「ええ、どうぞどうぞ」とトムは言った。「二階のぼくの部屋の電話をお使いになりますか？」

　階下のでいっこう差し支えない、とウェブスターは言った。彼は手帳を見ながら、充分通用するフランス語で交換手と話し、警視（コミセール）はいないか、と訊いている。

　トムはトレイに載せたふたつのグラスに白ワインをついだ。エロイーズは自分でついでもう飲んでいた。

　ウェブスターは、ムランの警視に、トーマス・マーチソンに関するその後の新情報はないかと尋ねている。相手は、ない、と言ったらしい。ウェブスターは、マーチソン夫人があと二、三日コノート・ホテルに滞在して、情報を待ちかねているので、もし何かわかったら、ロンドンの私の部下にすぐ伝えてほしい、と言った。さらに、なくなった絵『時計（ロールロージュ）』のことも尋ねていたが、これも手がかりなし。

　ウェブスターが電話を切ったとき、トムは、マーチソンの捜査の進展状況を尋ねたかったが、ウェブスターの電話を立ち聞きしていたと思われたくないので、思いとどまった。

　ウェブスターは頑固に言い張っていままでの電話代として五十フラン札を置いた。トムがデュボネのお代わりをすすめると一応は丁重に断わったものの、出されるとやはり口をつけた。

　トムは、すぐそこに立っているウェブスターが、頭のなかではさまざまに考えをめぐらしているのを見てとった。トム・リプリーは事実をどの程度隠しているのだろうか？　彼にはどの点で、どんなふうに罪があるのだろうか？　トム・リプリーがそれによってなんらかの得をするとすれば、それはどこで、どういうふうに関わっているのだろうか？　だがウェブスターが見てもこれだけは明白だ、とトムは思った。どんな人間でも、自分の家の壁にかかっているたかだか二枚の油絵の価値を守るために、他人をふたりも――いや、三人かな、マーチソン、ダーワット、それにバーナード・タフツもだ――殺したりはしないものだ。それに、トムが銀行を通して毎月収入を受けとっているダーワット画材会社を、もしウェブスターが調査したとしても、その金はスイスの無記名の口座に送られているのだからまず大丈夫だ。

しかし、まだ明日のオーストリアがある。おまけにトムも警察と一緒に捜査に立ち会わなければならないのだ。

「そろそろタクシーを呼んでいただけますかな、リプリーさん。あなたのほうが番号をよくご存じでしょうから」

トムは電話のところへ行って、ヴィルペルスのタクシー会社に電話をかけた。すぐお伺いします、という返事だった。

「また今夜ご連絡しましょう」とウェブスターがトムに言った。「明日のザルツブルク行きの件でね。あそこまでの交通はややこしいんですか？」

トムは、フランクフルトで飛行機を乗り換えなければならないことを説明してから、もしミュンヘンに寄る飛行機があれば、ミュンヘンで降りてそこからザルツブルクまでバスで行く方法もあり、そのほうがフランクフルトでオーストリア行きの飛行機を待つより早いそうだ、とつけ加えた。だがそれで行くとすれば、ウェブスターがロンドンからミュンヘンへ行く飛行機の時間を調べた上で、電話で打ち合わせしなければならない。ウェブスターは、ロンドンの部下と一緒に行くことになっていたからだ。

タクシーが来たのでウェブスター警部補はエロイーズに礼を言い、トムとエロイーズは玄関まで見送りに出た。ウェブスターは、ホールのテーブルの上にある例の靴の箱を見て、トムがとろうとする前に、自分で取り上げた。

「バーナードの書き置きとノート二冊はこの鞄に入ってます」とウェブスターがトムに言った。

窓越しにあの兎のような笑顔を見せているウェブスターを乗せて、タクシーが遠ざかっていくのを、トムとエロイーズは玄関の石段の上で見送った。そしてふたりは家に入った。平和な静けさが支配した。平和そのものではないことはトムにもわかっていた。だが少なくとも静かだ。「今夜は――今日は――何もしないで過ごそうじゃないか。夜にはテレビでも見て」午後は庭仕事がやりたかった。庭仕事をやるといつも気分が落ち着くのだ。

そこで彼は庭仕事をやった。そして夜は、ふたりともパジャマ姿でエロイーズのベッドに寝そべって、お茶を飲みながらテレビを見た。午後十時直前に電話が鳴った。トムは自分の部屋へ行って電話をとった。きっとウェブスターからだと覚悟を決めて、明日のスケジュールを書きとめるためにペンを手に持って電話に出たのだが、電話はパリのクリス・

グリーンリーフからだった。クリスは、ライン地方から戻ってきたので、友達のジェラルドと一緒にお伺いしてもいいでしょうか、と尋ねた。

クリスと話し終わったトムは、またエロイーズの寝室に戻って、言った、「ディッキー・グリーンリーフの従弟（いとこ）のクリスからだったよ。月曜日に友達のジェラルド・ヘイマンを連れて、ここへ来たいと言ったんで、イエスと言っといた。きみもいいと言ってくれるだろうね、ダーリン。たぶんひと晩ぐらいしか泊まらないと思う。きっといい気晴らしになるよ——一緒にあちこち見物したり、おいしい昼飯を食べたり。のどかにね」

「あなた、ザルツブルクからいつ帰ってくるの？」

「そう、日曜には戻れるだろう。だいたいあれだけのことに一日以上かかるわけがない——明日一日と日曜日の午前中あれば充分さ。ぼくはただ森のなかの現場に案内すればいいんだから。それとバーナードが泊まってたホテルとね」

「ん、いいわ（トレ・ビアン）」とエロイーズは枕（まくら）に頭をもたせかけて呟（つぶや）いた。「クリスは月曜日に来るのね」

「また電話してくるだろう。そしたら月曜の夜にしてくれって言っとくよ」トムはまたベッドにもぐりこんだ。エロイーズはクリスに興味を持ってるな、とトムは思った。クリスとジェラルドのような青年はきっとエロイーズを楽しませてくれるだろう、たとえしばらくの間でも。彼らが来ることを喜びながら、トムはテレビのスクリーンに映し出されている古いフランス映画を見つめた。ヴァチカンのスイス人の衛兵のような服装をしたルイ・

ジューヴェが、中世の武器ハルバードで誰かを脅している。トムは、明日ザルツブルクでは、まじめな率直な態度をとろうと決心した。オーストリアの警察は、もちろん車を持っているだろう、そしてぼくは、明るいうちに、森のなかのあの場所へてきぱきと彼らを案内し、夕方にはリンツァー通り(ガッセ)の〈青(ブラウエ) なんとか〉へまっすぐ案内するんだ。フロントの黒い髪の女はバーナード・タフツのことも、ぼくが一度彼を訪ねていったことも覚えているだろう。トムは安心した。そしてまたテレビの眠たげな会話に耳を傾けはじめたとき、電話が鳴った。

「今度こそウェブスターだ」とトムは言って、またベッドを出た。

トムの手は、電話に伸ばしかけた途中で止まった――ほんの一瞬だが、その一瞬のうちに、トムは敗北を予知し、敗北の苦痛を味わったようだった。露見。恥。いや、いままでどおり強引にやりぬけ、とトムは思った。芝居はまだ終わっていないのだ。勇気を出せ！

トムは受話器を取り上げた。

訳者あとがき

本書は『太陽がいっぱい』の続編である *Ripley Under Ground*（1970）の翻訳です。ルネ・クレマン監督の手で映画化された『太陽がいっぱい』については既にご承知とは思いますが、念のためにあらすじを紹介しますと——

ニューヨークで貧しい生活を送ってきた二十五歳のトム・リプリーは、富豪グリーンリーフに依頼されて息子ディッキーを連れ戻しにイタリアの海岸モンジベロへ行く。しかしディッキーが父のもとへ帰りたがらないのでトムもやむなくモンジベロにとどまり、ディッキーとともに生まれてはじめての豪奢（ごうしゃ）な生活をするうちに、彼に対して友情を感じはじめる。ところが、やがてディッキーの態度にトムを避けるような変化が感じられ、劣等感と挫折感にさいなまれたトムは、ついにボートの上でディッキーを殺し、死体を海に投げ込む。そして警察や世間の目をごまかすためにトム・リプリーとディッキー・グリーンリーフの二役を使い分けて、ディッキーの金でイタリア各地を転々とするが、ディッキーの友人フレディに罪が露見しそうになり、フレディをも殺してしまう。その後、トムが偽造したディッキーの遺書によって、彼は自殺と推定され、トムはディッキーの遺産をものにする――。

（映画では、ラストシーンでトムの罪の発覚、そして逮捕が暗示されていましたが、原作では、トムの完全犯罪が成功しています。）


さて、本書『贋作』では、時はその六年後、おもな舞台は、前作の、あの文字通り〈太陽がいっぱい〉のイタリアとはまったく対照的な〈太陽のすくない〉初冬の北部ヨーロッパ。トムはフランスの大富豪の娘エロイーズと結婚して、パリに近いヴィルペルスで、家政婦のマダム・アネットに家事の一切を任せる何不自由ない生活を送っていますが、ふとしたことから絵の贋作（がんさく）という犯罪に巻きこまれ、その暴露を防ぐためにふたたび二役を演じ、さらにそれを隠すためにふたたび殺人をおかし、ふたたび厳しい警察の追及を受ける、その経過が主人公トムの行動と心理を通して、ハイスミスならではの冷酷なまでに乾いた筆致で綴（つづ）られてゆきます。そこにディッキーの事件が不安な影を落とし、最後まで息づまるようなサスペンスがつづきます。

ハイスミスは、卓抜なプロットは言うに及ばず、強烈な、それでいて信じられるキャラクターを創造する作家と評されていますが、本書でも、主人公トムの内部に深くもぐりこみ、その心理を克明に追うことによって、彼の個性を一層あざやかに浮きぼりにするとともに、彼の目を通して他の登場人物をも魅力的に描き出しています。実際には一度も登場しないにもかかわらず、読者に何かを強烈に訴える天才画家ダーワット、その分身ともいえる〈聖者のような〉贋作者バーナード、トムと同じ世界にいわば〈消極的に〉属している妻エロイーズ、など。このようなハイスミスのすぐれた手法によって、読者は、ある批評家がいみじくも指摘しているように、「殺人が起こった時、恐怖を感じるのみならず、破壊的な暴力行為に一種のとまどいを——あたかも読者の熟知している人間が、同じく熟知している者の手で殺されたかのようなとまどいとショックを感じる」のです。作者自身はあくまでも感情を殺した筆で書きすすめながら、読者にこれほどまでの登場人物への感情移入を誘発させ、たとえ登場人物の性格が客観的にはどんなに特異であり、その行動が奇矯なものであろうと、一旦ハイスミスの世界に引きずりこまれたら最後、すべて信じられるものとなる、これが、ハイスミス作品の成功の一要因であると言えるでしょう。とくに、純粋に生きようとすればするほど、〈状況〉というおもしの下でもがき苦しみ、罪の意識にさいなまれながら贋作を描きつづけ、贋作者としての自己を抹殺しようとする結果殺人未遂をおかしてしまう、そして最後にはぎりぎりまで追いつめられるバーナード、この個性の創造はまさに現代的な意義を持っていると思えます。

ハイスミスはトム・リプリーを「とっておきのアイディアが浮かんだときのためのキャラクター」といい、最新作の *Ripley Under Water* (1991) を含め現在までに五冊のリプリー・シリーズを発表しています。

(河出文庫一九九三年刊より)

解説

柿沼瑛子

一九五二年の早朝、三十一歳のパトリシア・ハイスミスは、イタリアの海岸町ポジターノのホテルのバルコニーから、若い男が海岸を散歩している姿を目撃します。「すべてがひんやりとして静まりかえっていた。後ろには高く崖がそびえたっていた（中略）短いパンツとサンダル姿の青年が、肩にタオルをかけて、海岸を右から左へとひとり歩いていくのに気がついた……髪はまっすぐで黒かった。物思いに沈んでいるように見えるが、悩んでいるようにも見えた。なぜ、彼はひとりなのだろう？　誰かと喧嘩でもしたのだろうか。何を考えているのだろう？　彼を二度と見ることはなかった。自分のノートに彼について何かを書き留めることすらしなかった」（ハイスミスの創作ノートより）。

この一瞬の出会いから生まれたのが、ハイスミス唯一のシリーズ・キャラクターであり、後に「リプリーはわたし自身」とまでいわしめたトム・リプリーでした。美しい人妻との一瞬の邂逅から生まれた『キャロル』を思わせるエピソードですが、当時のハイスミスは『キャロル』執筆時のロマンチックな高揚感からはおよそ遠い状態にありました。おりしも長編デビュー作『見知らぬ乗客』（一九五〇年）の映画化権がヒッチコックに買い取られ、さらには『キャロル』（当時は *The Price of Salt*）を別名義で刊行し（一九五二年）、まさに若手作家として前途洋々たるスタートを切ったばかりでした。しかし、ハイスミスの死後発表された伝記 *Beautiful Shadow* によれば、当時のハイスミスは年上の女性社会科学者エレン・ヒルとの、愛憎半ばする波瀾に満ちた関係に苦しんでいる最中だったとのことです。当初はエレンの知性に深く惹(ひ)かれながらも、自分を支配しようとする彼女に反発を覚えるようになるハイスミス。一方ハイスミスが恋人を想像力で飾りたがる衝動（まさに『キャロル』のテレーズそのもの）を見抜き、彼女が自分の理想を人に押しつけようとするが、自分の望んだものと違うと気づくと、進んで縁を切ろうとするといって非難するエレン。ふたりの関係は喧嘩しては仲直りの繰り返しであり、すったもんだの末にエレンの自殺未遂でひとまず決着を見るのですが、ハイスミスの心身にも深い傷を残しました。とはいえ第二長編にあたる『妻を殺したかった男』（一九五四年）の献辞を頭文字だけとはいえ、ちゃっかり次の恋人に捧げているあたりが彼女らしいといえばいえるのですが。

　さてエレンと別れたハイスミスは、『妻を殺したかった男』で献辞を捧げた彼女ともすぐに別れ、絶望と肉体的精神的不調におちいり、一時は自分の正気を疑うまでに追いつめられてしまいます。しかしそんな彼女を救ったのはやはり「書くこと」でした。どん底にありながらも彼女は新しい小説のプロットが頭のなかに形を取りはじめるのを感じます。

そのときによみがえってきたのが、あの朝イタリアの海岸町で一度だけ見かけた青年の姿でした。ハイスミスは青年の印象をもとに、ふたつのキャラクターを創りだす。ひとりはヨーロッパを放浪している高等遊民の青年ディッキー、そしてもうひとりは「どこかおどおどした表情を浮かべ、どちらかといえばハンサムではあるが、同時に記憶に残らないきわめてありきたりの青年」。後に彼女の代表作ともなる『太陽がいっぱい』（一九五五年）の主人公トム・リプリーはこうして誕生したのです。

この作品のあらすじについては、『贋作』の訳者の上田公子氏があとがきで触れられているので、そちらをご覧いただくとして、ハイスミスがこの作品で描こうとしたのは「ある人間が、得ることもできなければ、決してなることもできないような相手を愛してしまうこと」であり、それがもたらす激しい渇望でした。トム・リプリーは、ひそかに愛していたディッキーを殺し、彼になりすましてそのアイデンティティを引きつぐことでそれを実現します。行きがかり上、どうしてもディッキーからリプリーに戻らなければならなくなった彼は悔し涙さえ流します。『太陽がいっぱい』はトムがなりたい自分となることで自由を得るまでの物語であり、その自由を得るための手段が「犯罪」だったのです。

「犯罪者は劇的な興味をひく存在である。少なくとも一定のあいだ彼らは活動的で、精神の自由をもっている。しかも他人の鉄拳には決して屈することがない。正義を求める大衆は退屈で欺瞞的だと思う。なぜなら、正義が執行されようとされまいと、生命や自然にはなんの関係もないからだ」とハイスミスはインタビューで語っていますが、犯罪というものは少なからず人間を「変質」させます。その「変質」に耐えられなかった弱い人間は自滅への道をたどる、というのはハイスミスの小説の定石でもありますが、リプリーは変質することで強くなるいわばハイブリッドなのです。『太陽がいっぱい』のリプリーはまだ未熟で、不安定で、劣等感と愛するものへの執着心にさいなまれ、自らが創りだした幻想で自分を支えていかなければなりませんでした（若き日のハイスミスがそうであったように）。そんなリプリーにとって一番許せないのは、それらを乗り越えて得た自由が、世間が押しつける罪悪感によってなしくずしにされることでした。悪への変質を受け入れることによって自由を手に入れ、その自由を守るためには徹底して戦う。かねてから西欧的倫理観に疑念を抱いていたハイスミスにとって、リプリーはまさしくヒーローだったに違いありません。

『太陽がいっぱい』ではニューヨークでかつかつの暮らしをしていたケチな詐欺師でしかなかったリプリーは、本作ではうってかわって、フランスの郊外にベロンブル（Belle Ombre、英語で Beautiful Shadow）という屋敷をかまえ、フランスの富豪の娘エロイーズと結婚して悠々自適の生活を送っています。もはやディッキーの仮面も必要なくなった彼は、センスのいい金持ちの道楽家として、なりたかった自分そのものに変身しています。その生活を支えているのはディッキーの遺産とエロイーズの父親からの送金、そしてバックマスター画廊からの収入なのですが、この画廊に緊急事態が発生します。そもそもこの画廊は伝説的な画家ダーワットの作品を売りさばいているのですが、当のダーワットはすでに自殺しており、リプリーは友人たちとしめしあわせ、行方不明ということにしてバーナード・タフツという画家にひそかに贋作を描かせることで不正な利益を受けていたのでした。そこへダーワットの大ファンだというアメリカ人の収集家マーチソンがあらわれ、現在売られているダーワット作品の一部は贋作だと主張して彼らを脅かします。

ハイスミスが本作を執筆するにあたってヒントにしたのは、フェルメールの贋作者として知られるハン・ファン・メーヘレンの存在であったと先の伝記には記されています。メーヘレンは巧みな贋作で鑑定家や美術館や資産家たちをだまし続けていましたが、ナチスに協力したという疑いをはらすために、自分が描いた贋作であったことを白状せざるを得ず、結果的にナチスをだました「英雄」となるというなんとも皮肉な（そしていかにもハイスミスが好みそうな）生涯を送った画家です。ハイスミスはまるでメーヘレンを代弁するかのように、作中でこんなことを語っています。

「もし画家が自分自身の作品よりも贋作のほうを多く描いたとしたら、その画家にとっては贋作が自作よりもずっと自然な、ずっとリアルな、ずっと本当のものになるのではなかろうか？　贋作を描こうとする努力が最後には努力の域を脱し、その作品が第二の本性になるのではないだろうか？」（『贋作』）

もちろん「なりすます」ことで新たな自分を得たリプリーにしてみれば、贋作者は英雄なのですが、贋作者のバーナード・タフツは、彼とは対照的に芸術家としての良心にさいなまれていきます。贋作がオリジナルに近づいていけばいくほど、自分自身が失われていくことに悩むバーナードの苦しみは胸を打ちます。しかし、リプリーはまるで電車の車窓から闇（やみ）に浮かびあがる家々の窓をのぞきこむかのように、ひたすら彼を冷静に観察しているのです。

「本当はぼくは、バーナードの精神状態を見きわめようとして彼を眺めたがっているんだ、とトムは思った。それとも――トムは自分を偽らずに考えてみようとした――ぼくは、たんなる好奇心から面白がっているんだろうか？　自分がほんの少しだけ知っている人間がいま危機にあるのを、本人には悟（さと）られずにしばらく観察することができるので、楽しんでいるんだろうか？」（『贋作』）

ずいぶんと残酷なようにも思えますが、リプリーにしてみれば偽物かどうかで悩むなどというのはどうでもいいことであり、「自由」＝「犯罪」に負けて滅んでいく人間の「弱さ」は許しがたいものであったのではないでしょうか。犯罪による自身の「変質」を受け入れることによって自由を手に入れ、その自由を守るためには徹底して戦い続ける（もちろん安楽な生活を守るためもありますが）リプリーは、ハイスミスにとってなりたかった自分そのものだったのです。はたしてリプリーはいったいこれからどこへ、どんな変身を遂げていくのでしょうか？　『贋作』ラストの台詞（せりふ）どおり「芝居はまだ終わっていない」のです。

（翻訳家）

パトリシア・ハイスミス作品リスト

●長編

1　Strangers on a Train(1950)『見知らぬ乗客』青田勝訳、角川文庫（一九七二）
2　The Price of Salt(1952)／改題 Carol(1990)『キャロル』柿沼瑛子訳、河出文庫（二〇一五）＊クレア・モーガン Claire Morgan 名義で刊行され、一九九〇年にハイスミス名義で『キャロル』と改題の上、イギリス版が刊行。同年それに先駆けてドイツ語版が刊行
3　The Blunderer(1954)『妻を殺したかった男』佐宗鈴夫訳、河出文庫（一九九一）
4　The Talented Mr. Ripley(1955)『太陽がいっぱい』青田勝訳、角川文庫（一九七一）→改題『リプリー』角川文庫（二〇〇〇）／『太陽がいっぱい』佐宗鈴夫訳、河出文庫（一九九三）→改題『リプリー』河出文庫（二〇〇〇）＊トム・リプリー・シリーズ1
5　Deep Water(1957)『水の墓碑銘』柿沼瑛子訳、河出文庫（一九九一）
6　A Game for the Living(1958)『生者たちのゲーム』松本剛史訳、扶桑社ミステリー（二〇〇〇）
7　This Sweet Sickness(1960)『愛しすぎた男』岡田葉子訳、扶桑社ミステリー（一九九六）
8　The Cry of the Owl(1962)『ふくろうの叫び』宮脇裕子訳、河出文庫（一九九一）
9　The Two Faces of January(1964)『殺意の迷宮』榊優子訳、創元推理文庫（一九八八）
10　The Glass Cell(1964)『ガラスの独房』瓜生知寿子訳、扶桑社ミステリー（一九九六）

11 A Suspension of Mercy (1965)／アメリカ版 The Story-Teller 『慈悲の猶予』深町眞理子訳、ハヤカワ・ノヴェルズ（一九六六）→改題『殺人者の烙印』創元推理文庫（一九八六）

12 Those Who Walk Away (1967)『ヴェネツィアで消えた男』富永和子訳、扶桑社ミステリー（一九九七）

13 The Tremor of Forgery (1969)『変身の恐怖』吉田健一訳、筑摩書房世界ロマン文庫16（一九七〇）→ちくま文庫（一九九七）

14 Ripley Under Ground (1970)『贋作』上田公子訳、角川文庫（一九七三）→河出文庫（一九九三）
＊トム・リプリー・シリーズ2

15 A Dog's Ransom (1972)『プードルの身代金』瀬木章訳、講談社文庫（一九八五）／岡田葉子訳、扶桑社ミステリー（一九九七）

16 Ripley's Game (1974)『アメリカの友人』佐宗鈴夫訳、河出文庫（一九九二）＊トム・リプリー・シリーズ3

17 Edith's Diary (1977)『イーディスの日記』上下、柿沼瑛子訳、河出文庫（一九九二）

18 The Boy Who Followed Ripley (1980)『リプリーをまねた少年』柿沼瑛子訳、河出文庫（一九九六）
＊トム・リプリー・シリーズ4

19 People Who Knock on the Door (1983)『扉の向こう側』岡田葉子訳、扶桑社ミステリー（一九九二）

20 Found in the Street (1986)『孤独の街角』榊優子訳、扶桑社ミステリー（一九九二）

21 Ripley Under Water (1991)『死者と踊るリプリー』佐宗鈴夫訳、河出文庫（二〇〇三）＊トム・リプリー・シリーズ5

22 Small g: a Summer Idyll (1995)『スモール g の夜』加地美知子訳、扶桑社ミステリー（一九九六）

●短編集

1　Eleven (1970)／アメリカ版 The Snail-Watcher and Other Stories　『11の物語』小倉多加志訳、ミステリアス・プレス文庫（一九九〇）→ハヤカワ・ミステリ文庫（二〇〇五）

2　The Animal-Lover's Book of Beastly Murder (1975)　『動物好きに捧げる殺人読本』大村美根子・榊優子・中村凪子・吉野美恵子訳、創元推理文庫（一九八六）

3　Little Tales of Misogyny (1975)　『女嫌いのための小品集』宮脇孝雄訳、河出文庫（一九九三）＊一九七五年刊行はドイツ語版。英語版は一九七七年刊。アメリカでは一九八六年刊

4　Slowly, Slowly in the Wind (1979)　『風に吹かれて』小尾芙佐・大村美根子他訳、扶桑社ミステリー（一九九二）

5　The Black House (1981)　『黒い天使の目の前で』米山菖子訳、扶桑社ミステリー（一九九二）

6　Mermaids on the Golf Course (1985)　『ゴルフコースの人魚たち』森田義信訳、扶桑社ミステリー（一九九三）

7　Tales of Natural and Unnatural Catastrophes (1987)　『世界の終わりの物語』渋谷比佐子訳、扶桑社（二〇〇一）

8　Nothing That Meets The Eye: The Uncollected Stories of Patricia Highsmith (2002)　『回転する世界の静止点　初期短篇集 1938-1949』『目には見えない何か　中後期短篇集 1952-1982』宮脇孝雄訳、河出書房新社（二〇〇五）

本書は一九七三年八月、角川文庫より刊行され、一九九三年九月に改訳の上、河出文庫より刊行されました。

今回の刊行にあたり、故人である訳者の著作権継承者、上田紀行氏の御了承のもと、シリーズとしての訳語・表記等の統一を図るとともに、一部訳文の見直しを行ないました。

贋作（がんさく）

二〇一六年 五 月一〇日 初版印刷
二〇一六年 五 月二〇日 初版発行

著 者 P・ハイスミス
訳 者 上田公子（うえだ きみこ）
発行者 小野寺優
発行所 株式会社河出書房新社
〒一五一－〇〇五一
東京都渋谷区千駄ヶ谷二－三二－二
電話〇三－三四〇四－八六一一（編集）
〇三－三四〇四－一二〇一（営業）
http://www.kawade.co.jp/

ロゴ・表紙デザイン 粟津潔
本文フォーマット 佐々木暁
印刷・製本 中央精版印刷株式会社

Printed in Japan ISBN978-4-309-46428-2

キャロル

パトリシア・ハイスミス　柿沼瑛子〔訳〕　46416-9

クリスマス、デパートのおもちゃ売り場の店員テレーズは、人妻キャロルと出会い、運命が変わる……サスペンスの女王ハイスミスがおくる、二人の女性の恋の物語。映画化原作ベストセラー。

プラットフォーム

ミシェル・ウエルベック　中村佳子〔訳〕　46414-5

「なぜ人生に熱くなれないのだろう？」――圧倒的な虚無を抱えた「僕」は父の死をきっかけに参加したツアー旅行でヴァレリーに出会う。高度資本主義下の愛と絶望をスキャンダラスに描く名作が遂に文庫化。

ある島の可能性

ミシェル・ウエルベック　中村佳子〔訳〕　46417-6

辛口コメディアンのダニエルはカルト教団に遺伝子を託す。2000年後ユーモアや性愛の失われた世界で生き続けるネオ・ヒューマンたち。現代と未来が交互に語られるSF的長篇。

高慢と偏見

ジェイン・オースティン　阿部知二〔訳〕　46264-6

中流家庭に育ったエリザベスは、資産家ダーシーを高慢だとみなすが、それは彼女の偏見に過ぎないのか？　英文学屈指の作家オースティンが機知とユーモアを込めて描く、幸せな結婚を手に入れる方法。永遠の傑作。

見えない都市

イタロ・カルヴィーノ　米川良夫〔訳〕　46229-5

現代イタリア文学を代表し世界的に注目され続けている著者の名作。マルコ・ポーロがフビライ汗の寵臣となって、様々な空想都市（巨大都市、無形都市など）の奇妙で不思議な報告を描く幻想小説の極致。

マンハッタン少年日記

ジム・キャロル　梅沢葉子〔訳〕　46279-0

伝説の詩人でロックンローラーのジム・キャロルが十三歳から書き始めた日記をまとめた作品。一九六〇年代ＮＹで一人の少年が出会った様々な体験をみずみずしい筆致で綴り、ケルアックやバロウズにも衝撃を与えた。

オン・ザ・ロード

ジャック・ケルアック　青山南〔訳〕　46334-6

安住に否を突きつけ、自由を夢見て、終わらない旅に向かう若者たち。ビート・ジェネレーションの誕生を告げ、その後のあらゆる文化に決定的な影響を与えつづけた不滅の青春の書が半世紀ぶりの新訳で甦る。

孤独な旅人

ジャック・ケルアック　中上哲夫〔訳〕　46248-6

『路上』によって一躍ベストセラー作家となったケルアックが、サンフランシスコ、メキシコ、ＮＹ、カナダ国境、モロッコ、南仏、パリ、ロンドンに至る体験を、詩的で瞑想的な文体で生き生きと描いた魅惑的な一冊。

プレシャス

サファイア　東江一紀〔訳〕　46332-2

父親のレイプで二度も妊娠し、母親の虐待に打ちのめされてハーレムで生きる、十六歳の少女プレシャス。そんな彼女が読み書きを教えるレイン先生に出会い、魂の詩人となっていく。山田詠美推薦。映画化。

青い脂

ウラジーミル・ソローキン　望月哲男／松下隆志〔訳〕　46424-4

七体の文学クローンが生みだす謎の物質「青脂」。母なる大地と交合するカルト教団が一九五四年のモスクワにこれを送りこみ、スターリン、ヒトラー、フルシチョフらの大争奪戦が始まる。

大いなる遺産　上・下

ディケンズ　佐々木徹〔訳〕　46359-9　46360-5

テムズ河口の寒村で暮らす少年ピップは、未知の富豪から莫大な財産を約束され、紳士修業のためロンドンに旅立つ。巨匠ディケンズの自伝的要素もふまえた最高傑作。文庫オリジナルの新訳版。

ロビンソン・クルーソー

デフォー　武田将明〔訳〕　46362-9

二十七歳の時に南米の無人島に漂着した主人公が、自己との対話を重ねながら、工夫をこらして農耕や牧畜を営んでいく。近代的人間の原型として、多様なジャンルに影響を与えた古典的名作を読みやすい新訳で。

愛人 ラマン

マルグリット・デュラス　清水徹〔訳〕　46092-5

十八歳でわたしは年老いた！　仏領インドシナを舞台に、十五歳のときの、金持ちの中国人青年との最初の性愛経験を語った自伝的作品として、センセーションを捲き起こした、世界的ベストセラー。映画化原作。

ジャンキー

ウィリアム・バロウズ　鮎川信夫〔訳〕　46240-0

『裸のランチ』によって驚異的な反響を巻き起こしたバロウズの最初の小説。ジャンキーとは回復不能になった麻薬常用者のことで、著者の自伝的色彩が濃い。肉体と精神の間で生の極限を描いた非合法の世界。

勝手に生きろ！

チャールズ・ブコウスキー　都甲幸治〔訳〕　46292-9

ブコウスキー二十代を綴った傑作。職を転々としながら全米を放浪するが、過酷な労働と嘘まみれの社会に嫌気がさし、首になったり辞めたりの繰り返し。辛い日常の唯一の救いは「書くこと」だった。映画化原作。

詩人と女たち

チャールズ・ブコウスキー　中川五郎〔訳〕　46160-1

現代アメリカ文学のアウトサイダー、ブコウスキー。五十歳になる詩人チナスキーことアル中のギャンブラーに自らを重ね、女たちとの破天荒な生活を、卑語俗語まみれの過激な文体で描く自伝的長篇小説。

西瓜糖の日々

リチャード・ブローティガン　藤本和子〔訳〕　46230-1

コミューン的な場所アイデス〈iDeath〉と〈忘れられた世界〉、そして私たちと同じ言葉を話すことができる虎たち。澄明で静かな西瓜糖世界の人々の平和・愛・暴力・流血を描き、現代社会をあざやかに映した代表作。

南仏プロヴァンスの12か月

ピーター・メイル　池央耿〔訳〕　46149-6

オリーヴが繁り、ラヴェンダーが薫る豊かな自然。多彩な料理、個性的な人々。至福の体験を綴った珠玉のエッセイ。英国紀行文学賞受賞の大ベストセラー。